源氏物語をめぐる

増淵勝一著

国研出版

序

本書は著者の第四論文集である。一昨々年古稀を迎えたので、それをみずから記念する気持ちもあって、上梓に踏みきった。

文学が感性にもとづいて成り立つ芸術である以上、その感性、つまり文学的な味わいを究明しなければ、文学研究を声高に標榜することは慎まれよう。最近の国文学界の研究動向は、本文や年代や作者などの考証、あるいは注釈や出典研究、さらには文法や研究史の研究等々、多方面に展開している。しかしこれらの研究はあくまでも作品の鑑賞や評価の前提となる基礎的な営みなのである。とりわけ若い学徒の多くが文学の何たるかも理解することもなく、ただただ考証や訓古注釈などの学域で満足し切っている現状はまことに憂うべき問題ではある。

先師岡一男博士がかつて「今の和歌文学の研究者は、和歌史の研究ばかりをやっていて、和歌の研究をしていない」と仰ったことがあった。私はそのお言葉を心中で反芻しながら、作品の文学的な味わいや評価を出来るかぎり解明しようと心がけて来たつもりである。

その成果が本書に収めた『源氏物語』および紫式部以下の論考であると、言い切りたいところであるが、考証や注釈に流れているものもままあろう。また一編一編がアットランダムに収載されているかのごとき印象をもたれるかも知れない。しかしこれら諸論の主眼は作品や作者の意図するところを探って、主に『源氏物語』の文学的味わいや評価の解明につなげたい、という視点で一書にまとめたのである。

なお、研究論文はいたずらに難解な文章で書く必要もない。これも先師のお言葉である。「学術論文も創作の一つである」と。だから論文にも書き手の個性や教養があらわれる。平易に書いて読み手に分かってもらおうと努めるのが肝要である。それが出来ないのは創作家として失格である。私はできるだけ読者にわかりやすく説くことに腐心して来た。そういう意味でも本書が今後の古典研究の指針の一つにでもなれば幸甚である。

内容的に未熟な部分も少なくないであろう。それらは今後の研究で精進して、結果を出していきたい。学問に終わりはないと自覚している。

著者しるす

二〇一三年四月末日

源氏物語をめぐる　目次

I

『源氏物語』をめぐる

一　業平と光源氏

㈠　光源氏のモデル

光源氏のモデルとしては、古来源融・同高明・藤原伊周・同道長、敦慶親王・元良親王以下、はては釈尊までさまざまな人物の指摘があった（岡一男博士『源氏物語事典』二七八頁、昭和三十九年十二月・春秋社刊参照）。しかし、光源氏のモデルとしてはなんといっても『伊勢物語』の主人公、在原業平に及ぶ者はいないであろう。

江戸時代の川柳に、

　からからと源氏も笑ふからごろも

業平にやどふもならぬと光る君

というのがある。前者は末摘花が何かというと「唐衣」の語をよみこんだ歌を送って来るので、源氏もはじめは苦笑していたのだが、最後にはとうとう、

唐衣またから衣から衣かへすがへすもから衣なる

とよんで玉鬘に見せたところ、「君いとにほひやかに笑ひ給」うたとある（「行幸」巻）のによろう。「唐衣」の語はもちろん『伊勢物語』九段「東下り」の、八橋での業平の詠、

唐衣きつつなれにしつましあればはるばる来ぬる旅をしぞ思ふ

から出ている。この一首、「唐衣」は「き（着）」にかかる枕詞、「唐衣きつつ」は「なれ」の序詞、「なれ」は馴れ親しむと衣がなれる（着古す）、「妻」と着物の「褄」、「遥々」と「張る張る」は懸詞で、「き」「なる」「つま」「はる」「きぬる」等、いずれも「唐衣」の縁語である。おまけに各句の頭に「かきつばた」の語をよみ込んだ折句。結句「ぞ思ふ」は連体止めで、余情表現である。

この一首で和歌の技巧のほとんどを学ぶことができる。末摘花は父の常陸宮が「唐衣」とか「玉かづら」と置けば一首ができると、本歌などを証歌にして、髄脳として与えた、その教えを忠実に守っていたのである。紫式部はそういう形式的で自由さのない歌を嫌っていたのであろう。それはともかく、「からからと」の一句は『源氏物語』が『伊勢物語』を粉本の一つにしている事実を伝えているのである。

後者の「業平にや」の句は少々下品だが、源氏の愛を受けた女性は、名前の知られている相手としては、葵の上・藤壷・紫の上・六条御息所・朧月夜・花散里・明石の御方・空蟬・軒端荻・源典侍・末摘花・五節の君・中川の女・それに召人の中納言の君や中務・中将ら十六人程度、二十名には及ばない。これに対して業平は二条后高子や斎宮恬子内親王以下多数の女性とかかわったとされ、これまた品位に欠けるが、

業平は高位高官下女小あま

という一句もある。

英一蝶（一六五二―一七二四）筆の「見立て業平涅槃図」（東京国立博物館蔵）は先年の出光美術館主催の「三十六歌仙絵」展にも出品されていたが、業平を釈迦に見立てて涅槃図としたもの。横たわる業平の周囲には姫君・女中・尼君らをはじめとする女性ばかりが嘆き悲しんでいる。その数は二十三人である。

これにも増して、中世に成立した『和歌（伊勢物語）知顕集』（三条西家本）には三千七百三十三人の女性と業

平は契ったとある。こうなって来ると、光源氏の恋人らの人数など、まるで問題にもならなくなって来る。
この「業平にや」の句は、そういう誇張された業平伝承をも含まえて、さすがの光源氏も業平の恋の達人ぶりにはカブトを脱いだというユーモアをよみ込めている。それとともに光源氏の造型に業平が大きくかかわっている事実をも示唆しているのである。

(二)　業平と光源氏の官歴

在原業平は平城天皇第三皇子の阿保親王（七九二―八四二）を父とし、親王の叔母桓武天皇女伊登内親王（―八六一）を母として、淳和朝天長二年（八二五）に生まれた（『三代実録』）。もっとも伊登内親王は兄の平城天皇が天長元年（八二四）七月に崩御したのち尼となったとも言われており（『本朝皇胤紹運録』）、その翌年業平を生んだというのも疑義が残る。あるいは薫を生んだ直後に出家した女三の宮の話は（「柏木」巻）、この伊登内親王が業平を生んだ前後の出家譚が参考になっているのかも知れない。

業平は母方の祖父は桓武天皇(七三七―八〇六)、父方の祖父はその長男の平城天皇(七七四―八二四)であるから、出自としては文句のつけようはない。ただ業平が生まれたときにはすでに桓武天皇は亡くなっており、また平城天皇は弘仁元年（八一〇）の薬子の変で罪を得て、出家しているから、両天皇の擁護を受けることはできなかったであろう。ただし父の阿保親王は子どもたちの将来を心配して、業平誕生の翌天長三年（八二六）仲平・行平・守平・業平らに在原氏を賜わった。

業平は仁明天皇即位の承和八年（八四一）十七歳で右近衛将監に任ぜられたが、翌九年（八四二）には父親王が薨去。同十四年（八四五）の六位蔵人補任を経て、嘉祥二年（八四九）従五位下に叙せられた。時に二十五歳。ここから官位は停滞し、十三年後の貞観四年（八六二）に従五位上に昇叙。前年の同三年（八六一）には母の伊登内親王が薨じている。その後左兵衛権佐・次侍従・左近衛少将等を歴任して、貞観七年（八六五）四十一歳で右馬頭となる。四十五歳の貞観十一年（八六九）正五位下に昇った。

四十九歳の貞観十五年（八七三）従四位下、同十七年（八七五）右近衛権中将。五十三歳の元慶元年（八七七）従四位上に叙せられ、同二年（八七八）相模権守を兼任。同三年（八七九）には蔵人頭となる。同四年（八八〇）には美濃権守を兼任。同年五月二十八日に五十六歳で亡くなっている（『三代実録』『古今集目録』『職事補任』等参照）。

光源氏は十七歳にして近衛中将であり（帚木）、十八歳で正三位・参議（紅葉賀）。二十一歳で大将、二十七歳で権大納言（明石）、翌年内大臣（澪標）。三十一歳で従一位・牛車聴許（薄雲）、翌年三十二歳で太政大臣・准三宮、三十九歳のとき、准太上天皇とされ、六条院と号した（藤裏葉）。

業平の官歴とは比較にならないほど源氏の昇進ぶりは超スピードで、官職ともに抜群である。ただし業平がもう少し長生きしておれば、兄の行平（八一八―八七）同様中納言・正三位ぐらいにはなっていたであろう。ちなみに行平は五十三歳の貞観十二年（八七〇）に正四位下で参議となり、五十五歳の同十四年（八七二）には蔵人頭になるという異例の補任をうけたが、翌十五年従三位に叙せられた。六十五歳の元慶六年（八八二）には中納言・正三位となって、これが極官となった（『公卿補任』）。

たしかに業平の官歴は源氏のそれに較べれば一見パッとしないようにも見える。しかし晩年に至って右近衛権中将や蔵人頭を拝命しているのは、エリートコースをたどるところにようやく至っているわけで、在世すれば大将にもなり、納言や大臣になる可能性だってありえたであろう。

『源氏物語』のストーリーは、「帚木」の巻から本格化するが、光源氏はすでに近衛中将であり、相棒は蔵人・少将（桐壺）から昇進した頭中将であった。二人の中将の設定には業平が中将であった事実が反映しているのではないか。業平は中将で終り、源氏と頭中将は中将からスタートした。エリートコースにのっていることを示唆しているのである。

業平の生涯の事跡で光源氏造型に与えたもう一つのものは、業平の五十六という没年齢である。光源氏は「幻」の巻で五十二歳。紫の上の一周忌を終え、歳暮には出家の用意。匂宮の追儺に興じる様子を眺めながら、俗世を去る寂寥を感じて前編四十一帖のとじめとしている。そうして八年間のブランクを置いて始まる後編第一帖の「匂宮」巻巻頭に「光かくれ給ひにし後」とあるので、この八年間に光源氏が現世を去ったことになっている。おそらく作者は業平の享年五十六を意識していたと思う。光源氏も出家四年後の五十六歳前後で亡くなったというふうに設定しているのであろう。

(三) 恋のみやびの典型

業平に対する紫式部の高い評価が見受けられるものとして、「絵合」巻の『伊勢物語』と『正三位』とを較べた条が有名である。

つぎに『伊勢物語』に『正三位』を合はせて、また定めやらず。これも右（『正三位』）はおもしろくにぎはしく、内裏《うち》わたりよりうちはじめ、近き世の有様を書きたるは、をかしう見どころまさる。

平内侍、

「伊勢の海の深き心をたどらずてふりにし跡と波や消つべき

世の常のあだごとのひき繕《つくろ》ひ飾れるにおされて、業平が名をやくたすべき」とあらそひかねたり。

右のすけ、

「雲の上に思ひのぼれる心には千ひろの底もはるかにぞ見る」

「兵衛の大君の心高さは、げに棄て難けれど、在五中将の名をばえくたさじ」と宣はせて、宮、

「見るめこそうらふりぬらめ年経にし伊勢をのあまの名をや沈めむ」

前半は『正三位』がおもしろく、華やかで、宮中や最近の世相を書いた新作物語である、という右方の主張に対して、『伊勢物語』の深遠な精神（趣旨）も理解せずに、古物語だとけなし去っていいだろうかと左方が反論。近ごろのありふれた色恋沙汰で、もっともらしくつくり飾ってあるのが『正三位』。そんな浮薄な物語に圧倒されて、業平の名声を傷つけてよかろうかと説く。つまり『伊勢物語』は真剣な恋が語られているのであって、業平はそういう恋の達人であるという主張である。

後半は右方が『正三位』のヒロイン兵衛の大君が志操高潔、ついには入内する話は、深遠な趣の『伊勢物語』を凌駕すると再反論。これに対しては藤壺が兵衛の大君の気位の高さを評価しながらも、在五中将業平の名をおとしめることはできまいと言って、さらに歌で『伊勢物語』は外見こそは古風だが、昔から有名な業平の名声を沈めることはできまいと反論したのであった。

この藤壺の主張は、昔から知られている業平の名声をおとしめることはできないと説くばかりで、どういう名声なのか、具体的な記述がない。ただ前半の「世の常のあだごとのひき繕ひ飾れるにおされて……」とあるところから推すと、それとは反対の行為で著名な、ということになろう。つまり『伊勢物語』は世間によくある色恋沙汰をおもしろおかしく飾り立てて書いたものではない。主人公業平の真剣で、切実な恋物語である。業平はそういう真摯な恋の実践者として有名だというのである。

紫式部は『伊勢物語』の「昔男」は業平だと受けとめている。業平は二条の后や斎宮ともかかわったということになっている。にもかかわらず式部は業平を高く評価している。しかも「年経にし伊勢をの海士」といっているところからすれば、その業平は相当の昔から有名だったということになる。この辺の事情につき玉上琢弥博士はつぎのように説かれている。

在五中将、すなわち在原業平という人物は、恋のみやびの典型として尊重せられ、人々の美的イメージとして育てられていた人物だった。だから藤壺や平内侍の発言が説得力を持つのである。正三位のいろいろな優位性を越えるものとして、業平の恋という人々に共通する風雅のモラル、業平讃仰の精神があったのだと思う。そして右方の宮廷讃仰を無視しうるのは、宮廷の最高峰に立つ国母陛下にしてはじめて可能なのである。また業平讃仰は光源氏と藤壺の悲恋を読者に思い出さす働きもする（『源氏物語評釈』第四巻四四―五頁、昭和四十年九月・角川書店刊）。

業平は恋のみやびの典型として尊重され、人々には業平讃仰の精神があった。それは光源氏と藤壺の悲恋を思い出させるものでもあった、というのである。

㈣　三代集における業平の評価

玉上博士のこのご見解はいちおうの説得力はあろう。ただし『源氏物語』以前に、業平信仰が際立ったものであったかどうかは、若干疑問が残る。『伊勢物語』に業平の名があからさまに出て来る最初は、六十三段の「つくも髪」の話で、「在五中将」と見え、以下「在原なりける男」（六十五段）・「右の馬頭なりける人」（七十八段）・「中将」（七十九段）・「右馬頭」（八十三段）・「中将なりける男」（九十九段）・「あるじ（在原行平）のはらからなる」（百一段）等の呼称が見える。もっとも『伊勢物語』全二百九首のうち『古今集』『後撰集』『古今六帖』等で業平の歌として伝えられているのが四十五首ほどある。さればこそ『伊勢物語』の「昔男」は業平であり、この物語は「在五中将」の物語として理解されて来たわけである。

ところで『古今集』に入集する業平歌三十首はすべて『伊勢物語』にも出て来る。これらを部立てから見ると、春上（53・63）

春下（133）
秋下（268・294）
賀（349）
羇旅（410・411・418）
恋一（476）
恋三（616・618・622・632・644・646）
恋四（705・707・747・785）
哀傷（861）
雑上（868・871・879・884・901・923）
雑下（969・970・971）

となって、恋の歌は十一首である。他の部立に入る歌も十九首あり、恋の歌だけが特に評価されているわけではない。業平の歌は『後撰集』には八首、『拾遺集』には三首入集するが、『古今集』の三十首に較べるとだいぶ見劣りがする。しかも両集とも業平の恋の歌は各一首（『拾遺集』には別に「雑恋」に一首が入る）にすぎず、四季・雑・羇旅・物名等に詠草が採られている。

要するに勅撰集の世界では、業平を取り立てて恋愛歌人として扱っている気配はない。例の『三代実録』の「業平体貌閑麗、放縦不レ拘、略無二才学一、善作二倭歌一」（元慶四年（八八〇）五月二十八日条）の評や、『古今集』「仮名序」に六歌仙の一人とされて、「在原業平は、その心余りてことば足らず。しぼめる花の色なくて、匂ひ残れるがごとし」と評された、歌人としての評価の範囲を出ていないのである。

その「仮名序」を書いた紀貫之は業平の歌のロマンにあこがれて、『古今集』に三十首もの業平詠を採録した。

さらに後年の『土佐日記』承平五年（九三五）正月八日条に、

今宵、月は海にぞ入る。これを見て、業平の君の、

「山の端逃げて入れずもあらなむ」といふ歌なむ思ほゆる。

と、『古今集』巻十七「雑上」八八四および『伊勢物語』八十二段に見える歌を引いた。もっともついて、「もし海辺にて詠ままじかば、『浪立ちさへて入れずもあらなむ』とも詠みてましや」などとノッてるつもりらしいが、とうてい業平の優雅なロマンには及びもつかない。

同『日記』には同年二月九日に淀川べりの渚の院を見ながら船をさか上らせ行くときに、

これ、昔、名高く聞こえたる所なり。故惟喬の親王の御供に、故在原業平の中将の、

世の中に絶えて桜の咲かざらば春の心はのどけからまし

といふ歌詠める所なりけり。

とあって、ここにも『伊勢物語』八十二段の歌（『古今集』巻一「春上」五三にも入集）を引いてある。これにつづけて、

いま、今日ある人、所に似たる歌詠めり。

千代経たる松にはあれどいにしへの声の寒さは変はらざりけり

云々とあって、前条の「浪立ちさへて」の歌よりはましであるが、「いにしへの声の寒さは……」というのはやはり固い。これは業平が天皇の孫というわかんどおりであるのに対して、貫之がまじめな一介の役人であったという立場の相違に由来するものであろう。いずれにしても、貫之が業平の恋のみやびを特に注目していた気配は見えない。

(五) 『大和物語』における業平像

『伊勢物語』につぐ歌物語である『大和物語』は宮廷ゴシップを書きつらねた作品であるから、業平の恋物語も当然載っている。

(1) 百六十段・染殿の内侍との二つの贈答をめぐる話(後半の「大幣」をめぐる贈答歌に類似するものは『伊勢物語』四十七段および『古今集』巻四「恋四」七〇六・七〇七に見える)。
(2) 百六十一段・二条后との物語(『伊勢物語』三段の「思ひあらば」の歌と七十六段の「大原や」の歌を引く)。
(3) 百六十二段・御息所への贈歌した話(『伊勢物語』百段。「わすれ草」の歌あり)。
(4) 百六十三段・后の宮へ菊の歌を献上(『伊勢物語』五十一段。「植ゑし植ゑば」の歌は『古今集』巻五「秋下」二六八にも入集)。
(5) 百六十四段・贈られた飾粽への返礼の歌(『伊勢物語』五十二段)。
(6) 百六十五段・臨終の際の弁の御息所との贈答をめぐる話(「つひにゆく」の歌は『伊勢物語』百二十五段に見える)。
(7) 百六十六段・物見に出て出会った女との贈答(『伊勢物語』九十九段および『古今集』巻十一「恋一」四七六・四七七)。
(8) 百四十九段・『伊勢物語』二十三段の筒井筒の話の前半部と共通。『古今集』巻十八「雑下」九九四には「風吹けば」の歌が左注とともに収められている。

なお、『大和物語』百四十三段と百四十四段には「在中将のみすこ在次君」の懸想話が二話収められている。『大和物語』には八話ほどの業平・『伊勢物語』関係の話が見え、特に(1)~(7)の話はまとめて収載されている。もっとも有名な「月やあらぬ」の歌（四段）や「君や来し」の歌（六十九段）も見えないし、惟喬親王の出家譚（八十三段）にもふれるところがない。また東下りの話（七段〜十五段）は在次君の条に「在中将の東に行きたりけにやあらむ」と一言ふれられているだけで、物語としては採録されていない。

『大和物語』の作者は業平の恋のロマンをわくわくしながら書いている気配はない。『大和物語』の中で取り立てて業平を称賛するわけでもなく、他の話題の主と同等の扱いで、自分の編纂するゴシップ集の記事を思いつくままに集め、これを特に意図するところなく配列した印象である。たとえば⑻の筒井筒の話。『伊勢物語』には、

風吹けば沖つ白浪たつた山夜半には君が一人越ゆらむ

とよみけるを聞きて、かぎりなくかなしと思ひて、河内へも行かずなりにけり。

とある。それが『大和物語』では、この歌のあと、「行かずなりにけり」との間に、

とよみければ、わがうへを思ふなりけりと思ふに、いとかなしうなりぬ。この今の妻の家は立田山越えて行く路になむありける。かくてなほ見をりければ、この女うち泣きて臥して、金椀に水を入れて胸になむ据ゑたりける。「あやし、いかにするにかあらむ」とてなほ見る。さればこの水熱湯にたぎりぬれば、湯ふてつ。また水を入る。見るにいとかなしくて、走り出でて、「いかなる心地し給へば、かくはし給ふぞ」と言ひて、かき抱きてなむ寝にける。かくてほかへもさらに行かでつと居にけり。

という長い文章が挿入されている。その内容は女が金椀に水を入れて胸にあてると、たちまちに熱湯になったとか、その光景を見てかなしくなった男が女をかき抱いて寝たとか、具体的な行動が記され、しかもそれらがそう上品とはいえない内容になっているのである。ここに業平や『伊勢物語』に具備される品のよさや雅かさは影をひそめ、ゴシップにつきものの興味本位の描写や暴露趣味がほの見えているのである。

㈥　紫式部の業平観

そういうわけであるから、業平のロマン性や恋のみやびを高く評価した最初の人物は、紫式部であると断言することができるのである。式部には自分が最初の発案者であるにもかかわらず、先例があるように書き記すことがままある。「末摘花」巻に「(末摘花は)ゆるし色のわりなう上白みたる一襲、名残りなう黒き袿重ねて、上着には黒貂《ふるき》の裘衣の、いと清らにかうばしきを着給へり」と述べられているが、その直前に、

　昔物語にも、人の御装束をこそはまづ言ひためれ。

とある。これにつき玉上琢弥博士は「現存の物語に関する限り、衣服、特に女性の衣服に関しては、ほとんど記すところがないのである」と断じられ、その原因として、「現在、残っている『源氏物語』以前の「昔物語」はすべて男性が作者であったから、羅列主義的な方法をとりながらも女性の衣服について描くことが少なかったのであろう」と説かれている(『源氏物語評釈』第二巻・二二〇頁、昭和四十年一月刊)。ただ式部が「昔物語にも云々」と言っていることについては、「今は残っていない昔物語に、女性の衣服をことごとしく書き上げた作品が多く存したと考えるのである」とも言われるのだが、これは「年経にし伊勢をのあま」と同類で、式部のことごとしい服装描写を正当化するための、隠れ蓑的なことわり書きだと思われるのである。

紫式部は従来の業平が六歌仙・和歌の名手という伝統的評価に加えて、彼が愛や恋の熟達者であるということを、最初にそして最高に評価したのである。

したがって先学のご指摘にもあるように、「絵合」をはじめとして、「帚木」「夕顔」「若紫」等々、『源氏物語』全体にわたって、その構想・人物の性格・事件・容姿などの諸点や引歌などの表現面に関して、『伊勢物語』・業平からの影響が多く見られる(岡一男博士『源氏物語事典』二四四―二四八頁)。

たとえば「明石」巻で源氏が都へ帰るときに、明石入道が贈物をする条に、

御装ひは言ふべくもあらず、御衣櫃あまた荷《か》けさぶらはす。まことの都の苞《つと》にしつべき御贈物ども、ゆゑづきて、思ひよらぬ隈なし。

とある。傍線部は従来『古今集』巻二十「東歌」一〇九〇の「小黒崎みつの小島の人ならば都のつとにいざと言はましを」を引歌としてあげているが、むしろ『伊勢物語』十四段の「栗原の姉葉の松の人ならば都のつとにいざと言はまし」に拠っているのではないか。というのもこのあとの文中に、入道の惜別の歌があるからである。

世をうみにここらしほじむ身となりてなほこの岸をえこそ離れね

この詠はどうも『伊勢物語』六十六段の、

難波津をけさこそみつの浦ごとにこれやこの世をうみ（海・憂み）渡る舟

の一首に拠っているようで、この前後は『伊勢物語』の歌をイメージとして書かれているのである。しかも源氏はこのあとの上京の途中、「難波のかたに渡りて御祓へ」まで行なっているのである。

なお、前述のように業平の官職や年齢等、業平そのものからの『源氏物語』への影響も無視できない。源氏の邸宅のうち二条院は、もとは桐壺の更衣の母の家で、更衣の死後は光源氏がつぎ、その源氏が須磨流謫の折、紫の上に贈った。紫の上は臨終の際、匂宮に管理を託し、匂宮はのちに宇治の中の君をここに迎え入れた。すなわち二条院は、桐壺の更衣・紫の上・中の君等源家のヒロインらが居住する邸として設定されている。これは『伊勢物語』で業平が早くから情熱を傾けたヒロイン高子が、二条の后と称されたことを念頭に置いた設定であろう。

また例の「雨夜の品定め」で女性論に熱弁をふるった左馬頭も、右馬頭であった業平の影響があるかも知れない。ただし先師岡一男博士はそれよりも紫式部の母方の祖父為信が右馬頭であったことに拠るところが少なくなかったであろうと、ご生前私にお話し下さったことがある。これは先生がたぶん左馬頭の長談義に多少品のないところが

あるので、優雅な業平のイメージとは異なるものを感じ取られていたからであろう。

ついでに『伊勢物語』の作者を紀貫之だと説く向きがあるが、先師は『伊勢物語』と『土佐日記』とに流れる味わいが全く異なる。前者の上品でやわらかなみやびやかな内容と、後者の乾いた駄洒落めいたことば遊びのそれと比較すれば、とうてい『土佐日記』の作者紀貫之に『伊勢物語』が書けるわけもないと仰っしゃっておられた。『土佐』と『伊勢』とに共通する表現があっても、その全体の味わいや感覚を見抜けないと、『伊勢物語』貫之作者説なるものが出て来るのである。

それはともかく『伊勢物語』の『源氏物語』への影響ははかり知れない。まだまだ『伊勢物語』による式部の仕掛けがこれからも出て来るに違いない。

(七)　式部の業平評価の理由

ところで紫式部は父為時が儒学者であり、その影響をうけて、倫理観も備えた女性であった。『源氏物語』を見た道長から「すきものと名にし立てれば見る人の折らで過ぐるはあらじとぞ思ふ」とよみかけられて、すぐに、

人にまだ折られぬものを誰かこのすきものぞとは口ならしけむ

めざましう。

と反論をしているほどである。だからとかくの噂のあった和泉式部については、彼女の『日記』は評価しながらも、その男性遍歴を「和泉はけしからぬかたこそあれ」と批判している（『紫式部日記』）。

そのように道徳的な紫式部が「高位高官下女小あま」とかかわった多情な業平を、どうして高く評価しているのだろうか。『伊勢物語』の「昔男」を業平だと見立てて、彼の言動を検討してみると、

I　いちはやきみやび、つまり激しく、一途な恋。失恋、得恋にかかわらずとことん恋に徹する情熱。（一段

の春日野の優美な姉妹を見そめて、気持ちも動転して、「狩衣の裾を切りて、歌を書きてやる」話。失踪した彼女を恋うて、「あばらなる板敷に月の傾くまで伏せりて、去年を思い出でて」歌をよんだという四段。親に反対されて追い出された女を思って、気絶する男の話〈四十段〉。どんなに障害があっても女を恋い慕い、追いつづける男の話〈六十五段〉。タブーを犯しても「われて逢はむ」と斎宮と熱烈な恋をした男の話〈六十九段〉など）

Ⅱ　やさしさ・思いやり（筒井筒の段で、新しい女の許に通う男を心配する妻に感動して、妻を再び愛するようになった男の話〈二十三段〉。三年不在だったため女が「ただ今宵こそ新枕すれ」と男の帰宅を拒絶すると、男は「わがせしがごとうるはしみせよ」と言って、立去る話〈二十四段〉。自分を慕って恋死にしたという女の喪にこもる話〈四十五段〉。九十九髪の老女を愛してあげた男の話〈六十三段〉など。）

という、二つの恋の特徴をみとめることができる。とりわけⅡについては、男女関係の場合だけでなく、舅の紀有常の妻が出家をするときに、不如意な有常に代って「夜のものまで贈」ったという話（十六段）もある。また母の伊登内親王から業平に会いたいと訴えてきたときには、「いたうち泣きて」、「世の中にさらぬ別れのなくもがな…」と母の長命を祈ったのであった。さらに妻の姉妹が身分低い男と結ばれたが、その袍を洗い張りした際破って泣いているのを知って、「昔男」は気の毒に思って代わりの袍を贈ってあげたという話もある。「昔男」、つまり業平のやさしさは恋愛対象の女性に対してだけではない。友人や肉親や、一般的な人々にも及ぶ。

恋愛関係においては、九十九髪の老女の話（六十三段）の掉尾に、

　世の中の例として、思ふをば思ひ、思はぬをば思はぬものを、この人（業平）は、思ふをも思はぬをも、けぢめ見せぬ心なむありける。

とあって、業平が博愛精神の持主であったと述べている。四十五段の昔男への思いを言えずに恋死にしそうだとの

知らせに、男は「まどひ来たりけれど、死にければ、つれづれと籠りをりけり」という話も、「思ふをも思はぬをも、けぢめ見せぬ」精神である。しかもいままで見知らぬ女であったにもかかわらず、男を思って亡くなりそうだと聞きつけて、「まどひ来た」ったというのは、「いちはやきみやび」でもある。これは四十段の親に追い出された女を思って、若い男が「けふの入相ばかりに絶え入りて、またの日の戌の時ばかりになむ、からうじて生き出でた」という、激しく一途な男の姿にもあらわれており、本段の最後には、

昔の若人は、さるすける物思ひをなむしける。今の翁、まさにしなむや。

という慨嘆ともとれる文言が記されているのである。

さらにもう一つ『伊勢物語』には、

Ⅲ　切実な恋・あわれを深める恋

がしばしば描かれている。これは周囲から許されぬ恋、不倫の関係などから生ずる、切なく、苦しく、ものあわれで、ときには甘美な恋物語である。業平と二条の后高子や斎宮恬子内親王らとの悲恋や、人の女《むすめ》や妻たちとの許されぬ恋物語（二段・十二段・十三段・三十段など）が該当する。

なお、男女の別れにまつわる話（二十二段・二十四段・六十段・六十二段など）も切実で、もののあわれを発揮するものであろう。『伊勢物語』には男女の心の琴線にふれる物語が少なくない。

先学のご指摘もあるように、紫式部は業平を主人公とする『伊勢物語』の魅力を熟知し、これを利用して、光源氏と藤壺の物語や、朧月夜・六条御息所・夕顔らとの物語や、さらには宇治の大君・中君・浮舟三姉妹をめぐる薫と匂宮との恋の争いなどをも構想し、執筆したということは確かであろう。だがこれらの物語は、道長が冗談めいて言い掛けたように、式部は「すきもの」で、『源氏物語』は好色物語だと誤解されないともかぎらない。紫式部はそれを見越して、「なよびかにをかしきことはなくて、交野少将には笑はれ給ひけむかし」と述べて（「帚木」）、『源

氏物語』のまじめさを弁護する。

その上で、『源氏物語』の内容の衝撃性や世俗的な興味をやわらげるために、前面に恋の先達としての業平を立てたのである。光源氏の不倫物語には先例がある。歌道で名を馳せた業平さんにこんな話はいくらもある。しかもこういう話は架空の話ではなく、あり得る話である。紫式部が業平を尊重したのは、そこから内容的に切実で、真実で、みやびやかな恋の諸相を把握・評価するとともに、『源氏物語』の根本である光源氏と藤壺の恋物語の衝撃を緩和しようとしたからに他ならない。

㈧　光源氏の成長と業平

光源氏がとりわけ女性に対してやさしいのは、業平のやさしい精神の影響である。ただ業平が「思ふをも思はぬをも、けぢめ見せぬ心なむあ」ったのに対して、源氏は若い時代には、「あだめき目馴れたる、うちつけのすきずきしさなどは、好ましからぬご本性」であったし、またやむなく契りを交わしても、心にそまぬ関係ならば、源典侍に対するように、爾後はこれを拒否するという態度をとった。

もっとも須磨流謫を体験する中で、

> 海士どもあさりして、貝つ物持て参れるを、召し出でてご覧ず。浦に年経るさまなど問はせ給ふに、さまざま安げなき身の憂へを申す。そこはかとなくさへづるも、心の行方は同じこと、何か異ると、あはれに見給ふ。

とあるように（須磨）、高貴な都人の世界にのみ生きて来た源氏は、庶民にも同情の目を向けるようになり、包容力のある、目くばりのきく聖人の風格を備えることになる。

「初音」巻は源氏三十六歳の元旦から始まるが、源氏はまず六条院の紫の上と新春の唱和を行ない、つづいて明石の姫君を訪問、それから花散里・玉鬘を訪ね、夕方には明石の御方に至って一泊。まだ曙のほどに紫の上の許に帰った。それから新年の「騒しき日ごろを過ぐして」、二条の東院を訪問。末摘花には衣裳の世話をし、また空蝉と懐旧の会話を行う。そのほか「御蔭に隠れた人々多かり。皆さしのぞき給ひて」、源氏は、

「おぼつかなき日数つもる折々あれど、心の中はおこたらずなむ。ただ限りある道の別れのみこそうしろめたけれ。命ぞ知らぬ」など、なつかしくのたまふ。何れをもほどほどにつけて、あはれと思したり。われはと思ひあがりぬべき御身のほどなれど、さしもことごとしくもてなし給はず、所につけ、人のほどにつけつつ、あまねくなつかしくおはしませば、ただかばかりの御心にかかりてなむ、多くの人々年を経ける。

ここに至って光源氏は「あまねくなつかしく」、多くの愛人たちに接することのできる人間に成長したのである。つまり在原業平と同じ精神の持ち主になったのである。

なお、この「初音」巻で、六条院の新年の喧噪をよそながら聞く、他の愛人たちの置かれた立場を叙して、

かくののしる馬・車の音をも、物隔てて聞き給ふ御方々は、蓮の中の世界に、まだ開けざらむ心地もかくや、と心やましげなり。

とあるが、「蓮の中の世界」は極楽浄土を意味するから、六条院を極楽世界と見立てていることは確かであろう。そうとすれば六条院の主である光源氏も釈迦に見立てられていることになり、業平と同じく、「見立源氏涅槃図」があってもよいことになる。

ついでに、美男を称して「今業平《いまなりひら》」という言い方が、私の学生時代に用いられていた。ところが江戸時代には『今様源氏』という書物はあったが、「今光《いまひかる》」とか「今光源氏」とかいう言い方はない。（ただし、瀬戸内寂聴氏の師匠であった今東光氏はおられたが。）これは発音上の違和感もあろうが、やはり業平は実在の人物でもあり、光源氏の先輩としていっそう尊重されたからだと思う。

二　管絃のこと

㈠　音楽（管絃の遊び）の盛行

平安朝と現代とでは政治・社会・風俗・思想・芸術等々、いろいろな方面で相違があるのはいうまでもない。そんな中で王朝の貴族たちが、つまり当時の政治家およびその家族たちが、音楽に精通していたことは、『源氏物語』や『枕草子』等の文芸作品や、『御堂関白記』『小右記』以下の古記録類にもしばしば載っている事実である。先年「琴・箏の系譜—楽器、文献と奏法—」研究会編の『日本三代実録音楽年表』（二〇〇四年三月、京都市立美術大学・日本伝統音楽研究センター刊）を同会員の田中幸江氏からいただいたが、天安二年（八五八）から仁和三年（八八七）に至る三十年間に公私で催された音楽会や音楽家の事績・死亡記事、楽器や曲名、雅楽寮や鼓吹司・内教坊の組織関係、年中行事等にまつわる演奏会等の実体が一目瞭然で理解できた。その音楽関係の記事は、年表と解説とによって整然とまとめられているが、そのおびただしい記述には圧倒されるばかりである。

また『源氏物語』に限っていえば、山田孝雄氏の『源氏物語之音楽』（昭和九年七月初版・宝文館刊）には、この物語の多数の音楽の場面が網羅されており、音楽に関する官職・声調・楽器、唱歌・歌謡・舞・神楽・東遊・踏歌・五節等についての詳細な研究が果され、『源氏物語』が延喜・天暦のころに時代背景をもつことを指摘している。

さらに古くは、熊沢蕃山が『源氏外伝』（一六七三〈延宝元〉年ごろ成る）で礼楽の観点からこの物語を敬重して、

夫、日本王道の長久成事は、礼楽文章を失はずして、俗に落（ち）ざるをもて也。剛強に過（ぎ）たる物はながからず。寛柔なる者は久し。（中略）古の礼楽文章を見るべき物は、唯此物語にのみ残れり。故に、此物語に於て、第一に心をつくべきは、上代の美風也。体の正しくゆるやかに、楽の和して優なる体、男女共に上臈しく、常に雅楽を翫ていやしからぬ心用ひ也。

と説き（「序」）、また、

都て、此物語は、風化を本として書（け）り。中にも、音楽の道を委しく記せり。絲竹の遊びは君子の業也。管絃の遊（び）をしらざれば、上臈の風俗絶（え）て、凡情にながるる物なり。いかにとなれば、人の心は生（き）物なれば動かずといふ事なし。楽は遊（び）の正しく美なるもの也。故に此正しき道のこもれる遊（び）による時は、をのづから人がら上らふしく、風俗けだかく成（る）もの也。（中略）音楽は、君子のたのしむ心のゆく衛なれば、少（し）心あらん人のしらで叶はぬわざなり。（中略）風を移し、俗を易るは、楽よりよきはなしといへり。此物語に於て、音楽の道、取分心を止（め）て書（き）置（か）るは此故也。

とも述べて（同上）、以下「桐壺」巻から「藤裏葉」巻に至る各巻から主要本文を取り上げこれを春夏秋冬の四巻に配して注釈を施している。たとえば、「夏之巻」では、「若紫」巻の「僧都琴をみづからもて参りて」の本文に、

此楽器、上古渡来本朝之条、勿論なり。允恭天武已下、今弾之給由、見日本紀。其後延喜の比迄も弾ずる人あり。中古以来、楽曲断絶なり。また白虎通に云。琴は禁也。禁追於邪気、以正人心也。（後略）

と注釈を加えている。

また「秋の巻」には、「須磨」巻の「月のいとはなやかにさし出でたるに、こよひは十五夜なりけりと思し」の一文を引いて、

いにしへ、禁中の天下なれば、政道事しげく、打（ち）すてあそびし給ふ事もなりがたければ、明日をまちつけ、花の時に事よせて、詩歌管絃有り。心和し楽（し）みて、ゆたかなりし故なり。この故に、世の中もゆるやかなりき。（中略）源氏みる人多しといへども、かやうのたしなみなき人、遺恨なる事なり。

と注解を施している。

㈡ 礼楽の意義

蕃山の重視する礼楽については、「絵合」巻で蛍兵部卿の宮が源氏の画才を称えて、

（桐壺）院の御前にて、親王たち、内親王、いづれかはさまざまとりどりの才ならはさせ給はざりけむ。その中にも、とり立てたる御心に入れて、伝へうけとらせ給へるかひありて、文才をばさるものにていはず、さらぬことの中には、琴《きん》弾かせ給ふことなむ一の才にて、つぎには横笛・琵琶・箏の琴をなむつぎつぎ習ひ給へると、上も思し宣はせき。世の人しか思ひ聞こえさせたるを、絵はなほ筆のついでにすさびさせ給ふあだごととこそ思ひ給へしか。いとかうまさなきまで、いにしへの墨書きの上手ども、あとをくらうなしつべかめるは、かへりてけしからぬわざなり。

とある。この条、源氏の画才を称えてはいるが、一般には文才と琴をはじめとする楽器のたしなみが重視されていたことがわかる（傍点部参照）。文才はいわゆる四書五経の漢才、政治学である。礼がここに含まれることはいうまでもない。

「少女」巻の夕霧の教育方針を説く条で、源氏は自分の教育体験を語って、

自らは九重の内に生ひ出で侍りて、世の中の有様も知り侍らず、夜昼御前に侍ひて、わづかになむはかなき書《ふみ》なども習ひ侍りし。ただかしこき御手より伝へ侍りしだに、何ごとも広き心を知らぬほどは、文の才をまね

ぶにも、琴笛の調べにも、音足らず、及ばぬ所の多くなむ侍りける。

と、自分の学芸の才を謙遜しているが、ここでも文才（礼）と琴笛の調べ（楽）とがその代表として挙げられている。『源氏物語』では当時礼楽が重んじられていたことを、明確に示しているのである。

その一方の楽については『論語』に三十か所余りの言及があるが、楽そのものの分析はなされておらず、むしろ『礼記』によって礼の本質にアプローチすることができる。

『礼記』「楽記第十九」巻頭に、音は人の心から生じ、その音から楽が生ずるとある。なにやら『古今集』の「仮名序」に、「やまと歌は人の心を種として、よろづの言の葉とぞなれりける」とあるのが想起されるのだが、考えてみれば和歌だって「うたう」という観点からすれば音楽の一種と考えられるのだから、貫之も「楽記」の巻頭を思い浮かべて「仮名序」を物したのであろう。

『礼記』が音楽の根元を「人心」と捉えているからには、その効用として

楽は同じくすることを為し、礼は異にすることを為す。同じければ則ち相親しみ、異なれば則ち相敬す。楽勝てば則ち流れ、礼勝てば則ち離る。情を合せ貌を飾るは礼楽の事なり。

と説く。すなわち音楽は人々の心を和合させ、礼儀は人々の身分の差別を明らかにする。和合すれば互いに親しみ、差別をわきまえれば尊敬することを知る。しかし音楽の感化が強過ぎると、和合が流れて無秩序になり、礼儀の効果が強過ぎると、人々の心が離反する。適宜に用いて人情を通じさせ、作法を身につけさせるのが、礼儀の効用である（以上、竹内照夫氏著『新釈漢文大系28・礼記中』五六四頁、昭和五十二年八月・明治書院刊による）。

音楽の根本的な効用は、それが〝人心の和合〟をもたらすことにある。「楽記」には人心の和合のみならず、天地の和合にまで及んでいるが、根本は人心の和合であろう。『論語』「八佾《はちいつ》第三」にも、

子、魯の大師に楽を語りて曰く、楽は其れ知るべきのみ。始めて作《おこ》すに翕如《きふじよ》たり。これを従《はな》ちて純如たり、

皦如《けうじよ》たり、繹如《えき》たり。以て成る。

とある。音楽はわかりやすい。スタートは（金属の打楽器で）盛んである。それを放つと（諸楽器が）よく調和し、はっきりし、ずっとつづいていって、終わる、と説く。「これは音楽の奏し方を説いたものでなくて、個全一致の大和の思想をのべたもので」ある（吉田賢抗氏『新釈漢文大系1・論語』八一頁、昭和三十五年五月明治書院刊）。「音楽によって人の情操が陶冶される」のである（同書八二頁）。

逆に言えば、

子の曰はく、礼と云ひ、礼と云ふ、玉帛《ぎよくはく》を云はんや。楽と云ひ、楽と云ふも、鐘鼓を云はんや。（「陽貨第十七」）

ということにもなる。礼はそれをとり行なうとき用いる玉や絹布をいうのではない。楽は鐘や太鼓のことではない。礼は恭敬礼譲の心を忘れては成り立たないし、また「心の和《やわ》らぎが楽に出るのであるから、心に和楽がなくては本当の楽にはならない」（吉田氏前掲書三八四頁）というのである。

国家は人心が和合していて、しかも上下関係が円滑でなければ成り立たない。古代中国の聖帝らが外面に形として表われる礼と、内面の和をもたらす楽とを重んじた理由がよくわかろう。

今、『礼記』によって楽の根本を見て来たのであるが、笠原潔氏の「日本の楽書と礼楽思想」（福島和夫氏編『中世音楽史論叢』所収一一七―一二〇頁、二〇〇一年一一月・和泉書院刊）によると、春秋戦国時代から秦漢時代にかけて、中国では儒家・墨家・道家・雑家らによって音楽の議論が盛んにあったという。その中で儒教の礼楽思想が政治的な実効基盤を獲得したのは、董仲舒（前一七九ごろ―一〇四ごろ）の献じた「賢良対策」を採用して儒学を国学に取り立てた（前一三六）漢の武帝以来のことであるという。

㈢ 音楽を楽しむ人々

ところで、『源氏物語』では朱雀院行幸の折の青海波の舞楽とか(「紅葉賀」巻)、男踏歌に君達たちが「竹河」をうたったとか(「初音」巻)、そういう公の行事の管絃の場では、貴公子たちが音楽にたずさわる。一方、弘徽殿の大后は桐壺の更衣の薨後、「久しく上の御局にも参う上り給はず、月の面白きに、夜更くるまで遊びをぞし給ふなる」とあったし(「桐壺」巻)、源内侍は琵琶の名手で、「御前などにても、男方の御遊びに交りなど」するほどの腕前であった(「紅葉賀」)。六条御息所も野宮で「虫の音に、松風すごく吹き合せて、そのことども聞き分かれぬほどに、物の音ども絶えだえ」に響かせていた(「賢木」巻)。さらにはまだ幼い紫の上は、源氏の笛の音に合せて、「掻き合はせまだ若けれど、拍子違はず上手めきたり」とほめられるほどに箏の琴を弾いた。つまり当時音楽にかかわったのは、男性だけではなかったということである。女性も子どももいるということである。

さらに言えば、「手習」巻には、浮舟が身を寄せる小野山荘の妹尼君たちが琴や琵琶を弾く場面がある。

尼君ぞ、月などあかき夜は、琴など弾き給ふ。少将の尼君などいふ人は、琵琶弾きなどしつつ遊ぶ。

また明石入道も醍醐天皇の御手法を弾き伝えた三代目だというだけあって、

(源氏は)人の上もわが御身の有様も、思し出でられて、夢の心地し給ふままに、掻き鳴らし給へる声も、心すごく聞ゆ。古人(入道)は涙もとどめあへず、岡辺に琵琶・箏の琴取りにやりて、入道琵琶の法師になりて、いとをかしうめづらしき手一つ二つ弾き出でたり。

とある(「明石」巻)。琵琶の法師は「琵琶ひきてありく法師也。当時の盲目のごとし」とされる(『花鳥余情』)。このあと箏の琴も「げにいとすぐして掻い弾きたり。今の世に聞こえぬ筋ひきつけて、手づかひいといたう唐めき、ゆ(揺)の音深う澄ましたり」と激賞されている。

もっとも「手習」巻の母尼（妹尼の母）は、子息の横川の僧都から「念仏より他のあだわざなせそ」とたしなめられたというが、それを聞いた中将は、

「いとあやしきことをも制しきこえ給ひける僧都かな。極楽といふなる所には、菩薩なども皆かかることをして、天人なども舞ひ遊ぶこそ尊かなれ。行ひまぎれ、罪得べきことかは。今宵聞き侍らばや」

とおだてると、母尼は和琴を取り寄せて、「ただ今の笛の音をもたづねず、ただおのが心をやりて、吾妻の調べを爪さわやかに調」べたとある。

『新編古典文学全集・源氏物語⑥』（一九九八年四月・小学館刊）付載「漢籍・史書・仏典引用一覧」（四二二頁）には、「僧尼令」に「凡ソ僧尼、音楽ヲ作シ、博戯ニ及ブ者、百日苦役セヨ。碁琴ハ制スル限ニアラズ」以下の条文を引いて、「僧尼には、遊芸娯楽の類はおよそ禁じられたが、囲碁（賭碁を含む）と七絃琴のみは右の趣旨によって許される。聖僧の横川の僧都は、母にもこの戒律を守らせようとしたものか」と述べている。あるいは光源氏が琴の名手とされているのは、この禁令を念頭に置いて、出家後の源氏の理想像をそれとなく示唆しているのかも知れぬ。それはともかく、僧尼がかなり自由に各種の楽器を演奏していることから推すと、この「僧尼令」が当時機能していたとは言いがたい。

すなわち女性や子どもや僧尼も音楽に親しんでいる事実があるわけである。これは儒教の礼楽思想からだけでは説明はつくまい。

㈣　僧尼らも音楽に親しむ

前述のように「手習」巻の中将は、琴を弾く母尼が子息の横川の僧都から、「念仏より他のあだわざなせそ」とたしなめられたと聞いて、「極楽といふなる所には、菩薩なども皆かかることをして、天人なども舞ひ遊ぶこそ尊

かなれ」と慰めている。当該本文につき、『日本古典全書・源氏物語(七)』(昭和三十年十二月・朝日新聞社刊)の頭注(一八四頁)は、「伝恵心僧都筆二十五菩薩来迎図などを念頭において述べるか」と指摘している。また玉上琢弥氏は『源氏物語評釈』第十二巻(昭和四十三年七月・角川書店刊)四三九頁の「極楽の音楽」の項で、『古典全書』の頭注を紹介するとともに、伝恵心僧都撰『浄行和讃』の「塵数《ヂンジュ》ノ菩薩眷属ハ、ソノカズ辺際ミエガタシ、コヱゴヱ天ノ楽奏シ、イロイロ宝ノハナ供ス」(日没讃)、「無数ノ妙花ミダレチリ、一切天人コトゴトク、タヘナル音楽奉奏セム」(同)等の文を引いて、極楽で菩薩や天人が音楽を奏する様子を伝えている。

さらに『観無量寿経』にも、

衆宝《しゆほう》の国土の、一々の界上に、五百億の宝楼閣《ほうろうかく》あり。その楼閣の中に、無量の諸天ありて、天の伎楽をなす。また、楽器ありて、虚空に懸処《けんしよ》し、天の宝幢《ほうどう》のごとく、鼓《う》たざるにおのずから鳴る。このもろもろの音の中に、みな、仏を念じ、法を念じ、比丘僧を念ずることを説く。この想い成じおわらば、名づけて〈ほぼ、極楽世界の宝樹と宝地《ほうじ》と宝池《ほうち》を見るもの〉となす。これを〈総の観想〉となし、〈第六観〉と名づく。もし、これを見る者あらば、無量億劫《おくこう》の極重《ごくじゆう》悪業を除き、命《いのち》終りて後、必らずかの国に生まれん。(岩波文庫本による)

と見える。極楽では無数の天人たちが、天上の音楽をかなでている。これらの音楽はみな仏を念じ、教法を念じ、僧団を念ずべきことを説いているというのである。

『栄花物語』巻十七「音楽」の巻は、治安二年(一〇二二)七月の法成寺金堂の塔慶供養を伝えるが、

舞台の上にて、さまざまの菩薩の舞ども数を尽し、また童べの蝶、鳥の舞ども、ただ極楽もかくこそはと、思ひやりよそへられて見るほどぞ、いと思ひやられて、そのゆゑいとどめでたき。孔雀、鸚鵡、鴛鴦、迦陵頻伽など見えたり。楽所の物の音どもいといみじくおもしろし。これみな法《のり》の声なり。あるひは天人、聖衆の伎楽歌詠するかと聞こゆ。香山大樹緊那羅の瑠璃の琴になずらへて、管絃歌舞の曲には、法性真如のことわりを

調ぶと聞こゆ。

とある。菩薩の面を付けて舞う壱越調の舞や胡蝶の舞・迦陵頻伽の舞などの光景を「極楽もかくや」と評し、楽所から聞こえる楽の音色は天人や聖衆が音楽をかなで、仏の教えを称えて歌うかのように聞こえたという。その管絃歌舞の曲には、香山大樹緊那羅の瑠璃の琴（『大樹緊那羅王所問経』）のように、法性真如の道理（宇宙のあらゆるものが有する永遠に不変の真理）をかなで伝えているかのようだったとも記す。

また「橋姫」巻で、宇治山の阿闍梨が冷泉院に、八の宮の大君・中君を紹介する条には、

さすがに物の音めづる阿闍梨にて、「げにはた、この姫君たちの、琴弾き合せて遊び給へる、川波にきほひて聞こえ侍るは、いと面白く、極楽思ひやられ侍るや」と、古代にめづれば……

と述べられている。

先述の明石入道も、源氏が「広陵」という曲を、「ある限り弾きすまし」たところ、「後の世に願ひ侍る所（極楽）の有様も、思う給へやらるる夜のさまかな」と、泣きながら称賛したという（「明石」の巻）。すなわち「手習」巻の中将が言ったように、当時極楽では菩薩らが皆音曲を楽しんだり、天人なども舞い遊んでいると信じられていたのである。だから俗人はむろん、僧尼らも音楽にかかわってなんのさしつかえもない、という考えがあったのである。

五　音楽の効用

前述の中将は小野の草庵で浮舟を見かけて恋心を抱き、比叡山参詣にかこつけて、再び小野を訪ねようとする。その比叡山でのこと。

中将は山におはし着きて、僧都もめづらしがりて、世の中の物語りし給ふ。その夜は泊りて、声尊き人々に経など読ませて、夜一夜遊び給ふ。

とある。傍点部は声明とも管絃の遊びとも注釈書にはある。「一晩中遊」ぶということから推すと、管絃の遊びかとも考えられる。いずれにしても「念仏より他のあだわざなせそ」とたしなめたひざ下での遊びである。単なる遊楽・娯楽で行なっているはずがなかろう。いわゆる法楽であろう。仏法を敬愛し、善を行ない、徳を積んで、自ら楽しむのである。音楽を奏することが、仏法への讃嘆となり、造寺造仏・写経読経と同じように功徳になるというわけである。

女性や子どもや僧尼に至るまで音楽に親しんだのは、叙上のごとく当時の仏教信仰によるところも大きいと考えられる。もちろん「手習」巻の中将の例にも見られるように、男性にもこういう信仰に由来する音楽愛好が浸透していたことはいうまでもあるまい。

なお、文芸の方面では、これを狂言綺語とし、それが仏法を賞賛し、仏道に導く機縁となるものであるという考え方がある。『和漢朗詠集』巻下「仏事」五八八に、『白氏文集』巻七十一所収の「香山寺白氏洛中集記」中の一聯、

願ハクハ以テ二今生世俗ノ文字之業狂言綺語之誤リヲ一　翻シテ為《せ》ムニ当来世世讃仏乗之因転法輪之縁ト一

を引載している。これまで世俗の文学作品を作り、麗句をもてあそんで人を魅惑するあやまちを犯して来たが、それを翻然と改めて、この文学の営みを、来世において仏法を賛嘆し、説法する時の媒介、契機にしたい、というのである。

『栄花物語』巻十五「疑ひ」寛仁三年（一〇一九）九月条に、藤原道長が東大寺で受戒し、『法華経』以下の経文の読誦・論義を勧めた折、殿ばら・僧たちが、「願はくは今生世俗文字の業、狂言綺語の誤りをもて、かへして当来世世讃仏乗の因、転法輪の縁とせん」などと読誦したと見える。また『梁塵秘抄』巻二・二二二にも

狂言綺語の誤ちは　仏を讃むるを種として　麤《あら》き言葉もいかなるも　第一義とかに帰るなる

という今様が収められている。前半は戯飾のことばをもてあそんで人を魅惑する誤ちを犯して来たが、それも仏法

皆第一義ニ帰ス」に拠る。妄言・軟語もすべて仏法の真理に帰一する、という意である。

この『梁塵秘抄』を編んで後白河法皇は、

この今様、今日ある、一つにあらず。心を致して神社・仏寺に参りて、謡《うた》ふに、示現を被《かぶ》り、望むこと叶はずといふことなし、官職《つかさ》を望み、命を延べ、病をたちどころに止《や》めずといふことなし。

と述べて、それぞれの具体的な示現の例をいくつもあげている（同書「口伝集」巻第十）。そうして自分は極楽往生を望んでいるが、「たとひまた今様を謡ふとも、などか蓮台の迎へに与《あづ》からざらむ」と言って、色好みの遊女でさえ「一念の心発《おこ》しつれば往生しにけり。ましてわれらはとこそ覚ゆれ。法文の歌、聖教の文に離れたることなし」と記している。すなわち今様をうたったからとて極楽に行けないはずもなく、ましてや法文歌は釈迦の教法そのものといってよい。これをうたうことは経典を読誦するのと同じことだというのである。とすれば今様、とりわけ法文歌はうたうことが功徳を積むことにもなるわけである。つづいて説く。

法華経八巻が軸々、光を放ち放ち、廿八品の一々の文字、金色の仏にまします。世俗文字の業、翻して讃仏乗の因、などか転法輪にならざらむ。

と。ここにも白居易の「世俗文字の業」云々の詩句が引用されている。

これらの例は、いづれも自己の仏法讃嘆、極楽往生を願っての行為であろう。白居易にしても自作の読者を結縁させたいと言っているわけではなく、自己の成仏を第一義的に考えているのだと思う。

これが『梁塵秘抄』とほぼ同じころの嘉応二年（一一七〇）に語られたことになっている『今鏡』になると、狂言綺語たる『源氏物語』の作者紫式部は、その読者を狂言綺語でたぶらかせているように見えて、実は仏道に導くという功徳を積んだのだという解釈を下すことになるわけである。すなわち『今鏡』「打聞第十」〈作り物語の行方〉

には、紫式部が虚言をつらねて『源氏物語』を作った罪で地獄に堕ち、焦熱苦を受けたという批判に対して、

人の心をつけむ（動かす）ことは、功徳とこそなるべけれ。情をかけ、艶ならむによりては、輪廻《りんね》の業とはなるとも、奈落に沈むほどにやは侍らむ。この世のことだに知り難く侍れど、唐土に白楽天と申しける人は、七十の巻物作りて、詞をいらへ（もてあそび）、たとひをとりて、人の心を勧め給へりなど聞こえ給ふも、文殊の化身とこそは申すめれ。仏も『譬喩経』など言ひて、なきことを作り出だし給ひて説き置き給へるは、こと虚妄ならずとこそは侍れ。女の御身にてさばかりのことを作り給へるは、ただ人にはおはせぬやうもや侍らむ。妙音観音など申すやむごとなき聖たちの女になり給ひて、法《のり》を説きてこそ人を導き給ふなれ。

と説いている。

白居易も「七十の巻物作りて、詞をいらへ、たとひをとりて、人の心を勧め」たと断じ、同様に紫式部も『源氏物語』を書いて、読者を感動させ、「法を説いてこそ人を導」く功徳を発揮したが、これは彼女が妙音観世音菩薩の化身だからであると弁明したのであった。

㈥　讃仏・結縁・成仏に結びつく音楽

紫式部が『源氏物語』の著作にあたって、その行為が読者を結縁に導くものであると、自覚していたかどうかはわからない。『紫式部日記』寛弘六年正月条につづく書簡条に、

いかに、今は、（仏事をも）言忌みし侍らじ。人、と言ふとも、かく言ふとも、ただ阿弥陀仏にたゆみなく、経を習ひ侍らむ。世の厭はしきことは、すべて露ばかり心もとまらずなりにて侍れば、聖にならむに、懈怠すべうも侍らず。ただ、ひたみちにそむきても、雲に乗らぬほどのたゆたふべきやう（気持ちのぐらつくようなことが）なむ侍るべかなる。それにやすらひ（出家をためらって）侍るなり。

とある。『源氏物語』を書き上げた翌年の心境である。自作が功徳になって極楽往生が保障されると確信していたら、こんな心境を吐露するはずもあるまい。

そこで前の音楽論に戻ると、当時一般には白居易から発する狂言綺語の誤ちを仏を讃むるの種とするような考え方は、音楽の場合はほとんどなかったように思われる。『論語』巻八「衛霊公第十五」一一で、顔淵が国の治め方をたずねたとき、孔子は、「楽は則ち韶舞（舜の韶の舞い）し、鄭声（鄭の音曲）を放ちて佞人《ねい》（口上手な人間）を遠ざけよ。鄭声は淫に、佞人は殆《あや》うし」と答えた。政治に効果のあるのは正しい音楽なのである。狂言綺語の文芸とは違って、元来正しい楽が基本なのである。その正しい楽を演奏することが、讃仏・結縁・成仏に結びつくのである。

三 行事の場面の役割

(一) 紫清両女の行事描写

『源氏物語』には宮中や民間の年中行事や、いわゆる通過儀礼といわれる年の賀や元服・髪上げなどのほか、冠婚葬祭・管絃の遊び・その他の遊芸など、王朝時代に行なわれた数々の行事や催事が随所に描述されている。それゆえ『源氏物語』はストーリーの面白さはいうまでもないが、同時に王朝時代の伝統的行事や風俗・習慣等を知るにも有益で、読者の感性と理性とを同時に充足させてくれる作品とも言いうるのである。

もっともそれら行事や催事の具体的な描述には精疎の差が少なからずある。たとえば端午の節句。『源氏物語』には、「帚木」巻「雨夜の品定め」の女性論総括の条に、「歌よむと思へる人の（中略）、五月の節に急ぎ参る朝、何のあやめも思ひしづめられぬに、えならぬ根をひきかけ」てよんで来るのは気がきかぬと批難されている。また「藤裏葉」巻には、冷泉院の六条院行幸に際して、「左右の司の御馬ひき並べて、左右の近衛立ち添ひたる作法、五月の節にあやめわかれず通ひたり」とある。この五月の節に行なわれる競馬については、「蛍」巻に花散里の夏の御殿の馬場で催されたことを記して、見物の童女や下仕えの衣裳や振舞いが活写され、それから、

手結《てつがひ》の、公ごとにはさま変りて、すけたち（中少将）かきつれ参りて、さまことに今めかしく遊び暮し給ふ。

女は何のあやめも知らぬことなれど、舎人どもさへ艶なる装束を尽して、身を投げたる手惑はしなどを、見るぞをかしかりける。南の町もとほして、遥々とあれば、あなたにもかやうの若き人どもは見けり。打毬楽・落蹲など遊びて、勝ち負けの乱声どものゝしるも、夜に入りはてて、何ごとも見えずなり果てぬ。

というわけで、盛大な騎射の光景を詳述している。

実は五月節をとりわけ好んだのは清少納言である。『枕草子』には『源氏物語』以上にこの節関連の記事がある。

節は五月にしく月はなし。菖蒲・蓬などのかをり合ひたる、いみじうをかし。九重の御殿の上をはじめて、言ひ知らぬ民の住家まで、いかでわがもとにしげく葺かむと葺き渡したる、なほいとめづらし。いつかは異折に、さはしたりし。

と五節句の中で最高であると書き出し、それから中宮御所などで薬玉を飾ることを述べる。さらに、

御節句まゐり、若き人々、菖蒲の腰ざし、物忌つけなどして、さまざまの唐衣・汗衫などにをかしき折り枝ども、長き根にむら濃の組して結び、つけたるなど、めづらしう言ふべきことならねど、いとをかし。さて、春ごとに咲くとて、桜をよろしう思ふ人やはある。

と、節句の具体的な風習や景物等を描く。つづいて童女たちが着飾って得意になっている様子やその童女を引っぱって泣かす小舎人童などの姿も生きいきと記し、また菖蒲を文に結んだり、その長い根を手紙に同封する習慣などにも筆が及んでいる（以上「節は」の段）。

「蛍」巻で描かれた五日の手結についても「五月の御精進のほど」の段に、

（左近の）馬場といふところにて、人多くて騒ぐ。「何するぞ」と問へば、「手結にて、真弓射るなり。しばしご覧じておはしませ」とて、車とどめたり。「左近の中将、みなつき給ふ」といへど、さる人も見えず。六位など立ちさまよへば、「ゆかしからぬことぞ。早く過ぎよ」といひて、行きもて行く。道も祭のころ思ひ出

　　でられてをかし。

とふれられている。こちらは公の行事で、「六位など立ちさまよへば」という情景である。「蛍」巻の場合は、六条院での私的な催しで、「公ごとにはさま変りて、すけたちかきつれて参りて」とあった。

　この他、『枕草子』には「なまめかしきもの」の段に、

　　五月の節のあやめの蔵人。菖蒲のかづら、赤紐の色にはあらぬを、領布《ひれ》・裙帯《くたい》などして、薬玉、皇子たち・上達部の立ち並み給へるに奉れる、いみじうなまめかし。取りて腰に引きつけつつ、舞踏し、拝し給ふも、いとめでたし。

ともある。また「三条の宮におはしますころ」の段には、「菖蒲の輿」や「薬玉」などが届けられたことや、その薬玉を脩子内親王と敦康親王につけたこと、および清少納言が青刺し（青麦の粉で作った菓子）を中宮定子に届けたところ、中宮から「みな人の花や蝶やといそぐ日もわが心をば君ぞ知りける」の一首を授かったことなどが記されている。

　なお、「正月一日」の段には、「五月五日は、曇り暮らしたる」とか、「木の花は」の段では、棟の花が「かならず五月五日にあふもをかし」とか、「五月の菖蒲の」の段では、白んで枯れた菖蒲を秋冬になって、引き折り広げたところ、「その折の香の残りて」かおってくるのは、「いみじうをかし」とかあり、五月節にかかわる記述も少なくない。

　さらに「見るものは」の段にも、三日の「献菖蒲」の儀式を述べ、建物や見物の桟敷などに菖蒲を葺き渡したり、人々も菖蒲鬘をつけたりし、また薬玉をつけたり、さらには武徳殿での騎射終了後に、獅子や狛犬などの舞いがあったことなども記す。もっともこの儀式については、当段に「されどこの世に絶えにたることなめれば、いとくちをし。昔語りに人のいふを聞き、思ひ合はするに、げにいかなりけむ」と書いてある。

上述のように、端午の節句関係の記事では、紫式部よりも清少納言の方が詳細に記している。「五月という月を何事によらず、こよなく好いていた」清少納言である（五十嵐力・岡一男博士『枕草子精講』二〇四頁・二〇〇二年三月覆刻初版・国研出版刊）。宮中から庶民の家に至るまで、いっせいに菖蒲を葺き渡す五月の節句を清少納言はとりわけ好んだのである。もうすたれていた「献菖蒲」の行事の内容まで聞書きで綴ったのも、彼女のこの節句への関心がきわめて高かった事実を物語っている。

対して紫式部はどうか。式部は少納言のように五月の節句そのものを描こうとしたわけではない。ストーリーを語るにあたって、たまたまこの節句を利用したのであって、あくまでもこの行事を物語内容に連動させて描いているのである。

(二)「男踏歌」と紫式部

もう一例、正月十四日に催された男踏歌。『源氏物語』では「末摘花」「花宴」「賢木」「胡蝶」の諸巻に踏歌が出て来るほか、「初音」「真木柱」「竹河」各巻には、踏歌の行進やメンバーの行装や催馬楽「竹河」などのうたわれたことなどが、かなり詳しく述べられている。その男踏歌の実体については、すでに山岸徳平博士（『日本古典文学大系・源氏物語三』補注一五八、昭和三十六年一月・岩波書店刊）・山中裕博士（『歴史物語成立序説』四八―五三頁、一九六二年八月・東京大学出版会刊）・小山利彦氏（『源氏物語宮廷行事の展開』一一三―七四頁、平成三年九月・桜楓社刊）らによって明らかにされているので、ここではふれない。ただこの行事は『花鳥余情』（初音）に「円融院の天元六年（九八三＝永観元年）正月男踏歌ありし。そののちは記録などにも所見なし」と指摘され、また山中博士も『小右記目録』によって「天元三年以後、男踏歌はみえなくなっている」と説かれているように（前掲書六三―四頁）、早く円融朝末期にはすたれてしまったようである。なお、正月十六日の女踏歌は行なわれていたが、これは大極殿前庭で舞うだけで、市中で練り歩くことはない。紫式部は岡一男博士によると天延元年(九七三)の生まれである(『源氏物語の基礎的研究』一六九頁、昭和二十九年一月・東京堂出版刊)。あるいは天元二年(九七九)正月十四日に催された最後の男踏歌を七歳の式部は見たかも知れない。

もっとも「初音」「真木柱」「竹河」三巻に見られるような踏歌の次第やくわしい行装・内容等については、それぞれが大体同様の書きざまであることから、山中博士は永観(九八三―四)以前の記録を根拠にして書いたものと断言されている(前掲書五一・二頁)。

ともかくも男踏歌という行事は、『源氏物語』の執筆・成立した寛弘年間(一〇〇四―一二)にはすでに行なわれていなかったのである。五月の節についてあれほど饒舌であった清少納言も、この踏歌については『枕草子』で全くふれるところはない。とすれば紫式部は男踏歌を意識的に『源氏物語』に書いたということになる。

(三) 「男踏歌」描写の理由

今井源衛博士は「年中行事は宮廷の行事であるかぎり、基本的には当代の予祝・辟邪と天皇讃美という趣旨は動か」ないが、『源氏物語』にくり返し描かれる行幸は、「人生や人間の運命、あるいは時の流れなどを読者に直接納得させる場として執拗と思われるほどに繰り返され、またたいへん有効に利用されているのである」と、行幸場面のくわしい検証の結果をふまえて説かれている(『完訳日本の古典17・源氏物語(四)』巻末評論「『源氏物語』における行事の役割」、昭和六十年二月・小学館刊)。さて「初音」「真木柱」「竹河」各巻に繰り返し描述されている男踏歌にも、行幸の場合と同様、「人生や人間の運命、あるいは時の流れなどを読者に直接納得させる場」という認識を抱かせるであろうか。

「初音」巻では、六条院の春の御殿に、御方々をはじめ玉鬘らもやって来て、見物。踏歌に参加した夕霧や弁の少将以下の内大臣の君達への批評があって、最後に集まった女君たちの「ものの音こころみてしがな」という源氏のことばで終る。また「真木柱」巻では、夜がひどくふけてしまったので、源氏の六条院へは立ち寄らず、宮中に戻って承香殿東面の玉鬘の局の前で舞踏。内大臣の君達や、八男の童と髭黒大将の長男が立ち並んでいる姿などに玉鬘の「御目とまりけり」とある。しかしここで特に「初音」巻の男踏歌をふり返るような場面は出て来ない。つぎに「竹河」巻では冷泉院へやって来たのを、玉鬘女の大君（御息所）らが見物。右大臣（夕霧）と致仕の大殿（故太政大臣、玉鬘の父）の一族以外には「きらきらしう清げなる人はなき世なり」と見えたと記す。この踏歌では、「過ぎにし夜のはかなかりし遊びも思ひ出でられ」たとあって、去年の正月二十日余りの夜、「竹河」などの歌われた玉鬘邸での管絃の遊びが思い出されている。

三つの巻に描かれた男踏歌の共通点としては、「初音」「真木柱」両巻では踏歌が玉鬘の眼前で行なわれたことで一致し、また「竹河」巻では、玉鬘の娘の大君の前で踏歌が行なわれている。だから賢明なる読者なら、玉鬘の波瀾に満ちた人生・運命に思いを馳せ、時の流れに涙する向きもいるかも知れない。しかし「竹河」巻の男踏歌では去年の正月の玉鬘邸の管絃の遊びが思い出されているのであって、それが遠く「真木柱」巻や「初音」巻の踏歌を想起させるようにも、ふつうなら思い至らないであろう。

(四)　『源氏物語』と「男踏歌」

宮中の清涼殿には「年中行事御障子」が置かれている。たとえば正月半ばの行事として、

十三日。三省中秋冬馬料目録文事。
十四日。大極殿御斎会竟事。
同日。殿上論議事。

十五日。進御薪事。
同日。兵部省手詰事。
同日。主水司献七種御粥事。
同日。奏給諸司秋冬馬料目録文事。
十六日。踏歌事。
同日。三省進冬季帳事。
十七日。射礼事。

等が書かれている。公卿・殿上侍臣らはこの「年中行事御障子」文によって、当日の朝儀を知り、これらの行事を粛々と行なって行く。つまり当時の政治はこの年中行事をこなすことが中心であったともいえる。

ここで肝心なことは、これらの年中行事のほとんどは、宮中内で男性官僚中心に行なわれ、また一般の人々はむろんのこと、宮仕えする官女や女房でさえも多くの場合これを拝観する機会は多くはなかったということである。そういう状況の中で、白馬節会（正月七日）とか、踏歌（同月十四日男踏歌・十六日女踏歌）とか、賀茂祭（四月中申酉日）およびこれに先立つ斎院御禊（同月中午日）とか、端午節（五月五日）・行幸等々の行事の際は、女性たちや一般庶民らも見物できる機会があり、中には端午節のように上流・下流の人々の区別なく参加できた行事もあったということなのである。

先述の「蛍」巻の端午節の手結は六条院の夏の御殿の馬場で行なわれた私的な催しであったが、花散里および玉鬘から出された童女や下仕えをはじめとして、馬場のゴールに位置する春の御殿では源氏や紫の上付きの若女房たちも見物したとある。だから出場した「若やかなる殿上人などは、目を立てつつ気色ばむ」ありさまであり、「舎人どもさへえんなる装束を尽して、身を投げたる手惑はしなど」も行なったのであった。女性が見ていると思うからこそ男性のわざにも気合いが入る。

行事が終って源氏は花散里の許に泊まり、玉鬘に恋する蛍兵部卿の宮について彼女にたずねる。花散里は、「(源氏の)御弟にこそものし給へど、ねびまさりてぞ見え給ひける」と一目で兵部卿の宮の容貌を見て取っていた。ついでに宮の弟の帥の親王についても、「(宮より)けはひ劣りて、大君けしきにぞものし給ひける」と批評したのであった。

「初音」巻に描かれた男踏歌は、内裏から朱雀院に参り、それから六条院へやって来たのであるが、内裏や朱雀院での踏歌については何も語られていない。六条院の春の御殿には女君たちが召集され、「左右の対・渡殿などに、御局しつつおは」し、玉鬘はこの機会に「寝殿の南の御方に渡り給ひて、こなたの(明石の)姫君」とご対面になった。「夜もやうやう明け行けば、水駅にてことそがせ給ふべきを」、源氏は一行をいつもより手厚くもてなした。「殿の中将(夕霧)・内の大臣の君達(柏木・弁の少将ら)、そこらにすぐれてめやすくはなやか」であった。源氏は翌朝、日が高くなってから起きて、紫の上に夕霧の歌声をほめて、それから女君たちが集まったこの機会に、私の後宴として女楽の催しをしたいと準備をするのであった。ここでも踏歌を六条院の女君たちが見るということが主眼となっているが、ついでに女楽を催すことによって、女君たちの和合をも企図としているのである。

「真木柱」巻の男踏歌では、「方々に里人参り、さま異にけに賑はしき見物」であったとあり、后たちの所へ実家の女房たちも参上して見物したのであった。ただし今回は源氏の六条院は「ところ狭しと省」かれたのであった。というのも髪黒の通うところとなり、さらに尚侍に任命された玉鬘は宮中に参上して、六条院にはいなかったからである。この踏歌は玉鬘の入った承香殿の東面に設けられた局の前で行なわれた場面が取り立てて描かれている。だから公私の女房、とりわけ玉鬘の見ている前での踏歌なのである。例によって「内の大殿の君達、四、五人ばかり、殿上人の中に声すぐれ、容貌清げにてうち続き給へる、いとめでたし」とある。また殿上童の内大臣八男と髭黒大将太郎君とが立ち並んでいるのを、「尚侍の君もよそ人と見給はねば、御目とまりけり」という次第であった。

ここでは内大臣一家の君達の晴れやかな舞踏姿を玉鬘が見ることによって、玉鬘自身もようやく内大臣の女として認識・評価されて、その子どもたちの仲間入りを果したことを印象づけている。そうして「正身も女房たちも、かやうに御心やりてしばしは過い給はましと思ひあ」うのであった。しかしそれも髭黒が玉鬘をいち早く自邸へ迎え取ったために、見果てぬ夢と終るのである。

「竹河」巻の踏歌では、冷泉院へ嫁いだ大君や弘徽殿の女御らが院の御座所に局を設けて見物。大君に好意を抱いていた右の歌頭の薫や、楽人の蔵人の少将（夕霧の子）らが出場。とりわけ大君に執着していた蔵人の少将は、去年正月二十日夜の玉鬘邸での管絃の遊びも思い出されて、「ひがごと（舞い損い）もしつべく涙ぐ」んだとある。

㈤　行事描写の理由——男の品定め——

以上のように、端午節の騎射や、正月十四日の男踏歌の場面は、いずれも当主である光源氏や冷泉院の臨席のもとで開かれるのであるが、実はこれを見物しているのは、紫の上や花散里や玉鬘や、その長女の大君らを中心とする女官や女房、あるいはその里人たちなのである。これは言いかえると、女君たちによる男君品定めの役割を、これらの行事や催事に担わせているのである。

男性は垣間見をしたり、御簾のかたびらのきれ目からのぞいたり、女房の手引きで女君に近づいたり、また雨夜の品定めのごとき談義から女君の情報を得る。公私にわたる宴席などでも女官や女房に接する機会は少なくない。これらの機会はすべて一編の物語となりうる。

一方女性も御簾越しに男君たちを見たり、垣間見などをすることもあろう。しかし男性と違って活発な行動はできず、特に身分の高い女君たちが男君たちの実体を目で確かめる機会は多くはない。唯一それが可能なのが、女性にも公開されている行事や催事なのである。

「紅葉賀」巻の朱雀院行幸の折には、「藤壺の見給はざらむを、（桐壺帝が）あかず思さるれば、試楽を御前にてせさせ給」うたのであった。その華麗な源氏の青海波の舞いを見て、「帝涙をのごひ給ひ、上達部・皇子たちも、みな泣き給ひぬ」というわけで、男性陣はただただ泣くばかりである。女性方は弘徽殿の女御は「神など、空にめでつべき容貌かな。うたてゆゆし」と言い、それを聞いた若女房などは「心憂しと耳とどめ」たとある。また藤壺は「おほけなき心のなからましかば、ましてめでたく見えまし」と思ったという。ここでも女性たちの見物という視点が強調されているのである。なお、朱雀院行幸当日の場面には見物の女性たちは登場せず、「この世のことも思われない源氏の舞姿を詳叙して、光源氏をひたすら称えることに徹している。

「行幸」巻の大原野行幸の条では、

六条院よりも御方々（車を）ひき出でつつ見給ふ。

（中略）

女はくはしくも見知らぬことなれば、めづらしうをかしきことに、競ひ出でつつ、その人ともなく、かすかなるあし弱き車など、輪を押しひしがれ、あはれげなるもあり。（桂川の）浮橋のもとなどにも、好ましう立ちさまよふ、よき車多かり。

西の対の姫君も立ち出で給へり。

とあって、完全に女性たちから見物される帝一行という設定である。ここでは玉鬘が冷泉院に「准ひ聞こゆべき人なし」と見るのをはじめ、父内大臣・蛍兵部卿宮・髭黒大将たちを対比・批評するのである。だから大原野に着いてからの狩りの場面などは、全く描かれないのである。

以上見てきたごとく、『源氏物語』に描かれる行事や催事は、女性たちの男性批評、つまり女性による男性品定めを行なうための場として設定されていることが少なくないことが判明したかと思う。もちろんそれらの行事の主催者や参加者が慶祝され、繁栄が物語られていることはいうまでもない。

残る問題は、男踏歌のような古い行事がどうしてたびたび『源氏物語』に描かれたのかということである。これは一つには男性観察に都合のよい行事であったということであろう。宮中から市内に繰り出すのだから、一般の人々でさえ見物できるのである。

もう一つ。「若菜下」巻の女楽の終ったあと、源氏が夕霧と女君たちの演奏を批評する条に、

いかに、ただ今有職のおぼえ高きその人かの人、御前などにて、たびたび試みさせ給ふに、すぐれたるは、数少なくなりためるを、その兄《このかみ》と思へる上手ども、いくばくえまなび取らぬにやあらむ、このかくほのかなる（六条院の）女たちの御中に、弾きまぜたらむに、際離《きは》るべくこそ覚えね。

とあって、すぐれた有職が数少なくなっている、という嘆きが吐露されている。紫式部は男踏歌のような伝統的で有意義な行事は残しておきたいという気持ちがあったのだと思う。この行事がすたれたのもすぐれた有職が数なくなったからだ、というような思いもあって、『源氏物語』の中になんども描述したのであろう。

この条のあとで、源氏がこれも一条朝にはすたれてしまった琴《きん》のことの効用を語って、

なまなまに学びて、思ひかなはぬ類ありけるのち、これを弾く人よからず、とかいふ難をつけて、うるさきままに、今はをさをさ伝ふる人なしとか、いと口惜しきことにあれ。（中略）こののちといひては、伝はるべき末もなき、いとあはれになむ。

と説いている。これも当代ではすたれてしまっている琴の効用を力説したものであって、これを伝授する師弟のいないのを嘆いているのである。そうとすれば、一条朝にすたれた男踏歌の再興を誌上で実現した紫式部の思いもよく汲み取ることができよう。

なお、「蛍」巻で騎射を叙して、「女は、何のあやめも知らぬことなれど」と言い、「行幸」巻の大原野行幸の条で、「女はくはしくも見知らぬことなれば」と言っていながら、各々の行事の要をおさえて描述しているのは、紫式部が古文献を典拠として書いているのである。前者には『延喜十二年（九一二）亭子院歌合』（『河海抄』）や『延喜式』（『花鳥余情』）、のちのものだが「長和三年（一〇一四）五月十六日上東門院第競馬」および「万寿三年（一〇二四）九月十九日関白頼通賀陽院騎射」等の記録（同上）等が参考文献として指摘されている。また後者については『李部王記』延長六年（九二八）十二月五日条（『花鳥余情』）・同記同四年（九二六）十月十九日条（『河海抄』『花鳥余情』）以下の典拠が指摘されている。

男踏歌も永観（九八三—四）以前の記録によっているとのことである（前掲・山中裕博士『歴史物語成立序説』）。女性が男性を見物・批評する場面構築に、紫式部がリアリティを出すためにいかに努力しているかがわかって面白い。それは式部が故実を重んずる人でもあったからである。

四 漸層法的手法――場面構築の方法(1)――

(一) 漸層法的手法(波紋型)

紫式部の場面構築の方法については、従来もその独得の手法が種々指摘されている。たとえば開巻「桐壺」の冒頭部で、「いとやむごとなき際」ではない桐壺更衣が「すぐれて時め」いた事態に、

はじめよりわれはと思ひあがり給へる御方々(1)、めざましきものに貶しめ嫉み給ふ。同じほど、それより下臈の更衣たち(2)は、まして安からず。……上達部・上人など(3)も、あいなく目をそばめつつ、いと眩き人の御おぼえなり。唐土にも、かかることの起こりにこそ世も乱れあしかりけれと、やうやう天の下にも(4)あぢきなう、人のもてなやみぐさになりて、……

という波紋を広げることになる。桐壺帝が更衣ひとりを寵愛した結果、まず「はじめよりわれはと思ひあがり給へる御方々」、つづいて「同じほど、それより下臈の更衣たち」の嫉妬から、「上達部・上人など」の陰口に転じ、「やうやう天の下にもあぢきなう、人の」悩みの種にもなっていく、と述べる。つまり波紋型というか、いわゆる漸層法的手法がとられているのである(岡一男博士『評釈源氏物語』四四頁、昭和四十六年十二月・旺文社刊)。

「帚木」巻巻末近くの、源氏がはじめて空蝉に逢って、翌朝を迎えて別れなくてはならない場面なども、この漸

層法的手法で描かれている。

鶏も鳴きぬ。人々起き出でて、「いといぎたなかりける夜かな」「御車引き出でよ」などいふなり。守も出で来て、「女などの御方違へこそ」「夜深く急がせ給ふべきかは」などいふもあり。君はまたかやうのついであらむこともいと難く、さしはへてはいかでか。御文なども通はむことのいとわりなきを思すに、いと胸いたし。奥の中将も出でて、いと苦しがれば、許し給ひても、また引きとどめ給ひつつ、「いかでか聞こゆべき。世に知らぬ御心のつらさも、あはれも、浅からぬ世の思ひ出は、さまざまめづらかなるべきためしかな」とて、うち泣き給ふ気色、いとなまめいたり。鶏もしばしば鳴くに、心あわただしく……

このあと、歌の贈答があり、「ことと明かくなれば、障子口まで送り給ふ。内の外も人騒がしければ、引きたてて別れ給ふほど、心細く、隔つる関と見えたり」とある。

この場面では、「鶏も鳴きぬ」「鶏もしばしば鳴くに」「ことと明かくなれば」と、後朝の別れの刻限がさし迫ってくるという時間的な切迫感が漸層的に述べられる。と同時にその時間の経過にしたがって、早くも車の準備をし始める従者たちの声、つづいて「そう早くお帰りにならなくとも」ととがめる紀伊守や侍女の声が聞こえて来て、そのうち奥にまんじりともせずに控えていた空蟬侍女の中将も出て来て、「奥様を早く返して」とつらがり責める。さらに明るくなって来ると、家の内外で人騒がしくなって来る、というわけで、源氏は空蟬と別れざるを得なくなって来る、その刻限の迫る切なさと別れのつらさが、増幅しつつ描かれているのである。その切実さは「鶏も」「守も」「かやうのついであらむことも」「御文なども」「奥の中将も」「鶏もしばしば」等の「も」の多用によって、源氏に迫まる時間と人事のわりなさを強調しているわけである。読者も源氏とともに切迫した状況の中に引きずり込まれ、一気にこの場面を読み切るはずである。

「桐壺」の例でも時間の推移はもちろんある。しかしその時がたつにつれてというところは表に強調されることはなく、むしろ空間的な拡散が強調されているのである。帝と更衣の関係を慨嘆するのは、後宮の后妃から始まって、上達部・上人、天の下の人というふうに、上層から下層への波及という空間的な視点で描かれているのである。一方「帚木」の例では、何かうわさなどが上層階級から下層のそれへ拡大していくというような描き方ではない。後朝の別れの刻限がしだいしだいにさし迫って来るという、時間の推移が強調されているわけである。同じく漸層法的手法といっても空間的な場合と時間的な場合とがあるのである。

(二)「北山の僧庵」の場面

「若紫」巻の北山の僧庵で、源氏が幼い紫の上を発見する場面も印象的である。源氏は昼間岩屋の上から眺めていた僧庵の小柴垣のもとに、惟光だけを供に出向いて、のぞいて見る。目に入ったのは、「中の柱に寄り居て、脇息の上に経を置きて、いとなやましげに読み居たる尼君」で、

　ただ人と見えず。四十余ばかりにて、いと白うあてに痩せたれど、つらつきふくらかに、まみのほど、髪のうつくしげにそがれたる末も、なかなか長きよりもこよなう今めかしきものかな、とあはれに見給ふ。

とある。最初に体調すぐれぬ感じの尼君が読経している姿が見え、つぎにこの尼君が上流の人らしく、年齢は四十余りと推量。それからたいそう色白で、気品があり、痩せてはいるけど顔つきはふっくらとしており、目つきのぐあいや、肩のあたりできれいに切り揃えられている髪先があかぬけた感じであると見て取る。全体的な尼君の動作や風貌から身分や年齢などを推測。それから痩せている体、にもかかわらずふっくらとした顔立ち、つづいて目もと、つぎにあかぬけした髪というふうに、のぞき見している源氏の目の動きに添って全体から個へと視点が移る、漸層法的な手法で描かれている。人の顔の美を論ずるとき、額・目・髪等で判断するわけである。

尼君から視点は、「清げなる大人二人ばかり、さては童女ぞ出で入り遊ぶ」ところに移る。

中に十ばかりにやあらむと見えて、白き衣、山吹などのなれたる着て、走り来たる女子、あまた見えつる児どもに似るべうもあらず。いみじく生ひ先見えて、うつくしげなる容貌なり。髪は扇を拡げたるやうにゆらゆらとして、顔はいと赤くすりなして立てり。

いよいよ紫の上の登場である。尼君→大人二人→童女と目を移動させて来て、「中に十ばかり」の「いみじく生ひ先見えて、うつくしげなる容貌」の紫の上が目に入るのである。ここも漸層法的な手法が発揮された描き方である。その紫の上はつづいて尼君から「何ごとぞや。童女と腹立ち給へるか」と問われて、「雀の子を犬君が逃しつる。伏籠の中《うち》に籠めたりつるものを」と言って、「いと口惜しと思」っている。尼君が、余命少ない自分のことを考えないで、「雀慕ひ給ふほどよ。罪得ることぞと常に聞こゆるを、心憂く」とたしなめて、

「こちや」と言へば、つい居たり。つらつきいとらうたげにて、眉のわたりうちけぶり、いはけなくかいやりたる額つき、髪ざし、いみじううつくし。ねびゆかむ様ゆかしき人かなと、目とまり給ふ。

というわけで、源氏の関心は紫の上の全体的な動作や姿から、彼女の顔立ちへ移って、眉・額つき（おでこ）・髪の生えぎわに釘づけにされる。そうして先ほども「いみじく生ひ先見えて」とあったが、「ねびゆかむ様ゆかしき人かな」と紫の上の将来の美しい成長ぶりを想定するのである。それもそのはず、源氏がひそかに恋する義母の藤壺に紫の上がたいそうよく似ていたからである。

尼君が紫の上の髪をかき撫でながら、紫の上の幼稚さを難じて、

「…唯今おのれ見棄て奉らば、いかで世におはせむとすらむ」とて、いみじく泣くを見給ふも、すずろに悲し。幼心地にも、さすがにうちまもりて、伏目になりてうつ伏したるに、こぼれかかりたる髪、つやつやとめでたう見ゆ。

とうとう髪が肩にこぼれかかっている姿態の美しさに目は引かれる。童女の姿態なのにあたかも成人女性のそれ

を想起させる表現である。

この場合、尼君から始まって、大人二人、それから童女、さらには紫の上へと、源氏の視点が動くと同時に、「源氏が次第に彼女への興味を高めて行く状態を三回にわたる断続的な紫の上の人物描写を通して、漸層的に伝えている」のである（前掲『評釈源氏物語』一九七頁）。すなわち「中に十ばかり……顔はいと赤くすりなして立てり」の条では、紫の上は「特に個性的な美的要素のない、一般的な童女の描写にとどまっている」（同上）。

つぎに尼君にたしなめられてからの条では「つらつきいとらうたげにて、眉のわたりうちけぶり、いはけなくかいやりたる額つき、髪ざし、いみじううつくし」と、紫の上が美女としての条件をことごとく揃えていることに感動し、そのよって来るところが「限りなう心をつくし聞ゆる」藤壺に、「いとよう似奉」っていることに気付くのである。つづく「伏目になりて……つやつやとめでたう見ゆ」の条では、「やさしい愛情を感じ」る（同上）一方、つやつやとした肩にこぼれかかる髪に、彼女の大人になった姿を思い描いているふしも見える。

(三)　上位から下位へ（下降型）

『評釈源氏物語』は「こういう事物・場面の外的描写と人物の内的心理との有機的な関係」は、「桐壺」巻の「野分だちて……」以下の、「季節感と心理との必然的な交錯に似ていて、『源氏物語』の文章の重要な一特色といえよう」と説く（一九七頁）。ここではその分析はひとまずおいて、漸層的な表現に戻ると、それは『源氏物語』の随所に見える。

「須磨」巻の光源氏が須磨に退居したのちの、都の人たちの慨嘆を記すのに、

都には、月日過ぐるままに、帝をはじめ奉りて、恋ひ聞こゆる折節多かり。春宮はまして常に思し出でつつ、忍びて泣き給ふを、見奉る乳母、まして命婦の君はいみじうあはれに見奉る。入道の宮は春宮の御ことをゆゆ

しうのみ思ししに、大将もかくさすらへ給ひぬるを、いみじう思し嘆かる。御兄弟の親王たち、むつまじう聞こえ給ひし上達部など、初めつ方はとぶらひ聞こえ給ふなどありき。あはれなる文を作り交はし、それにつけても世の中にのみめでられ給へば、后の宮聞こし召していみじう宣ひけり。

とあって、朱雀帝から始まって、東宮（冷泉院）及び東宮の乳母や王命婦、さらには藤壺の宮、兄弟の親王、上達部らの、源氏への思いと行動とが漸層的に記述されている。最後には親王や上達部が初めのころは源氏を親しく見舞ったり、また源氏と漢詩文を作り交わしていたのを批難する弘徽殿の大后までが登場する。帝や東宮および近侍の女房たちは宮中の人々である。それに準ずる藤壺の宮。それから源氏の兄弟や上達部といった男君たちの行動に及び、最後はその男君たちの行為を批判する反対派の弘徽殿の大后である。

都にいない源氏を、帝は「恋ひ聞こ」える。東宮は源氏を思い出しては、「忍びて泣き給ふ」のである。乳母や王命婦は、その東宮を「いみじうあはれに」拝見。藤壺は東宮の将来を心配し、一方源氏の流謫を「いみじう思し嘆」いている。親王たちや上達部らは見舞をしたり、漢詩文を作り交わしていたけれども、弘徽殿の大后の批判を受けて、貝になってしまった。

弘徽殿の大后を除けば、それぞれが源氏の不在を嘆いているのだが、一様な書きざまではなく、各々が個性的に描き分けられているところに、紫式部の筆法の鋭敏さがある。ただ漸層的に、上位から下位へ、内から外へと書くだけではなく、対象に対する心情や行動の有機的なつながりも見られるのである。

㈣　起承転結的な手法

『源氏物語』には、その場にいる人々の和歌の唱和の場面も少なくないが、こういう唱和も漸層法的な手法の一つであろう。「須磨」巻の源氏が海の見える廊に出て、「釈迦牟尼仏弟子」と名乗って、ゆっくりと経文をよんでいると、雁の連なって鳴く声が聞こえて来る。

初雁は恋しき人のつらなれや旅の空飛ぶ声のかなしき

と、(源氏が) 宣へば、良清、

かきつらね昔のことぞ思ほゆる雁はその世の友ならねども

民部の大輔 (惟光)、

心から常世を棄てて鳴く雁を雲のよそにも思ひけるかな

前の右近の将監 (伊与介の子、小君の異母兄弟)

常世出でて旅の空なる雁がねも列に遅れぬほどぞなぐさむ

「友惑はしていかに侍らまし」といふ。

源氏が初雁の声を聞いて、都にいる恋しい紫の上の悲嘆の声と感ずるのは、この条の前段で、「枕をそばだてて四方の嵐を聞き給ふに、波ただここもとに立ち来る心地して」、

恋ひわびて泣く音にまがふ浦波は思ふかたより風や吹くらむ

と詠んだのと、同じ発想である。波音を聞いても雁声を耳にしても、それらは皆紫の上の嘆き悲しむ声に聞こえるのである。

つづく良清が一番の家来の惟光に先立ってよむことになったのは、彼が「播磨守の子で、ここの須磨には最も深き関係があり、播磨本位に考へて、第一位を与へるべき男」だからである (五十嵐力博士『平安朝文学史』下巻一八四頁、昭和十四年七月・東京堂出版刊)。「かきつらね」て鳴き渡る雁。その列《つら》なりのように、昔のことが思い出されるというので、雁の声よりも雁の列に主眼が置かれている。「その世の友ならねども」と言っているのは、雁が常世とこの世を行き来するという伝承をふまえているのだろう。都は常世にも匹敵するところだったのだ。

民部の大輔（惟光）の歌は、「鳴く雁」で源氏の詠を受け、「常世」云々で良清の歌を承ける。その「心から常世を捨てて鳴く雁」に、みずからの意志で都を捨てて須磨の浦にやって来た自分たちの姿を重ね合わせて、流浪の孤愁を訴えたのである。

最後の前の右近の将監は、惟光の歌を承けて、常世を出て旅の空に鳴く雁も、仲間とともにいる間は心が慰められると歌った。源氏の詠をきっかけに玉突きの玉のように、三首の歌がつづく。その間、源氏は雁の声から都の紫の上（および恋人たち）の悲しみを思い、良清は列なる雁から都にいたころのことをつぎつぎと想起する。ここまでは雁によってもたらされる悲しみである。

惟光はこれまで無関心であった雁の境遇と自分たちのそれが共通していることを発見し、雁に親しみを感ずるのだ。ここでは前二首の悲しみの情調から転じて、悲しい中にも自分たちと同じ境遇の雁がいて、いささか心慰められる気分をも漂わせている。四句目の右近の将監は、連なって飛ぶ雁の姿から、須磨の地で源氏や仲間と暮す安心感を述べて、前歌よりもさらに慰安の情を強調したのである。

五十嵐力博士は、この四連作の味わいについて、「主君がさすらひの旅愁に始まり、それに喚びさまされた近侍二人が現在の悲境の自覚に央《なかば》し、而して陽気な青年崇拝者が眼前の親睦融和に見出だした意味深き慰めに終はる。吾等は之れを見て、立派に秩序立てられた哀史一章を、わざと断叙して豊かな余意を見せたかのやうに思ふのである」と述べられた（前掲『平安朝文学史』下巻・一八五頁）。ここもつぎつぎと和歌を列ねて行って、須磨に閑居する源氏と従者たちの心情を漸層的に描いているといってよい。ただこれまで見て来たような波紋型や下降型のそれによって内容が拡大、拡散して行くという叙法ではない。いちおう源氏の歌から始まって、従者たちの歌へ及ぶという点では下降型ではあるが、惟光より良清が源氏の直後にうたうといった前後の出入りがある。そうして内容的には、いわゆる起承転結的な手法での叙述となっているのである。

㈤ 自然描写に極まる漸層法

紫式部の漸層法的な手法が最も発揮されるのは、自然描写のときである。「少女」巻の完成した六条院を説明するのに、源氏と紫の上の住む辰巳の町（南の殿）については、

南の東は山高く、春の花の木、数を尽して植ゑ、池のさま面白くすぐれて、御前近き前栽、五葉・紅梅・桜・藤・山吹・岩つつじなどやうの、春のもてあそびをわざとは植ゑて、秋の前栽をば、むらむらほのかにまぜたり。

とある。池の対岸の築山から始まって、池の様子、つづいて殿舎近くの植込みの草木を描く。遠景からしだいに近景に筆が及んでいることがわかろう。

逆に花散里の丑寅の町（東の殿）は、

北の東は、涼しげなる泉ありて、夏の蔭によれり。前近き前栽、呉竹、下風涼しかるべく、木高き森のやうなる木ども木深く面白く、山里めきて、卯の花の垣根ことさらにし渡して、昔覚ゆる花橘・なでしこ・さうび・木丹《くだに》などやうの、花のくさぐさ植ゑて、春秋の木草、その中にうちまぜたり。東面は、分けて馬場の殿《おとど》つくり、埒《らち》結ひて……。

とあって、殿舎近くの遣水や前栽がまず描かれ、つぎに後方の「木高き森のやうなる木ども」に及ぶ。それから東面側にある馬場の風景が述べられている。どちらかというと近景から遠景に及んだ描写である。

『源氏物語』の場面にも劣らず、こういう遠近法で成功しているのは、『紫式部日記』の冒頭である。

秋のけはひの立つままに、土御門殿のありさま、いはんかたなくをかし。池のわたりの梢ども、遣水のほとりの草むら、おのがじし色づきわたりつつ、大方の空も艶なるにもてはやされて、不断の御読経の声々、あはれまさりけり。やうやう涼しき風のけしきにも、例の絶えせぬ水のおとなひ、夜もすがら聞きまがはさる。御

前にも、近う候ふ人々、はかなき物語するを聞こしめしつつ、悩ましうおはしますべかめるを、さりげなくもて隠くさせ給へり。

まず秋らしくなって、土御門殿の全体のありさまが「いはんかたなくをかし」と記される。つづいて、池のあたりの梢や遣水のほとりの草むらの紅葉が叙され、つづいて殿舎内から不断の御読経の声々が聞こえて来るが、それが傍を流れる遣水の音とまじって聞こえると記す。それから中宮の御前の女房が話をする光景、さらにはそれを聞いている中宮自身の姿が述べられる。描かれる対象は土御門殿の全景から庭内の風景に至り、つづいて室内の女房、それから中宮へと、しだいに焦点が絞られるように描かれている。

こういう手法は、映画撮影の際、カメラを被写体に向かって前進させながら行う移動撮影、つまりトラック・アップの手法に似たものである。外部から内部へ、さらには内部の主人公へと被写体に向けて焦点を絞りながら描述していくのである。あたかも読者自身の目が移動カメラになったように対象に向って行くわけで、無意識のうちにその文章に釣り込まれて行くのである。

これは言って見ればトラック・アップ型の漸層法である。紫式部はこの手法を『源氏物語』の場面構築の際にも少なからず利用しているのである。紫式部は読者に本文を読み込ませる方法を生来身につけていたというべきであろう。

五　緊張とユーモアと――場面構築の方法(2)――

(一)　源氏明石の浦退去の場面

「明石」巻の終章は、源氏召還の宣旨から始まって、明石の御方の懐妊・源氏と御方との弾琴の唱和がつづき、ついに源氏が明石の浦を去る記事に至る。その源氏と御方との重苦しく、つらく緊迫した物語の果ては、

正身の心地、たとふべきかたなくて、かうしも人に見えじ、と思ひしづむれど、身の憂きをもとにて、わりなきことなれど、うち棄て給へる恨みのやるかたなきに、……

とまず御方の悲しみを強調。つづいて、

母君も慰めわびて、「何にかく心づくしなることを思ひ染めけむ。すべてひがひがしき人に従ひける心のおこたりぞ」といふ。

という母君の反省と夫入道への批判。すると入道は、

「あなかまや。思し棄つまじきことも、ものし給ふめれば、さりとも思すところあらむ。思ひ慰めて、御湯などをだに参れ。あなゆゆしや」とて、片隅に寄り居たり。

と、抵抗。さらに、

乳母・母君など、ひがめる心を言ひ合はせつつ、「いつしかいかで思ふさまにて見奉らむと、年月を頼み過ぐし、今や思ひかなふとこそ頼み聞こえつれ、心苦しきことをも、物の初めに見るかな」と嘆くを、……

とあって、乳母まで母君と一緒になって入道の「ひがめる心」を批判しては、新婚早々新郎の源氏が都へ帰ってしまう御方の不幸を嘆く。御方・母君・乳母の嗟嘆と不安と不満は切迫し、極限状態にまで達している。重苦しい文脈である。

その直後、女性陣から「ひがひがしき人」「ひがめる心」の持ち主と批判の集中砲火をあびた入道は、

（娘が）いとほしければ、いとどほけられて、昼は日一日寝をのみ寝暮し、夜はすくよかに起き居て、「数珠の行方も知らずなりにけり」とて、手をおしすりて（仏を）仰ぎ居たり。弟子どもにあばめられて、月夜に出でて行道するものは、遣水に倒れ入りにけり。よしある岩の片そばに、腰もつきそこなひて、病み臥したるほどになむ、少し物紛れける。

という、さんざんな目に会ってしまう。夜・昼逆転の生活になって、数珠はどこかに置き忘れる。月夜に庭に出て行道したものの、遣水に倒れ込んだあげく、風流な庭石につまづいて腰を痛めて病み臥したけれど、その間少しは悲しみも紛れたという。

ここに至ると、もう先述の深刻さは一転して滑稽で、ユーモラスな場面になっている。読者は入道のしでかす面白さに、思わず「ほほほ…」と笑い出してしまうであろう。深刻で、重苦しい場面を、ユーモラスな明るい場面に一瞬のうちに転換するのは、紫式部の得意わざの一つなのである。

(二)『蜻蛉日記』との違い

「葵」巻の葵の上の死後、四十九日も過ぎて、源氏がいよいよ左大臣邸から二条院へ退出する場面では、「大臣も、

宮（大宮）も、今日の気色に、また悲しさあらためて思さる」状態である。源氏が大宮に、心配している桐壺帝の許へ「今日なむ参る」云々と消息すると、

いとどしく、宮は目も見え給はずしづみ入りて、御返りもえ聞こえ給はず。大臣ぞやがて渡り給へる。いと堪へ難げに思して、御袖もひき放ち給はず。見奉る人々もいと悲し。

という有様。大宮・左大臣・人々（女房たち）の源氏への惜別の情が縷々綴られている。

大将の君（源氏）は、世を思しつづくることいとさまざまにて、泣き給ふさま、あはれに心深きものから、いとさまよくなまめき給へり。

美男美女は、泣いても恰好がよい。その源氏に悲しみをこらえて、左大臣はまだ気持ちをしずめることができないので参内できない旨、帝に伝言してほしいと依頼。「せめて宣ふ気色、いとわりなし。君もたびたび鼻うちかみて」、依頼を引受けた旨左大臣へ告げるのだが、「君も」とあるからには、左大臣も泣いているのである。

源氏があたりを見回してみると、「女房三十人ばかりおしこりて、濃き薄き鈍色どもを着つつ、皆いみじう心細げにて、うちしほたれつつ居集」っている。左大臣はその女房たちの嘆きを当然のこととした上、

「うちとけおはしますことは侍らざりつれども、さりともつひには、とあいな頼みし侍りつるを、げにこそ心細き夕べに侍れ」とても、泣き給ひぬ。

というわけで、とうとう声をあげて泣いてしまった模様である。

源氏が左大臣邸を去るに当っての、左大臣・大宮・女房たちの悲痛さはここに極わまったというべきであろう。

こうして源氏が左大臣邸を立ち去ったのち、

大臣見送り聞こえ給ひて入り給へるに、御しつらひよりはじめ、ありしに変ることもなけれど、空蝉のむなしき心地ぞし給ふ。

御帳の前に御硯などうち散らして、手習ひ棄て給へるを取りて、目を押ししぼりつつ見給ふを、若き人々は悲しき中にも、ほほゑむなるべし。

とある。

ここで左大臣が源氏の書き捨てた反故を取り上げて、「目を押ししぼりつつ見給ふ」姿を見て、「若き人は悲しき中にもほほゑむ」のである。この一文によってこれまでの重苦しい源氏との別れの場面が、ユーモラスな情景に一転する。読者もついついほほえんでしまう。

この場面、主人公が部屋を退去したあとに、そこに残された文を家人が見るというパターンは、『蜻蛉日記』上巻の父倫寧が道綱母を残して陸奥守として赴任する条に似ている。

…とまる人（道綱母）、はたまいて言ふかたなく悲しきに、「時たがひぬる」と言ふまでも、（倫寧は）え出でやらず。かたへなる硯に、文を押し巻きてうち入れて、またほろほろとうち泣きて出でぬ。しばしは見む心もなし。

見出で果てぬるに、ためらひて、寄りて、なにごとぞと見れば、

君をのみ頼むたびなる心には行末遠く思ほゆるかな

とぞある。見るべき人（兼家）見よとなめりとさへ思ふに、いみじう悲しうて、ありつるやうに置きて、とばかりあるほどに、（兼家が）ものしためり。

このあと、やって来た兼家は、「などか、世の常のことにこそあれ。いとかうしもあるは、われを頼まぬなめり」と、実にそっけない。道綱母は日数のたつにつれて、旅先の父を思っては「あはれなるに」、兼家の心もまことに頼りなげで不安を抱いたのであった。

道綱母の場合は、新婚早々に父の遠国への赴任に出会った悲しみと、夫兼家に対する不信感を強調するのだから、

そこに「ほほえみ」など入って来る余地はない。それはそれでよいのだが、読者にとってはなんとも切実で、重苦しく、暗澹たる気分になるであろう。物語と日記とでは対読者意識も当然異るわけだが、それにしても紫式部の暗天に一すじの星の光を見出だすかのような、ユーモア描写の巧妙さが際立つ。それは運筆の単調さを避けようとする意味合いもあるのだろう。

㈢　桐壺の更衣葬送の場面

このような深刻な場面に笑いを入れて、読者の気分をホッとさせるという例は、他にも散見する。「桐壺」巻の更衣葬送の条で、母北の方は、「同じ煙に上りなむ」と、泣きこがれて、「御送りの女房の車に、慕ひ乗」って、

…「むなしき御骸《から》を見る見る、なほおはするものと思ふが、いと甲斐なければ、灰になり給はむを見奉りて、今は亡き人と、ひたぶるに思ひなりなむ」と、さかしう宣ひつれど、車より落ちぬべうまろび給へば、「さは思ひつかし」と、人々もて煩ひ聞こゆ。

とある。当時は母親は葬儀場には赴かず、実家にとどまっているのが一般だったという。にもかかわらず更衣の母は娘が灰になるのを見て、死者になったのだとあきらめをつけたいと、殊勝なことを言って牛車に乗った。にもかかわらず、車からころげ落ちそうなほど愁嘆したために、女房たちからああやっぱりねと、もて余されることになったというのである。やはりそこには悲しみの中にも一種の笑いが生じているというべきであろう。

この場合、当事者は真剣だが、読者としては、母君の乗車前の殊勝さと、牛車に乗ってからの動転ぶりとの懸隔の大きさや、母君の乗車を認めた女房たちの困惑ぶりとに笑ってしまうのである。考えてみると、叙上の明石入道といい、左大臣や更衣の母といい、いずれも直接笑いの対象になっている人物が、当時の高齢者であるという共通点があるのも面白い。

(四) 笑いの原点

緊張がつづく場面に、一服の笑いを挿入する際、高齢者のみならず、比較的身分の低い者の言動で以ってすることも少なくない。『隆能源氏物語絵巻』「橋姫」にも描かれている、宇治の大君・中君姉妹が琴と琵琶とを各々弾いている光景を薫が竹の透垣のすき間からのぞき見する場面。薫は人目を忍ぼうとするが、「なまかたくなしき」宿直人めく男が出て来たので、この男の案内で、姫君たちの居間に通ずる透垣の戸を少し押し開けて見ることができた。翌朝薫は一首をこの宿直人に持たせて大君の許につかわすことにしたが、晩秋九月のあさぼらけに、この宿直人は「いと寒げに、いららぎたる顔して、持て参」ったのであった。

薫は朝霧に濡れそぼった御衣を、皆この男に与えた。ところが、

宿直人、かの脱ぎ捨ての、えんにいみじき狩の御衣ども、えならぬ白き綾の御衣の、なよなよと言ひ知らずにほへるをうつし着て、身をはたえかへぬものなれば、似つかはしからぬ袖の香を、人ごとにとがめられ、めでらるるなむ、なかなかところせかりける。心に任せて身も安くもふるまはれず、いとむくつけきまで人のおどろくにほひを、失ひてばや、と思へど、ところせき人の御移香にて、えもすすぎ棄てぬぞ、あまりなるや。

とあって、あまりに香ばしい匂いに満ちた薫の衣裳をもらって、かえって周囲から不審がられ、その「むくつけきまで人のおどろくにほひを、失ひてばや」と思ったけれども、すすぎ落とすことはできなかった。それを語り手は「あまりなるや」（あんまりですこと）と、同情さえしているのである。この条の直前は八の宮が山寺に参籠したあとの、八の宮邸の寂寥とした雰囲気の中での姫君たちの合奏の場面が描かれ、つづいて弁の尼から薫の出生の秘密に連なるはずの、彼女と柏木との縁故が語られる場面である。おのずとさびさびとして、重苦しい雰囲気が漂っている。その重苦しさを、このどことなく滑稽な宿直人を登場させることによって、やわらげているのである。

この宿直人は、先の薫の垣間見の場面で登場したときには、「なまかたくなしき（愚直そうな）」男であったと記され、また薫が帰京する際に、大君への歌を届けさせた折には、「いと寒げに、いららぎたる顔（鳥肌立った顔）して、持て参」ったとある。ひどく貧相で、同情すべきところなのだが、むしろどことなく間の抜けた、滑稽なイメージがつきまとっていよう。とどのつまりが身にそぐわない、芳香の発散する衣裳の取り扱いに困ったという話である。読者は思わず笑みを浮かべてしまうのである。

さらに「椎本」巻々末近くで、薫が大君に意中を打明けて、帰京する際に、

かの御うつり香もて騒がれし宿直人ぞ、鬘鬚《かつらひげ》とかいふつらつき、心づきなくてある。はかなの御たのもし人や、と見給ひて、召し出でたり。

「いかにぞ。おはしまさで後、心細からむな」など問ひ給ふ。うちひそみつつ、心弱げに泣く。

とあり、つづいて宿直人は身寄りもなく、三十余年も八の宮の庇護のもとに過ごして来たので、これからは誰を頼りにしたらよいかと、薫に訴えるが、「いとど人わろげなり（みっともない）」と評されている。

また「早蕨」巻の中君が匂宮の二条院へ迎えられる直前の条には、薫が八の宮邸の今後について指示をし、「この宿守に、かの髭がちの宿直人などはさぶらふべければ、このわたりの近き御庄どもなどに」、その世話なども命じた由述べられている。両者のうち「椎本」の記事はやはりユーモラスな印象をうける。

すなわちこの宿直人の笑いの原点は、髭がちでいかつい顔をしているのに、いっこうに豪快なところがなく、ともすればめめしく窮状を訴えがちなことが一つ。それから薫のおあかつきを授かったために、馬子にも衣裳をとおり越して、周囲から不審がられて、授け物がかえって厄介物になったということが一つ。いずれも予想に反した結果・現象が笑いを誘発しているのである。そういう観点からすれば、「早蕨」の記述も「かの髭がちの」という一句を目にしたとたん、読者の心中にすでに笑いが生じているはずである。

㈤　三滑稽登場の意義

『源氏物語』には、末摘花・源典侍・近江の君という、いわゆる三滑稽と称される人物も登場する。これらの人物は前後の巻々や話題の中での、ユーモアによる緩衝剤の役割や、また対向する人物をきわだたせるための役目などを荷わせられている。これに対して文中に散見する笑いの場面は、先行する深刻な場面や重苦しい情景を緩和することが多く、読者の気持をなごませ、リフレッシュし、読書欲を継続させるのに効果的である。

笑いをもたらす人物は、高齢者や身分の低い者などが多く、予期に反した言動や、外面の意外さなどによって、笑いが生じているといえる。これらの描述から紫式部の執筆手法の一端がおのずと知られるのである。

六 親に先立たれた子

(一) 物語の主役の条件

『源氏物語』には、両親または片親に先立たれた人物がかなり登場する。光源氏や紫の上はむろんだが、源氏の恋人の藤壺・女三の宮・六条御息所・空蟬・軒端荻・夕顔・末摘花らは登場したときから「親に先立たれた子」であり、花散里も記述はないが、たぶん両親はすでにいなかったのであろう。そのほか冷泉院・秋好中宮・玉鬘・夕霧・落葉の宮・宇治の大君・中君らも母親に先立たれている。また桐壺更衣は父親がすでにいなかった。なお、雲井雁や真木柱・浮舟らは両親の離婚の憂き目に会っており、薫の場合は父に遅れ、母の女三の宮の出家にも遭遇するという悲劇を背負っている。

まともに両親が揃っているのは、朱雀院・今上帝・春宮・冷泉院女御（弘徽殿）・葵の上・頭の中将・柏木・明石御方・明石姫君（ただし紫の上の養女）・匂宮らということになろう。それは主として左大臣および朱雀院の血筋を主に引く人々と、明石入道の血筋に連なる人々である。前者は生まれながらにして「やんごとな」い階級に生まれた人々であり、その生涯はまず平坦であり、安定している。後者の入道の場合は、受領階級から后妃を出すというドラマチックな筋立てからしても、きわめて特異なケースである。

それで、『源氏物語』のドラマ性を支えている登場人物は、圧倒的に「親に先立たれた子」どもであるということができるだろう。そういえば、『竹取物語』のかぐや姫は、竹取の翁夫妻が月から授かった養女であったし、『伊勢物語』の昔男も父に先立たれた、母宮の「ひとつ子」というスタイルをとっている。『うつほ物語』の俊蔭の女も両親はいない。『落窪物語』の落窪姫は母親に先立たれている。

物語の主役たちは、話題性・冒険性・特異性にとんでいなければならないのだ。『源氏物語』に孤児や片親の子が多いのは、作者紫式部が早く母親の為信の女に先立たれているからだけではないのである。貴族社会のまともな、ありふれた生活を描いてみたところで、読者の興味をひくことはできないのである。

「螢」巻の物語論で、紫式部は、

よきもあしきも、世に経る人のありさまの、見るにも飽かず、聞くにもあまることを、後の世にも言ひ伝へさせまほしきふしぶしを、心に籠めがたくて言ひ置き始めたるなり。よきさまに言ふとては、よきことのかぎり選り出でて、人に従はんとては、また悪しきさまのめづらしきことを取り集めたる、皆かたがたにつけたる、この世のほかのことならずかし。

と言っている。つまり、「見るにも飽かず、聞くにもあまること」を書くのであり、かつ「よきさまに言ふとては、よきことのかぎり選り出でて」書くというのであって、日常のありふれた事実を描くのではなくて、未知なる世界――それもその典型を描くのが物語だと言っているのである。わずかの随身と惟光とを連れて、源氏が夕顔の宿や北山の験者の許へおしのびで出かけるなどという筋立ても、かなり現実離れのした、物語世界ならではのお話であったはずである。

(二) 困難な家庭環境

登場人物の設定にあたっても、これは例外ではあるまい。そこで、登場人物の家庭環境を困難なものしに、その生涯をどう乗り越えて行くか、というスリルと興味のある物語構成をとるのである。なぜなら貴族の生活様式や行動範囲は限定されているから、そうした方面での特異なケースはそう多くは存在しない。せいぜい「虫めづる姫君」や渡唐体験のある「浜松中納言」ぐらいで終りそうである。そうすると、あとは家庭環境の特殊性、つまり「親に後れた子」、「親が出家した子」「親の離縁に会った子」、「養女」ないし「養子」といった環境を強調するなり、これらを組み合わせるなりして、彼らがそういう困難な境遇からどうやって立上り、人生を切り開いていくか、という方針で物語を構成していくのである。一夫多妻制の貴族社会であるから身につまされる話も少なくなかったであろう。

これは、たとえば児童文学やアニメーションの世界での、『母を訪ねて三千里』とか『親指姫』とか『アルプスの少女ハイジ』『フランダースの犬』『みなし子ハッチ』といったケースと全く同じである。悲劇的でまともでない境遇の主人公たちであるからこそ、その物語は想像力を駆り立て、興味を抱かせるのであって、これが並みの貴族家庭の話では、ソッポを向かれてしまうのである。

明石入道の場合は、家庭環境はまともであっても、その后妃を出すという信条が特異であり、これは受領階級の一員たる紫式部らの夢でもあり、理想的なスタイルでもある。一家あげての努力の結果が明石姫入内という夢を実現したのであって、とりわけ入道を偏屈者に仕立てることによってその興味を盛り上げており、ここでは「親に先立たれた子」の型式をとる必要はなかったのである。

『源氏物語』の愛読者であったろう姫君や女房たちは、母更衣に先立たれた源氏や祖母の尼君に死別した紫の上や、夕顔なきあと九州にまで流浪した玉鬘たちの物語を読んでは、胸をドキドキさせ、ふり返って自分たちの安楽で、平和な身の上をつくづくとしあわせに感じたことであろう。めったにないことではないが、現実に起こり得ない話ではない。そういうリアリティがこうしたみなし子的人物の周辺にはいつも漂っている。

しかも「親に先立たれた子」どものパターンはさまざまである。この時代、原則的には子どもは母親方で育てられる。母が亡くなれば母方の祖母の許で育てられ、その祖母が亡くなって、はじめて父親側に引取られることが多い。いろんな事情で父親の許に行けない場合は、玉鬘のように乳母が育てるというケースもある。末摘花も父宮亡きあとは、侍従という乳母子だけが世話をしていたという。

源氏は紫の上との結婚を尼君に申し入れたとき、「(私は)いふかひなきほどの歳にて、睦まじかるべき人(母や祖母)にもたち遅れ侍りにければ、あやしう浮きたるやうにて、年月をこそ重ね侍れ。(紫の上も)同じ様にものし給ふなるを、(私を)類《たぐひ》(仲間)になさせ給へ、といと聞こえまほしきを」と言っている。また女三の宮が源氏に嫁ぐことになったのは、出家した父帝朱雀院が、「(母女御に先立たれた)このいはけなき内親王ひとり、(源氏が)分きてはぐくみ思して、さるべきよすが(適当な婿)をも、御心に思し定めてあづけ給へ、と聞こえまほしきを」と源氏に語ったことが契機となっている。薫が宇治の姫君たちに心を傾けていったのも、八宮から「亡からむ後、この君達をさるべきもののたよりにもとぶらい、思ひ棄てぬものに数まへ給へ」と依頼されたからである。

(三)『源氏物語』の魅力

「親に先立たれた子」どもたちの命運いかに？　彼らに心ひかれるヒーローやヒロインたちも同じく「親に先立たれた子」どもたちである。人生の試練をどのように乗り切れるのか。とりわけ姫君たちは嫁ぐ相手次第でしあわせにも不幸にもなった時代である。女性の経済的な自立などほとんど考えられない時代であった。そういう環境の中で、人と人とのつながりはさまざまなパターンを生み出す。両親健在の匂宮より親に先立たれた薫の境遇の方がいっそう深刻であるのは当然である。

『源氏物語』の魅力の一つは、このように、話題性・冒険性・特異性にとんだ主人公たちが、読者にとって未知なる世界で成功し、敗北し、しかもそれが現実にあり得る事実でもあろうことをアピールしているところにあろう。しかもストーリーのほんの一コマが、現在の私たちの生活の一断面にも共通しているように思われるときがある。『源氏物語』が個性的な作品であると同時に、普遍性をも有した作品であることが、こんな一面からも看取できるのである。

七　雷・火災――『源氏物語』の仕掛け――

㈠　地震・雷・火事・親父

「地震・雷・火事・親父《おやじ》」というのは、この世で怖いものを順に並べた俗諺だが、父親の権威の失墜した昨今では、「地震・雷・火事」まではともかく、「親父」の怖さなどとうていこの三者のそれに及ぶべくもない。いったいこの俗諺がいつごろから言われ出したのか、『広辞苑』（昭和三十年五月第一版・岩波書店刊）や『成語大辞典』（一九九五年九月・主婦と生活社刊）等を見てもその出所は不明である。初出の出典を網羅するといわれる小学館の『日本国語大辞典』第三巻（昭和四十八年五月刊）にもその典拠はあがっていない。『大言海』第三巻（昭和九年八月・冨山房刊）にはこの項目はない。昭和十四年十月修訂版の『大日本国語辞典』（冨山房刊）には「恐るべきもの」という意味が述べられているだけで、これまた出典は示されていない。

『西鶴織留』巻六の一「官女のうつり気」冒頭部に「大名公家がたには、地震・神鳴の間とて番匠にたくませ」云々と見えるが、平安朝の内裏にも、雷が鳴ると天皇の避難する雷鳴の壺という殿舎があった。『太平記』巻三十六「大地震並夏雪事」によると、康安元年（一三六一）六月二十四日の大地震の際、「灘波浦の沖より大竜二つ浮き出でて、天王寺の金堂の中へ入ると見えけるが、雲の中に鏑矢鳴り響きて、戈《ほこ》の光四方にひらめきて、大竜と四天と戦ふ体《てい》ぞ見えたりける。二つの竜去るとき、また大地震《おびただ》しく動いて、金堂微塵に砕けにけり」と見える。地震と雷とは早くから連動するものと考えられていたらしい。そこから「火事」が連想されて来るのも自然であろう。いずれにしても「親父」が加わった一句の成立はかなり後世のこととなろう。なお「おやじ（親父）」の用例が『好色一代男』や『日本永代蔵』等に見えることを『日本国語大辞典』は指摘している。とすればこの俗諺は江戸中期以降に出現したのであろう。あるいは明治になってから言われ出したのかも知れない。

㈡　王朝人の「おそろしきもの」

鴨長明の『方丈記』には、長明が「四十余《よそぢ》りの春秋を送れる間に」見た「世の不思議」として、安元三年（一一七七）の大火、治承四年（一一八〇）の大辻風、同年の都遷り、養和（一一八一）の飢饉、元暦二年（一一八五）の大地震の五つが挙がっている。これらは長明に世の無常を実感させ、出家を促す機縁となった事件であるが、一面「怖いもの」であったことも確かであろう。雷と親父はないが、地震と火事とは入っている。

白河法皇（一〇五三―一一二九）には「怖いもの」はなかったようだが、思いのままにならなかったのが、「賀茂川の水、双六の賽、山法師」の三つであったという（『平家物語』巻一「願立」）。さすがに十善の君だけあって、ニガ手なものも優雅である。

『枕草子』「おそろしげなるもの」の段には「橡《つるばみ》の笠。焼けたる所。水ふぶき。菱《ひし》。髪おほかる男の頭《かしら》洗ひて乾《ほ》すほど。栗のいが」とある。橡の笠は喪服などを染める黒色の染料に用いる。笠の形におそろしさを感じるのであろうか、それとも墨染の材料として不吉に思うのであろうか。「水ふぶき」は俗にいう鬼蓮のこと。菱は池や沼に生える草。葉はひし形状三角形で、両側にトゲのある実をつける。その押しつぶされた恰好の固い実をおそろしいと感じたか。洗髪後の男が髪をかわかしている姿は、ふだんは見なれぬザンバラ髪。異様なものに出会ったおそろしさだ。栗のいがも菱系のおそろしさである。そんな中で「焼けたる所」はスケールも大きく、火災の規模も想像されて、断然おそろしい。

『枕草子』には別に「名おそろしきもの」の段もある。「青淵。谷の洞《ほら》。鰭板《はたいた》（板塀のたぐい）。鉄《くろがね》。土塊《つちくれ》。雷《いかづち》は名のみならず、いみじうおそろし（以下略）」とあって、ここでは雷が名実ともにおそろしいものとして記されている。

雷の特におそろしいのは、太宰権帥に左遷されて憤死した北野の宮、つまり菅原道真の怨霊によるそれである。円融院のとき（九六九―八二在位）、焼けた内裏を再建する際の裏板に虫の食った跡があって、これを見ると「つくるともまたもやけなむすがはらやむねのいたまのあはぬかぎりは」と読めたという（『大鏡』時平）。道真が大宰府で亡くなったのが延喜二年（九〇二）。それから約二十年後の延長元年（九二三）三月七日醍醐天皇の皇太子であった保明親王が亡くなった。このとき『日本紀略』同日条によると、「天下の庶民哀しみ泣かざるはなし。其の声雷のごとし。世を挙げていふ。『菅帥の霊魂・宿念の為すところなり』と」とある。人々の亡き悲しむ声が雷のようだったというのだが、「雷」を持ち出したところに、すでに道真の雷神としての性格づけの萌芽が見えるのである。早速翌月十七日には、道真は右大臣に復し、従二位を追贈されたが（『日本紀略』）、その後もしばしば内裏は落雷・火災に見舞われたのであった（『北野天神縁起』参照）。

こんなわけで、「地震・雷・火事」については、平安朝の人々もおそろしい思いをしていたことは確かであろう、ただし通い婚という制度にも原因があろう、「親父」のかげが薄いのは少し残念ではある。

㈢　雷の描写

『源氏物語』や『枕草子』には地震の記事は見えない。『日本紀略』によると、天延元年（九七三）二月二十四日寅時に「地震」があり、また同年九月二十七日辰剋には「地大いに震」うたと見える。さらに貞元元年（九七六）六月十八日申刻に「地大いに震へ、其の響き雷のごとし」という状況で、宮城諸司のほか東寺・西寺・極楽寺・清水寺等が顛倒。圧死する者五十人にのぼった。その後も翌十九日の十四度の地震をはじめとして、九月二十三日まで余震がつづいている。しかしこの地震以後は長久二年（一〇四一）七月二〇日に法成寺鐘楼が顛倒する地震が発生するまで（『扶桑略記』同日条）、地震の記録はない。つまり紫清両女は物心ついてから生涯を終えるまでの間に大きな地震の体験が皆無だったのである。その点「なゐ（地震）のやうに土動く」と描述している『うつほ物語』（楼の上・下）の作者は、天延・貞元の地震に遭遇して、これをよく覚えていた、そういう体験の持ち主であった可能性があろう。

『源氏物語』の雷の描述で代表的なのは、一つは「賢木」巻で、源氏が右大臣邸で朧月夜と密会中に雷鳴がとどろく場面である。

　雨にはかにおどろおどろしう降りて、雷《かみ》いたう鳴りさわぐ暁に、殿の君達・宮司など立ちさわぎて、こなたかなたの人目しげく、女房どもも怖ぢまどひて近う集ひ参るに、いとわりなく出たまはん方なくて、明け果てぬ。

ということになって、「雷鳴りやみ、雨すこしをやみぬるほどに、大臣渡りたまひて、（中略）軽らかにふと這ひ入りたまひて、御簾を引き上げ」て、源氏を発見。これがきっかけとなって、源氏が須磨に蟄居することになる。朧月夜の許から源氏が退出できなくするために雷を利用したのである。

もう一例は、「須磨」巻から「明石」巻にかけての三月上巳の祓の日に突然発生した暴風雨にともなう雷鳴・落雷の場面である。

　海の面は、衾を張りたらむやうに光満ちて、雷《かみ》鳴りひらめく。落ちかかる心地して、からうじて（邸に）たどり来て…（「須磨」巻）。

なほ雨風やまず、雷鳴り静まらで日ごろになりむ。（中略）海の中の竜王、よろづの神たちに願を立てさせたまふに、いよいよ鳴りとどろきて、おはしますに続きたる廊に落ちかかりぬ。炎燃えあがりて廊は焼けぬ（「明石」巻）。

ということになって、「ひねもす入りもみつる雷のさはぎ」で疲れてまどろんだ源氏の夢に桐壺帝があらわれて、「住吉の神の導きたまふままに、はや舟出してこの浦を去りね」というお告げ。折しも明石の浦から入道が夢のお告げにより源氏を迎えに来たとのこと。源氏はさっそく入道の舟に乗って明石の浦に向うのである。こんどは落雷・火災がきっかけとなって、源氏は須磨を退去するのである。式部はその〝仕掛け〟に雷をじょうずに使った。

㈣　火災の記事

落雷による火災以外にも、火事の記事がいくつかある。『橋姫』巻に、宇治の八の宮が宇治に移り住んだのは、

かかるほどに、住みたまふ宮焼けにけり。いとどしき世に、あさましうあへなくて、移ろひ住みたまふべき所の、よろしきもなかりければ、宇治といふ所によしある山里持たまへりけるに渡りたまふ。

とあって、京の宮邸が火事で焼けたからであると記されている。再建できなかったのは、八の宮が弘徽殿大后派から冷泉院に代る東宮擁立の話に利用されて都に居ずらくなっていたうえ、母方にしっかりとした後見人もいず、宮自身も「世の中に住みつく御心おきて」も知らず、「高き人と聞ゆる中にも、あさましうあてにおほどかなる、女のやうにおは」したからであるというので、ずいぶん手がこんでいる。

「椎本」巻以後には、女三の宮の三条の宮が焼失したことを記す。薫二十四歳の春のことだ。前年八月八の宮は亡くなり、あとに残された大君と中君とに薫と匂宮とが各々恋心をつのらせていたころの出来事である。

その年、三条の宮焼けて、入道の宮も六条の院に移ろひたまひ、何くれともの騒がしきに紛れて、宇治のわ

たりを久しく訪れきこえたまはず。

とあって、この火事騒動で女三の宮が六条院へ移ったこと、および薫が宇治へ長らく出向けなかったことを記す。

ここで重要なのは、女三の宮の六条院移住の件である。当然薫も母宮に同行したはずである。その結果同じ邸内に住むことになった薫と匂宮とは、宇治の姫君たちの話題を従前よりも容易に親しく交はせることになったのである。

三条の宮焼けにしのちは、六条の院にぞ移ろひたまへれば、近くては（薫は匂宮の許へ）常に参りたまふ。宮も思すやうなる御心地したまひけり。（中略）世の中の御物語聞こえ交はしたまふ。かのわたり（宇治）のことをも、もののついでには思し出でて、よろづに恨みたまふもわりなしや。

ということになって（「総角」巻）、ついに当年九月彼岸の果ての日に匂宮は薫の手引きで、宇治へ赴き中の君と契りを交わすのである。その後豊明の夜大君が臨終を迎えるなど紆余曲折はあったが、翌春薫二十五歳の二月に中の君は匂宮によって二条院へ迎えられる。すると、

中納言は、三条の宮に、この二十余日のほどに渡りたまはむとて、このごろは日々に（三条の宮に）おはしつつ見たまふに、この（二条の）院近きほどなれば、（中の君転居の）けはひも聞かむとて、夜ふくるまで（三条の宮）におはしけるに、（二条の院へ）奉れたまへる御前の人々帰り参りて、ありさまなど語りきこゆ。

とあって（「早蕨」巻）、薫も匂宮・中の君夫妻の新居と真向いにある三条の宮へ六条の院から移動し始めている。ほぼ三条の宮は再建されたのである。つまり三条の宮の焼失・再建という出来事は、薫・匂宮と宇治の姫君たちとを結びつける〝仕掛け〟として物語に取り入れられているのだ。

さらに言えば、このあと薫二十六歳の二月二十日余りには女二の宮と薫との結婚があり、宮を三条の宮に迎えることになるのだが、

母宮（朱雀院女三の宮）は、いとうれしきことに思したり。おはします寝殿譲りきこゆべくのたまへど、（薫は）「いとかたじけなからむ」とて、御念誦堂の間を廊をつづけて造らせたまふ。（母宮は）西面に移ろひたまふべきなめり。東の対どもなども、焼けてのち、うるはしく新しくあらまほしきを、いよいよ磨きそへつつ、こまかにしつらはせたまふ。

と見える（「宿木」巻）。三条の宮が焼失後増築も加わり、「うるはしく新しくあらまほしきを、いよいよ磨きそへ」て、女二の宮を迎えるのにふさわしい環境をととのえるのにも好都合で、この火災がうまく利用されているのである。

(五)　『源氏物語』の仕掛け

『源氏物語』にはめったにストーリーの飛躍や破たんは見られない。尻切れトンボの物語などもほとんど含まれていない。事件はきわめて自然に、納得いく形で展述されている。それは今述べて来たような「雷」「火事」などといった〝仕掛け〟を物語の随所に置いてストーリーに必然性を持たせているからである。

「病気」とか「行事」なども〝仕掛け〟の代表格である。柏木と女三の宮の事件（「若菜下」巻）なども紫の上の発病に加えて、賀茂斎院の御禊という〝仕掛け〟があって、宮の周囲の人少ない環境が設定されたからこそ起こったとなると、読者はありうることと納得してしまう。宮が柏木に襲われてのち不例ということで源氏が二条院から駆けつける。ここのところたまさかの訪れだから、そうすぐには二条院へ帰れないはずだ。ところが小康を保っていた紫の上が「絶え入りたまひぬ」という知らせ。源氏は二条院へ急ぎ駆けつけるということになる。『源氏物語』の楽しみ方はいろいろある。叙上の〝仕掛け〟を探ぐりながら物語を味わうというのもおもしろいだろう。それにしてもこのような物語を作り出した紫式部の天才に感服するばかりである。

八 「若紫」巻舞台の背景

(一) 北山の行者のモデル

『源氏物語』「若紫」巻冒頭の光源氏の「わらは病」は、諸説はあるが、ストーリーの流れからすれば、夕顔の急死がきっかけになっているとする考えは承認できよう(岡一男博士『源氏物語の基礎的研究』四二〇頁、昭和二十九年一月・東京堂出版刊)。光源氏はその「わらは病」を治すために「北山になむ、なにがし寺といふ所に、かしこき行ない人侍る」のを訪ねることになる。

『紫明抄』はこの一文の典拠として、

円融院後院御時、痁疾《こしつ》(長わずらい)之時、山座主慈恵僧正をめす。「老病無術」(の)由を奏して不参。再三の後、めしにしたがひてまゐる。かぢ(加持)したてまつりて、すなはち御減あるよし、旧記に見えたり。

と指摘し、『河海抄』もこの説を踏襲。さらに『花鳥余情』も、

円融院瘧病をいたはらせ給ふ時、天台座主良源僧正をめされし事は、天元四年の秋の事也。『小野宮右府記』に見えたり。時人以良源僧正称「応化仏」。此時被聴輦車並執杖阿闍梨二人。其後更被任大僧正云々。

と注記して、その原典が『小右記』天元四年(九八一)秋条(散佚)であったことを付記している。

ここで問題となるのは、光源氏は自邸の二条院へ北山の「かしこき行なひ人」を招いて加持祈禱をさせたわけでもなく、またその行者も天台座主のような高僧でもなかったということである。北山の行者は「老いかがまりて、室の外にもまかでず」と申して招請を断わっている。その点だけなら良源は寛和元年（九八五）一月に七十四歳で入滅しているから（『扶桑略記』同月三日条）、天元四年（九八一）には七十歳で都合はよい。ただ良源は下山のとき輦車に乗ることや杖をつくことを許されており、やはり北山の行者のような庶民性が感じられない。

この問題に関して最も詳細な検討を加えられたのは島津久基博士（『源氏物語講話』巻四・一一一—一五頁、昭和十五年三月・矢島書房刊）である。この行者は「峰高く、深き岩の中に」入っていたのだが、島津博士はそういう聖の例として、「笙の岩屋」（奈良県吉野郡上北山村大字西原に所在。大普賢岳に接する文殊岳の山裾に南面した岩窟）に籠って名歌（『金葉集』巻九「雑上」五三三）を残した平等院の僧正行尊（一〇五五—一一三五）らをあげて（ただし『伊勢集』七番歌詞書にあるとされる大和龍門寺の「ひじりのいはや」は「山の人の家」である）、「巌の中に行者の聖の住むのは、実際にもある事である」とご指摘。さらに『異本紫明抄』巻三に引く『宇治大納言物語』「山寺へおはする事」に閑院の太政大臣藤原公季（九五七—一〇二九）が東山の持経者永実の許に赴いて、瘧病の加持をさせた話のあることを紹介され、『紫明抄』以下に引く良源の円融院痁疾治療の話とともに、「若紫」巻の話に「恐らく素材上に影響してゐる所があると推測する事が許されてよいであらう」と説かれたのであった。

この公季の瘧病治療譚は島津博士も危惧されたように、「其の成立は明らかに源氏物語以後であるから、内容の事実としては先行しても、表現の上では却って若紫の詞句に模した点が見られ得る」わけで（前掲書一三頁）、かんじんの「内容」が事実かどうかまで疑わしく思われないでもない。また岩屋に籠る行者のモデルとして挙げられた行尊も、紫式部の時代以降の人物である。

たとえば「笙の岩屋」で修業した聖の一人としては、『新古今集』巻二十「釈教歌」一九二四に、御岳《みたけ》（吉野金峯山）の笙の岩屋に籠りてよめる。

日蔵上人

寂寞の苔の岩戸の静けきに涙の雨の降らぬ人ぞなき

とよみ上げた日蔵（九〇五—八五）などもいる。日蔵は天慶四年（九四一）金峯山で断食行三七日（二十一日間）の結果失神してあの世に至り、菅公の霊と出会って、蔵王菩薩の加護で蘇生したという（『元亨釈書』巻九）。

なお、島津博士の指摘された東山の持経者永実の話は、『宇治拾遺物語』巻十二の五話「持経者叡実効験の事」や、『今昔物語集』巻十二・第三十五「神名ノ睿実持経者ノ語《コト》」にも載っている。いずれも閑院の太政大臣藤原公季が「わらは病」で京の西の神明という山寺に持経者睿実を訪ねるが、睿実は重い風邪のためにニンニクを服用しているので面会をためらう。公季は人に抱えられて臥せっている。そこに背の高くやせ枯れた睿実が寄って来て、『法華経』寿量品を泣きながらよむと、その涙が公季の熱のある胸に落ちかかる。するとしだいに胸は冷たくなって、目ざめると、気分もすっかりよくなっていた（『今昔物語集』）というのである。

たしかにこの内容なら、「若紫」巻の源氏の北山行の話の素材になっている可能性もある。ところが『今昔』『宇治拾遺』『宇治大納言』等に伝わる神明の睿実の話のもとは、どうも『本朝法華験記』中・第六十六の「神明寺睿実法師」にあるようなのである。それによると、公季の話などは出ていず、ただ、睿実は『法華経』を練誦して数々の奇跡を起こしたが、その

音声微妙、聞者流涙。況復験力掲焉、降伏怨家、除愈病悩。国王大臣、貴仰聞経。遠近親疎、無不随喜。

とあるばかりなのである。しかも後文に肥後守某の妻が重病になったときには、睿実は勧請によって守の館にまでやって来て『法華経』を誦して病悩を除き治したとある。それで「わらは病」の公季がわざわざ睿実の許まで出向いてこれを治してもらったという伝承は、むしろ「若紫」巻の源氏の北山行の話の影響を受けて、のちに作られた

可能性が強いようにも思われるのである。ただ文徳源氏参議惟正の死を悲観したらしく、その子息の左近少将惟章と右近将監遠理とが、天元五年（九八二）五月一日の夜、睿実の許で出家を遂げて、高尾の北の朝日峰にあった白馬寺に至っている（『小右記』同月三日条）。それで三田村雅子氏も「大筋としての光源氏北山籠りは、この睿実説話に首尾呼応して収まるものである」と説かれたが（「若紫巻『なにがし寺』比定の意味」『国文学』昭和六十一年十一月号）、惟章らに高貴性の欠落もあり、また病気平癒という主題とも異る。大筋という点からすれば以下に述べるようなケースも該当しよう。

(二)　北山の聖は性空上人か

それでは「若紫」巻の光源氏が北山の聖を訪ねるという話は、一体どこからヒントを得たのであろうか。第一に山中の修行僧を招いても参上しなかった例としては、『小記目録』第二十「御悩事院・宮　臣下」に、円融院が病悩のとき、

寛和元年（九八五）九月一日、自院遣性空上人事、以判官代（藤原孝忠）為使、

寛和元年九月十三日、性空上人不参事、

とあるのが注目されよう。性空は三十六歳で出家。霧島山（日向）や背振山（筑前）等で修業。三十九歳で『法華経』を暗誦した（『性空上人伝』）。その後も「人跡不通、鳥音不聞、深山幽谷」に庵を結んで住んだ（『本朝法華験記』中・第四十五）。康保三年（九六六）播磨の書写山の西洞に庵を結んで、のちに円教寺と号し、寛弘四年（一〇〇七）三月に九十七歳（一説八十歳）で亡くなっている（『播磨国書写山縁起』『元亨釈書』第十一）。上人が書写山を開いて五年後の天禄元年（九七〇）には本尊の如意輪観音が造られ、この寛和元年（九八五）には当国国司藤原季孝によって法花堂が建立されている（前掲『書写山縁起』）。

残念ながら現存『小右記』には寛和元年九月一日・十三日両条は欠けている。ただ『元亨釈書』第十一「書写山性空」伝によれば、

　天禄上皇（円融院）使華《（ママ）》入レ山。堅臥不レ起。

とあるから、性空は書写山にいたことは確かであって、また当山から下らなかったのは、「堅く臥して起《た》たなかった」からだという。その「堅臥不起」というのは、『いほぬし』の作者増基が熊野山の条で、

　庵室ども二三百ばかり、おのが思ひ思ひにしたるさまもいとをかし。親しう知りたる人のもとに行《い》きたれば、蓑を腰に衾のやうに引きかけて、榾材《ほたぐひ》といふものを枕にして、まろ寝に寝たり。

と記しているのと同じ修行のスタイルらしい。熊野山の上四社の第四殿は天照大神を祭る若宮社（王子）である。その祭神の天照大神はいつも寝ているという伝承があって、本宮の人々はつねづね眠るのを好んだという（『長秋記』長承三年二月一日条参照）。蓑を着用して、そのままの恰好で寝ているのは、智証大師（円珍、八一四―九一）がはじめて熊野山に入ったとき、衣の上の蓑を脱がなかったという故事によっている。つまり性空の「堅臥不起」という行為は、修験道のメッカ熊野山での榾材（燃えさし）を枕にして「まろ寝に寝」るという修行と同様のものであったのである。

なお、『小記目録』第十六「聖人事」には、

　永延二年（九八八）八月十四日、性空聖送一行書事、
　同日十五日、密〻下向播州事、

とあって、小野宮実資（九五七―一〇四六）も性空から一行の書を送られて、その翌日にはひそかに播磨の書写山へ下向している。おそらく性空に下山の依頼をしたものの、断られて、実資みずからが播磨へ下ったものと思われる。性空が円融院の招請を断った話に、実資の「密〻播州に下向の事」を重ね合わせると、北山の聖をおしのびで

訪れた光源氏の物語ができそうである。

(三)　性空上人の実像

『播磨国書写山縁起』によれば、性空は「一心誦経六十年、毎日開巻三十余部」といわれた。そのため、

この徳を感じて、太上法皇（円融院）・禅定殿下（藤原兼家か。正暦元年五月入道、七月薨）・左府（同道長か）丞相、結縁し給はざるはなし。国母・采女・貴賤の尼ばらまで来て順礼し、あるいは消息にて縁を結べり。また南北の名僧・京都の大儒・高僧重客、稽首言談するに、多言の中に一、二言を答ふ。

とある。恵心（源信）も拝面ののちに、

四十年来持ス二一乗ヲ一。衣ハ猶ホク二忍辱ノ一室ハ慈悲タリ。

菩提ノ行願ハ応ニベシ二清浄トナル一。世々生々偽リ二我ガ師一。

という漢詩を作り、また入唐僧寂照（大江為基）もその暇《いとま》ごいに性空を訪れている。なお和泉式部が「暗きより暗き道にぞ入りぬべき遥かに照らせ山の端の月」の一首を送った話もよく知られている（同上）。

とりわけ寛和二年（九八六）七月、出家・退位直後の花山法皇は性空の許に赴き、結縁をとげたが、その十七年後の長保四年（一〇〇二）三月にも法皇は重ねて性空を書写山の隠居所通宝山弥勒寺に訪ねた。『縁起』にいう、

途中より甚雨降りて、夜に入りて彼の寺へ御着きあり。上人の結縁を思ひて、御供の人々、しのぐ雨も喜びの涙となれり。当国の国司・郡司等、勅命を重んじて饗膳をととのえ、鞍馬を奉り、「辺土への行幸まことに希有の御ことなり」と、頭《かうべ》を傾けざるはなし。

と。このとき法皇は随伴の絵所の采女正広貴（『本朝法華験記』中・第四十五では「延源阿闍梨」）に上人の姿を写し取らせたという（『縁起』）。

以上のように、性空は円融法皇の招請にも応じることなく、また貴賤・道俗の人々がこの書写山の性空を訪ねている。特に花山院の二度にわたる臨幸は、当時の人々の耳目を驚かし、のちのちまでの語り草となっていたことだろう。『縁起』に「辺土への行幸はまことに希有の御ことなり」とあるところからしてもきわめて印象に残った書写山臨幸の話題であった。紫式部がこういう事実を自分の物語に取り込まないということの方が不思議なくらいであろう。

㈣ 東三条院詮子の寺社詣で

ところで、「若紫」巻の源氏の北山行に影響したと思われる、もう一つの史実を指摘しておこう。それは晩年の数年間例年のごとく行なわれていた東三条院詮子（九六二―一〇〇一）の石山寺を主とする社寺詣でである。諸記録によると、東三条院詮子は、

正暦二年（九九一）一〇月一五日　長谷寺参詣（『百錬抄』『日本紀略』）（三〇歳）
正暦三年（九九二）二月二九日　石山寺参詣（『日本紀略』以下）（三一歳）
長徳元年（九九五）二月二八日　石山寺参詣（『日本紀略』以下）（三四歳）
長徳三年（九九七）八月八日　石山寺参詣（『日本紀略』）（三六歳）
長保元年（九九九）八月二〇日　慈徳寺（山科区北花山にあった）参詣（『小右記』）（三八歳）
長保二年（一〇〇〇）三月二〇日　石清八幡宮・住吉神社・四天王寺参詣（『日本紀略』）（三九歳）
　同　年九月八日　石山寺参詣（『権記』）（三九歳）
長保三年（一〇〇一）一〇月二七日　石山寺参詣（『権記』）（四〇歳）

等の社寺詣でを行なったという。

もともと詮子が享年四十歳であったというのも、彼女が病弱であったことを物語っている。詮子は円融法皇が亡くなって七か月後の正暦二年（九九一）九月十六日に落飾、同日東三条院の院号を授かっているが（『女院小伝』）、この前後から体調をくずすことがあったらしい。『小記目録』『日本紀略』等によると、

永祚元年（九八九）六月二四日　危急御悩（『小右記』、当時「疫気尤熾」とある。）
正暦二年（九九一）九月一日　御悩（『日本紀略』）
長徳二年（九九六）三月二八日　御悩殊重（『小記目録』）
　同　年閏七月六日　御薬（同書）
長徳三年（九九七）三月二三日～二六日　御悩（『日本紀略』『小記目録』）
　同　年六月五日～二二日　御悩（『小記目録』）
長徳四年（九九八）六月二六日　重悩（『小記目録』）
長保二年（一〇〇〇）五月八日～六月　御悩殊重（『権記』『日本紀略』）
長保三年（一〇〇一）九月一八日　御悩（『権記』）
　同　年閏一二月一〇日　腫物、同一五日　御悩（『小記目録』）、同二二日　崩（同書・『日本紀略』）

等の詮子の病歴を確認することができる。

詮子が死の直前まで例年のように石山寺や長谷寺等に参詣しているのは、故円融院の冥福などを祈るとともに、自身の病気平癒や健康増進を祈願する目的もあったからであろう。正暦二年十月の長谷寺詣でや、長徳三年八月および長保二年九月の石山詣で等は、特にその傾向が強い。

詮子は紫式部の仕えた中宮彰子（九八八—一〇七四）や清少納言の仕えた皇后定子（九七六—一〇〇〇）の叔母に当る。『源氏物語』の藤壺中宮が落飾後、太上天皇に准じ、御封・院司を賜ったのは、東三条院のそれがモデルになっ

ている（岡一男博士『源氏物語事典』二七九頁、昭和三十九年十二月・春秋社刊）。もちろん光源氏が六条院とされたのも、詮子の例にならったのである。

㈤ 石山寺をめぐる

明石から帰京した光源氏は「石山に御願果しに詣で」ているし（「関屋」）、玉鬘を得た鬚黒大将は「石山の仏をも、弁のおもとをも、並べて頂かまほしう思」った（「真木柱」）。浮舟の許へ薫と間違えて匂宮を導いた右近が、「初瀬の観音、今日事なくて暮らし給へ」と薫の使者の訪れないことを祈っていると、「『石山に詣でさせむ』とて、母君の迎ふる」車がやって来る（「浮舟」）、というように、『源氏物語』の中でも石山寺は引っぱりだこである。

石山寺は東大寺大仏の造立のとき、その金を得るために、聖武天皇が良弁（六八九—七七三）に勅して、聖徳太子の持仏と称する六寸の二臂如意輪観音を夢告で石山に安置・祈祷したところ、陸奥国から砂金が奉納された。そこで丈六の大悲像を造り、さきの観音を胎内におさめて、この寺を創建したとされる（『石山寺縁起』『石山流記』）。はじめ良弁は吉野の金峯山で祈って夢告をうけ、石山に赴いたという。着いてみると、

一《ひとり》の老翁巌石の上に魚を釣れり。良弁翁に問ひて云はく、「汝は誰人ぞや」と。答へて云はく、「我は是れ当山の地主比良の明神なり」と。又問ひて云はく、「此所に霊所ありや」と。……（『石山寺流記』による）

という次第で、この比良の明神から本尊を安置する霊所を教えられ、本堂を造ったのだという。当寺には、

西の岳《をか》の麓に竜穴あり。昔一《ひとり》の聖人あり。暦海五師と号す。数年『孔雀経』を転読し、竜王の段に至るの時、異類の諸龍其の名に随ひ穴を出でて、床石尻懸け石と号す。今見るに之れ在り。の前に侍し衛す。聖人の辺に奉仕すること、殆《ほとほと》弟子に過ぎ、宛《あたか》も奴僕のごとし。彼の穴、大海の中を通し、阿耨達池に混《こん》すと云々。（同上）

という伝承も伝えられている。

良弁がはじめ金峯山で祈願したということは、石山寺が本来修験道系の道場であったことを示唆しているようでもある。たぶん竜穴の所であろうそこで、『孔雀経』を転読していたという暦海五師という聖人は、そういう修験道の行者の一人であったというふうにも考えられる。

㈥「若紫」巻北山行の典拠

「若紫」巻に戻ろう。

寺のさまもいとあはれなり。峰高く、深き岩の中にぞ、聖入りゐたりける。登り給ひて、誰とも知らせたまはず、……いと尊き大徳なりけり。

寺があり、僧都が住み、その寺から登った所の、「峰高く、深き岩の中にぞ、聖入りゐたりける」というのである。寺とその岩穴とはいったいどういう関係にあったのだろうか。

すこし立ち出でつつ見渡し給へば、高き所にて、ここかしこ、僧坊どもあらはに見おろさるる、ただこのつづら折の下《しも》に、同じ小柴なれど、うるはしうし渡して、清げなる屋・廊などつづけて、木立ちいとよしあるは、……

とある僧都の寺院で、源氏はこのあと宿泊し僧都とも親しく語り合う。そのときこの大徳の話題が出て来るわけでもなく、またこの僧都に源氏が大徳に依頼したような祈禱をしてくれるように頼むわけでもない。依頼するのは幼い紫の上への手引きばかりである。

もっとも源氏は暁方の法華三昧の懺法の声が山おろしに乗って尊く聞こえ、それが滝の音に響きあって耳に入って来るので、「吹き迷ふ深山おろしに夢さめて涙もよほす滝の音かな」と口ずさんだりしているうちに、

明けゆく空はいといたう霞みて、山の鳥どもそこはかとなく囀りあひたり。名も知らぬ木草の花どもいろい

ろに散りまじり、錦を敷けるかと見ゆるに、鹿のたたずみ歩りくもめづらしく見給ふに、悩ましさも紛れ果てぬ。

というのであるから、僧都の寺に泊ること自体で、源氏の苦悩は一掃されているようでもある。

このあと、「聖、動きもえせねど、とかうして護身まゐらせ給ふ。かれたる声の、いといたうすきひがめるも、あはれに功《くう》づきて、陀羅尼読みたり」とあって、再び聖が登場。全快して帰京する源氏の歓送会は、僧都が「谷の底まで掘り出で、営み」申した。餞別の歌は源氏・僧都・聖の順。やはり僧都が聖より上位に扱われている。

その聖が源氏に贈ったもの。お守りの独鈷。僧都の贈り物は、聖徳太子が百済から入手した金剛子の数珠で玉で飾ってあるものを五葉の枝に付けたのと、紺瑠璃の壺に入った薬で、こちらは藤・桜などに付けたもの。

それに対して、源氏の返礼品は、

聖よりはじめ、読経しつる法師の布施ども、捧げ奉り給ふ。もうけの物ども、さまざまに取りに遣はしたりければ、そのわたりの山がつまで、さるべき物ども賜ひ、御誦経などして出で給ふ。

とある。僧都へは具体的に何を贈ったのかはどうもはっきりしない。

源氏が参内して、桐壺帝に報告する条には、

聖の尊かりけることなど問はせ給ふ。くはしく奏し給へば、「阿闍梨などにもなるべきものにこそあなれ。行なひの労は積りて、おほやけにしろしめされざりけること」と、尊がり、のたまはせけり。

と見える。

以上から推定されることは、

㈠　寺院によってはその山門内、あるいはその周辺に修行僧（聖）の修行を認める場所があり、それらは一般に岩穴、岩室の類であったこと。

㈡　これらの修行僧は、いわゆる僧綱や阿闍梨（師僧）などに補せられる可能性もあったこと。そういう僧官制

度からすれば、これらの修行者は僧綱や阿闍梨などよりも身分的に低く見られていたこと。
㈢　修行僧の中にはあえて俗世的なものを拒絶し、修行をつづけて一生涯を送った者もいたということ。
この三点が結論として出て来よう。以前訪れたことのある松島の瑞巌寺にも、山門を入ると岩穴がいくつもあった。そのときのバスガイドの説明によると、修行を積むのにしたがって、下方の岩穴からだんだん上方の岩穴に移動していき、その修行の功が認められると寺院内に入れてもらえるのだということであった。

北山の光景はまさにそういう修行者と、寺院を住持する僧綱との関係を示すものである。石山寺も以前は修行者を迎え入れた寺院であったのであろう。本尊の二臂如意輪観音は「聖徳太子二生の御本尊」といわれているが（『石山寺縁起』）、北山の僧都の源氏への贈り物の一つに、「聖徳太子の百済より得給へりける金剛子の数珠の玉の装束したる」というのがあった。

その石山寺に紫式部の仕えた中宮彰子の叔母であり、その夫君の一条天皇の母后である東三条院詮子が晩年しきりと参詣しているのである。この石山寺と東三条院との関係に、下山を拒みつづけた性空のイメージが組み合わせられて、源氏の北山行の話ができたのではないだろうか。性空も無官の、修験を重んじた聖人であった。なお円教寺の本尊も如意輪観音である。

㈦「北山のなにがし寺」のモデル

『源氏物語』「若紫」巻の「北山になむ、なにがし寺」については、『河海抄』に、

此寺鞍馬寺歟。昔は四十九院ありけり。仏法盛地也云々。河原院を「なにがしの院」といふ同躰也。六帖歌に「さざ波やしがの山ぢのつづらをりくる人たえてかれやしぬらん」。此歌につきて「つづらをりは志賀寺歟」といふ説あり。僻事也。「鞍馬のつづらをり」、清少納言『枕草子』にみえたり。

とあって、『枕草子』「近うて遠きもの」の段に「鞍馬のつづらをりといふ道」とあるのを根拠に、これを鞍馬寺ではないかとしている。

なお、後文の源氏が藤壺と逢う条に、

何ごとをかは聞こえ尽し給はむ、くらぶの山にやどりもとらまほしげなれど、あやにくなる短夜にて、あさましうなかなかなり。

とある「くらぶ山」は「近江（甲賀郡）の歌枕」（島津久基博士『源氏物語講話』巻四・一二六頁）という説もあるが、山岸徳平博士は「暗部山は、山城の愛宕郡鞍馬にある」とご指摘（『日本古典文学大系・源氏物語一』二〇六頁頭注三、昭和三十三年一月・岩波書店刊）。秋山虔・今井源衛氏らの『完訳日本の古典・源氏物語一』一八九頁脚注二二（昭和五十八年一月・小学館刊）でも「歌枕。鞍馬山か。暗闇の連想から、藤壺と明けやらぬ闇に没入したいとして、夢の歌を導く」とある。前条の北山のなにがし寺との関連でいうと、この「くらぶ（暗部）山」は鞍馬山と考えた方がよく、そうすると逆に「暗部山」から北山のなにがし寺は鞍馬寺という見解も補強されることになる。

『河海抄』が「僻事」として退けた、北山のなにがし寺を志賀寺とする説は『紫明抄』に見えていて、

北山なる所にてとて、つづらをりと侍るは鞍馬寺などにやと見るほどに、「志賀の山路のつづらをり」と侍る古歌によらば、志賀寺にや侍るらん。「しりへの山にて京のかた見たる」と侍るも、鞍馬とは見え侍らぬが如何。

とある。ここで肝心なことは、『紫明抄』が指摘するように、鞍馬山ではいくら「背後《しりへ》の山に立ち出で京のかたを見給ふ」ても、京の町並みは全く見えないということである。いや京の見えないことはわかっていたのだが、こころみに背後の山に登って京の方角を見たところ、「はるかに霞みわたりて、四方《よも》の梢そこはかとなうけぶりわたれるほど」を目にしただけであるという意見も出るかも知れない。しかし「はるかに霞みわたりて」とあるのは、

やはり遠くの京の町を見やっている様子で、ここではこの北山の背後の山から京が見えるという前提で書いているのである。

　この北山のなにがし寺は鞍馬寺であるようでもあり、またそうでもないような印象でもある。実はこれが紫式部独得の設定手法なのである。実在の土地をそれといわずに、「なにがし寺」と書いたときに、読者の想像力を期待しているのである。ちょうど光源氏が道長・伊周・高明・融以下の各々の人物の一面をすべて備えており、彼らがその時々に光源氏のモデルとされるのとよく似ている。北山のなにがし寺も鞍馬寺、岩倉の大雲寺・志賀寺・石山寺等の各々の一面をないまぜにした形でイメージを作ったのだと思う。「なにがし寺」が鞍馬寺だったら、はじめから鞍馬寺と書けばよいわけで、それを避けて「なにがし寺」としたのは、固有名詞のイメージに限定されない、自由な想像力をそこから発揮させたい、という意図があったからであろう。『河海抄』のいう「夕顔」巻の「なにがしの院」が「河原の院」ではなくて「なにがしの院」と記されているのも同じ理由である。

　とはいえ、北山の「なにがし寺」が鞍馬寺のイメージを相当に借用していることはいうまでもない。前掲の『河海抄』によると、この鞍馬寺は、「昔は四十九院ありけり。仏法盛地也云々」であったという。実は「四十九院」と称する所は、あの行基（六六八—七四九）のひらいた修験道場であるという伝承がしばしば存在する（拙稿「『いほぬし』精講—「熊野紀行」(7)—」『並木の里』三十六号・平成四年六月刊）。権僧正壱演が修業したとされる僧正谷（鞍馬・貴船の間に所在）や、その僧正谷の南向いにある太郎坊社などは、後世にも修験道場の痕跡を残している。なかでも太郎坊社については、『山州名跡志』巻六に、

　　此所は牛若丸の剣術琢磨の所なり。総じて此所(の)岩洞尋常にあらず。石面如レ戴二剣刀一。其(の)中、挑石・陰石・據石・足駄石・硯石・水入石等為レ号あり。

とあって、岩洞のあったことを伝えている。なお、僧正谷は「薬師仏・不動尊霊験の地」であったという。病気平

癒にはまことに都合のよい「薬師仏」である。

(八) 紫式部の描写手法

北山の聖に書写山円教寺の性空のイメージもあることは前述した。その性空に和泉式部が「暗きより暗き道にぞ入りぬべき遥かに照らせ山の端の月」(『拾遺集』巻二十「哀傷」一三四二)の一首を送って、結縁を請うたことはあまりにも有名である(前掲)。ところで「若紫」巻で源氏が僧都の寺に泊ったとき、隣室の女房が源氏の扇の音を「ひが耳にや」といぶかしがっていると、

……「仏の御しるべは、暗きに入りてもさらに違ふまじかなるものを」とのたまふ声のいと若うあてなるに……

と源氏が声をかける。この場面に和泉式部が性空に送った歌と同じく、「……冥きより冥きに入りて、永く仏の名を聞かざりしなり」(『法華経』化城喩品)の一句がふまえられているのである。

これはおそらく聖のモデルの一人として性空を想定していたからであろう。その性空をわざわざ尋ねた花山院や小野宮実資や、石山詣でを晩年例年のごとく行なっていた東三条院は、北山に赴いた光源氏のイメージ形成に役立ったことであろう。

石山寺といい、円教寺といい、修験道場の側面もあったようである。鞍馬寺もしかりである。三田村雅子氏は「言わば北山のなにがし寺とは、『神明寺』であり、『くらま寺』であり、安易な出家願望を厳しく拒否する側面において(光源氏の出家の可能性とその瀬戸際での回避という文脈において多武峯少将物語を借りた、その)『多武峯』でもあったのであり、それらすべてが輻奏的に光源氏の心の襞々を照らし出す装置として機能しているのである」(前掲論文)と説かれた。各々の寺院を単一のイメージで図式的に表わせるかどうか疑問だが、これらの寺院が光源氏の心象と

行動の根源を想像させることは確かであろう。

紫式部は特定の地名や人名をあげてはいない。いくつものイメージをないまぜにし、それを登場人物や舞台設定等に反映させているのである。読者の想像力はいたくふくらませられる。いわば近松の「芸といふものは実《じつ》と虚《うそ》との間にあるものなり。（中略）虚にして虚にあらず、実にして実にあらず、この間に慰みがあったものなり」（『難波土産』）という、文学における想像力の重要さを、式部は十分に認識しており、またその効果を最大限に発揮したということができるのである。

九 小野の山里考――秋の大原にて――

(一) 魯山来迎院

秋の一日、京都大原の来迎院を訪れた。もちろん寂光院も三千院もめぐり歩き、建礼門院並びに阿波内侍両像を懐中電灯でてらされるわずかの間にかいま見たり、また三千院の寺名は明治四年(一八七一)以後のもので、往時は円徳院とか円融院、あるいは梶井《かじい》門跡・梨本《なしもと》坊等と称されていたことを知ったりした。以前三千院を尋ねたときは、十一月下旬であったからであろう、クツ下で歩く板の間の冷たさに閉口し、院内を一巡するのにずいぶん時間がかかったような気がした。しかるに今回はそれほど規模の大きさを感ずることもなく、庭園や茅ヶ崎海岸を描いた襖・同じく下村観山の虹を描く襖絵などを見ているうちに、逆さ舟底型の天井で有名な往生極楽院に着いていた。当院はもとは一寺をなしていた由であるが、現在は三千院の本堂とされている。本尊は阿弥陀如来(坐像五尺許)、本堂とともに重要文化財である。脇侍の観音・勢至両菩薩(四尺許)は正座(大和すわり)姿でめずらしい。なお三千院の名は俗にいう「叡山三千坊」の一つであるところからの命名であるようだ。

この三千院から東へ七、八分呂《ろ》川ぞいに上った所に来迎院(魚山来迎院寺・天台宗延暦寺の別院。旧称三尊院)がある。当院のパンフレットによると、伝教大師最澄の弟子である慈覚大師円仁(七九四―八六四)が声明《しょうみょう》(仏教歌謡）の修練道場として開山したという。その後平安の中後期（一〇―一二世紀）には、俗化した叡山を離れた念仏聖の修業・隠棲する里となったが、かの寂光院も同様の念仏聖らの念仏別所であったという（『京都市の地名』九〇頁、一九七九年九月・平凡社刊）。

天仁二年（一一〇九）に至り、融通念仏の開祖・聖応《しょうおう》大師良忍（一〇七三―一一三二）が再興、来迎院と称して、魚山《ぎょざん》流声明を集大成。この魚山の号は円仁の留学した五台山（山西省。一説に天台山）の支山である太原《タイユワン》魚山を中心に声明が流行していて、これを学んで帰朝。彼地の地形にこの大原のそれが類似していたので、来迎院や往生院・三千院（円融院）等の諸寺院を総称したのが、その起こりとされている（『山州名跡志』参照）。

なお三千院の北に位置する勝林院も魚山と号し、天台宗延暦寺の別院であるが、当院は少将源時叙（―一〇二四。寂源。左大臣源雅信五男、道長室倫子の兄）が長和二年（一〇一三）に中興、その没後大原流声明が継承された（『京都市の地名』八四頁）。来迎院はその勝林院と並ぶ大原二流の一流をなす声明修練の中心地であったのである。

来迎院の本尊は薬師如来（坐像二尺五寸）、脇士は釈迦如来（同二尺許）と阿弥陀如来（同寸）。いずれも平安時代の作で、重要文化財である。また寺宝の中に『伝教大師度縁案並僧綱牒』一巻（東京国立博物館へ出品）や『日本霊異記』中下巻（京都博物館へ出品）があり、これらはいずれも国宝である。

鎌倉時代初期に盛時には坊が四十九もあったというが、応永三十三年（一四二六）十一月の火災で焼失。現在は本堂・鐘楼があるのみ。その本堂は永享年間（一四二九―四一）の再建であるとされる。三千院や寂光院の雑踏とはうって変って、葉先の紅葉した木々に囲まれて静かにたたずんでいる、やや小ぶりな三尊は、いかにも奥山の声明道場に似つかわしいものであった。

来迎院からさらに東へ約四百メートル登ったところには音無しの滝がある。滝の水は小野山の中腹から巨岩をつたって落下して来る。「岩が平らで水が流れ落ちても音がしないのでこの名があるとも、来迎院を再興した良忍上人が、滝の音に声明が乱されるのを嫌って呪文で水声をとめたからとも伝えられ」ている由（『京都市の地名』八八頁）。「一説には、藤原公任が梵唄声明を唱えた時、梵唄に声がなく滝に音があるのを知らなかったためともい」われる（竹下数馬氏『文学遺跡辞典・散文編』一一九頁、昭和四十六年九月・東京堂出版刊）。来迎院の壁に貼ってあった説明では、声明を熱心に唱えていると周囲の雑音が聞こえなくなるところからの命名であるとか。「静かさや岩にしみ入る蟬の声」の心境だ。それほど熱心に声明の修業に励んでいたことにもなって、ますます来迎院が好ましく思われた。

(二) 小野の里

ところで『源氏物語』「夕霧」巻に、落葉宮の母御息所がひどい物怪にわずらって、「小野といふわたりに、山里持たまへるに、渡りたま」うたと見える。その山荘は、「ことに深き道ならねど、松が崎の小山」の先にあり、「栗栖野の庄近からむ」所にあった。また当地は「里遠み小野の篠原わけて来」る所であり、「朝夕になく音を立つる小野山は絶えぬ涙や音無の滝」とよみ込まれた、音無の滝も近かったらしい。

この小野の山荘につき、『花鳥余情』は、

此（の）物語の「手習」の巻に（浮舟寄寓の小野の尼君の庵は）「かの夕霧の御息所のおはせし山里よりは、いますこし入りて、山に片かけたる家なれば」とあり。山城国に小野（の）里といふ所二（つ）あり。宇治郡に小野（の）里あり。又愛宕郡に小野（の）里あり。この小野は愛宕の名所也。比叡の山・横川の麓、高野といふ所なり。

と説く。ここに引用された「かの夕霧の御息所云々」の条は、「夕霧」が巻名を指していて、『源氏物語』の巻名が作者・

紫式部自身の命名であることを証拠付ける一例として有名なところである（玉上琢弥博士『源氏物語評釈』第十二巻三九一頁、昭和四十三年七月・角川書店刊参照）。小野の妹尼の庵は「手習」巻前文に、「比叡坂本に、小野といふ所にぞ住みたまひける」ともある。

『河海抄』には「伊勢物語惟喬のみこの頭下ろして、小野に住み給ふ」と記し、

恵心僧都千日山籠（の）間に、安養尼所労ありけるに、下《さが》り松までおりあひて、対面の事あり、模スニ此ノ事一ヲ。

小野は比叡坂本なり。今の大原なり。

とも注する。下り松は詩仙堂の西約四百メートルの地に一乗寺下り松町が所在する。その下り松から東北に一・五キロメートルの所に修学院離宮があり、また西北一・五キロメートルの地が松ヶ崎である。このあたりから直線距離にして八～九キロメートル高野川ぞいに国道三六七号線を北上すると大原に至る。三千院のある大原来迎院町に南接する大原長瀬町の叡山西麓が小野山と称され、その南麓の大原上野町に惟喬親王の墓と伝える高さ約一・五メートルの五輪塔がある。親王は小野の宮と称された。三千院からは南約一・五キロメートル弱離れている。なお、推古十五年（六〇七）遣隋使となった小野妹子の子である小野毛人《えみし》の墓が上高野西明寺山にある。

そこで小野と言われる所は、現在の上京区上高野・八瀬から大原に至るかなり広範囲な地域であったことになる。前掲の『花鳥余情』は『小右記』寛仁二年（一〇一八）十一月二十五日条を引いて、山城国愛宕郡のうち、小野郷は賀茂・大野・錦部三郷とともに上賀茂神社の領地であり、また栗栖野郷は蓼倉・上栗栖野・出雲三郷とともに下鴨神社の領地であったと指摘している。これらの郷では両社のために各々山で桂や葵を採ることが義務づけられていたのである。

もっとも玉上博士は天禄元年（九七〇）十月布告の天台座主良源の起請文に、山籠りの僧たちが結界を守らず、「而シテ近代或ハ大原ニ越エ、或ハ小野ニ向テ、東西南北シテ、出入往来忌憚ナキノ類ヒ、往々ニシテ聞ク有リ…」（『平安遺文』所収『廬山寺文書』）とあるのを引いて、小野と大原とは明らかに違うと説かれる。また惟喬親王の隠栖地と伝える所は、八瀬の御所谷、山科の小野郷など多くあり、大原上野町の惟喬親王の墓と称されるものに確実性はなく、「御息所の山里は修学院あたりに考えられているようだ」と結論づけられている（『源氏物語評釈』第八巻・二八七―八頁、昭和四十二年三月・角川書店刊）。

㈢　一条御息所の小野の山荘

御息所の山荘近くには栗栖野の庄があったというが、『延喜式』所載の「栗栖野瓦屋」は左京区岩倉幡枝町に所在し、同じく岩倉盆地内には「小野瓦窯《がよう》」跡もある。当地で生産された瓦は上賀茂神社や京都各所で用いられている（『京都市の地名』一一三頁）。叡山電鉄は宝ヶ池駅から東は八瀬遊園行き、西は鞍馬行きに分岐するが、その八瀬遊園とは反対側の鞍馬線の木野駅付近、つまり当地は上賀茂神社の後背地に当るが、そこが幡枝町（栗栖野）である。したがって御息所の小野の山荘は修学院から上高野付近にあると設定されているらしくもある。

ところで御息所が亡くなったあと、夕霧が小野に弔問に出かけ、帰京するとき、

道すがらも、あはれなる空を眺めて、（九月）十三日の月いとはなやかにさし出でぬれば、小倉の山もたどるまじうおぼするに、一条の宮は道なりけり。（中略）月のみ遣水の面をあらはにすみましたるに、……

とあり、三条の自邸に戻って、「夜明け方近く、かたみに（夕霧と雲井雁とは）うち出でたまふことなくて、背き嘆き明かして、朝霧の晴れ間を待たず、例の、文をぞ急ぎ書きたまふ」たという。今、『理科年表』平成十一年版の数式で、同年十月二十三日（陰暦九月十三夜）の京都における月の出入時刻を計算してみると、月の出は二十三

日の午後四時三十分、月の入りは二十四日の午前三時五十三分となる。

夕霧が小野を発ったのが、十三夜の月が出て、すっかり日没したのち。一条の宮あたりを通ったときには月光が遣水の面をあらわに照らしており、間もなく夜明け方近くになったらしい。ちょうど午前〇時ごろに一条の宮のあたりを通ったとしても六時間近くかかっていることになる。それが丑三つどきに帰京したということにでもなれば八時間を越えていた計算になる。

修学院離宮から一条・京極のあたりまでは、直線距離にして約四キロメートル（一里）強の道のりである。いくら夜中で、山道だからといっても、その四キロ強の道を六時間前後もかけて、夕霧が帰宅したとはちょっと考えにくいであろう。ちなみに『蜻蛉日記』の作者道綱の母は安和元年（九六八）九月（当時三十三歳）と天禄二年（九七一）七月（当時三十六歳）の二度初瀬詣でを行なっているが、このとき京から宇治までの約十五キロメートルの道のりに要した時間は、前者が六時間前後、後者は四時間かかっている（『蜻蛉日記』）。もちろん牛車で行っているのであるが、相当にゆっくり走らせても、五時間あればゆうに十五キロメートル程度進むことができたのである。

㈣　音羽の滝と音無しの滝

一条御息所の小野の山荘が修学院離宮の近くにあったと想定される理由の一つは、この山荘が、「虫の音も、滝の音も、ひとつに乱れて艶なるほどなれば」とか、「滝の声はいとど物思ふ人を驚かし顔に、耳かしがましうとどろき響く」という、滝の音のかしがましく聞こえる所にあって、それが音羽の滝であったという根拠によるものである。この音羽の滝は『山州名跡志』巻五「愛宕郡」の〈音羽谷〉の項に、

在二雲母寺《きららじ》南一入レ東也。土人云二尾田谷一は例の片言なり。上古滝あり、号二音羽滝一。今滅して水所々に流る。昔し此所より石を出す事、今の如二白河一。其時滝滅しぬ。

とあり、さらに『古今集』巻十七「雑上」九二八の忠岑歌、

比叡の山なる音羽の滝を見てよめる

落ちたぎつ滝の水上年つもり老いにけらしな黒きすぢなし

を引く。雲母寺は左京区修学院音羽谷にあった（『京都市の地名』一一二三頁）。『名跡志』はまた西坂本の権中納言敦忠山荘にも、音羽川をせき入れて落とした滝があったと指摘するが（『拾遺集』第八「雑上」四四五）、この項では、『うつほ物語』巻六「忠こそ」の「山里の心細げなるに、殿まうけ給ひて住み給ひける。そのわたりは比叡・坂本・小野のわたり、音羽川近くて、滝の音・水の音もあはれに聞こゆる所なり」の一文をも引用する。この『うつほ』の一文は、『花鳥余情』以来『源氏物語』の注釈書にもきまって引かれている。なお紫式部の曾祖父兼輔の一首（『古今集』巻十五「恋五」七四九）に、

よそにのみ聞かましものを音羽川わたるとなしにみなれそめけむ

（このように嘆きをするのだったならば、他所の人としてのみ、噂に聞いていたものを。音羽川を渡る、そのわたるというように、通って行くということもなしに、なぜ馴染み初めたのだろう。――窪田空穂氏『古典名歌集』八〇頁、昭和三十二年二月・河出書房刊）

と、音羽川をよみ込んだ作がある。

ここで注意しなくてはならないのは、『源氏物語』のどこを探しても、西坂本の音羽川とか音羽の滝とかの地名が記されていないということである。「夕霧」巻に滝の名が記されているのは、夕霧が落葉の宮に逢えずにむなしく小野から帰京した九月十三夜の翌朝、

いつとかはおどろかすべき明けぬ夜の夢さめてとか言ひしひとこと――上より落つる

と書き送った、その文に、宮が「手習ひすさびたまへるを盗みたる」ということで、小少将が送ってきた返書の中に、

朝夕になく音をたつる小野山は絶えぬ涙や音無しの滝

とよめた宮の一首が入っており、ここによみ込まれた「音無しの滝」だけなのである。この返歌は夕霧の歌に「上より落つる」と追い書きされた一文が、「いかにしていかによからむ小野山の上より落つる音無しの滝」（『奥入』）に拠っているのに応じたものらしい。

そこで『うつほ』の一文を引いた『花鳥余情』も、「『うつほ』に音無川を小野山近きといへる、音無しの滝の事にや」と疑っているのである。音羽の滝が雲母寺の南にあったとすれば、その滝の音の聞こえる山荘は当然修学院の付近に存在する。一方音無しの滝は大原の往生院からさらに七、八分呂川ぞいに上ったところにある高さ二十メートルほどの滝である。

「夕霧」巻の前半部に描写される小野の山荘は修学院付近にあったようにもとれるが、具体的な地名は出て来ない。これに対して後半部に出て来る同じ山荘は、往還の所要時間といい、音無しの滝の地名といい、はるかに小野郷の深く入った所（大原）に存在する印象である。

㈤　大原＝小野のイメージ

『和名抄』巻六によれば、山城国愛宕郡には蓼倉《たてくら》、栗野《くりすの》・上粟田《あわた》・大野・下粟田・小野・錦部《にしこり》・八坂・鳥戸《とりべ》・愛宕・出雲上下・賀茂の十三郷があったという。このうち小野郷は「修学院・高野より以北八瀬・大原二村に及ぶ」（吉田東伍博士『大日本地名辞書』七八頁・明治四十年十月第二版、冨山房刊）と言われ、『山州名跡志』巻五「愛宕郡」には大原につき、「是即ち庄号にして、分て云二大原一里は無き也」と説く。また小野についても、「岩倉・長谷の北を経て静原に出る渓の間に（惟喬親王の）旧跡あり。自レ此小野は差渡し一里余に及べり。所詮小野は庄号にて、此辺に分て云二小野一所はなきなり」と記す。つまり小野は郷名であるとともに、庄号でもある。庄号と言えば小野と大原とは異なるが、両者とも小野郷という地域に入る。紫式部が小野と言ったときに、小野庄と大原庄とを含んだ小野郷を想定していたのではないか。そうでなければ修学院近くの小野山荘と、来迎院付近の音無しの滝とを並存させるようなことはしなかったであろう。

大原が歌枕として登場して来る初期の作としては、

世の中にあやしきものは雨降れど大原川のひる（蛭・干る）にぞありける（恵慶法師、『拾遺集』巻九「雑下」五五〇）

大原や槙《まき》の炭がま冬来ればいとどなげき（嘆き・投げ木）の数や積もらむ（『好忠集』三三五）

見渡せば槙の炭焼くけ（気・消）をぬるみ大原山の雪のむら消え（『和泉式部集』七二、『後拾遺集』巻六「冬」四一四・初句「こりつめて」）

等がある。なお『後拾遺集』巻六「冬」四〇一所収の相模の歌に、

永承四年（一〇四九）内裏歌合に、初雪をよめる

都にも初雪降れば小野山のまきの炭がまたきまさるらん

とあるが、本歌が好忠の「大原や」の歌をふまえていることは一目瞭然である。すなわち永承のころには大原に小野山があることは知られており、大原＝小野のイメージがすでに定着しつつあったことが判明するのである。落葉の宮の「小野山は絶えぬ涙や音無しの滝」の詠は、「大原」の語はないが、小野山が大原の山であることを知っていての作であったと考えられる。「大原」と出さなかったのは、「大原や小塩の山もけふこそは神代のことも思ひ出づらめ」（『古今集』巻十七「雑上」八七一、業平朝臣）に代表される、大原野のそれと混同されるのを避けたためであろう。「行幸」巻の大原野行幸の際の詠草でも、「小塩山」はよみ込まれているが、「大原」の語は出て来ない。

ついでに「手習」巻の小野の尼君の庵は、「横川に通ふ道のたよりによせ」る所にあり、「夢浮橋」巻にも「横川

に通ふ人のみなん、このわたりには近きたよりなりける」所にあったとある。寿永二年（一一八三）七月二十四日夜、義仲・行家の源氏軍の入京が追って、平氏は後白河法皇・安徳天皇を奉じて、西国へ走ろうとしたが、その直前法皇はひそかに鞍馬路を経て、横川へ御幸なさった（『玉葉』参照）。『平家物語』巻八巻頭の「山門御幸」によると、

ひそかに御所を出でさせ給ひて、鞍馬の奥へ御幸なる。寺僧ども、「これはなほ都近うして悪しう候ひなん」と申しければ、「さらば」とて、篠《さき》の峯・薬王坂といふさがしき嶮難をしのがせ給ひて、横川の解脱谷、寂場坊へ入らせおはします。

と見える。薬王坂は鞍馬の東、静原から大原に越える坂である（『山州名跡志』巻六「愛宕郡」）。篠の峯は篠が峯越のことで、現在は仰木《おうぎ》越といっている。大原野東仰木峠（五七五メートル）を通り、横川から大津市仰木町とを結ぶ峠路。『角川日本地名大辞典』25「滋賀県」一五三頁（昭和五十四年四月刊）所引の『輿地志略』に「篠（が）峯越ともいふ。上仰木より山城大原へ出づる路也。大津より仰木へ二里、仰木より大原へ二里半、馬道亦よし。堅田より国界へ三里半、国界より京へ三里也」と見える。すなわち浮舟がかくまわれた小野の尼君の庵は、いわゆる大原の地に設定されていることは動かせないと思われる（竹下数馬氏『文学遺跡辞典・散文編』一一九頁〈前掲〉参照）。紫式部は大原の庄名は用いずに、ここでも小野という叡山西麓を総称する郷名を用いたのである。

(六)　総名としての小野

「夕霧」巻の小野の地については従来修学院・高野・一乗寺等、比較的洛中に近い所が想定されている。しかし前述のように当巻前半部の小野についてはそう考えてもよさそうだが、後半の九月十三夜以降の小野は、もっと小野郷の奥の方へ遥かに入った地のように書かれているのである。いうまでもないことだが、実際の距離以上に所要時間がかかっているように書いてあるのは、夕霧が落葉の宮からその求愛を拒まれつづけていたという、彼女との

心理的隔絶感を象徴とすることはむろんである。それとともに一条御息所の小野の山荘を物語にセッティングするに当って、小野の最北端に位置する大原の里のことも思い浮かべていたために、夕霧が相当に遠い所から時間をかけて帰京したかのように書いてしまったのではないかとも考えられるのである。

また「音無しの滝」が「音羽の滝」と対照的であるのは、はじめ夕霧が落葉の宮を訪ね、親近感を強めて行くのに対して、そののちいっこうに宮から反応がなく、夕霧が孤愁感を増幅させて行く、という状況の変化を際立たせるための仕掛であるのかも知れない。それにしても大原の音無しの滝を実名で登場させているのは、やはり大原に近い小野の山荘という意識が働いて、こういう筆づかいになったと考える方が自然であろう。

要するに紫式部は特定の小野の地を想定しているのではなくて、総名としての小野という舞台設定をしているのであって、その間の地域の限定は読者の想像にまかせたと考えるべきであろう。小野郷の入口、あるいは奥の現実の地域性をないまぜにして、物語世界の小野という地域を出現させたといってもよい。これはちょうど光源氏のモデルが特定の個人とは考えられないのと同じである。

㈦　女人往生の地・大原

小野郷の大原は、寺伝によれば、円仁（慈覚大師）が天台声明の根本道場として承和二年（八三五）に魚山・勝林院を、また仁寿年間（八五一―五四）には魚山・来迎院を創建してから知られるようになった（『京都市の地名』八〇頁）。前述のようにその大原・魚山の称は円仁が声明を学んだ中国の五台山（一説に天台山）の支山、大原魚山に拠るとされる。『山城名勝志』巻十二「呂津川」に引く『簪捜集』には、「師（円仁）之住所ハ曰フ二大源ト一、省キテ二源之字ノ水ヲ一名ヅク二大原ト一。又号スルハ二山ヲ魚山ト一者、彼ノ異朝之大源、自リ二双魚ノ口一吐キレ水ヲ、汲ム二其ノ流レヲ一。此ノ地之山水、似ル二彼ノ魚口ノ水ニ一故ェ也」と見える。この大原は朝廷の牛馬を飼育する牧として、『九暦』天徳元年（九五七）

十一月十六日条に「大原牧貢鷹一連・馬四疋、又牧司清原相公貢鞲《とも》一枚・熊皮五枚」と、早く見えている（『京都市の地名』）。ついでにここに牧司清原相公の名が見えるが、清原深養父が建立した補陀落寺が江文明神と静原との間にあったという伝承（『山城名勝志』巻十二）とも相俟って、清原氏の菩提寺を考える際、参考となろう。それとともにこの大原牧が、山間の魚山の西、江文神社方面に展開していたとも想像されるのである。

円仁の建立した勝林院と来迎院は、その後衰微したとされるが、紫式部の時代には俗化した叡山を逃れた聖僧たちの入る修行の場となっていたらしい（前述参照）。式部の仕えた中宮彰子の母源倫子（九六四―一〇五三）の実兄であった右少将時叙（―一〇二四）は天元年中（九七八―八二）に十九歳で出家して大原に住み、俗に「大原入道」（寂源）と呼ばれた（『拾遺往生伝』）。『古今著聞集』巻二「釈教」に、「少将の聖（時叙）も大原山の住人也。三十余年常行三昧を行はせられける間に、毘沙門天王形をあらはして、上人を守護し給ひけり。その影像を等身に図絵して、今に勝利院に安置せられたるなり」とある。なお『栄花物語』「さまざまの喜び」巻（永延元年〈九八七〉秋条）に、「かの土御門殿（源雅信）には少将にておはしける君（時叙）、このごろ（時叙の兄弟である時通・時方につづいて）また出家し給へれば、殿、『いとあやしうあさましきことなり。この男どもの、この姫君（倫子・中の君）の御後見どもを仕うまつらで、かくのみ皆なり果てぬる』とおぼし嘆きて」云々とあって、時叙ら三兄弟の出家はかなり衝撃的な事件であったようだ。この大原に入った寂源（時叙）が長和二年（一〇一三）に勝林院を再興したのである（『元亨釈書』）。本尊は証拠の阿弥陀如来、定朝作。兜率僧都覚超（九五二―一〇三四）と静慮院の遍救（―一〇三〇）がこの本尊の前で仏果の空・不空を論じたとき、一方で相好を顕わし、他方でこれを隠したので、「中道実相こそ本位なれ」ということがわかったというので、証拠の弥陀と称したという（『山城名勝志』巻十二「勝林院」）。

なお現在は三千院（梶井門跡）の本堂となっている往生極楽院はもとは恵心（源信）僧都（九四二―一〇一七）

の妹安養尼の庵室であり（『山州名跡志』）、永観三年（九八五）の建立とされる（『大日本地名辞書』八〇頁）。本尊は恵心僧都作の阿弥陀仏で、脇侍の観音・勢至両菩薩も同じく僧都の作である（『山州名跡志』）。また現在はなくなったが、勝林院の隣にあった西林院も源信の彫った阿弥陀仏像を安置していたというから（『山城名勝志』巻十二）、当院も勝林院と同じころの造立と考えてよいだろう。

ここで注目すべきは、往生極楽院はもと安養尼の庵室であり、そののちここに当院を建立したのも高松中納言実衡室の真如房尼（一一一四―八〇）であった（『京都市の地名』八六頁）。さらに弘法大師が開祖とされる寂光院も、のちには尼寺になっている。すなわち大原は声明のメッカであるとともに、聖僧たちの修行の場でもあり、また女性往生を可能にする土地柄でもあったということである。

とりわけ紫式部の仕える彰子の叔父の源時叙が三十余年の間、大原で常行三昧に明け暮れていくという事実は、式部の脳裏に強く刻まれていたに違いない。小野郷をしだいに北上して行きつくところは、来迎であり、極楽往生である。夕霧は迷いつづけたが、結局は落葉の宮と結ばれる。小野の入口から大原の小野へ作者の意識が及んだところで救われたのである。薫と匂宮とに板ばさみになった浮舟は、一気に小野の大原へ入ることになった。落飾した浮舟がとどのつまりは当地で聖衆の来迎を受け、極楽に往生するだろうことを、紫式部は予言しているのである。

なお、小野の地は山科にもある。深草の少将が小野小町の許に百夜通いをしたという伝承の残る随心院などのある所だ。その随心院と山科川をはさんで西方徒歩十分の所に近接しているのが紫式部の夫藤原宣孝の菩提寺・勧修寺である。勧修寺の南側には式部の母方の先祖宮道弥益らを祭る宮道神社がある。式部が叡山西麓の小野の地を物語の舞台として設定するとき、わが先祖の開闢の地を時折思い起こしながら筆を進めることも十分あっただろう。

『源氏物語』における場所（舞台）の設定や移動は、物語のストーリー展開や伏線と密接なかかわりを持っている。たとえば三条宮が焼けて、薫と母親の入道女三の宮が六条院へ移る（「椎本」）。翌春薫らは再建された三条宮へ戻る（「早蕨」）。この間匂宮は宇治の中の君と結ばれ（「総角」）、彼女を二条院へ迎えている（「早蕨」）。三条宮が焼けたのは、監視の厳しい宮が宇治行の相談を薫と同じ六条院で気軽にできる状況を作り出すためであり、また三条宮が再建されて薫がそこへ戻るのは、隣接する二条院へ中君が住まうことになったためである。新婚の匂宮・中の君夫妻と同じ邸内に住まうのは興ざめでもあるし、そう遠くはない、離れた隣家から二人の新婚生活を想像することによって、薫の中の君への思いもいよいよつのって行くのである（本書「七　雷・火災――『源氏物語』の仕掛け――」七三―四頁参照）。

一条御息所の山荘や小野の妹尼の庵の舞台設定も、その例外ではない。夕霧と落葉宮、薫と浮舟との各々の人間関係から生ずる苦悩や不安、孤独感や厭世観等を筆述するために、小野・大原という舞台がきわめて有効に使われているということが言えるのである。

十　老いのいろいろ

(一)　老いのいろいろ

八十六歳の母が去春から介護施設でお世話になっている。脊椎の神経狭窄症を患って、全身が痛んで自力で日常生活ができなくなったからである。頭脳は明晰であるが、体がいうことをきかない。三か月に一度、背骨に神経ブロックという注射をすると、直後二、三日は痛みがやわらぐが、これ以外には有効な手だてが現状ではない。私も母の遺伝子をうけて、あと二十年もたつと、母と同じような病魔に襲われるかも知れない、などと考えると、あらためて〝老い〟の近づいている現実を実感するのである。

〝老い〟は外見に現われることはむろんだが、内臓も老化しようし、気力や活力といったものも衰えて来る。『源氏物語』「若紫」巻の北山の聖は、わらは病みにわずらう光源氏の招きに対して「老いかがまりて、室の外にも罷でず」と答えて来たために、源氏みずからが当山の岩屋を訪れることになる。また『大和物語』百五十六段の「姥捨伝説」に登場する媼も、「老いかがまりてゐた」といい、「いといたう老いて、ふたへにてゐたり」とも記されている。高い山中に捨て置かれても、「やや」というだけで身動きもできない状態であった。

『徒然草』百五十二段にも、「腰かがまり、眉白」い、静然上人の話が見える。

西大寺の静然上人、腰かがまり、眉白く、まことに徳たけたる有様にて、内裏へ参られたりけるを、西園寺内大臣殿（実衡、一二九〇—一三二二）、「あな尊との気色や」とて、信仰の気色《きそく》ありければ、資朝卿これを見て、「年の寄りたるに候ふ」と申されけり。

後日に、むく犬のあさましく老いさらぼひて、毛はげたるを引かせて、「この気色尊く見えて候ふ」とて、内府（実衡）へ参らせられたりけるとぞ。

静然上人は西大寺の長老の良澄をいい、元徳三年（一三三一）十二月十三日に八十歳で亡くなっている（『本朝高僧伝』）。その老体ぶりを批判した日野資朝（一二九〇—一三三二）は静然上人が亡くなった翌年の元弘二年（一三三二）六月、正中・元弘の両変の首謀者の一人として佐渡で切られている（『公卿補任』『太平記』巻二）。

これも『徒然草』百九十五段の話。

ある人久我縄手を通りけるに、小袖に大口着たる人、木造りの地蔵を田の中の水に押しひたして、ねんごろに洗ひけり。心得がたく見るほどに、狩衣の男二三人出で来て、「ここにおはしましけり」とて、この人を具して去にけり。久我内大臣殿にてぞおはしける。

よのつねにおはしましける時、神妙にやんごとなき人にておはしけり。

田の中で地蔵を洗っていたのは、久我内大臣源通基（一二四〇—一三〇八）であって、『とはずがたり』の作者の父大納言雅忠の甥にあたる。昔は「神妙に（殊勝デ）やんごとなき人（立派ナオ方）」であったという。通基は正応元年（一二八八）七月に内大臣となり、同年辞任したが（『公卿補任』）、時に四十九歳。享年は六十八歳であるから、現代でいえばそう高齢とも思えない。それでいてすでに尋常でなくなっていたわけである。

〝老い〟は歯が抜け落ちることによっても自覚させられたはずである。「齢」の字が「歯」へんであるのも、歯の寿命が結局は人生そのものであったからである。

筑紫の白川といふ所に住み侍りけるに、大弐藤原興範朝臣罷り渡るついでに、「水たべん」とて、うち寄りて乞ひ侍りければ、水を持て出でてよみ侍りける。

檜垣の嫗

年経ればわが黒髪も白川のみづはぐむまで老いにけるかな（『後撰和歌集』巻一七「雑三」一二一九）

枇杷殿の御絵に、石井《いはゐ》に女の水酌む、さしのぞきつつ影見る。

年を経てすめる泉に影見ればみづはぐむまで老いにけるかな（『重之集』一三八）

等に見える「みづはぐむ」や、

この聖人（増賀、九一七—一〇〇三）命終らんとしける時、（中略）聖衆の迎へを見て、喜んで歌をよむ。

みづはさす八十あまりの老いの波くらげの骨にあひにけるかな

とよみて、終りけり（『発心集』第一・五話）。

とある「みづはさす」は、ひどく歳をとっている意を表わすが、原義は年をとって歯が抜け落ちてから、再びみずみずしい歯が生えてくる、という意味なのであろう。現実には永久歯が抜け落ちたあとに、これが再生するということはない。したがって「みづはぐむ」や「みづはさす」は、年老いてすっかり脱け落ちてしまった歯が、再び生えて来てほしいという、当時の人々の切実な願望を表しているのである。つまりこの両語は歯の脱け落ちた老人そのものをも意味しているのである。

これも長明の『無名抄』の話。

（道因、一〇九〇—一一七九以後）九十ばかりに成りては、耳などもおぼろなりけるにや、会の時にはことさらに講師の座に分け寄りて、脇許《わきもと》につぶと添ひ居て、みづわさせる姿に耳を傾けつつ他事なく聞ける気色など、なほざりのこととは見えざりけり。

九十歳の道因は「みづわさせる姿」であり、また「耳などもおぼろなりけるにや」と記されている。「人生五十年」といわれた当時、九十歳まで現役の歌人であったというのも驚きであるが、さすがに耳が遠くなり、歯も抜け落ちた老翁になっていたようである。

老化現象の一つとして、目が悪くなるのも古今を問わない。眼鏡やコンタクトレンズがあるはずもない王朝時代である。その不便なことは想像にあまりあろう。『日本紀略』天徳二年（九五八）四月八日条によると、この日新銭の文を書かせるに際して、図書允阿保懐之の字体を用いたとある。というのも、

当時の能書は、木工頭道風朝臣と大内記藤原文正なり。道風は眼暗くして細字に堪えず、文正は触穢なり。

という理由のためであった。道風の「眼暗」とは老眼をいうが、細かい字が書けないというのはかなりそれが進行していたのであろう。道風は康保三年（九六六）十二月二十七日に七十一歳で亡くなっているから（同記）、このとき六十三歳である。もっとも細字を書くのは無理でも、翌天徳三年（九五九）五月七日には、藻壁門の額の字が滅したのを命によって書いている（同上）。立派なものである。

紫式部も老眼の近づくのを意識して、『日記』寛弘六年（一〇〇九）書簡条に、

齢《とし》もはた、よきほどになりもてまかる。いたうこれより老いほれて、はた目暗うて経読まず、心もいとどたゆさまさり侍らむものを。

と記している。寛弘六年当時、式部は三十七歳であったと推定されるが（岡一男博士『源氏物語の基礎的研究』一六九頁参照、昭和二十九年一月・東京堂出版刊）、「ひどくこれ以上に老いぼれて、また目がかすんで経は読まず、心もいよいよだらしなくどんどんなっていくでしょうに」と言い放っている。この一文につき、岡一男博士は、

この時の式部の年齢を、私は三十七歳とみたが、これを彼女の四十歳のときとすると、近親から若菜でも贈られそうである。それに、ひどくこれから老いぼれたらとあるようにむしろ女の大厄の年齢にあたって、種々

気をやんでいたせいと思う。（『紫式部日記』の）寛弘六年の記事の断片的なのは、そういうことも心理的に影響していると思う。眼鏡の無い時代だから、近眼も「眼くらうて」になるし、老眼以外にも三十代末になると、視力障害がおこる例は、『源氏物語』『蜻蛉日記』『大鏡』、その他当時の記録に多い云々。

と説かれている（『古典の再評価』三八七頁、昭和四十三年六月・有精堂刊）。三十七歳の厄年を迎えた紫式部はしのび寄る〝老い〟の影を感じ取っていたのであろう。

㈡『古今集』の嘆老歌

『八代集総索引』（片桐洋一博士監修、一九八八年十二月・大学堂書店刊）を繙くと、老境を表わす用語も少なからず散見する。「老ゆ」（『新古今集』一二例・『古今集』九例など、計四〇例）、「老い」（一四例）、「老いす」（七例）、「老いが（の）世」（六例）、「老いらく」（五例）、「頭の雪」（三例）、「白髪《しらが》」（三例）、「老いの波」（二例）、「老いの涙」（二例）、「端歯ぐむ」（二例）、以下「老い木」「不老不死薬《おいしなずのくすり》」「老いの数」「老いの心」「老いの坂」「老いの寝覚」「老い果つ」「翁さびゆく」「翁さぶ」（各一例）等が、各撰集にまんべんなく見えている。

いわゆる嘆老歌を王朝人が数多く残している事実は、今井源衛博士らがすでに指摘されているところである（『源氏物語への招待』一〇五頁、一九九二年四月・小学館刊等）。一例をあげると、『古今集』巻十七「雑歌上」八十首（八六三―九三二番歌）のうち、〝老い〟をテーマとする歌は二十五首（八七八・八七九、八八八〜九一〇番歌）ほどもある。

八八九　今こそあれわれも昔は男山さかゆく時もあり来しものを（よみ人しらず）

八九〇　世の中にふりぬるものは津の国の長柄の橋とわれとなりけり（同）

八九三　かぞふればとまらぬものをとし（疾し・年）と言ひて今年はいたく老いぞしにける（同）

八九四　おしてるや難波の御津に焼く塩のからくもわれは老いにけるかな（同）
八九五　老いらくの来むと知りせば門さして無しと答へてあはざらましを（同）
九〇二　白雪の八重降りしけるかへる山かへるがへるも老いにけるかな（在原棟梁）

八八九番歌は『枕草子』「職の御曹司におはしますころ」の段に、老尼の常陸介が清少納言らに向って、「男山の峰のもみぢ葉、さぞ名は立つや、さぞ名は立つや」と「頭をまろばし振」って、憎まれる場面にもふまえられている。「さかゆく時」（栄え行く、若盛りの時節）というのも、若々しい男性の活力みなぎっていた時というのであろう。「男山」はいわゆる陽峯である。

八九三〜八九五番歌の三首には、「昔ありける三人の翁」のよんだ歌とする左注がついている。いずれも〝老い〟の来たことを詠嘆しているが、その〝老い〟についての具体的な記述はない。

九〇二番歌は、「白雪がいく重にも降り積った、越のかえる山のように、頭髪もまっ白となって、その山の名のかえるがえるも、ひどく年をとったことだなあ」の意。白髪でもって〝老い〟の現実を伝えている。この「頭の雪」による〝老い〟の表現は、しばしば目につく。

いずれにしても、『古今集』歌によみ込まれた〝老い〟は、詠嘆的であり、若き日を懐古し、現在の老境を嘆息するというパターンが多い。うたわれた〝老い〟は老残の身をさらすといった悲惨さはない。あくまでも雅やかで、美的な感じさえする。

㈢　清少納言の「老い」の描き方

これが清少納言になると、〝老い〟の描き方もがらりと変って来る。清少納言は『枕草子』で見るかぎり、老人に対してはかなり手厳しい。

火桶の火、炭櫃などに、手の裏うち返しうち返し、押し延べなどしてあぶりをる者。いつか若やかなる人など、さはしたりし、老いばみたる者こそ、火桶のはたに足さへもたげて、物言ふままに押しすりなどすらめ。さやうの者は、人のもとに来て、居むとする所を、まづ扇してこなたかなたあふぎ散らして、散り掃き捨て、居も定らずひろめきて、狩衣の前まき入れても居るべし。(「にくきもの」の段)

若者と違って、老人は寒がりで、炭櫃にぴったりとくっついて、手のひらを裏・表とうら返してあぶっている。ひどいのになると、火鉢の端に足までもあげて、しゃべりながら足をこすったりしている等々、老人の不作法な行為を活写し、その無自覚で図々しい老人特有の性質・行動を指弾している。「かかることは言ふ甲斐なき者の際にやと思へど、すこしよろしき者の式部大夫など言ひしがせしなり」ともあって、まずまずの身分の者がやっているので、直接たしなめることもできない、というのがいっそう批判をつのらせるのである。

こたいの人の、指貫着たるこそいとたいだいしけれ。前に引きあてて、まづ裾《すそ》をみな(指貫ノ中へ)籠め入れて、腰はうち捨てて、衣の前調へはてて、腰をおよびて(ヘッピリ腰デ)取るほどに、うしろざまに手をさしやりて、猿の手結《ゆ》はれたるやうに、(結ンデアツタ紐ヲ)ほどき立てるは、とみのことに(急用ノ場合ハ)出で立つべくも見えざめり。

これも老人の動作のにぶく、不自由で、不恰好なのを非難したものである。「たいだいし」は「怠々し」で、怠惰だ、なおざりだ、のろのろした感じがする、の意。指貫のうしろをあげるときには「および腰」だし、足首のところで結んである紐をほどくときには、猿が手をゆわかれているような感じで、スムーズにいかない。観察は行き届いているが、年配者にはきびしい注文である。兼好法師が「友とするにわろき者、七つ」の中にあげた「若き人」「病なく身強き人」とは、(『徒然草』第百十段)まさにこうした批判をする清少納言のような人をいうのであろう。「昔おぼえて不用なるもの(昔のすばらしさが思い出されるが、今ではとうてい役に立たないもの)」の段には、「絵師の目暗き（老眼）」や「色好みの老いくづほれたる」などもあがっている。後者はカサノバの生涯も想起されよう。
鳥だって例外ではない。「鴬は、文などにもめでたきものに作り、声よりはじめて様・かたちも、さばかりあてにうつくしき」鳥であるが、「夏、秋の末まで老い声に鳴きて、『虫食ひ』など、ようもあらぬ者」から名を付けて変えて言われるのは、残念だと記している（「鳥は」の段）。長期に鳴きつづけて、老い声に至ったのが不興の原因である。

除目のころなど、内裏わたりいとをかし。雪降り、いみじう氷りたるに、申文持てありく。四位・五位、若やかに心地よげなるは、いと頼もしげなり。老いて頭白きなどが人に案内言ひ、女房の局などに寄りて、おのが身のかしこきよしなど、心ひとつをやりて説き聞かするを、若き人々はまねをし笑へど、いかでか知らむ。「よきに奏し給へ、啓し給へ」など言ひても、得たるはいとよし。得ずなりぬるこそいとあはれなれ。

老官吏が任官希望の取つぎを、女房たちに依頼する光景だが、その哀訴の様子を若女房たちが陰でまねをして笑うというのだから切ない。「よきに奏し給へ、啓し給へ」という哀願もリアルで、いい年をした年寄りが若女房に頭を低くしている光景はいかにも哀れでまた滑稽でもある。清少納言の父元輔は天暦五年（九五一）に和歌所の寄人に任命されたとき、すでに四十四歳であった。にもかかわらず位階は六位で、河内権少掾という低い官職であった。その元輔は安和二年（九六九）従五位下に叙され、河内権守に任ぜられた。このとき六十二歳である。天延二年（九七四）には周防守、寛和二年（九八六）七十九歳で肥後守となり、正暦元年（九九〇）任地で八十三歳で亡くなっている（『三十六人歌仙伝』）。年を重ねるごとに任地が遠国になっている。元輔が猟官運動に明け暮れていたことは確かであろう。それでも「得たるはいとよし」なのであり、「除目に司得ぬ人」では「すさまじ」なのである。八十歳になっても肥後まで赴くこと自体がある意味では「すさまじ」というべきかも知れない。
老受領の父元輔がモデルではないかと思われる話が他にもある。能因本「むとくなるもの」の段に、翁の髻《もとどり》放ちたる。

とある。「じいさんが烏帽子をかぶらずに、髻《もとどり》（本取り）をむき出しにしているの」が、むとくなるもの（かたなし、さまにならぬもの）の一つとしてあがっている。この場合、どうして「翁」と限定されているかというと、「翁」は髪も薄く、あるいはハゲ頭のケースもあって、十分に髻を取って、髪を束ねることができない。それが元結いのしっかりした若い人たちの髻と違って、「むとくなり」と批判されるわけである。

実は、清少納言の父元輔にはこんな逸話がある。元輔が賀茂祭使となって、馬で一条大路を進んでいたとき、

…元輔が乗りたる飾り馬、大きにつまづきして、元輔頭をさかさまにして落ちぬ。年老いたる者の馬より落つれば、物見る君達、いとほしと見るほどに、元輔いと疾く起きぬ。冠は落ちにければ、髻つゆなし。瓫《ほとき》（盆）をかぶりたるやうなり。馬副《うまぞ》ひ手迷ひをして冠を取りて取らするを、元輔冠をせずして、後《しり》へ手掻きて（制シテ）、「いでや、あな騒し。しばし待て。君達に聞こゆべきことあり」と言ひて、殿上人の車の許に歩び寄る。夕日のさしたるに、頭はきらきらとあり、いみじく見苦しきこと限りなし。大路の者、市を成して見ののしり、走り騒ぐ。車・狭敷の者ども、皆のび上り、笑ひののしる。

ということになってしまった。元輔は殿上人たちに冠を落としたからといって、「をこ」と言ってはいけない。注意深い人だってつまづき倒れることはよくある。大路は石の大きいのがゴロゴロしているから、分別心のない馬が倒れることもつねづねある。馬は口をとられているから思う方向にも行けず、思わず転倒したのだ等々弁解し、

…また冠の落つるは、物して結《ゆは》ふる物にあらず。髪を以てよく掻き入れたるに、捉へらるるなり。それに鬢《びん》は失せにたればつゆなし。しかれば落ちむ冠を恨むべきやうなし。

とも言って、「（私ヲ）笑ひ給はむ君達、かへりてをこなるべし」と言いかける。それから「大路に突き立ちて、いと高く『冠持てまう来』と言ひてなむ、冠は取りて指し入れ」た。「そのときにこれを見る人、もろ心に笑いののし」っ

たというのである（『今昔物語集』巻二十八・「歌読み元輔、賀茂の祭に一条の大路を渡れる語《こと》第六」参照）。

この落馬事件は元輔が内蔵助のときのことであったというが（同書）、元輔がこの職に任命された事実はない（『三十六人歌仙伝』）。仮に康保三年（九六六）正月任命の大蔵少丞のときのこととすれば、元輔は五十九歳。こののち正暦元年（九九〇）六月八十三歳で卒するまで二十五年も長生きした。五十九歳なら冠をかぶる際に搔き入れる髪がなくともおかしくはない。清少納言は父元輔の髻のほとんどない頭かっこうをつねづね「むとくなり」と見ていたに違いない。

清少納言は中宮定子から、

元輔の後《のち》と言はるる君しもや今宵の歌にはづれてはをる

と言われて、

その人ののちと言はれぬ身なりせば今宵の歌をまづぞよままし

と応じている（「五月御精進のほど」の段）。父元輔の歌人としての偉大さには、いつも敬意を表していたはずである。にもかかわらず父の髻のほとんどない頭かっこうはなんともぶざまで、かんべんしてよというような気持ちを抱いていたのであろう。

(四)　清少納言の気風

こういう清少納言の気風は、相手に対する思いやりや同情にいささか欠けており、その本質でよりも表面的な現象で相手を評価する傾向が強いということにもなろう。「説経の講師は、顔よき」、「若き人、乳児どもなどは、肥えたるよし」などと言っているのも、表面的な外観でよし、あしを判断していて、説経の内容とか、講説の上手さ、あるいは相手の性格や人柄のよさといった本質的なもので評価することがない。だいたい「春はあけぼの」の一句からして、きわめて感覚的で、視覚的な捉え方である。

「にげなきもの」（似つかわしくないもの）の段にも

…老いたる女の腹高くてありし。若き男持ちたるだに見苦しきに、「（男ガ）こと人の許へ行きたる」とて腹立つよ。

老いたる男の寝迷ひたる。またさやうに鬚《ひげ》がちなる者の椎つみたる（ポリポリカジッテイルノ）。

歯もなき女の、梅食ひて、酸がりたる。

と、老女・老翁がさんざんにヤリ玉にあがっている。どれもこれも目に映った、ぶざまな姿・格好が指弾されている。

その清少納言が唯一、年寄りを尊重した話がある。例の蟻通明神（大阪府泉佐野市長滝に所在）の伝承である（「社は」の段）。「昔おはしましける帝の、ただ若き人をのみおぼしめして、四十になりぬるをば、失はせ給」うたとき、帝の寵愛をうけていた中将が、「七十近き親二人」を、地下に隠して世話をしていた。そのとき「唐土の帝」が天皇に三つの難題をつぎつぎと言い送って来たが、そのたびに中将が親に聞いて解決できた。「七曲にわだかまりたる玉の、中通りて左右にあきたるが小さき」に糸を通せという難題には、「大きなる蟻を捕へて、二つばかりが腰に細き糸をつけて、またそれにいま少し太きをつけて、あなたの口に蜜を塗りて見よ」という父親の指示で、これを解決できた。帝がその解決策を授けた人にお礼をしたいと言ったとき、中将は「ただ老いたる父母の隠れ失せて侍る、尋ねて、都に住まする事は許させ給へ」と申し出たところ、その許しが出たので、「よろづの人の親、これを聞きて喜ぶことといみじかりけり」となった。その中将が蟻通明神になったというのである。

親孝行を心がけなくてはならぬと、清少納言は心中ではつねづね考えていたのであろう。しかし現実には親の世話になるばかりで、いっこうに蟻通明神の中将のようには行動できなかったに違いない。

清少納言が正暦四年（九九三）初春、定子中宮へ宮仕えした折の年齢は三十一歳ぐらいで、それから定子が媄子内親王の出産で亡くなった長保二年（一〇〇〇）十二月まで、八年間の宮仕生活を送っている（拙著『平安文学成立の研究・韻文編』一三八頁、一九九一年四月・国研出版刊参照）。主人の定子は清少納言より十三歳年下、また一条天皇は定子よりさらに四歳年下。定子の父道隆は長徳元年（九九五）四月四十三歳で薨じている。その道隆の嫡子、つまり定子の兄の伊周は正暦四年（九九三）で二十歳、定子より二歳年長である。伊周の弟隆家はこのとき十五歳（以上『公卿補任』『日本紀略』等による）。

もう一度整理してみると、正暦四年（九九三）現在清少納言は三十一歳、一条天皇十四歳、定子中宮十八歳、関白道隆四十一歳、伊周二十歳、隆家十五歳ということになる。つまり清少納言の仕えた中関白家では、関白道隆でさえ四十歳半ばにも至っておらず、権大納言伊周も、左中将隆家も、中宮定子も、また一条天皇も二十歳以下であったということである。

こういう若々しく、今を盛りとときめく中関白家に清少納言は仕えたのである。彼女自身おおいに刺激をうけて、若やいで、この中関白家の雰囲気をよしとしたことであろう。だから年若い人々については、

雪高う降りて、今もなほ降るに、五位も四位も、色うるはしう若やかなるが、袍の色いと清らにて……深沓・半靴などのはばきまで、雪のいと白うかかりたるこそをかしけれ。（「雪高う降りて」の段）

…侍の者の若やかなるなど、櫓といふもの押して、歌をいみじう歌ひたるは、いとをかしう、やむごとなき人などにも見せ奉らまほしう思ひいくに……。（「うちとくまじきもの」の段）

雑色・随身は、少し痩せて細やかなるぞよき。男は、なほ若きほどは、さる方なるぞよき。いたく肥えたるは、いねぶたからむと見ゆ。（「雑色・随身は」の段）

あはれなるもの、孝ある人の子。よき男の若きが御嶽精進したる……。男も、女も、若く清げなるが、いと黒き衣着たるこそあはれなれ。（「あはれなるもの」の段）

等のごとく、非常に好ましく、そうありたいものとして、好意的に描述しているのである。

㈤ 紫式部の「老い」の描き方

紫式部が高齢者や年配の人物を描くときは、清少納言のそれとは、また異っている。『源氏物語』の中には、紫の上の祖母である北山の尼君・葵の上の両親の左大臣夫妻・女三の宮の父朱雀院・柏木の乳母子である弁の尼・横川の僧都の母尼、それに源氏の叔母の女五の宮・源典侍・明石入道らが、比較的高齢・長生きする人物として登場する。

この中で、いかにも老人らしい風貌で克明に描写されているのは、横川の僧都の母尼と源氏の叔母の女五の宮である。

姫君（浮舟）は、いとむつかしとのみ聞く老人《おいびと》のあたりにうつぶし臥して、寝《い》も寝られず、宵まどひは、えもいはずおどろおどろしきいびきしつつ、……夜中ばかりにやなりぬらんと思ふほどに、尼君しはぶき、おぼほれて起きにたり。火影《ほかげ》に、頭つきはいと白きに、黒きものをかづきて、この君（浮舟）の臥し給へるをあやしがりて、鼬《いたち》とかいふなるものがさるわざする、額に手を当てて、「あやし。これは誰《たれ》ぞ」と、執念げなる声にて見おこせたる、さらにただ今食ひてむとするとぞおぼゆる。（「手習」）

宵のうちから眠っている尼君は、高々といびきをしていたかと思うと、突然自分の咳にむせんで起き上り、浮舟が傍らに伏っているのを、鼬のような疑い深さでとがめ立てをする。老人や幼児特有の寝呆けの姿態を実に手際よく描いている。

宮（女五の宮ハ源氏ニ）対面し給ひて、御物語聞こえ給ふ。いと古めきたる御けはひ、しはぶきがちにおはす。年長《このかみ》におはすれど、故大殿の宮（葵の上母の大宮）は、あらまほしく旧《ふ》り難き御有様なるを、声ふつつかに、こちごちしく覚え給へるも、さる方（御人柄）なり。（「朝顔」）

女五の宮もまるで年寄りじみて、咳込みがちで、声は太くて、何がゴツゴツと無骨な感じであるというのである。

　宮の御方（女五の宮）に、（源氏ハ）例の御物語聞こえ給ふに、古ごとどものそこはかとなきうちはじめ、聞こえ尽し給へど、御耳もおどろかず、ねぶたきに、宮もあくびうちし給ひて、「宵惑ひをし侍れば、物もえ聞こえやらず」と、宣ふほどもなく、いびきとか、聞き知らぬ音すれば、喜びながら立ち出で給はんとするに…。（「朝顔」）

宵のうちから眠むたくなっていた女五の宮が、源氏が以前の話をあれこれしているうちに、いびきをかき出した場面である。これなどもいかにもありそうな話で、実に面白い。源氏は同居する朝顔に早く会いたいので、これは都合がよいと腰をあげようとしたところ、そこに登場したのが源の内侍である。

源氏が十九歳のとき、すでに五十七、八歳であった源典侍。「年いたう老いたる典侍、人もやむごとなく、心ばせありて、あてに覚え高くはありながら、いみじうあだめいたる心ざまにて、そなたには重からぬある」のと、かりそめの逢瀬を持ち、義兄の頭中将と三角関係になったざれごとがあった（「紅葉賀」）。その源の典侍が七十歳を越えた今、

　…いとど昔思ひ出でつつ、旧り難くなまめかしきさまにもてなして、いたうすげみにたる口つき思ひやらるる声づかひの、さすがに舌つきにて、うちざれむとはなほ思へり。「言ひ来しほどに」（「身を憂しと言ひ来しほどに今はまた人の上とも嘆くべきかな」『伊行源氏釈』）など聞こえかかる眩《まば》ゆさよ。（「朝顔」）

という次第で、業平の九十九髪の老女ではないが、元気印の典侍は健在であった。

元気印といえば、明石入道も同様である。

　年は六十ばかりになりたれど、いと清げにあらまほしう、行ひさらぼひて、人のほどのあてはかなればにや

あらむ、うちひがみほれぼれしきことはあれど、いにしへのものをも見知りて、物きたなからず、よしづきたることも交じれれば、昔物語などせさせて聞き給ふに、（源氏ハ）少しつれづれの紛れなり。（「明石」）

というこの入道が、娘の明石の御方の婿に源氏を切望し、これを実現する。この御方の生んだ明石姫君が今上の女御になって皇子を生むに至って、入道は最後の文を、住吉神社への願文とともに御方に贈って、入山遁世する。このとき入道は七十四歳ほどになっていた（「若菜下」）。源氏と出会ってから十四年の間、一家の興隆を願って、入道は御方や姫君を支援しつづけてきたのであった。元気なものである。

㈥『源氏物語』の高齢者たち

紫式部が老人を描く方法は、そのありのままの姿を客観的に綴るのが主であって、忌み嫌ったり、嫌悪感を示すといったことがない。しかも老いほけた人物であっても、たとえば女五の宮は源氏が朝顔と会う際のクッション役になっており、また横川の僧都の母尼は浮舟が中将からの懸想より逃れるための一種の防禦壁の役割をになわされており、また浮舟の出家を実現するための環境作りの一環として配置されているとも言いうる。

そういえば、葵の上の母である大宮は、孫の夕霧と雲井雁との結び役として長生きし（「藤袴」）、その三周忌に内大臣が夕霧に親しく言葉をかけることによって、間もなく両人の結婚が実現することになる（「藤裏葉」）。その夫の左大臣は源氏が明石から帰京し、内大臣に昇任した際、源氏の懇望で摂政左大臣となって政治を執り行ない（「澪標」）、それから三年後に六十六歳で薨じた（「朝顔」）。この左大臣のあとはかつての頭中将が内大臣となって執政した（「少女」）。つまり光源氏が女性関係や遊楽等をこととする物語世界の主人公として君臨するためには時間的なゆとりが必要であるから、政治に直接タッチすることは無理で、それで左大臣が源氏の代役として政権に復帰したのである。その役目は子息の頭中将が内大臣となって継承することが可能になるまで、延命されたことにもなる。

朱雀院は女三の宮の出家をかなえる役として（「柏木」）、在位中は虚弱であった院が、入道後は元気になって、五十歳以降まで存生している。紫の上の祖母である北山の尼君も紫の上の保護者として、「四十余ばかり」まで生きながらえた（「若紫」）。柏木の乳母子の弁の尼はもちろん薫の出生の秘密を、当人に伝える役をになわされており、このとき「年は六十に少し足らぬほど」であった（「橘姫」）。さらに弁の尼はその四年後に、薫と浮舟の仲を取り持った（「東屋」）。

『源氏物語』の中に登場する老い人は、いずれも何らかの人間関係をかたち作る役目をになわされている。決してムダには年を重ねてはいない。しかも北山の尼君は「いと白うあてに痩せたれど、つらつきふくらかに、まみのほど、髪のうつくしげにそがれたる末も、なかなか長きよりもこよなう今めかしきものかなと、あはれに見給ふ」というわけで（「若紫」）、上品で、尼そぎの髪もかわいらしく、はなやかな感じがすると述べられている。

弁の尼は、「年は六十に少し足らぬほどなれど、みやびかにゆゑあるけはひして、ものなど聞こゆ」と書かれているし（「橘姫」）、葵の上の母の大宮も、亡くなる直前の消息文は、「いと古めかしうわななき給へる」状態であったが（「行幸」）、「かたちよき尼君たち」に囲まれて、「のどやかに御おこなひし給ふ」晩年であった。左大臣も「そのころ太政大臣亡せ給ひぬ。世の重しとおはしつる人なれば、おほやけにも思し嘆く。しばしこもり給へりしほどをだに、天の下の騒ぎなりしかば、まして悲しと思ふ人多かり」という具合であって、六十代半ばであったにもかかわらず、批難がましいことは何も書かれていない（「薄雲」）。

明石入道も少々偏屈で、出家の身で源氏を娘の婿にと切望して、「一人寝は君も知りぬやつれづれと思ひあかしの浦さびしさを」などとうそぶいているのは、いささか滑稽ではある。しかし「いと清げにあらまほしう、行ひさらぼひて、人のほどのあてはかなればにやあらむ、うちひがみほれぼれしきことはあれど、いにしへのことをも見知りて、物きたなからず、よしづきたることも交じ」っていたとされている（「明石」）。紫の上の祖母の兄である北山の僧都は、「法師なれど、いと心はづかしく、人柄もやむごとなく世に思はれ給へる人」だったという（「若紫」）。また浮舟の出家を許可して戒律を授けた横川の僧都も、「法師なれど、いとよしよししく、恥づかしげなるさま」であったと記されている（「手習」）。

(七) 紫式部の「老い」の描写の由来

紫式部が描く老い人は、ときに老人特有の動作や姿が強調されることもあるが、決してそれを非難の対象にすることはない。むしろ年を重ねてかえって気品があふれ、優美で、故事に通じ、周囲や世間から尊重される姿を描く。あるいはそういう評価はされなくとも、老い人には物語中で重要な役割をになわせることも少なくない。

老い人を直接批判しないという式部の態度は、下層の者の場合でも同じである。

御車出づべき門は、まだあけざりければ、鍵の預り尋ね出でたれば、翁のいみじきぞ出で来たる。（中略）翁門をえあけやらねば、（娘ダカ、孫ダカ、ドッチツカズノ女ガ）寄りて引き助くる、いとかたくななり。御供の人よりてぞあけつる。（「末摘花」）

御門守寒げなるけはひ、うすずき（アワテテ）出で来て、とみにもえあけやらず。これよりほかの男、はたなきなるべし。ごほごほと引きて、「錠のいといたく銹《さ》びにければ、あかず」と憂ふるを、（源氏ハ）あはれと聞こし召す。（「朝顔」）

「朝顔」巻の御門守は翁とはないが、「末摘花」巻の例と同工異曲の内容であるから、これも老い人と見なしてよいだろう。たしかに「いとかたくななり（不器用ダ）」とあり、「寒げなるけはい」とあるが、これもこれらの鍵番を通烈に批判しているわけではない。前者では源氏は、「ふりにける頭の雪を見る人も劣らずぬらす朝の袖かな、若き者はかたち隠れず」と詠嘆し、同情する。後者でも「あはれと聞こし召」している。貧相な老者にこういう哀憐の情を示すことは、清少納言にはほとんど見られなかったことである。
『紫式部日記』寛弘五年（一〇〇八）十一月二十八日条に、臨時の祭の御神楽のあったことを叙し、

（尾張）兼時が、去年《こぞ》まではいとつきづきしげなりしを、こよなく衰えたる振舞ひぞ、見知るまじき人の上なれど、あはれに、思ひよそへらるること多く侍る。

とある。紫式部は兼時のひどく衰えたのを忌み嫌うのではなく、同情しつつ、おのずとわが身の上に思いなぞらえられると記しているのである。

以下は兼時のもっと若いときの話だから比較にはならないが、清少納言も『枕草子』の中に、

すけただは木工の允にてぞ蔵人にはなりたる。いみじく荒々しく、うたてあれば、殿上人・女房「あらはこそ」と付けたるを、歌に作りて、「性《さう》なしの主《ぬし》、尾張人の種にぞありける」とうたうは、尾張の兼時が娘の腹なりけり。

と、荒々しい蔵人すけただが「性なしの主、尾張人の種にぞありける」とうたわれていた事実のあったことを伝えている。その尾張人というのは尾張兼時の娘をいうのだが、もちろんすけただおよび兼時娘らへの同情など、微塵も書かれてはいない。

紫式部の母方の曾祖父である中納言藤原文範（九〇九―九九六）は、『小右記』永祚元年（九八九）正月二十二日条に、

三献後民部卿文範入自中門　進庭中拝了着座、若是追致仕例歟、見者拭涙而已

とあって、遅参した文範が庭中で拝し終って着座したところ、見る者は涙をぬぐうばかりであったという（今井源衛博士『紫式部』三八頁、昭和四十一年三月・吉川弘文館刊参照）。というのもこのとき文範は八十一歳であったからである。

おそらく紫式部は母の右馬頭藤原為信女には早く先立たれて、祖母（宮道庸用女か）に育てられたのであろう。紫の上が母宮に先立たれて祖母の尼君に養育されていたのと、状況はよく似ていたであろう。曾祖父文範の摂政第

出仕の話を聞いていたとすれば、式部はこの年十七歳になっている。なお父方の玄祖父堤中納言兼輔（八七七―九三三）は承平三年二月十八日に五十七歳で薨じている（『公卿補任』）。式部の家系には、こういう尊重できる長老がかなり存在したということがいえる。なお、式部の父為時も式部が亡くなった長和三年（一〇一四）六月に六十三歳で越後守をやめている（岡一男博士『源氏物語の基礎的研究』五〇頁）。この為時が儒者であったから、『論語』の、

子曰く、「弟子《ていし》入りては則ち孝、出でては則ち弟《てい》、謹みて信あり、汎《ひろ》く衆を愛して仁に親しみ、行ひて余力あれば、則ち以て文を学べ」と。（学而第一・六）

の精神を式部はおのずと身につけたであろうことは、『源氏物語』の随所から推量することができる。紫式部の老年者への敬意と同情の気持ちは、そういう環境から生じて来たものであろう。

清少納言には、周知のようにいわゆる落魄伝説がいくつか残されている。

清少納言零落の後、殿上人あまた同車し、彼の宅の前を渡るの間、宅の体破壊したるを見て、「少納言無下にこそ成りにけれ」と車の中に云ふを聞きて、本より桟敷に立ちたりけるが、簾を掻き揚げ、鬼の形のごときの女法師顔を指し出して云はく、「駿馬の骨をば買はずやありし」と云々。燕王馬を好みて骨を買ふ事あるなり。（『古事談』第二「臣節」）

……（清少納言ハ）はかばかしきよすがなどもなかりけるにや。乳母子なりける者に具して、遙かなる田舎にまかりて住みけるに、襖《あを》（袷の類）などいふもの干しに、外に出づとて、「昔の直衣姿こそ忘られね」と独りごちけるを、見侍りければ、あやしの衣着て、つづり（つなぎ合わせの布）というもの帽子にして侍るけるこそ、いとあはれなれ。（『無名草子』）

あれほど若い、軽やかな人を重んじ、古老を批判していた清少納言が、晩年自身が落魄したという伝承が残っているのは皮肉なことである。

今も昔も〝老い〟の姿にはいろいろあるということである。中には北山准后貞子（一一九六―一三〇二、西園寺実氏室、後嵯峨后大宮院・後深草后東二条院の母）のように、百七歳の長命を保った人もいる（『実躬卿記』）。その老人を重んずるのも、逆に批判するのも、これまた当事者の心情や教養や環境等に由来しているのである。そういう観点からすれば、紫式部の〝老い人〟の描き方は、公平で、尊敬心や同情等がこめられ、読者を元気づけ、安心して読むことができる。清少納言の皮相的・感覚的・批判的な描き方とは全く異なっているといえよう。

十一 旅の話——付、浮舟の教養について——

㈠ 旅の意義・効用

兼好法師の『徒然草』第十五段に、

いづくにもあれ、しばし旅立ちたるこそ目覚むる心地すれ。

そのわたり、ここかしこ見歩りき、田舎びたる所・山里などは、いと目なれぬことのみぞ多かる。都へたより求めて文やる。「そのことかのこと、びんぎに忘るな」など、言ひやるこそをかしけれ。

さやうの所にこそ、よろづに心づかひせらるれ。持てる調度まで、よきはよく、能ある人・かたちよき人も、常よりはをかしとこそ見ゆれ。

寺・社などに忍びて籠りたるもをかし。

とあるのは、旅の意義・効用等を明確に言い得た名文として名高い。旅立てば単調な日常生活を忘れて「目覚むる心地」がし、またその土地独得の発見がある、というのはそのとおりであろう。旅は本来非日常的なものであり、時間的にも経済的にも精神的にもゆとりがあって実現すべきものである。現代のようにビジネスのために、東京と大阪とを往復するようなのは、本来は旅とはいわない。一般には出張といっている。出張のもとの意味は、戦場に出て陣を張るということだ。相手と戦い、これを倒すための出陣である。「目覚むる心地」を味わったり、当地のローカルな郷愁にひたっている暇はない。

「持てる調度まで、よきはよく、能ある人・かたちよき人も、常よりはをかし」というのも、私どものよく体験するところである。物品・才芸・容貌など、時と場所によって変化するのではなく、よいものはどこにあっても、どんな時にもよいのである。夕暮れどきは美しく見えるが、昼間は駄目であるとか、化粧を落としたらただの人ということがないのである。むしろ素朴な土地柄だと、その美しさがきわ立つというのがほんとうの美人なのである。それは須磨の浦に流謫した光源氏の「ゆゆしう清らなること、所がらはましてこの世のものとも見え給はず」という一文によってもよくわかろう。

寺社籠りを趣あるものだとしているのは、仏教思想の盛んな時代の反映でもあるが、やはり日常とはうって変った参拝者の敬虔な信仰ぶりを出家の兼好が評価したのであろう。実践を重んずる兼好の意向がよくあらわれている。後世になると、「旅の恥はかき捨て」という俗諺も生じ、弥次・喜多の『東海道中膝栗毛』などは、その「かき捨て」行為が最大限に発揮された作品である。兼好が「さやうの所にこそ、よろづに心づかひせらるれ」といっているのは、人目をはばかり、世間体を気にする貴族精神の表われともとれるが、一方どんな時所位にあってもふだんの矜恃や態度を持ちつづけるというのも貴族の精神である。太宰治の『斜陽』などにもこの精神がよく表われている。

㈡「旅」の字の原義

「たび」とは、「古くは必ずしも遠方へ行くことをいわず、住みかを離れることをすべて」いうとのことだ（『岩波古語辞典』七九八頁・一九七四年十二月刊）。紫式部が里に退出していた折、中宮彰子の母倫子から、「まろがとどめし旅なれば、ことさらに急ぎまかでて、『疾く参らむ』とありしもそらごとにて、ほど経るなめり」という手紙が届けられたという（『紫式部日記』寛弘五年十一月条）。式部邸は彰子のいる土御門殿のすぐ北側にあったと思われるが（岡一男博士『古典の再評価』三七八頁、昭和四十三年六月・有精堂出版刊）、その間の移動も旅といっている。

なお、「旅」の字は㫃（はたあし）と从（二人）との合字で、旌旗の下に集まった軍五百人、旅団が原意。その「旅」の字には、『易』（旅、疏）に「旅者、客寄の名、羈旅之称、失二其本居一、而寄二他方一、謂レ之為レ旅」と説く、たび・たびするの意もあり、また転じてたびびと・たびあきうどの意もある（『大漢和辞典』巻五・六九二頁、昭和三十二年八月・大修館書店刊）。われわれの先人が、日本語の「たび」に対応する漢字として、よくぞ「旅」の字をあてたものだと感服するのだが、この「旅」の字も「其の本居を失ひ、他方に寄る」というのであるから、「たび」の「住みかを離れること」という意味と、ほぼ合致するわけである。

もっとも兼好の「いづくにもあれ、しばし旅立ちたるこそ云々」と説く「旅立ち」は、日常の環境とは異なる所への移動をいっているのであろう。

㈢　王朝貴族の旅

ところで王朝の貴族たちが旅をするには、宿舎や飲食物や交通手段・道路事情などの問題があって、よほどのことがないかぎり、そう遠方までひんぱんに出かけることはできなかった。光源氏が十八歳の春、わらは病みの療治のために北山の聖を訪うことになった。

弥生のつごもりなれば、京の花盛りはみな過ぎにけり。山の桜はまだ盛りにて、入りもておはするままに、霞のたたずまひもをかしう見ゆれば、かかる有様もならひ給はず、所狭き御身にて、めづらしう思されけり。（「若紫」巻）

十八年間も生きて来て、「所狭き御身」ゆえ、洛北の北山の桜を現地へ行って眺めたこともなかったというのである。それもそのはず、源氏の日常は、実家の二条院と内裏との間を行ったり来たりしたり、、二条院近くの左大臣邸の葵の上を訪れたり、五条の夕顔や六条の御息所など洛中での往来が中心である。また洛外といっても、東山や中川あたり、それに賀茂や嵯峨・桂周辺がせいぜいである。後年は須磨・明石に流謫し、帰京直後こそ石山や住吉にお礼参りの旅をしているが、その後は太政大臣（「少女」巻）・准太上天皇（「藤裏葉」巻）と昇進し、それこそ「所狭き御身」となって、再び行動範囲は六条院を中心とする京洛生活を主とすることになった。

　これに較べると、地方官として赴任する受領は、よほど旅のあはれを味わったに違いない。人麻呂と並称される歌聖紀貫之は、少内記や大監物・右京亮・木工権頭等の京官に就く一方、越前権少掾（延喜六年〈九〇六〉任、三十六歳）・美濃介（同十八年〈九一八〉任、四十八歳）・土佐守（延長八年〈九三〇〉任、六十歳）等の地方官を歴任し、土佐から帰京直後には『土佐日記』を著わした（村瀬敏夫博士『紀貫之伝の研究』昭和五十六年十一月・桜楓社刊参照）。

　その『土佐日記』には、土佐の大湊（南国市前浜か）で、「今宵、月は海にぞ入る」という光景を見て、業平の「山の端逃げて入れずもあらなむ」の歌を思い出したことが記されている。また宇多の松原（高知県香美郡香我美町付近か）を通り過ぎるときは、

　　その松の数いくそばく、いく千歳経たりと知らず。もとごとに波うち寄せ、枝ごとに鶴ぞ飛びかよふ。おもしろしと見るにたへずして、船人のよめる歌。

　　　見渡せば松のうれごとに住む鶴は千代のどちとぞ思ふべらなる

　　とや。この歌は、所を見るに、えまさらず。

とあって、王朝文学の風景描写の嚆矢ともいえる一文を残している。なお、海賊の出る恐れや、船を綱手で引いた

ことや、難波に着いたときの喜びなど、長期の船旅でなくては経験できない、さまざまな「目覚むる心地」のする体験や感想や光景等を書いている。

なお、『貫之集』によると、

竹生島に詣づるに、守山といふところにて。

白露も時雨もいたくもる山は下葉残らず紅葉しにけり（巻九・八一三）

難波の田蓑の島にて雨にあひて。

雨により田蓑の島をきてみればなにには隠れぬわが身なりけり（同・八三一）

音羽の山のほとりにて、人に別るとて。

音羽山木高く鳴きてほととぎす君が別れを惜しむべらなり（巻七・七二三）

等のほか、『枕草子』や『大鏡』にも載る「蟻通し明神」（大阪府泉佐野市長滝に所在）の社前で馬がわずらったとき、「みてぐらもなければ何わざすべくもあらず、ただ手を洗ひて膝まづきて」

かきくもりあやめも知らぬ大空にありとほしをば思ふべしやは

とよんで奉ったところ、「そのけにや、馬の心地やみにけり」という歌も載っている。

貫之は歌人であったから、旅での体験が詠草をつくったり、紀行文を書く契機ともなっているのである。惜しむらくは、それらの多くが〝ことば遊び〟の域にとどまっているのだが、その遊び心は清少納言の『枕草子』の「ものづくし」にも顕著にみられるところである。

㈣　清少納言の旅

その清少納言がかなり外出好きの行動派であったことは、すでに周知の事実である。法会があると聞けば、菩提寺（東山阿弥陀峯の南）・小白川（小一条済時邸）等に出向き、初瀬詣でも何回か行なっている。

池は、勝間田の池。磐余《いはれ》の池。初瀬に詣でしに、水鳥のひまなくゐて立ち騒ぎしが、いとをかしう見えしなり。

水無しの池こそ、あやしう、などて付けけるならむとて、問ひしかば、「五月などすべて雨いたう降らむとする年は、この池に水といふものなむ無くなる。またいみじう照るべき年は、春のはじめに水なむ多く出づる」といひしを、「むげに無く、乾きてあらばこそさもいはめ、出づる折もあるを、一筋にも付けけるかな」といはまほしかりしか。（「池は」の段）

ここにあげられている勝間田の池（奈良市の薬師寺の傍にあった）、磐余の池（橿原市久米から高市郡明日香村檜前の間に所在）、水無しの池等は清少納言が長谷詣での途中で実見したそれぞれの印象を綴ったものだ。とりわけ「水無しの池」は地元の人の語る伝承を興味深く記しているが、『更級日記』作者の菅原孝標の女も、上総から上京した折、まのの長者伝説や竹芝寺の古伝や富士川の古老の物語を綴っている。貫之は蟻通明神の奇蹟をを記し、『庵主』の増基は、吹上の浜や花の窟の天人降下伝説などを伝えている。兼好が「田舎びたる所・山里などは、いと目なれぬことのみぞ多かる」と説く中には、こういう都人には思いもかけない地元の人々の伝える古伝承なども含まれており、これもまた旅で出会う楽しみの一つでもあるのだ。

清少納言に戻ろう。彼女は花なら梅、鳥ならほととぎすが大好きである。賀茂の奥でほととぎすが鳴くと聞けば、五月の御精進中の中宮定子や後輩の女房らを残して、早速出かける（「五月の御精進のほど」の段）。左近の馬場での真手番は上臈の若公達がいないと知ると、さっさとおさらばして、「道も祭のころ思ひ出でられてをかし」と感じながら、目的の田舎だった高階明順（中宮定子の母方のおじ）邸へ到着する。そこでほととぎすのかしがましいほどの鳴き声を聞き、また明順が用意してくれた稲こきの風景を見たり、わらびを食べたりした。帰路には「卯の花のいみじう咲きたるを折りて、車の簾、かたはらなどに挿し余りて、襲ひ・棟などに長き枝を葺きたるやうに挿したれば、ただ卯の花の垣根を牛にかけたるとぞ見ゆる」状態であったという。ちょっとした遠出に、新発見や新しい体験が少なからずあり、しかもその外出をおおいに楽しむという清少納言の活発さが伝わって来る。

四月のつごもりがたに、初瀬に詣でて淀の渡りといふものをせしかば、舟に車をかきすゑて行くに、菖蒲・菰などの末の短く見えしを取らせたれば、いと長かりけり。菰積みたる舟のありくこそいみじうをかしかりしか。「高瀬の淀に」とはこれをよみけるなめりと見えて、三日帰りしに、雨の少し降りしほど、菖蒲刈るとて、笠のいと小さき着つつ、脛いと高き男童などのあるも、屏風の絵に似て、いとをかし。

これも初瀬詣でのときの話である。淀の渡りで、牛車が舟に積まれて渡る風景は、『蜻蛉日記』安和元年（九六八）九月条にも道綱の母が初瀬詣での途中、宇治の院から、

破籠などものして、舟に車かき据ゑて、行きもて行けば、「贄野の池」「泉川」などいひつつ、鳥どもゐなどしたるも、心にしみて、あはれにをかしうおぼゆ。

と見える。また『更級日記』永承元年（一〇四六）十月二十五日条には、作者の孝標女が初瀬へと旅立ったが、この日が後冷泉天皇の大嘗会の御禊の当日で、それを見物するために上京するおおぜいの者が宇治の渡りで乗船しようと大騒ぎをしているのに出くわした折のことが書かれている。

…宇治の渡りに行き着きぬ。そこにもなほしもこなたざまに渡りする者ども立ちこみたれば、舟の楫取りたる男《をとこ》ども、舟を待つ人の数も知らぬに心おごりしたるけしきにて、袖をかいまくりて、顔にあてて、棹に押しかかりて、とみに舟も寄せず、うそぶいて見回し、いといみじう澄みたるさまなり。むごにえ渡らで、つくづくと見るに…。

ここも牛車を船に積んで渡ろうとしている場面なのであろう。船頭たちの横柄な態度を精彩に綴っているが、これも旅に出てはじめて体験した事実なのである。

孝標女とて賀茂祭や行幸などの盛儀を見物に出かけることはあっただろう。そこで一般民衆の姿を目にすることはあっても、目線は常に目の前を通り過ぎる官人たちや、近隣に駐車する貴族階級の人々の動向にだけそそがれていたのである。

光源氏が斎院御禊の日に供奉するという話が伝わると、「かねてより、物見車心づかひしけり。一条の大路、所もなくむくつけきまで騒ぎたり。所々の御桟敷、心々にし尽したるしつらひ、人の袖口さへいみじき見物なり」というわけで（「葵」巻）、描写の中心は貴権の乗る物見車や桟敷や人々の袖口等にあって、民衆は「所もなくむくつけきまで騒ぎたり」と一把ひとからげで述べられている。

その光源氏が通る折には、

壺装束などいふ姿にて、女ばらの賤しからぬや、また尼などの世を背きけるなども、倒れ転びつつ、物見に出でたるも、例は、あながちなりや（普通なら、よせばよいのに）、あなにく（ああいやらしい）、と見ゆるに、今日はことはりに、口うちすげみて、髪着こめたるあやしの者どもの、手をつくりて（手を合わせて）、額に当てつつ見奉りあげたるも、をこがまし。あさましげなる賤の男《を》まで、おのが顔のならむ様をば知らで笑み栄えたり。何とも見入れ給ふまじき、えせ受領の女などさへ、心の限り尽したる車どもに乗り、様ことさらび、心げさうしたるなむ、をかしき様々の見物なりける。（「葵」巻）

とあって、さすがに紫式部の観察は鋭く、ここでは、庶民の女性や尼・賤の男・えせ受領の女などの、光源氏を讃嘆するありさまを描いている。けれども彼らは源氏の偉大さ・すばらしさの引立て役として動員されているのであって、彼らの現実の姿・実体を描いているわけではない。彼らが源氏をただ仏を拝むように狂乱している姿を描いて、「あなにく」「をこがまし」「おのが顔のならむ様をば知らで笑み栄えたり」等という否定的な言辞に終始するのである。

(五)　旅中の発見

王朝貴族が旅に出るということは、自邸から外界へ出るという行為であると同時に、自分たちの狭いエリート階級の居住地京都から、広い諸々の人たちの住む田舎世界へ赴くという行為でもあった。だから旅人の目線はいやおうなく庶民にもそそがれざるを得ない。光源氏は須磨に流謫して、「見給へ知らぬ下人のうへをも、見給ひならはぬ御心地に、めざましうかたじけなう、自ら思」われたのであり、「海士の塩焼く」烟や「柴といふものふすぶる」光景をも眺めることができた（「須磨」巻）。そうして三月上巳の暴風雨襲来によって、「あやしき海士どもなどの、貴き人おはする所とて、集り参りて、聞きも知り給はぬことどもをさへづり合へるも、いとめづらかなれど、え追ひも払はず」ということになる。

光源氏は在京中は見向きもしなかった庶民へも目を向け、憐憫の情を抱き、自邸に避難して来る彼らを追い払おうともしない。源氏はここで貴族社会のみならず、広く世間一般へも目配りの出来る、偉大な為政者の資格の一つを獲得したことになる。

事情はやや異なるが、同じような話が『伊勢物語』五十八段にもある。

　むかし、心づきて色ごのみなる男、長岡といふ所に、家つくりてをりけり。そこの隣なりける宮腹に、こともなき女どもの、田舎なりければ、田刈らむとて、この男のあるを見て、「いみじき好き者のしわざや」とて、集まりて行けば、この男逃げて奥に隠れにければ、女、

　　荒れにけりあはれいく世の宿なれや住みけむ人のおとづれもせぬ

と言ひて、この宮に集まり来ゐてありければ、男、

　　むぐら生ひて荒れたるやどのうれたきはかり（仮・刈）にも鬼のすだくなりけり

とてなむ出だしたりける。この女ども「穂拾はむ」といひければ、

うちわびて落穂拾ふと聞かませばわれも田づらにゆかましものを

長岡に家を作って住んでいた「色ごのみなる男」は、隣の宮方の邸の女たちの歌によれば、「住みけむ人のおとづれもせぬ」とあるから、もとは都人である。この主人公が稲刈りの場に立会っていたところ、その宮方の女たちが「いみじき好き者のしわざや」といって集まって来たために、男は家の奥に逃げこむ。それから女たちへ歌をよみかけるが、「かりにも鬼のすだくなりけり」とあって、彼女らを鬼と見立てている。そのうち女たちが「穂拾はむ」というと、男は今度は「われも田づらにゆかましものを」と同情を寄せることになる。つまりこの「色ごのみなる男」ははじめは当地の女たちを異様な対象として認識するが、その彼女たちの境遇を改めて理解して、同情の歌をよむのである。スケールは小さいが光源氏が須磨・明石で経験したのと同じく、都から離れた長岡という土地にやって来て、はじめて当地の女たちの実情を知り、関心を寄せるわけである。

(六)　玉鬘と浮舟の旅

もっとも旅に出たからとて、誰もが見聞をひろめ、その土地やそこに住む人々への関心を深め、歌をよみ、紀行文等を書くわけではない。旅を楽しむというゆとりがなくては、何の感興も生じないし、場合によってはただただ苦しい思いが残るだけであろう。

夕顔の遺児の玉鬘は母が行方不明になって、四歳のとき乳母に伴われて筑紫にくだり、二十一歳のころ大夫監の求婚を逃れて、上京。その秋幸運を求めて石清水八幡に参詣、つづいて長谷寺に赴くが、「ことさらに徒歩よりと定められて、「ならはぬ心地に、いとわびしく苦し」いけれど、「人のいふままに、物も覚えで歩」んで行ったという（「玉鬘」巻）。

とうてい旅をたのしんだり、周囲の風光や人々との出会いに興味を持つなどということもない。ただただ「わが親世になくなり給へりとも、われをあはれと思さば、おはすらむ所に誘ひ給へ。もし世におはせば、御顔見せ給へ」と観音を祈念するばかりである。

このときの玉鬘一行は、

(1)　この頼もし人なる介（乳母の長男の豊後介）
(2)　弓矢持ちたる人（家来）二人
(3)　下なる者（下男）、童など三、四人
(4)　女ばらある限り三人（玉鬘・乳母・兵部）
(5)　桶洗しめく者
(6)　古き下衆女二人

という編成で、上京して頼る者もいない困窮状態の豊後介ではあったが、それでも十二、三人を引き連れての長谷詣でであった。清少納言や道綱母や孝標女らの長谷詣での際も、十五人前後は引き連れていたことであろう。

それはともかく、何でも見てやろうというぐらいの意気込みがなければ、旅の醍醐味はあじわえないのである。

この玉鬘と生い立ちの状況は似ていながら、新しい土地や事物に興味をしめしたのが浮舟である。

浮舟は宇治八の宮と八の宮北の方の姪である中将の君との間に生まれたが、母親が宮にうとんぜられ、常陸介に連れ添って浮舟をつれて常陸へ下る。二十歳のころ中将の君は浮舟とともに上京。長谷詣での帰途、宇治の八の宮邸を訪れる（「宿木」巻）。ついで中の君の住む二条院で世話になるが、匂宮に迫られ、乳母や母の心配から三条の隠れ家に移り、さらには薫によって宇治の山荘に隠しすえられる（『東屋』巻）。

この間、浮舟は二条院では「こなた（浮舟のいる西の対の西側）の廊の中の壺前栽のいとをかしう色々に咲き乱

れたるに、遣水のわたりの石高きほどいとをかしければ、端近く添い臥してながむる」が、三条の仮住居では、

旅の宿りはつれづれにて、庭の草もいぶせき心地するに、賤しきあづま声したる者どもばかりのみ出で入り、慰めに見るべき前栽の花もなし。うちあばれて、はればれしからで明かし暮らすに…。

とあって、つれづれで、庭の草はいぶせく、いやしい東国者の声ばかりがし、慰めに見るはずの前栽の花もない、と不満の数々をぶっつけている。また薫が連れ出した宇治の山荘では、当初は、

道は繁かりつれど、このありさまはいと晴々し。川の景色も山の色も、もてはやしたるつくりざまを見出して、日ごろのいぶせさ慰みぬる心地すれど、……

というわけで、宇治川や周囲の山々を眺めて、これまでの晴れぬ思いも慰められるように思ったとある。しかし薫が悠長にかまえて、浮舟の許をめったには訪れないという事態を迎えると、「例は暮らしがたくのみ、霞める山際を眺めわびたまふ」ようになる（「浮舟」巻）。そして匂宮の密通である。そうすると、「暮れ行くは、わびしくのみ思し焦らるる人（匂宮）に引かれ奉りて、いとはかなう（アッケナク）暮れ」たのであった。その後再び匂宮が浮舟の許を訪れ、宇治川の対岸の因幡守宅へ浮舟を舟に乗せて渡る。

いとはかなげなるものと、明け暮れ見出だす小さき舟に乗り給ひて、さし渡り給ふほど、遥かならむ岸にしも漕ぎ離れたらむやうに心細くおぼえて、つとつきて抱かれたるも、いとらうたしと思す。

途中橘の小島では、匂宮から「かれ見給へ。いとはかなけれど、千年も経べき緑の深さを」と言われ、「年経とも変らむものか橘の小島のさきに契る心は」とよみかけられると、「女も、めづらしからむ道のやうにおぼえて」、「橘の小島の色は変らじをこのうき舟ぞ行方知られぬ」と返歌をしたのであった。

これ以上、浮舟物語をたどることはすまい。要するに浮舟は旅（移動）をするたびに、その環境に反応し、新鮮な喜びや逆に晴れぬ思いに陥ったりしている。玉鬘の場合はほとんど景観への言及がないのに対して、浮舟は行っ

たさきざきで周囲の風景に反応しているのである。

これは玉鬘は両親に会いたいという一心で移動していて、なかなかよいチャンスに出会えず、晴れやかな気持になれないので、周囲の環境などにまで目が届きにくいという結果になるのであろう。それに対して浮舟は、ゆかしいと思っていた中の君や薫や匂宮とつぎつぎと邂逅することができた。田舎者の境遇から逃れたいという夢が実現できたのである。だから周囲の風景も好ましく感じられ、荒々しい宇治の川波の音も慕わしく耳に入り、うっとうしい川霧までが奥ゆかしく感じられたのである。それゆえ薫が浮舟の予想以上に彼女の許を訪れないとなると、周囲の風景も灰色で、わずらわしいものと映るわけである。

㈦ 浮舟の教養

ついでに書いておくが、最近、匂宮も薫も浮舟に語りかけるとき引歌を用いない。これは浮舟を宮廷的な教養と趣味を身につけていない田舎者としておとしめていたのであって、そういう階級的＝地域的蔑視の具体的な表現であったという説がある。

浮舟が引歌を理解していなかったかというと、浮舟自身のよんだ歌には、たとえば「浮舟」巻でいえば、

○絶え間のみ世にはあやふき宇治橋を朽ちせぬものとなほたのめとや（「忘らるる身を宇治橋のなか絶えて人も通はぬ年ぞ経にける」〈『古今集』「恋五」八二五、読人しらず〉）

○里の名をわが身に知れば山城の宇治のわたりぞいとど住みうき（「わが庵は都のたつみしかぞ住む世を宇治山と人はいふなり」〈『古今集』「雑下」九八三、喜撰法師〉）

○つれづれと身を知る雨のをやまねば袖さへいとどみかさまさりて（「かずかずに思ひ思はず問ひがたみ身を知る雨は降りぞまされる」〈『伊勢物語』百七段〉）

○かきくらし晴れせぬ峰の雨雲に浮きて世をふる身をもなさばや、まじりなば」と…（「白雲の晴れぬ雲居にまじりなばいづれかそれと君は尋ねむ」〈『花鳥余情』〉）
○からをだにうき世の中にとどめずはいづこをはかと君もうらみむ（「今日過ぎば死なましものを夢にてもいづこをはかと君が問はまし」〈『後撰集』「恋二」六四一、中将更衣〉）

等にみられるように引歌をふまえた歌が何首も存在する。彼女が引歌を自在に使いこなすという、宮廷的な教養と趣味を身につけていない田舎者であるなどとは、とうてい言えまい。実は匂宮は浮舟にむかって、「峰の雪みぎはの氷踏みわけて君にぞまどふ道はまどはず、木幡の里に馬はあれど」など、あやしき硯召し出でて、手習い給ふ。

とよみかけて、「山科の木幡の里に馬はあれど徒歩よりぞ来る君を思へば」（『拾遺集』「雑恋」一二四三、柿本人麿）の一首を引いている。また薫も浮舟と匂宮との関係を詰問して、

波越ゆるころとも知らず末の松待つらむとのみ思ひけるかな

とよみかけたが、この歌にも「君をおきてあだし心をわが持たば末の松山波も越えなむ」（『古今集』「東歌」一〇九三）の一首がふまえられていることは、あまりにも明白だ。匂宮も薫も浮舟に語りかけるときに引歌を用いないなどと断言することも慎まれるのである。

浮舟の母親の中将の君は、彼女が八の宮の血筋を引くゆえに、その高貴性の埋もれるのを惜しんで、常陸介との間にできた子どもたちとは別格扱いで、熱心に世話をし、愛情をそそいだ。しかも中将の君とて八の宮の北の方の姪であり、それなりの貴族的な趣味と教養とを身に備えていたことであろう。それははじめ浮舟と左近少将との縁談が決まったときに、「調度をもうけ、はかなき遊び物をせさせても、さまことにやうをかしう、蒔絵・螺鈿のこまやかなる心ばへまさりて見ゆる物をば、この御方（浮舟）にと、とり隠して、劣りのを、『これなむよき』とて」

夫に見せたという一事によってもわかる。

だから薫が浮舟を宇治の八宮邸に連れていった当初、琴を彼女に教えようとして、「これは少しほのめかい給ひたりや。あはれ、『吾が妻』といふ琴（あづま琴＝和琴）は、さりとも手ならし給ひけん」など、尋ねると、浮舟は、

「その大和言葉（和歌）だに、つきなく習ひにければ、ましてこれは」といふ。いとかたはに心おくれたりと見えず。ここに置きて、え思ふままにも来ざらむことを思すが、今より苦しきは、なのめには思さぬなるべし。

とあって、薫は浮舟の才気に感動し、並み並みならず彼女へ愛情を抱いたという。もっともこの直後に薫が班婕妤の不幸をよんだ「楚王の台の上の夜の琴の声」の詩句を詠ずるが、浮舟はその詩句の意を解せずに、不吉な感慨も抱かなかったと記すが、当時一般には女性は真字《まんな》を書き散らさないのが美徳とされていたのだから、漢詩文にうとい浮舟の教養にケチがつくほどのことでもないのである。

「唐衣」の引歌をさかんに作った末摘花や、「草わかみ常陸の浦のいかが崎いかであひ見ん田子の浦波」と歌枕づくしの一首をよんだ近江の君の例もある。引歌や歌枕の知識があっても、彼女らが浮舟よりも教養があるなどとは、だれも思わないであろう。

つまり浮舟は薫や匂宮を満足させるだけの教養や趣味は備えていたのであって、だからこそ二人の貴公子がこの東国育ちの八の宮のご落胤たる浮舟に愛情をそそぐこともできたのである。もし浮舟が無教養なひなびた女性であったなら、浮舟は『伊勢物語』十四段に出て来る栗原の姉歯の女ではないが、昔男から、

栗原の姉歯の松の人ならばみやこの土産にいざといはましを

とよみ捨てられるような、そんな扱いを薫や匂宮から受けたであろう。

結び

旅の話から思わぬ方向へ筆がそれた。旅に出れば思わぬ発見がある。それとともに、旅はそれを行なう人々の思ひがけない一面をも伝えてくれるのである。

十二 作り物語と歴史物語――『源氏物語』からの派生――

(一) 歴史物語の発生とその性格

一般に物語文学史では、「歴史物語」は『源氏物語』を頂点とするいわゆる「作り物語」の一つの展開形態と考えられている。すでに江戸時代に野村尚房(『栄花物語事蹟考勘』一七〇六年以前成る)や安藤為章(『栄花物語考』一七一三年成る)らによって、『栄花物語』に『源氏物語』の影響が顕著に見られることは指摘されていたが、「歴史物語」を物語文学史の中で把握して、これが「作り物語」からの転身であることを最初に説かれたのは、藤岡作太郎博士である。

藤岡博士は名著『国文学全史平安朝篇』第四期第三章「仮名文の国史(一)――栄華物語」五八七頁(明治三十八年十月初版・東京開成館刊、大正十二年一月再版・岩波書店刊)において、

栄華は事実を臚列したるものなること勿論なりといへども、その編述の由来を思ふに、当時つくり物語流行の時勢に促がされ、その体裁に倣うて作り出でしこと疑なし。殊に源氏物語は世人が一般に崇仰して措かざるところ、栄華の作者も深く私淑するところあり、巻中、光源氏を引きたるところ数個処に及び、巻名も遙かに拙なりとはいへ、またかの大作に学び、全部の結構またかれより出でたり。

と断言して、『栄華物語』の巻名・表現・構想・主人公等が多く「作り物語」たる『源氏物語』のそれらに由来することを具体的に指摘された。

ついで林森太郎氏も『日本文学史』第三期第二章「散文」四「雑史」一〇三―四頁（明治三十八年十二月・博文館刊）において、「歴史物語」という用語をも使って、

　藤氏全盛の時代過去の夢と過ぎ去ると共に、物語、日記等の全盛時代も、亦遷り行きぬ。女の如き時代は、漸次に武家の勢力に圧されて、世態一変せむとするまゝに、藤氏の後宮に育てられし文学は、今や藤氏実際の栄華の有様を写すに至り、爰に栄華物語、大鏡など云ふ歴史物語、即ち雑史現れ来りぬ。即ち以前の作物語、或は、日記は、今は公の歴史と生れ代りて出づるに至れり。併し猶其の目的とする所は、実用に供するよりは、寧ろ娯楽に在りしなり。元来六国史の類は単に主なる政治上の事蹟を列記せるに過ぎずと雖、是等の雑史は、よく裏面に立ち入りて、当時の有様を写せれば、歴史としても十分の価値あり。実に此の二書は、爰に純然たる仮字文の国史の端緒を開き、遂に保元、平治以下の軍記文を起さしむるに至りたるものなり。

と説かれた。林氏は『栄花物語』『大鏡』の二書を「作り物語」や「日記」の生まれ代りと捉え、また『保元物語』『平治物語』以下の軍記物語の起源と考えられた。かつ『栄花』『大鏡』は「歴史物語」であり、「雑史」であり、「仮名字の国史」なのであるが、その書かれた目的は「実用に供するよりは、寧ろ娯楽に在りしなり」と明言されたのは卓見である。

この藤岡・林両氏のお説は、その後「歴史物語」の研究が進展するにつれて、多少の修正は受けたもののほぼ承認されるところとなり、かついっそう深化・発展させられるに至っている。そしてその間の学説の推移については山中裕博士の『歴史物語成立序説』第一章「歴史物語の成立」（昭和三十七年八月・東京大学出版会刊）に詳しいが、山中博士ご自身は『源氏物語』が実録性や編年性の濃厚な作品であり、これが『栄花物語』を生み出す母胎となっ

たと説かれた。

これに対して河北騰博士は『栄花物語研究』（昭和四十三年一月・桜楓社刊）および『栄花物語論攷』（同四十八年四月・桜楓社刊）の二著において、『栄花物語』各巻の構成・方法・説話等につき、より具体的かつ精細に分析し、「栄花物語は、一方に於いて六国史を継承する物として歴史的な記載を心掛けたこと勿論であるが、作者の執筆意図の一半を占めていたのは、この人生の愛別離苦、会者定離という掟の悲しさを、女性の立場で語り留めて置きたいという所にあったのではなかろうか」（『栄花物語研究』九三頁）、したがって「『栄花物語』は物語的性格が大いに濃厚なものであり」、「『作り物語に近い』生活の作品だということもできるのである」と主張して（同書五〇頁）、『栄花物語』作り物語説を提出された。この河北博士説はさらに「月の宴」巻以下の文学性を精緻に検討した岡一男博士によって全面的に支持されたが（「歴史物語（第二稿）」『講座日本文学4』中古編Ⅱ、昭和四十三年十二月・三省堂刊）、歴史物語たる『栄花物語』には年紀を無視した記事や、記述の誤りや、心情・情趣性にとんだ記事も少なくない。それで松村博司博士は「これらの場合、中には作者の無意識的に冒した誤りもあるかも知れないが、多くは作者が意識して史実を改変した文学的潤色という程のものであると考えられ」、「史書を書くのに物語様式を利用しているのであり」、「飽くまで史実として書こうとしたものであって、史実を種としてある文学作品を創り出そうとして企図したものではない」とも述べられている（『歴史物語考その他』三四頁、昭和五十四年十一月・右文書院刊）。

これにつき加納重文博士は「真実の形象は、素材が事実か虚構かによることでなく、その素材を描く態度によるもので」あるという前提に立って、『栄花物語』（とりわけ前編）は登場人物の心情や情趣性を重視した歴史叙述が行なわれているのであって、多数の誤記は「歴史物語として基本的な歴史事実よりも、むしろ作り物語の展開・叙述の様式が、細部においては栄花物語の主導的要素となっていることに大きな原因がある」と説かれた（『歴史物語の思想』一〇七・一三八頁、平成四年十二月・京都女子大学刊)。この加納博士説を承けた近刊の新編日本古典文学全集31『栄花物語』(一)の解説(平成七年八月・小学館刊)では歴史と物語とを分かつ基準は、「虚構の有無でなく、出来事のどの部分をどのように描くかの違い」であって、「事実は動かしがたい客観的な対象物としてあるのではなく、何らかの解釈作業を経てはじめてその姿を表すものであるとすれば、加納氏の論から、もはや歴史と物語とを対立的にとらえるべきではないと了解されるであろう」という結論に至っている。

『栄花物語』はとうとう歴史でもなく文学でもなく、あるいは歴史でもあり文学でもあるという玉虫色の作品になってしまった。「歴史と物語とを対立的にとらえるべきではない」という論は、従来の「歴史物語」を文学作品として評価するのか、それとも史書として把握するのかという両論を止揚したようにも見えるが、果してそう言い切ってしまってよいものかどうか。いずれにしても「歴史物語」たる『栄花物語』は、『源氏物語』を頂点とする「作り物語」の存在なくして生まれなかったであろうというのが、現在の学界の定説となっている。

(二)『栄花物語』の性格

「歴史物語」に属する作品のうち、『大鏡』が『栄花物語』前編三十巻(「月の宴」―「鶴の林」)を主要な材料とし、これを訂正・増補していることは、平田俊春博士のつとに闡明されたところである(『日本古典の成立の研究』七二一―七二二頁、昭和三十四年十月・日本書院刊)。また『今鏡』は巻名や文体は『栄花』式だが、「序」で語り手の老嫗が自分の祖父は『大鏡』の世継の翁であると明言しており、その対話形式や列伝体の方法は『大鏡』から学んだものである。以後『水鏡』『増鏡』『秋津嶋物語』など、いずれも『大鏡』の古老の物語という伝承形式を襲い、いわゆる「鏡物」が成立したのである。そこで「歴史物語」の「出で来はじめの祖」は『栄花物語』であると明言できよう。

ところで「作り物語」から派生したといわれる「歴史物語」の作者たちは、自分たちの作品をどういう種類の作品であるという認識を持っていたのであろうか。『栄花物語』は、

世始まりてのち、この国の帝六十余代にならせ給ひにけれど、この次第書き尽すべきにあらず。こちよりてのことを記すべき。世の中に、宇多の帝と申す帝おはしましけり。（中略）かくて今の上（村上天皇）の御心ばえあらまほしく、あるべき限りおはしましけり。

と起筆する。この冒頭文が土肥経平の「新国史の後は、村上、冷泉、円融、花山の帝三四代の史を修せらるべき時、一条院の御代に当れるに、其事の御沙汰も無かりしが、其御代の頃は官女に才子多く有りし時にて、此国史を修せられぬを官女の方にて嘆き憤る事あり、さて世継を赤染衛門の書きしなるべし。右に新国史の次の帝村上天皇の御代に筆を起して、帝王の世紀を継ぎて書かれけるを以て世継と其名をも称せしなるべし」という指摘にもあるように（『春湊浪話』安永四年〈一七七五〉一月跋）、官撰の『新国史』のあとをついで、歴代のことを継ぎつぎに記していこうという意志を示していることは確かであろう。それは物語を書くのではなくて、「こちよりてのことを記すべき」と綴っているのでも明白である。記録するという意識が強いのである。

この傾向は『栄花物語』の随所に散見する。

(1)　これは物語に作りて、世にあるやうにぞ聞こゆめる。（「月の宴」）

(2)　またあはれに昔の物語に似たる御ことどもなり。（「木綿四手」）

(3)　その日の御願文、式部大輔大江匡衡朝臣仕うまつれり。多く書き続けたれど、けしきばかりを記す。はじめの有様も聞かまほしう、よく願文のことばども、仮名の心得ぬことども交りてあれば、これにて（所をあけてはべり。よからん本にて真名に書き写すべし。）え写し取らず。（「疑ひ」）

(4)　されども、御代の始めよりし集めさせ給へることどもを記すほどに、かかる疑ひもありぬべし。（「疑ひ」）

(5)　昔物語にもかくこそは見えさせ給ふ。(「音楽」)

これらの例では、『栄花物語』は昔物語や作り物語とは違う、「記し」、「写し取」る新しい作品であるということを主張しているようでもある。もっとも「くはしき御ことも、世の騒しきいとなみなれば、え書き尽さずなりぬ」(「岩蔭」)とか、「御前たちの御物語のことどもは、え承らねば書き続けず」(「御賀」)とか、「その御法事・有様、書かずとも推し量るべし」(「鶴の林」)等のように「書く」ことを意識的に表明している条も少なくない。

その『栄花物語』の記し、書く内容は「こちよりてのこと」である。また、

①　殿の御前(道長)の御有様、世の中にまだ若くておはしましより、大人び、人とならせ給ひ、公につぎつぎ仕まつらせ給ひて、唯一無二におはします、出家せさせ給ひしところの御こと、終りの御時までを書き続け聞こえさするほどに、今の東宮・帝の生まれさせ給ひしより、出家し道を得給ふ、法輪転じ、涅槃の際まで、発心の始めより実繫《じつけ》の終りまで書き記すほどの、かなしうあはれに見えさせ給ふ。(「鶴の林」)

②　年月もはかなく過ぎもていきて、をかしくめでたき世の有様ども書き続けまほしけれど、何かはとてなん。(「月の宴」)

③　世の中のゆき変り、人の御さいはひなど、昔物語のやうなることどもあるを、幼き人などにもかかることこそはあれとも見せんとて、書きとどむれば、近きほどのことはなかなか忘れ、年月のほどもたがひてぞ。(「根合せ」)

④　人のせよといふことにもあらず。物知らぬに、人のもどき、心やましくも思しぬべきことなれど、何の書きとどめまほしきにか。過ぎにしことも今のこともしどけなし。かく所どころに書きとどむるは、ただなるよりは人にももどかれむとなるべし。(「根合せ」)

等の条にも書き手の執筆意図が表われていよう。①によれば唯一無二の栄華をきわめた殿の御前(藤原道長)の生

涯を綴ったことになり、②③によれば「世の有様」「世の中のゆき変り」「人の御さいはひ」等を描いたことになり、④によれば「過ぎにしこと」「今のこと」を述べたということにもなる。③によると、幼い姫君などにも読ませようと手加減したせいか、最近のことはかえって忘れていることもあり、また年月の違ってしまったものもあると弁解している。また④によると、みずからの意志で書いているのであり、記事がとびとびなのも書かないよりはましだからであるとも言っている。

要するに『栄花物語』の作者は現実の世の中の出来ごとや、人々の生涯（出世）、とりわけ唯一無二の栄華をきわめた道長の生涯等を綴ろうとしたのである。したがって伝奇的な昔物語や、虚構による作り物語とは異る、事実に基づく、実録的な作品を指向しようとしたことは確かであろう。

㈢　『大鏡』『今鏡』の歴史性

『大鏡』は早く大石千引が看破したように、「御堂殿道長公の御栄花の事をあげ」ていることは論を俟たない（『大鏡短観抄』首巻・文化七年〈一八一〇〉三月序）。開口一番「序」で、世継の翁は、

年ごろ、昔の人に対面して、いかで世の中の見聞くことどもをも聞こえあはせむ、このただ今の入道殿下（道長）の御有様をも申しあはせばやと思ふに、あはれにうれしくも会ひ申したるかな。

と言い、また、

まめやかに世継が申さむと思ふことは、ことごとかは。ただ今の入道殿下の御有様の、世にすぐれておはしますことを、道俗男女の御前にて申さむと思ふが、いとこと多くなりて、数多の帝王・后・また大臣・公卿の御上を続くべきなり。その中にさいはひ人におはします、この御有様申さむと思ふほどに、世の中のことの隠れなく現はるべきなり。

とも言っている。この『大鏡』は記述としては、「序」「帝紀」「大臣」伝「道長」伝という構成に従って、しだいに道長その人に焦点が合わされる仕組みになっている。もっともその源流は、あくまでも道長の栄華を述べんとする作者の意図に基づいていているわけで、そうした意図から逆に『大鏡』の輪郭が完成して行ったとしてもおかしくはない。

しかもこの『大鏡』の執筆態度は、「後一条」紀間語の条の、

よしなきことよりは、まめやかなることを申し出でむ。よくよくたれもたれも聞こし召せ。今日の講師の説法は、菩提のためと思し、翁らが説くことをば、『日本紀』聞くとも思すばかりぞかし。

という世継のことばによく表われている。世継たちの話は根も葉もない話ではない。根拠のある実在する、本当の話である。『日本紀』（国史）を聞くのと同じだというのである。

この『日本紀』の条が『源氏物語』「蛍」巻の物語論に、「（物語は）神代より世にあることを記しおきけるなり。『日本紀』などはただかたそばぞかし。これらにこそ道々しく、くはしきことはあらめ」とあるのを承けての主張であることは、諸家の指摘するところである。同じく「後一条」紀間語の条に、

世継はいとおそろしき翁にはべり。真実の心おはせむ人は、などかはづかしと思さざらん。世の中を見知り、うかべ立て持ちてはべる翁なり。

ともあるが、創作的形成力による作り物語とは異る、事実や記録による作品であることを強く主張したのが『大鏡』であった。

「作り物語」という用語は『今鏡』巻末の「打聞」第十に、「作り物語の行方」の章名としても出て来る。ここでいわゆる紫式部堕獄説に反論して、『源氏物語』譬喩方便説および紫式部観音化身説が展開される。その間、「続世継」とも称される『今鏡』が紫式部と『源氏物語』とを激賞して、「女の御身にてさばかりのことを作り給へるは、

ただ人にはおはせぬやうもや侍らむ」と言い、「ことざまのなべてならぬ、めでたさの余りに」と記しているのは示唆的である。『今鏡』の作者は「昔の人の作り給へる源氏の物語」「さばかりのことを作り給へる」「六十帖などまで作り給へる」と、「作る」を連発している。なお「序文」にも「源氏といふめでたき物語作り出だして」とある。

その「作り物語」の実体は、一方では「さのみかたもなきことの、なよび艶なる」ものであり、「男女の艶なることを、げにげにと書き集めて、人の心に染《し》めさせ、情をのみ尽さむ」ものであり、「少しあだにかたほなることもなあら」ぬものである。他方「妄語などいふべきにはいものである。「弔ひ聞こえむ人のために、導き給ふはしとなりぬべ」きものであり、「仏の道に勧む方もなかるべきにあら」ぬものであり、「ひとへに男女のことのみやは侍る」ものであり、「第一義（諦）とかにも、帰し入れむ」ものであり、また「濁りに染まぬ法の御言《みこと》」ではない。

この『今鏡』の『源氏物語』論は、『梁塵秘抄』巻二「雑法文歌」二二二の、

狂言綺語の誤ち（たはぶれ）は
仏を讃むるを種として
あらき言葉もいかなるも
第一義とかにぞ帰るなる

の今様歌と同じく、仏道結縁の端緒となし得る『源氏物語』という評価を行なっているのであって、文芸作品として『源氏物語』を正面から捉えているわけではない（河北騰博士『歴史物語論考』三〇七—三一一頁、昭和六十一年三月・笠間書院刊）。しかし『今鏡』の語り手（老女）は『源氏物語』を「作り物語」として見据えており、その「めでたき物語」を激賞する一方で、自分の祖父は『大鏡』の語り手の世継（の翁）であると説く。この世継の『大鏡』は「口にまかせて申しける物語」であり、「世に人に見興ずることを語り出だされた」ものである。作者から勧め

られて『今鏡』の語り手は、

　近き世のことも、おのづから伝へ聞き侍れば、おろおろ年の積りに申し侍らむ。（「序」）

と言い、また作者は「すべらぎの下」第三、巻末で、

　今の世のことは、ゆかしく侍るを、え承らで、おぼつかなきこと多く侍り。

と記す。さらに「御子たち」第八、巻末で語り手は、

　かく今の世のことを申しつづけ侍る、いとかしこく、かたはらいたくも侍るかな。

と述べ、つづく「昔語り」第九、巻頭には、

「今の世のことは、人にぞ問ひ奉るべきを、よしなきこと申しつづけ侍るにななむ」など言へば、「さらば昔語りも、なほいかなることか聞き給ひし。語り給へ」と言ふに、「おのづから見聞き侍りしことも、ことのつづきにこそ思ひ出で侍れ。かつは聞き給へりしことも確かにも覚え侍らず。伝へ承りしことも、思ひ出づるに従ひて申し侍りなむ。かたちこそ人の御覧じどころなくとも、古の鏡とも、などかなり侍らざらむ」とて。

とある。要するに『今鏡』は「昔語り」「近き世のこと」「今の世のこと」を「申し」、「語る」のであって、「作る」のではないのである。『今鏡』の作者が「作り物語」である『源氏物語』と、「世継」（『大鏡』）を承けて今昔の世のことを語る『今鏡』とを対照的に捉えていたことは明白である。しかも『大鏡』が世継の翁の「口にまかせて申しける物語」であると記すところからすれば、「作り」は仮構、創作の意であろうし、『大鏡』『今鏡』は今昔のこと、歴史的事実を語る物語であるということにもなる。物語る実質が仮構のものであるか、あるいは史実、または史実と信じられていたものであるかの違いである。『今鏡』の作者は仏教への結縁という基準で『源氏物語』を評価したから、『源氏物語』の文芸性を無視したかのようにも見える。けれども『源氏物語』が作り物語である一方、

今昔の史実を語る『今鏡』はそういう作り物語とは異なる実録的な作品であることを明瞭に弁別していたということになろう。

(四) 歴史物語の作り物語的性格

歴史物語の作者たちはいずれも自分たちの著作を『源氏物語』以下の作り物語とは異なる作品であると主張する。ところが異るところは、作り物語における創作的、仮構的なストーリーが、歴史物語においては現実の歴史や事件や生活になっているだけにすぎない。『栄花物語』や『大鏡』についていえば、つまるところ『源氏物語』の光源氏の物語が、藤原道長の物語に置きかわったにすぎない。歴史物語のストーリーを語る方法は作り物語の方法を踏襲し、描写や構成や文体なども作り物語のそれらをならっている。その具体的な分析と検討は河北騰博士の一連のご研究にくわしい（前掲『栄花物語研究』『栄花物語論攷』『歴史物語論考』等）。とりわけ『栄花物語』は「幼き人などにもかかることこそはあれとも見せんとて」書かれたものである（「根合せ」）。「くはしき御ことも、世の騒しきいとなみなれば、書き尽さずなりぬ。推し量るべし」（「岩蔭」）とか、「よろづまだ暗きほどにておぼつかなければ、くはしく書き改めず」（「玉の飾り」）・「その日の儀式有様、女の記すことならねば記さず」（「歌合」）・「こまかには女などの心及ばぬことにてとどめつ」（「布引の滝」）とかの語り手の断わり書きは、作り物語の手法そのものであろう。

歴史物語は歴史を主題にしながら、その記述においてはきわめて作り物語的である。以下引用が長くなるが、一、二例をあげて検討してみよう。

(1)A『栄花物語』「浅緑」巻・寛仁二年（一〇一八）三月の尚侍威子入内の条

かくて参らせ給へれば、御しつらひ・有様など、例のおどろおどろしう玉を磨き立てさせ給へり。「帝[a]（後一条・当年十一歳）いと若うおはしまいて、いかが」と世の人申し思へり。（中略）督の殿（威子・当年二十歳）は、さし並び奉らせ給へることを、かたはらいたう思し召す。[b]帝はひたみちにはづかしう思し召し交はしたるに、しぶしぶに上らせ給へれば、夜の大殿に入らせ給ふほど、いみじうつつましうわりなく思されて、やがて動かで居させ給へれば、[c]近江の三位参りて、「あな物狂ほし。などてかくは」とて、御帳のもとにおはしまさすれば、上起き居させ給ひて、御帳を引かせ給ふほど、（中略）「いかに」と見奉り、世人も申ししを、[d]督の殿もとよりささやかに、をかしげにおはしませば、なずらひうつくしう見えさせ給ふ。[e]上あさましうおよづけさせ給へり。

B『源氏物語』「絵合」巻・前斎宮入内の条

[a′]内裏（冷泉帝・当年十三歳）はまだいといはけなくおはしますめるに、（中略）

中宮（藤壺）も内裏にぞおはしましける。上（冷泉帝）は、めづらしき人（前斎宮・当年二十二歳）参り給ふと聞こしめしければ、いとうつくしう御心づかひしておはします。[e′]ほどよりはいみじうざれ大人び給へり。[c′]宮（藤壺）も、「かくはづかしき人参り給ふを、御心づかひして、見え奉らせ給へ」と聞こえ給ひけり。人知れず[b′]「大人ははづかしうやあらむ」と思しけるを、（前斎宮は）いたう夜ふけて参り上り給へり。[d′]いとつつましげにおほどかにて、ささやかにあえかなるけはひのし給へば、「いとをかし」と思しけり。

A・Bともに幼帝に九歳年上の后妃が入内する場面を綴るが、aa′は帝がきわめて若いことをいい、bb′は帝が年上の后妃をむかえるに当って「はづかし」と思ったことを、dd′は参内した后妃が意外に「ささやか」で、「おほどか」で、「をかしげ」であったことを、ee′は幼い帝がきわめて早熟で、大人びていたことを、各々記している。なお、cでは近江の三位がしぶる威子に説教をして御張台まで導くが、c′では母后の藤壺が冷泉帝に前斎宮を迎えるにあたってのアドバイスを与えている場面を述べる。

A・Bは物語構成の骨格の部分で、ほとんど共通しているということが判明しよう。その構成要素の配列は必ずしも一致しないが、心配されている幼帝と年上の后妃との結婚が、案外うまく成立したというストーリー構成は同一である。しかも過去のことを眼前で展開するように写す〝現在法〟で大方が綴られている。その傾向は『栄花物語』でとりわけいちじるしい。

両者の相違をあえて探せば、『栄花物語』の方の記事内容が『源氏物語』に較べていっそうくわしく説明的で、具体的であるということであろう。威子が御張台の許まで「しぶしぶに」導かれる条や、中略部分の、

さて入らせ給ひぬれば、殿の上（倫子）おはしまして、御衾参らせ給ふほど、げにめでたき御あへものにて、ことはりに見えさせ給ふ。入らせ給ひてのちのことは知りがたし。御乳母たち、御張の辺に候ふ。

とある条などは、『源氏物語』にはこれに対応する部分がない。当時の結婚初夜に嫁の母親が衾を新郎・新婦の寝床にかけるといった風習は、『栄花物語』によってのみ知られる。さらに督の殿（威子）・近江の三位・上（後一条帝）・殿の上・御乳母たち・殿の御前（道長）・上の女房たち・女官等の行動や役目なども一目瞭然で、こういう面でも『栄花物語』の方が『源氏物語』の描写よりも具象的で、記録的である。

(2)C『大鏡』「兼家」伝

また対の[a]御方（太宰大弐藤原国章女・近江）と聞こえし御腹の女（綏子）、大臣（兼家）いみじうかなしうし聞こえさせ給ひて、十一におはせし折、尚侍になし奉らせ給ひて、内裏住みせさせ給ひし。[b]御かたちいとうつくしうて、御髪も十一二のほどに、糸よりかけたるやうにて、いとめでたくおはしませば、ことわりとて、[c]三条院の東宮にて御元服せさせ給ふ夜の御副臥に参らせ給ひて、三条院もにくからぬものに思しめしたりき。[d]夏いと暑き日（院が）渡らせ給へるに、御前なる氷を（綏子）に取らせ給ひて、[e]「これしばし持ち給ひたれ。まろを思ひ給はば、『今は』と言はざらむ限りは、置き給ふな」とて、持たせ聞こえさせ給ひて、ご覧じければ、まことに、かた（痕）の黒むまでこそ持ち給ひたりけれ。「さりとも、しばしぞあらむと思ししに、あ[f]はれさ

過ぎて、うとましくこそ覚えしか」とぞ、院は仰せられける。

D『源氏物語』「蜻蛉」巻

「なんぞこれは奉らぬ。（中略）」とて、（薫は女二の宮に）手づから着せ奉り給ふ。御袴も昨日の（女一の宮のと）同じく紅なり。[b′]御髪の多さ・裾などは（女一の宮に）劣り給はねど、なほさまざまなるや、似るべくもあらず。[e′]氷召して、人々に割らせ給ふ。取りて（女二の宮に）一つ奉りなどし給ふ心の中もをかし。「絵に描きて恋しき人見る人はなくやはある、ましてこれは、慰めむに似げなからぬ御ほどぞかし」と思へど、[f′]昨日かやうにて、我まじりゐ、心にまかせて見奉らましかばと覚ゆるに、心にもあらずうち嘆かれぬ。

この場面での『大鏡』の構成は、aヒロインは兼家の召人である対の御方の女綏子である。b綏子は「御かたちいとうつくし」く、髪の「めでた」い人であった。c彼女は三条院元服の夜の副臥である。d事件の起こったのは、「いと暑き日」である。e三条院が綏子に氷を持たせて、「まろを思ひ給はば、『今は』と言はざらむ限りは、置き給ふな」と言ったところ、綏子は「かたの黒むまで」氷を持っていた。fその綏子の行動を目にした三条院は「あはれさ過ぎて、うとましくこそ覚えしか」と批判した。——という次第である。

『源氏物語』ではa′・c′・d′は当条には述べられていないが、これ以前の記述で補うことができる。なお、この場面の直前で、薫が六条院の西の渡殿で、白き薄物の御衣を着た女一の宮（明石中宮腹）が「手に氷を持ちながら、かく争ふ（氷を持って騒いでいる女房たちの様子）を少し笑み給へる御顔、言はむ方なくうつくしげな」姿を垣間見する条がある。

a′ヒロインは今上帝の女二の宮、母は麗景殿女御である（「宿木」）。b′女二の宮は「御髪の多さ・裾などは（女一の宮に）劣り給は」ぬ方であった。c′薫は二十六歳の二月、裳着の終った女二の宮（当時十六歳）の許に参り、同年三月末に彼女を自邸の三条宮に迎え入れた（「宿木」）。d′事件のあったのは「いと暑さのたへがたき日」の翌日であった。e′薫は氷を女二の宮に持たせてみた。f′女二の宮は女一の宮のかれんな様子には較べられようもなく、薫は「心にもあらずうち嘆かれ」たのであった。——という構成である。

A・Bともに男君が女君に盛夏に氷を持たせたが、幻滅を味わうというパターンで一致する。とりわけヒロインはともに側室腹で、かつ美貌の持主である。女二の宮の母后は麗景殿女御であるが、『栄花物語』によると、ヒロイン自身の綏子も麗景殿に住んだ(「見果てぬ夢」)。しかも綏子は三条天皇の最初にめとった后妃。薫は召人の按察の君らとの関係はあったが(「宿木」)、正式な初婚の相手は女二の宮である。そういうめぐまれた結婚をした女性たちでありながら、氷を手の黒ずむまで持ちつづけた綏子は鈍感というか、融通がきかないということで、三条院からうとましく思われてしまった。一方の女二の宮は薫の脳裏に焼きついた女一の宮と同じ恰好をさせられて、氷を持たせられたが、女一の宮のイメージにはほど遠く、薫にため息をつかせる結果となってしまったのである。『大鏡』の作者は『源氏物語』からヒントを得て、この綏子と三条院の逸話を作り出したもののようである。

(五) 歴史物語の文学性

こうした例は『増鏡』の後鳥羽上皇や後醍醐天皇の隠岐の住居の描写と、『源氏物語』「須磨」の源氏の謫居のそれとの間などにも、顕著に見られる(岡一男博士『評釈源氏物語』一九八頁、昭和二十八年二月・旺文社刊)。要するに「作り物語」とは異る、事実談・実録・歴史を書いたと主張する「歴史物語」であるにもかかわらず、描写といい、表現といい、構成といい、「作り物語」的な要素があまりにも多いということである。

いったい文学作品の究極の目的というのは、読者に文学的な感動を与えることであろう。作者の意図した感動を読者は言語を媒介として、脳裏に再生し、味わうのである。これに対して同じ言語を媒材としていながらも、哲学や法学や経済学は、感動を味わうのでなくて、知識を学ぶのである。

そこで歴史はどちらに属するかといえば、もちろん後者であって、文学的感動を味わうために歴史をひもどく人はいない。歴史的な記録や著作からは、読者は歴史的な知識を得ようとするのである。知識は学習であるからいったんマスターすれば、再び原典に当ることはめったにない。これに対して、喜怒哀楽といった情緒的なものは一時的な心情であり、つねに変化する。文学作品が反復して読まれるのは、その作品から得られたものが感動という情緒的なものだからである。

ひるがえって『栄花物語』や『大鏡』に対して、読者はどういう態度で臨むであろうか。文学的な感動を味わう目的でこれらをひもどくのか、それとも歴史的な知識を得るためにこれを読むのか、ということである。おそらく大部分の読者は、『栄花物語』や『大鏡』を『源氏物語』や『枕草子』を読むのと同様の、文学的な面白さや味わいを求めて、ひもどいているはずである。たとえば五十嵐力博士は「大鏡研究」(『日本文学講座』第五巻、昭和七年九月・新潮社刊)で『大鏡』の特徴を大略つぎのように評されている。(1)老人の物語という点で、旧辞の伝統を復活させ、(2)入興可読の連続興味を備え、『栄花』式の単調・退屈に陥らず、(3)中国の正史の紀伝体を参酌し、物語に出る人物を活躍させ、(4)全編を劇的対話の趣向で統一し、話し手・聞き手の風貌や場面をたえず読者の幻影に浮かばせ、(5)猿楽魂を発揮し、滑稽味があり、(6)人物や事件の叙述や批評が公平で瑕瑜ともにあげ、気骨があり、(7)文章に無類の特色があり、変化に富み、美も力もあり、おそらく平安朝の男性的なるものの随一である、と。

ここには歴史的な知識を学ぶといった趣のことは一切ない。たぶんこうした読み方がまともで、本来のものなのであろう。というのも作者の方にも歴史的な知識を読者に公表するという意識よりも、それをいかに面白く、感動的に読者に伝えるかという意識の方がまさっているふしがあるからである。

なぜ歴史物語の作者たちは『源氏物語』の描写を借りてまで、自分の作品の場面やストーリーを構成するのであろうか。それは自分たちの物語における感動を読者に伝え、それを味わってほしいという意図が働いているからであろう。河北騰博士は『栄花物語』の説話の分析を通して、「作者の執筆意図の一半を占めていた事として、やはり、人生の愛別離苦、生老病死という八苦から生まれ出る悲しみというものを、女性の立場から、女性たちに語りとどめて置きたいという意図のようなもの（むしろ、意欲というのが適切）があったのではなかろうか」と結論づけられているが（前掲『歴史物語論考』五二頁）、まさにこれは読者に感動を与えるという、文学本来の目的から『栄花物語』が執筆されたことを指摘されているのである。また加納重文博士も『栄花物語』正編における「あはれ」と「めでたし」両語の使用状況を分析して、「あはれ」は死去・葬送・悲運などの事例に多く用いられ、〝事〟よりもしばしば〝人〟に向かっている。一方「めでたし」は意識として政治権勢に結びつく性質を示す事例が少ない。総じて『栄花物語』は道長権勢の賛美を主題としながら、その「周辺に浮沈する貴族達の悲喜交々の世界を描いている」と説かれたのも（前掲『歴史物語の思想』六七―八七頁）、『栄花物語』が〝知〟よりも〝情〟に重点を置いた作品であることを示唆されたものであろう。

㈥　歴史物語の文学的評価

叙上の考察によって、歴史物語は歴史を対象とした物語であって、文学的感動を読者に与えることを第一義とした作品であると決定することができる。史家が歴史物語の対象とした歴史を知的な興味から参酌することは自由だが、これを史書とか雑史とか称するのは、これらの作品の持つ文学的興味という本質を無視した称呼ということになろう。

『伊勢物語』は昔男の歌説話を対象とした歌物語であり、『源氏物語』は光源氏の生涯を対象とした作り物語である。『伊勢』は昔男を知識的に読者に知ってもらおうと綴られた作品ではない。『源氏』も同様、光源氏に関する知的興味を叙述の中心にすえているわけではない。歴史物語もそう考えてくると、歴史的な知識をアピールするというよりも、素材としての歴史をとおして、文学的感動を読者に与えようとしていることは明白である。

この歴史物語は、仮名で書かれたものであり、かつ皇室の歴代のことを綴った貴族文学の一種であるという条件をあてはめてみると、『栄花物語』および『大鏡』『今鏡』『水鏡』『増鏡』、それに『秋津嶋物語』『五代帝王物語』などがこの規定に該当することになろう。また近世に入り荒木田麗女によって著わされた『池の藻屑』や『月の行方』は擬歴史物語と称してよい。

歴史物語が作り物語からの一転生であることは前述した。ヘッケルは「個体発生は系統発生を繰り返す」と説いたが、これは近代の小説家でも、おうおうはじめは詩作や仮作小説に筆をふるうが、晩年になると創作力が衰えて、歴史小説やモデル小説に転ずることがあるのとよく似ている。『源氏物語』でピークに達した作り物語は、「物語は事実ではないが真実である」という認識（『源氏物語』「蛍」巻）をしだいに失って衰退し、代りに事実という感動を標榜する歴史物語や説話文学が発生・展開したのである。作り物語時代の旺盛な空想力は影をひそめ、歴史という事実を拠り所とした物語や、事実は小説よりも奇なりという標語を地でいった説話文学が生じたのである。

たまたま治暦四年（一〇六八）四月に即位した後三条天皇は、生母陽明門院禎子が三条天皇の第三皇女であったから、宇多朝（八八七―九）以来百七十年ぶりに天皇親政を復活した。以来関白家の権威はしだいに失われ、天皇と頼通・教通兄弟とはしばしば対立した（『愚管抄』『古事談』『続古事談』）。こういう政情不安の時代には、人々は心の拠り所を求める。そういうとき、共通の話題＝説話、それも当事者同志とはかかわりのないような話題は、話を知っている者同志の気安さを生み、連帯意識・安堵感をもたらすのである。そういう時代趨勢が『今昔物語集』や『江談抄』『富家語』などの説話文学を出現させたのである。

それとともに時代や生活・精神の不安は、おのずと人々を過去の華やかで充実した世界＝歴史にも目を向けさせ、自分の求める情緒や生活をこれに見出だして、回顧趣味にひたり、故きを温ねて新しきを知り、束の間の心の安らぎを得ようとするのである。『栄花物語』や『大鏡』はこういう時代の要求をもある面では満たしているのである。

近松門左衛門は「芸といふものは実《じつ》と虚《うそ》との皮膜《ひにく》の間《あいだ》にあるものなり。（中略）虚《うそ》にして虚にあらず、実にして実にあらず、この間に慰みがあったものなり」（穂積以貫『難破土産』一七三八年刊）と言ったというが、紫式部は物語創作にあたって積極的に史実を取り入れ、まさにこの「虚実の皮膜の間」に人生の真実を描いた。しかるに『栄花物語』以下の歴史物語の作者たちは〝実〟によりかかる所が多くて、〝虚〟の利用の仕方があまり上手とは言えなかった。『栄花物語』に限って言えば、〝虚〟を利用した部分の方が文学的感動をより多く含んでいるといってもよい。近松の説く「虚実皮膜論」は文学における想像作用の重要さを言ったものだが、歴史物語にその文学的想像力の十全でないものが多い。それが歴史物語の文学的評価を作り物語よりも低めているのである。

Ⅱ　紫式部をめぐる

一　紫式部の身分

(一)『源氏物語』千年紀

来年（平成二十年〈二〇〇八年〉）は紫式部が『源氏物語』を執筆・完成させてから、ちょうど千年目にあたるというので、〝源氏物語千年紀〟と称して、式部を記念するイベントが各地で催されるということである。その試みはすでに今秋前後から活発になっているが、中には売名行為や商業主義からの企画も少くない。某氏の『源氏物語』新訳のお蔭で、当の出版社はビルが三つも建ったなどという誇大な噂も耳にした。式部とは全くかかわりのないところで、空前の『源氏物語』ブームが演出されているのであるが、「菩提と煩悩とのへだたりなむ、この人のよきあしきばかりのことは変りける。よく言へば、すべて何ごとも空しからずなりぬや」（「蛍」）というわけで、『源氏物語』のファンを増やしてくれていることは確かなのである。

(二)　紫式部の居宅

ところでこの『源氏物語』を書いた紫式部の伝記については、古くは安藤為章や与謝野晶子以降、岡一男・今井源衛・山中裕博士らの研究があり、また角田文衛博士も紫式部香子説や同命婦出仕説などを唱えられた（『紫式部とその時代』一九六六年五月・角川書店刊以下）。後者の角田博士説に対しては、早く岡・今井・山中三博士の批判があったが、角田博士は本年一月、「源氏物語千年紀記念」と銘うって、『紫式部伝』（二〇〇七年一月・法藏館刊）を出版。ご自論を再説しておられる。もっとも式部邸あとを廬山寺と固執するあまりに、『河海抄』の「旧跡は正親町以南、京極西頬、今東北院向也」とある「西頬」は「東頬」の誤りであるとされているのにはびっくりした。岡博士が為時の「洛中泰適翁」の詩句によって、為時邸が洛外の廬山寺側でなく、京極通りの西側、つまり洛中にあったことを明確に指摘されていたからである（『古典の再評価』三八四頁、一九六八年六月・有精堂出版刊）。だいたい『河海抄』の作者四辻善成が式部邸を注記するのに、「京極西頬」と書いたその直後には「東北院」と書いているのだから、「西」と「東」の文字を間違えるはずもない。「東頬」であったなら、「東北院」のところで気づくはずである。

㈢　紫式部命婦説の批判

紫式部命婦出仕説の根拠の第一は、『紫式部日記』寛弘五年（一〇〇八）十一月十七日条の中宮彰子内裏還啓の際、牛車に乗る女房たちの序列から推して、式部が当時は掌侍であったという推測にもとづく。四年前の寛弘二年（一〇〇二）十二月二十九日初出仕のときは命婦だったというのである。

乗車順を示せば、①御輿（中宮・宮の宣旨）、②糸毛車（殿の上倫子・少輔の乳母・若宮）、③黄金作り車（大納言の君・宰相の君）、④次車（小少将・宮の内侍）、⑤次車（馬の中将・紫式部）、⑥次車（殿司の侍従の君・弁の内侍）、⑦次車（左衛門内侍・殿の宣旨大式部）となる。このうち大納言の君までは典侍であり、宰相の君豊子以下は掌侍と思われるから、紫式部も掌侍だっただろう。その乗車順が女房の序列を示していることになるというのである。

たしかに女房たちの乗車の順序は大体決まっていたと思うが、これはあくまでもオフィシャルな行啓の際の序列であって、そういうときでさえわれ先にと乗車して、清少納言を不機嫌にさせた話が『枕草子』「積善寺供養」（正暦五年〈九九四〉二月二十日）の段の記事によってもわかる。そうしてふだんは中宮定子から最も愛され、親しまれていると自負している清少納言が、乗車となると後方の車に乗らなくてはならぬくやしさを、わざわざ最後尾の得選や刀自の車のときになって名乗り出ることによって晴らそうとする、そんな光景・心情がリアルに綴られている。

つまりふだんの中宮定子後宮での順列は、身内意識とか、中宮やその後見人（たとえば定子なら高内侍貴子とか彰子なら鷹司殿倫子といった立場の人）らとの親疎の度合いによっても決まるのであって、必ずしも官職位によるわけではないのである。すなわち典侍・掌侍・命婦等という官女としての職掌や職位は、すべて対天皇との間に成立するものである。詮じつめれば中宮という地位でさえ、これは天皇との間に成立しているわけで、中宮女房だから官女でなくてはならぬということにはならない。中宮以下の后妃は当然天皇とかかわりを持つから、その世話役たる女房も天皇に近侍を許される命婦以上の資格を有する官女が必要となるのである。

㈣　紫式部の出仕先

清少納言や赤染衛門や和泉式部らは官女ではなかった。紫式部ももちろん官女ではない。「中宮（上東門院）女房」と言われていても、それで官女であると一方的に断言することは慎まれる。女房たちの大半は中宮彰子の後見人、つまり実母の鷹司殿倫子のもとで集められたはずである。『源氏物語』によれば、のちに尚侍となった玉鬘の女房は、彼女の亡母の乳母子で、源氏に玉鬘を引き合わせた右近が選び整えている（「玉鬘」巻）。また薫が引き取ろうとした浮舟の女房は、実母の中将の君が乳母に指示して選別させている（「浮舟」巻）。したがって紫式部が上東門院女房とされていても、実際は門院の保護者である鷹司殿倫子家の指示で門院女房となったとも考えられるのである。

『紫式部日記』寛弘五年（一〇〇八）十一月条に、式部が中宮の内裏還啓前に土御門第の雪景色を見たいと思いながらも、「あからさまにまかでたるほど、二日ばかりありてしも雪は降るものか」と残念がった里下りのとき、中宮彰子は「折しもまかでたることをなむ、いみじく憎ませ給ふ」たという。また中宮の母である倫子は式部へ、「まろがとどめし旅なれば、ことさらに、『急ぎまかでて、疾く参らむ』とありしもそらごとにて、ほどふるなめり」と消息をつかわしたので、式部は「かたじけなくて参」ったとある。

前半の中宮彰子の式部への苦言は、中宮が日ごろ式部を頼りにしていることからの不満で、式部と中宮の親しさを示す一証であろう。後半の倫子の消息によれば、式部の出退勤は倫子との関係で行なわれていることが判明する。されぱこそ九日重陽の節に、兵部のおもとが菊綿を式部に届けて、「これ、殿の上の、とりわきて。『いとよう老いのごひ捨て給へ』と、のたまはせつる」と言ったのも、むべなるかなと理解されるのである。

実は『後拾遺集』巻一「春上」一〇番歌「み吉野は春の景色に霞めども結ぼほれたる雪の下草」の作者紫式部に付けられた陽明文庫本脚注には、

従一位倫子家女房、越後守為時女　母常陸介藤原為信女　作源氏物語中紫巻仍号紫

とあり（彰考館本注記も同じ）、また『河海抄』料簡には、

紫式部者鷹司殿（従一位倫子一条左大臣雅信女）官女也

相継而陪侍上東門院

とある。後者の「鷹司殿官女也」は実情を誤解しているが、鷹司殿倫子家の女房であったという事実だけは伝えている。すなわち紫式部は鷹司殿倫子家の女房として仕え、倫子の推輓によって中宮彰子に伺候したと考えられるのである。

(五)『紫式部日記』に描かれた紫式部

紫式部が官女、つまり今ふうに言えば国家公務員でなかったことは、『紫式部日記』によって証明することができる。紫式部が一条天皇の前に出て、公務を果したなどという記事はどこにも見当らない。式部が『源氏物語』を聞き読みした一条天皇から「この人は日本紀をこそ読みたるべけれ。まことに才あるべし」と激賞されて、左衛門の内侍から「日本紀の御局」とニックネームをつけられた話も一条天皇のことばは式部に直接告げられたものではなく、「のたまはせけるを」と伝聞であった。

寛弘五年（一〇〇八）十一月一日の敦成親王御五十日のときは、「例の人々の、仕立ててまうのぼり、つどひたる御前のありさま、絵にかきたる物合せの所にぞ、いとよう似て侍りし」と述べながら、中宮の御膳等、「そなたのことは見ず」と記す。また「弁の内侍・中務の命婦・小中将の君など、さべいかぎりぞ取りつぎつつ参る。奥に居て、くはしうは見侍らず」とも述べて、式部は官女としての職務を何も果していない。

同年十一月二十一日催された五節舞姫の御前の試みの折、「その夜は御前の試みとか、上に（中宮）渡らせ給ひてご覧ず」とあって、伝聞ふうに記し、

もの憂ければ、しばし（局で）休らひて、「ありさまにしたがひて参らむ」と思ひて居たるに、小兵衛・小兵部なども炭櫃に居て、「いと狭ばければ、はかばかしう物も見え侍らず」などいふほどに、殿（道長）おはしまして、「などて、かうて過ぐしては居たる。いざもろともに」と責め立てさせ給ひて、心にもあらずまうのぼりたり。

とあって、局で休んでいたのに道長に強引にせき立てられて、「心にもあらず」舞姫の見物に清涼殿へ参上している。これが公務を果すべき掌侍の態度と言えるだろうか。

翌二十二日の寅の日に行なわれた童女御覧の折も、「おとりまさり、けざやかにも見えわかず」、「童のかたちも、一人はいとまほには見えず」、「扇取るとて、六位の蔵人ども寄るに、心と投げやりたるこそ、やさしきものから、あまり女にはあらぬかと見ゆれ」、「音に聞く簾のはしも見ゆ」、「多かりし豊の宮人さしわきてしるき日蔭をあはれとぞ見し」等々、ただただ眼前の情景・人物等を見ているばかりである。これまた公務を持たぬ式部ならではの態度であろう。

式部の職掌は、中宮彰子の御前に伺候することである。中宮に楽府を講じ、冊子づくりに精を出し、中宮の下問に答えるのが主なるものである。決して天皇関係の実務や公的な職掌があったわけではない。同年十二月二十九日、四年前の寛弘二年十二月二十九日の初出仕の日を思い出しながらも、「(中宮が)御物忌におはしましければ、御前にも参ら」なかったという。

寛弘六年(一〇〇九)正月三日の若宮の御戴餅の折は、若宮(敦成親王)が清涼殿へ参上することと、まかない役の大納言の君の服飾描写。それから宰相の君が御佩刀を取って、若宮を抱いた殿につづいて参上するところまでしか描写はない。式部はむろん清涼殿には参上していないのである。

同七年(一〇一〇)正月元三日の敦成・敦良両親王の御戴餅の折にも、宮たちのお供に「みな上臈も参」ったとあるが、式部が清涼殿へ参上していないことは、「二間の東の戸に向ひて、上の(餅を若宮たちのおつむに)戴かせ奉らせ給ふなり。おりのぼらせ給ふ儀式、見物なり。大宮はのぼらせ給はず」とあって、中宮御座所から参上する人々の描写をしていること、それゆえ「上の戴かせ奉らせ給ふなり」の「なり」は伝聞推定の助動詞と考えられることによっても判明する。

式部が一条天皇を拝する機会があるのは、中宮主催の行事の折、土御門第や中宮御所(一条院東北対)に出御するときか、御前の試みのように、清涼殿(一条院南殿〈寝殿〉・枇杷殿東の対等)で公私の女房たちにも拝観を許される行事のときだけである。

㈥　紫式部と中宮彰子

官女であれば剣璽を捧げ持つとか、御湯の熱さ・ぬるさを探るとか、御手水を運ぶとか、まかない役をつとめるとか、御けづりくしに奉仕するとか等の劇務があり（以上主として掌侍）、また朝参・行立を行なうとか、御帳をかかげるとか、威儀の役をつとめるとか等の職掌がある（以上主として命婦）。『紫式部日記』を見るかぎり、式部は以上のどの職掌をも司っていない。

式部は官女ではなかったが、中宮彰子やその母親の鷹司殿倫子からは手厚くもてなされていた。だから式部は里居の折、上臈女房の「大納言の君の、夜々は御前にいと近う臥し給ひつつ、（式部と）物語し給ひしけはひの恋し」く思い出されて、歌の贈答を行なっている。式部は中宮の御帳台近くに臥している大納言の君の傍に臥せっていたのである（『紫式部日記』寛弘五年十一月条）。

また寛弘六年（一〇〇九）正月十五日枇杷第東の対で催された二の宮敦良親王御五十日の祝いの折には、式部ははじめ、「あなた（表向き）はいと顕証なれば、この（天皇と中宮の御帳台の）奥にやをらすべりとどま」っていた。その後「餅まゐらせ給ふことども果てて、御台などまかでて」からは、

　宮の人々は、若人は長押のしも、東の廂の南の障子放ちて、御簾かけたるに上臈は居たり。御帳の東のはざま、ただ少しあるに、大納言の君・小少将の君居給へる所に（式部は）尋ねゆきて見る。

とある。小少将の君は大納言の君と血縁があり、大納言の君につぐ上臈である。しかも彼女は紫式部と互に局を一つにして住んでいた。

　例の同じ所に居たり。二人の局を一つに合はせて、かたみに里なるほども住む。ひとたびに参りては、几帳

ばかりを隔ててあり。

という状況であった。

すなわち、中宮の内裏還啓のような公的な行事の際には、大納言・宰相の君・小少将・宮の内侍・馬の中将らのつぎに序列する式部ではあったが、日常の中宮御所での勤務では中宮に近侍する大納言の君や小少将らとごく親しく、中宮彰子の側近の一人として深く信頼されていたことがわかるのである。なお、大体が官女の中に官女でない式部がいるのも別におかしいことでもない。九月十一日の敦成親王誕生の際、「いま一間に居たる人々、大納言の君・少将の君・宮の内侍・弁の内侍・中務の君・大輔の命婦・大式部のおもと、殿の宣旨よ」とあって、官女の中に殿の宣旨が加わっている。

紫式部自身は官位を持たなかったけれども、亡夫の宣孝は正五位下あったから、公式の行啓などの際には、その夫の官位相当の扱いをうけたのであろう。現実には中宮彰子や鷹司殿倫子から相当に重んじられていたから、式部はそれで十分満足していたことであろう。これに対して清少納言は中宮定子の寵愛と信頼とを一身に受けていながら、官女になれなかったことをひどく残念に思っていたようだ。前述したようにふだん中宮定子に昵懇していながら、行啓の乗車順などで、見下していた官女らよりあとになるといったこと等も官女になりたいと思った一因であろう。「女は内侍のすけ。内侍」と記し、実現はしなかったが、「俊賢の宰相など、『なほ、(清少納言を)内侍に奏してなさむ』と定め給ひし」と言って来た左兵衛督実成のことばを『枕草子』「二月つごもりごろに」の段に書き残している。

二　紫式部の墓のことなど――京都恋しく――

(一)　京都人の作法

青い空がどこまでもつづいている。秋の訪れとともに京都へ行ってみたいという気になった。東京育ちで、しかも平安朝文学を専攻している私としては、京都の人がどう思うか知らないが、やはり京都にあこがれる。先年NHKのTVの「作法の極意」という番組で、京都人の作法のいくつかを紹介していた。何かを依頼したとき、「考えておきます」と相手が答えたときは、「ノー」ということだとか、客が帰ろうとするとき、「ぶぶづけ（お茶漬け）を召上がっていきませんか」と言われたときは「お帰り下さい」の意であり、「お寿司を取りますから」と言われたときは、「もっと居て下さい」の意であるとか、そんな作法の常識が京都にはあるという話であった。

何やら兼好法師の「（都の人は）なべて心柔らかに、情あるゆゑに、人の言ふほどのこと、けやけく否びがたくて、よろづえ言ひ放たず、心弱くことうけしつ」という話（『徒然草』第百四十一段）が思い出されるのだが、藤沢在住の京都出身の知人によると、そんなあいまいさは今の京都の一般人にはほとんどないということであった。そういえば先日松尾の周辺を散策したとき、息子が以前修学旅行の土産にお守りを買って来てくれたので、その名前を思い出して訪れた寺院はひどかった。三百円の拝観料を払うやいなや、お茶をどうぞと案内された本堂とおぼしき座敷に、私どもが入ると同時に入口の障子がしめられる。前には電光装置のついたガラスをはめこんだ大箱が数個置かれていて、季節はずれにもかかわらず、秋虫が声を振り立てさせられている。茶店の机かと思われる何列かの座席には中学生数人、それに主婦グループと思しき数名が頭を垂らして眠っているような様子。大箱の前で僧衣をつけた男性が、ここのお守りはいかにご利益があるかということをとくとくと説いている。家族一人にお守り一札をぜひお求めなさい。お守りをこう持って、願いごとを一つだけ心で念じなさい。拝観料をもっとあげたいのだが、京都市の指導でお守りを販売するかわりに、拝観料を下げざるを得なかった等々。私どもは途中入場であったから十五分の御講話を聞くだけですんだが、先客の中学生らはさぞかしすばらしい法話を何十分も拝聴することができたであろう。

「ありがたや、ありがたや」と思いながら狭い庭をめぐると、もう先刻の山門である。当寺のご本尊はわらじを履いた地蔵菩薩だということだが、なんのことはない、この小さな出入口の手前に、そのご本尊は鎮座されているのである。お金を払って入ったばかりに、「ホトケの沙汰も金次第」という社会体験ができたのである。

それに較べると、当寺から五百メートルほど反対側にある臨済宗の地蔵院（一名竹の寺）の竹林と苔むした十六羅漢をイメージした庭園は絶景である。細川頼之（一三二九―九二）が南北朝中期に夢窓疎石の高弟宗鏡禅師を招いて建立した寺で、あの一休（一三九四―一四八一）さんもここで修行したとか。当院の近くには苔寺といわれる西芳寺（行基開基、疎石再興）もあるが、私は地蔵院の庭園の方が「弟子まさり」していると思うが、どうだろうか。一方は虫の音に誘われて、人出がとぎれず、一方は閑散としていた。同じお地蔵さんでもお違いである。帰りのタクシーの運転手の話――あそこの坊さんは、○○ホテルの大株主だそうです。あの寺へ行ってほしいというお客さんを見ると、そのお客さんの頭の程度がわかります。つぎは映画村であろうと予想がつきます――。私どもはつぎが地蔵院だったので、ちょっと救われたような気がした。当寺がしばしば修学旅行のコースに入っているのは、きっと○○ホテルとタイアップしているからなのであろう。

(二) ファジィな感性

先刻の京都人の婉曲な物言いやあいまいさは、今ふうに言えば、ファジィな感性から生じているのだ。それが次第に無くなっていくというのも残念である。実はこうした感性は『源氏物語』や『蜻蛉日記』『和泉式部日記』等の平安朝文学にはふんだんに見られ、日本人の性格を形づくる重要な要素の一つだったのである。ファジィな感性は論理的、理性的ではないように見えるが、必ずしも理性と対立するものではない。たとえば光源氏が柏木に女三宮を寝取られて、コキュの悲しみを味わうが、その怒り、くやしさ、悲しさ、恥ずかしさ等々の感情を一気に柏木や女三宮にぶっつけることを源氏はしない。柏木の若さに対する自分の体力の衰えを改めて認識しながら、源氏は女三宮の父朱雀院や兄東宮の心配を思い、また世間の思惑を考え、さらにはかつての自分と藤壺との関係を想起して、ダイレクトに叱責することもなく、表面はあくまでも平静を取りつくろうのである。ファジィな行動や態度は判断ができないからそうなるのではなくて、よくよく考え、吟味した結果にもとづくのである。それは生活の知恵とも言い換えられるであろうし、またある意味ではゆとりのある生活態度であるとも言いうるであろう。

そういう京都人のよさがしだいに失なわれていくとしたら、まことに残念であるが、これも効率・功利第一主義の時代のなせるわざであろうか。タクシーの運転手の一人の話――今秋開業した京都新駅ビルに入った△△デパートの売場面積は日本一広いのです――。うれしそうにこう話す運転手に、京都には四千四百という神社や寺院があるではありませんか、とはちょっと言えなかった。

たしかに京都の寺社の多くは依然として悠然たる景観を保ち、そこでは時間もゆっくりと流れているように感じられる。また近年御所や桂離宮のガイドは若い女性も担当するようになったようだが、いわゆる京ことば特有の言い回しやアクセント・抑揚などの時折まじる彼女たちの解説は、実に快く耳に響き、やさしくたおやかな風情が感じられ、好感が持てた。これは数年前御所でガイド役の男性が、かなりいやそうに、無気力に、時間もはしょって解説したのを聞いた思い出があるので、なおさら彼女らのかれんなガイドぶりが印象に残ったのかも知れない。

㈢　京都へのあこがれ

こんなわけで、私の京都へのあこがれはつのる一方なのである。それで例年京都へ出かけているのだが、京都の人にとっては常識であっても、東京人の私にははじめての体験で、事実を知ってハッとすることがいくつもある。石清水八幡宮へ参詣したとき、境内の傍にエジソンの記念塔があった。エジソンは電灯の発明で有名だが、その最初の電球のフィラメントはこの石清水の竹の繊維を用いたということなのであった。源氏の氏神とエジソンがかかわり合っていたなどということは、現地に行ってはじめて知ったのである。

王朝の火葬の地である鳥辺野は、『源氏物語』や『枕草子』『栄花物語』等にもよく登場し、頭の中では理解できていたはずである。ところが清水寺の下方にある現地に行ってみて驚いた。一万数千基の墓群が実在しているのである。清水の舞台の下方は樹木がうっそうとしているから、まさかその下に一大墓地が展開しているなどとは想像もつかなかったのである。やはり現地に行かずして名所を知るのはなかなかむずかしい。かの名高い陸奥の歌枕である末の松山も、『奥の細道』に「末の松山は寺と造りて末松山といふ」とあるように、すでに松尾芭蕉の時代には末松山宝国寺が当地に建立されていた。現在は本堂裏手の墓地に隣接して、連理の枝を模した大きな松二本がそびえ立っている。末の松山が墓地であるなどとは、ついぞ予想もしなかったことである。

墓地で思い出したが、鎌倉（扇が谷四丁目）にあるとだけ思っていた『十六夜日記』の作者阿仏尼の墓（五輪石塔）が、東寺の南側に接する比永城町の大通寺にもあったのは驚きであった。東寺まではよく行くが、よほどの関心がない限り大通寺までは行かない。私は源実朝の菩提寺ということで本寺を訪れたのだが、そこで阿仏尼の墓にめぐり会ったのである。

京都市の作った立札に、大通寺（遍照心院）を説明して、

清和天皇の第六皇子貞純親王の御子、六孫王経基の子満仲が父の墓所に一宇を建立したのが大通寺の起こりといわれる。その後、二六〇余年を経た貞応元年（一二二二）に、源実朝の妻、本覚尼が亡夫の菩提を弔っていたが、真空回心上人を請じて梵刹を興し、萬祥山遍照心院大通寺と名付けた。実朝の母、北条政子も大いにこの寺を援助したという。後、十六夜日記の著者阿佛尼も入寺し、亡夫藤原為家を供養したという。

とある。さらにこの立札の後文によると、その後も足利尊氏、義満、織田・豊臣氏、徳川氏の崇敬も篤く、元禄年間には現在の六孫王神社をはじめとして塔頭多数が建立され、「東は大宮、西は朱雀を限りとし、南は八条、北は塩小路を境とする広大な境内であったが」、江戸幕府の滅亡・排仏毀釈によって明治四十四年（一九一一）旧国鉄の用地となり、六孫王神社だけを残して、現在地に移転したという。

創建当時から伝わる善女龍王画像、『醍醐雑事記』は重用文化財。実朝木座像・本覚尼置文二巻・阿仏尼真蹟・阿仏像などを所蔵。本覚尼は坊門信清の女。実朝が承久元年（一二一九）に甥の公暁に殺されたのち、帰京して当寺に入ったらしい。

阿仏尼がこの大通寺に入ったのは、阿仏の夫為家の父定家が実朝の和歌の指導をしていた縁故によるのであろう。『山城名勝志』巻五の「安井塚」の項に、

崑玉集云、安嘉門院の阿仏の墓しるものすくなし。東寺の北、安井塚上といふに有。これを安井塚といふは、阿仏の「安井にうつる花のおも影」といふ歌をよまれしよりいふ事なりとかや。

と見える。『崑玉集』は日重編の日蓮宗関連の書。『京都市の地名』（一九七九年九月刊）の「大通寺」の項（一〇〇二

頁）に本寺の阿仏尼の墓は「もと八条町にあったものという」とあるのは、この安井塚のことを言っているのであろう。なお「安井にうつる」の詠が阿仏尼の作かどうかは、現在のところ確認できていない。

阿仏尼の墓と言われるものは、先述のように鎌倉駅西口側の線路ぞいに大船寄りに北上すると、水戸様の尼寺と言われる英勝寺があり、その先百メートルほど北向したところの路傍に阿仏尼墓と伝える塔もある。しかも英勝寺前の踏切りを渡ると、阿仏尼の子息で、冷泉家の始祖となった為相の墓の所在する浄光明寺（京都泉涌寺の末寺）があるのである。

果して鎌倉の墓と京都大通寺の墓と、いずれが阿仏尼の本来の墓なのであろうか。あるいは往昔の浄光明寺の境内は横須賀線の向う側にある阿仏の塔あたりまでに及んでいたのではなかろうか。そうとすれば鎌倉の阿仏の墓は為相によって建てられた可能性もあろう。他方大通寺の阿仏尼の墓と称せられる五輪の石塔は、京都に本拠を置く冷泉家にかかわる人によって建てられたものかも知れない。

㈣　王朝の火葬場・六道さん

鳥辺野の墓地を見ての帰り、タクシーで東山五条坂にある六道さんを訪れることにした。運転手——きょうのお客さんはなんでこんな誰も行かないような所ばかり行きたがるのかしら——と不審がってたずねる。

『源氏物語』「桐壺」巻に桐壺の更衣の葬送を叙して、「愛宕といふ所に、いといかめしうその作法したるに、（母北の方）おはしつきたる心地、いかばかりかはありけん」とある。この「愛宕」につき、山岸徳平博士（日本古典文学大系『源氏物語一』昭和三十三年一月・岩波書店刊、補注三三）は、

愛宕を、修学院とか白河の辺一帯とするのは全く正しくない。その一帯、すなわち賀茂・白河辺などは、現在もまだ土葬の風が残っている。（中略）細流沙に「六道なり」とあるのも、今日土着の人は、「六道様」の事

と、直ちに領解する。それは、東山の五条坂の珍皇寺であり、火葬場所は、今の建仁寺内の、久昌院付近であった。珍皇寺は桓武帝の時に愛宕郡より移建し、火葬所となされた所。（後略）

と説かれている。つまり六道さんは珍皇（篁）寺（愛宕寺とも）の通称であり、昔の火葬場のあとなのである。それは現在の建仁寺（建仁二年〈一二〇二〉栄西創建）内の大和大路通に面する久昌院付近であったというが（ただし森本茂氏は、平安時代の火葬所を久昌院付近とすると平安京により近い位置になるから、東方の山麓、たとえば妙法院付近と見る方が妥当とされる〈『源氏物語の風土』五九―六〇頁、一九六五年五月・白川書院刊〉）、黒川道祐の『雍州府志』（貞享元年〈一六八四〉序）には「此寺（珍皇寺）今属ス二東山建仁寺大昌院ニ一」とあるので、珍皇寺はのちに建仁寺の末寺となったことがわかるのである（『京都市の地名』二三二頁、一九七九年九月・平凡社刊）。

そんなわけで王朝の火葬場であった六道さんを一度は見ておこうと訪れたわけなのである。門前左に「六道の辻」と「小野篁卿旧跡」と記した二つの石碑が建っている。境内は閑散としているが、八月七日～十日の盂蘭盆会のときはおおにぎわいになるという。というのも境内の東側に鐘堂があり、上半分は狭間華燈窓が取り付けられている。下方は白壁の中央に穴のあいた木がはめこまれていて、その中央から太いヒモが出ている。このヒモを引くとゴーンと音がして、その鐘の響きが十万億土の冥土にとどき、先祖の聖霊があの世から戻って来るのだという。さればこそこの迎え鐘はお盆にはおおモテなのである。

そこで華燈窓の奥のご本尊を目をこらして見てみると、それは閻魔様であった。ああ閻魔大王が死者の霊をこの世に蘇生させてくれるのかしらと思ったが、門前右の立札によると、当寺は小野篁によって建立された寺院であるという。これは『今昔物語集』巻五・第十九話「愛宕寺の鐘の語」に「今は昔、小野篁と云ひける人、愛宕寺を造りて、其の寺の粁《れう》に鋳師《いもじ》を以つて鐘を鋳させたりけるに」とあるのとも符合する。「わたの原八十島かけて漕ぎ出でぬと人には告げよ海人のつり舟」の詠で有名な篁建立の寺がどうしてまた火葬場になってしまったのかしらと、再び考えていると、『今昔物語集』巻二十の第四十五話「小野の篁、情けに依りて西三条大臣を助けたる語」を思い出した。西三条大臣藤原良相は篁が罪科に問われたとき（承和五年〈八三八〉篁が遣唐副使を忌避した折のこととされる）、減刑に尽力し、のち篁は宰相、良相は大臣になった。その後良相は重病で死去。それから、

　即ち、閻魔王の使ひの為に搦められて、閻魔王宮に至りて、罪を定めらるるに、閻魔王宮の臣共の居並みたる中に、小野篁居たり。大臣、此れを見て、「此は何《いか》なる事にか有らむ」と怪《あや》しび思ひて居たるほどに、篁、笏を取りて、王に申さく、「此の日本の大臣は心直くして人の為に吉き者なり。今度の罪、己れに免《ゆ》るし給はらむ」と。王、此れを聞きて宣はく、「此れ極めて難き事と云へども、申し請ふに依りて免《ゆる》し給ふ」と。然れば、篁、此の搦《から》めたる者に仰せ給ひて、「速やかに将《ゐ》て返るべし」と行へば、将《ゐ》て返ると思ふ程に、活《よみ》がへれり。（中略）大臣、此れを聞きて、弥〻《いよいよ》いよ恐れて、篁は只人にも非らざりけり、閻魔王宮の臣なりけりと云ふ事を始めて知りて、「人の為には直《うるは》しかるべきなり」とぞ、諸〻《もろもろ》の人に懃《ねんごろ》に教へ給ひける。
　而る間、此の事自然《おのづ》から世に聞こえて、「篁は閻魔王宮の臣として通ふ人なりけり」と、人皆知りて、恐ぢ怖れけりとなむ語り伝へたりとや。

という話になっている。良相大臣があの世に行ってみると、小野篁は閻魔王宮の臣となっており、危く地獄に堕ちかけた良相を生前の好誼によって助けてくれたというのである。

　実はこの話の類話が早く『江談抄』第三「野篁為二閻魔庁第二冥官一事」に見えている。

其後経二五六ケ日一。篁参二結政一剋限、於二陽明門前一為二高藤卿一被レ切二車簾鞦等一云々。干時篁左中弁也。即篁参二高藤祖父冬嗣亭一、令レ申二子細一之間、高藤俄以頓滅云々。篁即以二高藤手一引発、仍蘇生。高藤下レ庭拝レ篁云、「不レ覚俄到二閻魔庁一。此弁被レ坐二第二冥官一、仍拝レ之也」云々。

篁の救った相手は高藤となっているが、この高藤の暴力沙汰を彼の祖父冬嗣に篁が訴え、説明しているときに、

高藤は急死。その高藤の手を引き起こしたところ、蘇生。それで高藤は拝謝して、自分が閻魔庁に至ったとき、篁が当庁の第二の冥官であったことを知ったという話である。『江談抄』は大江匡房（一〇四一―一一一一）の談話を藤原実兼（一〇八五―一一一二）が筆記したものと言われている（『今鏡』巻十「敷島の打聞き」）。したがって小野篁が閻魔庁の役人だったという話は西暦一一〇〇年前後には流布していたことが判明する。

ところで『京都市の地名』の引く長保四年（一〇〇二）二月十九日付「山城国珍皇寺領坪付集」（『東寺百合文書』）には、「寺家以去丙辰年（承和三年〈八三六〉）山代淡海等為国家鎮護所建立也」とある。また延久三年（一〇七一）十月八日付「珍皇寺司解」（同文書）にも「件珍皇寺者、大宝以往、山代淡海為二鎮護国家利益兼黎民一所草創也。随為東寺之末寺、年序久積、経四百余歳」と見えるが、文中の「大宝以往」、「経四百余歳」は誇張表現とおぼしく（『京都市の地名』）、結局珍皇寺は承和三年丙辰に山代淡海らが国家鎮護所として建立したことが知られるのである（同書）。

それが小野篁創建の寺ということになってしまったのは、本寺が葬地鳥辺野のはずれにあり、あたかも現世と冥界の境に比せられて亡霊伝説が生じ、冥官となったという篁説話と重ね合わせられたからである（『京都市の地名』二三一頁）。現に篁は毎夜この寺の井戸から冥途に通って六道をめぐって来ると信じられており、そこで珍皇寺の門前のあたりを地元の人々は「六道の辻」と呼んでいるのである。

㈤　千本閻魔堂

閻魔様といえば、千本の閻魔堂（光明山引接寺、古義真言宗高野山金剛峰寺末）も有名である。船岡山の南麓、千本通と寺之内通の交差する付近（上京区千本鞍馬口下ル）にある。早速参詣してみると、ありました。ありました。六道様の鐘堂で見たのとそっくり同じな閻魔様が向って右手に司録尊（書記）と、左手に司命尊（検事）とを従えて鎮座なさっている。

驚いたことには、「千本えんま堂・塔婆供養の御薦め」という当寺のパンフレットに、

今より千年程のその昔、塔婆供養の法を伝授された小野篁卿が此所、舟岡山の山麓、蓮台野を訪ねて祠を建て自作のえんま法王像を安置されて塔婆供養を行われたのが最初であります。勿論その時の法王像は損消し現在の御尊像は室町時代に改作されてからでも五百年。ずっと現在の場所に鎮座ましましているのだから偉とす可きであります。

と記されていて、この閻魔様にも小野篁が深くかかわっていたのである。改作とは言いながらもこの閻魔様は室町時代以降五百年間当寺に鎮座されているとのこと。残念ながら昔は一町四方（約四四〇〇坪）もあったというこの閻魔堂の境内は、現在ではきわめて狭くて、民家や駐車場にぐるりと取り囲まれているのを見ると、閻魔堂の運命やいかにと思わずにはいられない。

このパンフレットの裏側に「千本えんま堂の略縁起」という記事が載っており、その「五、冥土の巡歴」に、

さてこのように多才の篁卿に更にもう一つの大きな才能があった。それは何かと言うと、冥土（人間が死んでからの世界）を巡歴する事のできる神通力を持っており、彼はこの神通力を持ってしばしば現世界と冥土を往復したのであった。冥土の主宰者はえんま法王である。この神通力は篁卿の人柄により法王より授けられたものであった。

と書かれている。その篁、地獄に堕ちて苦しんでいる亡者の中には、その亡者の遺族が死者の回向のための塔婆を捧げてくれたお蔭で、娑婆に帰ることができたり、また極楽に往生することができる者のいることを知った。それで篁は、

閻魔法王より「塔婆供養」の秘法を授かり娑婆に帰ってくると早速船岡山を訪ねて、麓に祠を建て篁自ら閻

魔法王の像を刻んで安置しここで塔婆供養の厳法を修されたのである。即ち現在の閻魔堂これである。とも記されている。もと朱雀大路が千本通と言いならわされたのも、この船岡山麓の蓮台野の墓地に塔婆が大小入りまじって千本以上も建てられたことに由来するという（同「略縁起」）。

もっとも『京都市の地名』六三八頁によると、この千本閻魔堂は後一条朝寛仁年中（一〇一七―二一）に叡山僧定覚上人の創建したものであるという。同書の引く『野守鏡』（永仁三年〈一二九五〉成立）にも、

蓮台野の定覚上人これ（源信の「二十五三昧」）をうらやみて、また行なひ侍りけるに、蓮花化生したりければ、結界して、「此所にて墓をしめむ人をばかならず引摂せむ」と発願をしたりけるより、蓮台野と名づけて、一切の人の墓所となれり。

とあって、引接（摂）寺の名の起こりについてもよくわかるのである。

この引接寺は蓮台野の墓地の傍に建てられ、死者の極楽往生を祈願したところから、当初は釈迦如来・閻魔王・泰山王・五道転輪王・司命・司録等の像を安置したという（『京都市の地名』所引の康暦元年〈一三七九〉銘の本寺銅鑼による）。それがいつしか本尊が閻魔王となり、冥官伝説の小野篁がこれに結びつけられたのであろう。現在では開基は小野篁卿となっているのである（前掲「千本えんま堂の略縁起」）。

(六)　紫式部供養塔と墓

ところで、この千本閻魔堂には至徳二年（一三八六）八月二十二日に円阿の勧進によって建立された十重の宝塔がある。紫式部の供養塔と言われ、重要文化財に指定されている。もとは雲林院の末院である白毫院（大徳寺内に所在したらしい）にあったもので、天正年間（一五七三―九二）に白毫院が引接寺に移建されるのに伴って、当寺に移されたものという（『京都市の地名』四八九頁）。もっともこの塔はその基礎をなす一体の地蔵の龕内には「為二

故智仙大師一置之」なる銘が見られるので、角田文衛博士は「紫式部塔ではありえない」と説かれている（『紫式部とその時代』二〇五頁、昭和四十一年五月・角川書店刊）。

たしかに道祐の『雍州府志』巻十一には「紫式部塔元在二紫野白毫院一、白毫院近世移二千本引接寺中一、然今無二其塔一、引接寺閻魔堂前元有二大華蔵塔一、寺僧以レ是為二紫式部塔一」とあるから、閻魔堂の大華蔵塔は白毫院内の紫式部塔とは異るもののようである。しかし貞享元年（一六八四）のころには、現在の閻魔堂の十重塔は紫式部塔と見なされていたのであろう。

それで想起されるのが、北大路通堀川南（北区西御所田町二）に所在する小野篁の墓と並んで建っている紫式部の墓のことである。この式部の墓については角田博士が『紫式部とその時代』二〇一―一三頁や『平安京散策』一六二―五頁（一九九一年十一月・京都新聞社刊）でくわしく考証されているが、その最も早い伝承は、南北朝ごろの四辻家の左大臣源善成（一三二九―一四〇二）著の『河海抄』（至徳五年〈一三八八〉成立）である。この「料簡」に、

又式部墓所ハ在雲林院白毫院の南、小野篁墓《ノ》西也。[1] 宇治宝蔵日記《ニモ》[2] 紫野に雲林院あるよしみえたり。雲林院は淳和離宮也。賢木巻に光源氏雲林院にて六十巻といふ文とかせてきゝ給し所なり。[3] 式部は檀那贈僧正ノ許可を蒙て、天台一心三観の血脈に入れり。かねてより紫野雲林院の幽閑を思しめけるも、旁ゆへあるにや。

と見える。(1)によると、式部の墓は「雲林院白毫院の南」にあったとある。(2)は『宇治宝蔵日記』を引くが、(1)を補強するものであろうから、「紫野の雲林院にあるよし云々」ととるべきものであろう（『岷江入楚』慶長三年〈一五九八〉成立参照）。

角田博士は白慧の『山州名跡志』巻七（元禄十五年〈一七〇二〉序）に白毫院が「雲林院《ノ》末院也、其《ノ》地当《ル》二雲林院村卯辰間《ノニ》一」とあり、また篁塚が「在二雲林院卯辰方《ノ》二町許畠間《ノニ》一」とあるところから、現在篁・式部両墓のある

西御所田町二の地が白毫院の寺域であり、白毫院に式部供養塔があったという伝承と重ね合わせれば、当院に紫式部の墓があったとしてもおかしくはなく、それが現在の篁塚と並んだ「紫式部墓」の石碑の建つ古墳丘（南北約五メートル、東西約二メートル、高さ〇・九二メートル）であると明言されている（前掲『紫式部とその時代』）。『宇治宝蔵日記』の記事もこれを補強するもののようである。

篁開基の千本閻魔堂に紫式部供養塔があると信じられ、また小野篁塚の西隣に紫式部の墓があるというのは偶然の結果であろうか。たしかに紫式部の古墳は『河海抄』の書かれた南北朝のころには、現在の西御所田町にあると信じられていたことはわかる。『宇治宝蔵日記』には鷹狩りの獲物の小鳥を枝に付けることに関して、永観年中（九八三—四）に朱雀院へ奉る例が記されているが（『河海抄』「松風」）、そうすると、この『宝蔵日記』は頼通の平等院の宝蔵の品々についての故実や伝承を記録したものであったろう。その記録の真偽や執筆の時期も不明であり、あるいは平安末期から鎌倉期にかけて書き継がれたものであったかも知れない。閻魔堂にもとからあった塔に重ねて改修した可能性もなくはない。

閻魔堂の十重塔もあるいはもとは十三重とか九重の塔であった可能性もある。

『河海抄』の前引料簡の(3)によると、紫式部は檀那僧正の許可を蒙って、天台一心三観の血脈に入ったという。檀那僧正は延暦寺の贈僧正覚運で寛弘四年（一〇〇七）十一月一日に五十五歳で入滅している（『僧綱補任』）。この覚運からの血脈相承は文献的には裏打ちできず、また『源氏物語』が擱筆されていない、宮仕中の寛弘四年（一〇〇七）以前の出来事というのもおかしく、とうてい信用できない（岡一男博士『紫式部の研究』一三七—八頁、昭和二十二年十二月・福地書店刊）。角田博士は紫式部の居宅が「正親町以南、京極西頬、今東北院向也」という『河海抄』の所伝が正しいとするならば、彼女の墓に関する所伝もあえて否定することはできないと仰っしゃられたが（前掲『紫式部とその時代』二〇七頁）、この料簡(3)の部分も真実を伝えているとお考えなのであろうか。

(七)　紫式部の本来の墓

紫式部の時代はもとより後世に至るまで、天皇や后妃や特殊な境遇にあった人々は、特別の陵墓や塚などが独立的に作られていることはむろんである。しかし一般的にいうと、亡きがらは先祖から一家・一族が葬られて来た寺域・周辺に埋葬されるのである。女性の場合でも夫の家の墓に入るのではなくて、実家の墓に入るのである。宇治市木幡赤塚にあった浄妙寺は、寛弘二年（一〇〇五）左大臣藤原道長によって、藤原北家一門の埋骨所である木幡墓地に造営された三昧堂に始まったことは周知の事実である（『京都府の地名』二二六頁、一九八一年三月・平凡社刊）。

右京区御室の仁和寺は仁和二年（八八六）光孝天皇の御願寺として大内山麓に起工されたが、天皇は翌三年崩御。遺志をついだ宇多天皇によってこの年完成したという（『山城名勝志』巻八）。御室の地名は宇多天皇が出家ののち延喜元年（九〇一）十二月に御室を仁和寺に建てられたことに由来する（同書）。そこでこの地域には光孝・宇多両天皇の陵墓をはじめとして、皇族や宇多源氏、とりわけ宇多天皇皇子敦実親王系の人々の墳墓が多く見受けられる。たとえば敦実親王三男の左大臣源雅信（九二〇―九三）は仁和寺内に葬られており（拙著『平安朝文学成立の研究 散文編』一二四―五頁、昭和五十七年四月・笠間書院刊）、また雅信三男の大僧正済信（九六四―一〇三〇）も仁和寺観音院潅頂堂の裏に葬られている（同書）。なお雅信弟の左大臣重信の孫である大納言経信（一〇〇六―九八）が永長二年一月六日に薨じた際、その子俊頼は、

この家のならひにて、仁和寺に赤坂といふ所に骨を散らしければ、送り奉りて、又の日、おぼつかなさに
参りて、ひねもすにさぶらひてよめる。

いにしへも涙をともに散らしてやあかさかとしも名を流しけん

とよんでいる。（『散木奇歌集』第六「悲嘆部」八三五）。仁和寺の赤坂で「骨を散らす」（骨を埋め葬る）のが源経

信・俊頼家の「ならひ」であって、「いにしへ」も「散らして」いたというのである。

　山科区の勧修寺は醍醐天皇生母藤原胤子の祖父である宇治郡大領宮道弥益の邸を寺としたのが始まりとされるが、本寺の周辺には弥益の女列子、その婿贈太政大臣藤原高藤、高藤の子女である胤子・右大臣定方らの陵墓が点在している（『京都市の地名』三六〇―六二頁）。定方の曽孫で、紫式部の夫であった宣孝もおそらくこの勧修寺の周辺内に埋葬されたことであろう。

　紫式部の母である常陸介藤原為信の女は、その母が為信長男の筑後守理明と同じく、従五位下宮道忠（庸）用の女であった可能性が高いと考えられている（今井源衛博士『紫式部』四〇頁・昭和四十一年三月・吉川弘文館刊、岡一男博士『古典の再評価』三七八頁・同四十三年六月・有精堂出版刊）。式部の実家が為信家であり、その為信邸が宮道忠用の居宅であったとすれば（拙著『紫清照林古典才人考』一六頁、一九九五年十一月・国研出版刊）、紫式部も夫の宣孝と同じく、山科の勧修寺の地に葬られた可能性は十分にあるだろう。

　一方、紫式部の父為時は北家閑院左大臣冬嗣の六男内舎人良門の子利基が曽祖父である。祖父は堤中納言兼輔である。利基の弟高藤は勧修寺一流の元祖となったが、利基は北家の傍流として家系をからくも存続させたのである（『尊卑分脈』）。したがって為時一家の墓地は北家の菩提所である木幡と考えるのが順当であろう。

　冬嗣の兄参議真夏は日野一流の祖となっているが（『尊卑分脈』）、その一家の墓地は木幡に隣接する伏見区日野の地にあった。真夏七代の孫従三位式部大輔資業（九八八―一〇七〇）は永承六年（一〇五一）同区日野西大通町に法界寺を建立したが、このとき広大な木幡浄妙寺の寺地二町の割譲を宇治殿頼通から受けたという（後掲『醍醐雑事記』参照）。他方日野の北部は醍醐寺の領域と接していたために、法界寺と醍醐寺との間に寺領争いも起こしている。いま『京都市の地名』四五五頁に引用する『醍醐雑事記』によると、
　　当寺（醍醐寺）南堺与法界寺領北堺聊有論、五条中納言藤原邦綱買領堂敷地之故也。法界寺敷地者浄妙寺領也。

日野本願資業三位始被建立件之寺時、二町申請宇治殿、所被立也。

とある。五条中納言邦綱が堂のために買収した敷地が法界寺領ではなく醍醐寺領であることを主張した記録である。

ところでここに登場する五条中納言邦綱（一一二二―八一）は後白河院政期に四人の子女である成子・邦子・輔子・綱子がそれぞれ六条院・高倉院・安徳天皇・建礼門院の乳母となって、後白河院と平清盛との両者に好宜を結んで権大納言にまで昇りつめた人物である。実はその邦綱は紫式部の弟惟規の直系の玄孫なのである。受領階級の家柄を一躍公卿の地位に引き上げた大立物である。姉紫式部の一家再興の夢は、この邦綱と女の賢子（大弐三位）によって実現しているのである。

この邦綱が法界寺と醍醐寺との境界を接する地域に堂の建立を試みているのは示唆的である。これはたぶん邦綱の地位をもって、先祖の新しい菩提所を作ろうとしていたのであろう。法界寺の北界の土地に目をつけたのも、手狭になった木幡の墓地からそう離れていない所を新しい一家の菩提所としようとしたからであろう。そう考えると、為時一家の墓所はやはり木幡の墓地の一隅にあったと考えると都合がよい。（ついでに邦綱の邸第の一つに正親町南、土御門北、東洞院東のそれがある。先日京都御所の参観の際にも、ガイド嬢が現在の御所は邦綱卿の邸のあとである旨解説していたが、これが『河海抄』に伝える紫式部の旧跡「正親町以南、京極西頬」の地にごく近いことは偶然の符合であろうか。『河海抄』の記述の真偽も含めて、もう一度式部邸の位置を検討する必要があろう。）

八　紫野の式部墓の由来

以上によって、紫式部の墓が彼女の一家と何の関係もない紫野の小野篁の墳墓の隣にあったとは、とうてい考えられないのである。六道さんの篁も引接寺の篁も冥界とこの世を往来でき、地獄に堕ちた者を救うことができるという神通力を備えていると信じられていた。引接寺の華厳塔が紫式部の供養塔と信じられるようになったのは、そう古くはないにしても、民衆は紫式部を冥官たる篁の傍に寄り添わせたいと願ったのである。西御所田町の篁塚に寄り添うように作られている紫式部の墳墓もしかりである。

質量とも未曽有の大作『源氏物語』が式部によって書かれて百五十年もすると、この大作と式部をめぐって、さまざまな伝承が生じて来る。こんな名作を一介の女房が書けるわけがない。式部は観音さんの化身なのだと。一方人々の心を惑わす狂言綺語、好色物語を書いた紫式部は地獄に堕ちて苦しんでいると。

高倉朝嘉応二年（一一七〇）に語られたことになっている『今鏡』巻十「打聞」最終段〈作り物語の行方〉に、

またありし人の、(A)「まことにや、昔の人（紫式部）の作り給へる『源氏の物語』に、さのみかたもなきことの、なよびかに艶なるを、藻塩草かき集め給へるによりて、後の世の煙とのみ聞こえ給ふこそ、縁にえならぬつまなれども、あぢきなく、弔ひ聞こえまほしく」など言へば、返りごとには、(B)「まことに、世の中にはかくのみ申し侍れど、ことわり知りたる人の侍りしは、大和にも、唐土にも、文作りて人の心をゆかし、暗き心を導くはつねのことなり。妄語など言ふべきにはあらず。（中略）女の御身にて、さばかりのことを作り給へるは、ただ人にはおはせぬやうもや侍らむ。妙音・観音など申すやむごとなき聖たちの女になり給ひて、法《のり》を説きてこそ人を導き給ふなれ」と言へば……。

とあって、(A)は紫式部堕獄説を伝え、(B)は式部（譬喩方便）観音化身説を伝えている。このうち式部にとってやり切れないのは、(A)の堕獄説である。しかも「世の中にはかくのみ申し侍れど」とあって、もっぱらこの堕獄説が世間（宮廷社会）で噂にのぼっていたというのである。

そこでこの地獄に堕ちて焦熱の苦をうけている紫式部を救済しようという試みが生じたのである。その第一は『源氏一品経』（永万二年〈一一六六〉直後成る、安居院澄憲）のような経供養をし、式部のあの世での平安な成仏を祈願する方法である。

其中光源氏物語者、紫式部之所制也。……艶詞甚佳美心情多揚蕩、……故謂彼之制作之亡霊、謂此披閲之諸人、定結輪廻之罪根、悉堕奈落之剣林。故紫式部亡霊、昔託人夢告罪根重。爰信心大施主禅定比丘尼、一為救彼制作之幽魂、一為済其見聞之諸人、殊勧道俗貴賎、書写法花廿八品之真文、巻端図源氏一篇、蓋転翻為菩薩也。経品々即物語篇目、翻愛語為種智、……。

狂言綺語・艶詞たる『源氏物語』の読者がことごとく地獄に堕ちると紫式部の亡霊が告げたので、ここに信心の大施主禅定比丘尼が作者の幽魂と読者の輪廻を救済するために、『法華経』を書写し、『源氏物語』五十四帖を並びの巻を本巻に摂して二十八巻として『法華経』の各巻にあてて供養したというのである。

堕獄して苦患しのびがたい紫式部を救う第二の方法は、冥官の小野篁にその救済を依頼することである。千本閻魔堂の紫式部供養塔も、西御所田町の紫式部の墳墓も、いずれも篁に関わっていたのは、その篁の神通力によって、紫式部を地獄から極楽浄土へ導いてもらいたいという、ファンの熱望に由来しているのである。とりわけ前述の珍皇寺のところで引いた『江談抄』の話——、つまり急死した高藤を篁が蘇生させたという話は示唆的である。紫式部の母方は宮道氏を仲介として高藤に直結している。そんなご先祖さんを救ってくれた篁は、後世子孫の紫式部をも救済してくれるだろうと頼りにされてしまったのだ。そうとすれば紫式部の本来の墓はやはり山科の勧修寺の地域にあったと考えてもよさそうである。

(九)　岡一男博士の「紫式部の遺跡」

最後に岡一男博士の「紫式部の遺跡」(『春秋』一九六四年十二月号・通巻第五十九号)というご小論を紹介しておこう。

紫式部が京都の紫野に生誕し、その辺に住んでいたという伝説は古くからある。滝川政次郎博士の高説によると、紫野は旧大内裏趾北辺の地で禁野ということで、紫草とは関係がないとのことだが、近時よく話題に出る紫式部とはどうであろうか。この秋、高橋尚子氏に実地調査してもらった報告によると、――大徳寺の塔頭真珠庵に紫式部産湯の井というのがあり、庵守の若き媼《おうな》がつい先日紫式部がここで産湯を使ったように話をしてくれた。大徳寺は遍照や『大鏡』で名高い雲林院の旧跡に大燈国師が開山したものであるが、雲林院の名残りをとどめる小堂も付近にある。また真珠庵から一キロほど離れた西御所田の島津製作所内に、『河海抄』以来有名な紫式部の墓と小野篁の墓がならんで立っている。また、上京区千本鞍馬口南入の引接寺――俗名えんま堂に篁が開基したということだが、今、材木屋と化した境内の隅っこに紫式部供養塔がひっそりと建っている。私は柳田国男先生が『妹の力』に書かれた、ヲノ氏とサルメ君との関係を想い起こし、院政前後からこの辺に篁を祖と称する語部がいて、篁と地名から式部とを結びつけたのだと思った。――というのである。私は柳田翁の名著『国史と民俗学』をも、序でにお読みなさいと、一寸批評を加えた。

「歌人は居ながらにして名所を知る」ということばがある。早く岡博士は紫野の紫式部の墓は、好事家が紫式部の名の紫によって、紫野の雲林院の篁の墓ちかくの古墳をそれと付会したのだろうと説かれた（『源氏物語の基礎的研究』一三八頁）。これに対して某博士が、現地を実見・調査しないでいたずらに『河海抄』の所伝を疑うのは、軽率の誇りを免れ難いのであると批判された。いくら現地を実見・調査し、文献を並べ立てても、幅広い文芸科学的な視野と、文学的な直感力・緻密な考証学的洞察力がないと、真実を見失うことにもなる。

しかしかつて岡博士は私に、廬山寺のあたりも紫式部が歩いたことは確かだろうから、そこを彼女の邸宅跡としてもよいし、式部の住んでいた京都なら、どこに式部の遺跡があってもかまいませんよ、と仰っしゃったことがあった。おそらく紫野・西御所田町の紫式部の墓と称する古墳丘についても、岡博士はこれも紫式部ファンのなせるわざ、ここも式部の墓だというなら、それでもかまわないでしょう、と、きっと仰っしゃったことであろう。

三　紫式部再考――伝承をめぐる――

はじめに

ただ今法光寺ご住職・大僧正の松本寧至先生から過分のご紹介をいただいた増淵でございます。松本先生は『とはずがたり』のご研究でつとにご高名でいらっしゃいますが、実は先生のご研究は、古代文学から近代文学に至るまで広範囲にわたっておられます。私が最も衝撃を受けました先生のご研究の一つは、例の『奥の細道』の象潟の条に、

江の縦横一里ばかり、俤松島にかよひてまた異なり。松島は笑ふがごとく、象潟はうらむがごとし。寂しさに悲しみをくはへて、地勢魂を悩ますに似たり。

象潟や雨に西施がねぶの花

とありますが、象潟のうらむがごとき風情は西施にたとえられていますのに、笑ふがごとき松島は誰の風情とも書かれておりません。松本先生はそれを『長恨歌』に「眸を回らして一笑すれば百媚生ず」とうたわれた楊貴妃であると説かれたのでした。これは文句なくどなたでも納得されるご新説でしょう。『奥の細道』の研究は竹田村径の『おくのほそ道鈔』（一七五九年序・天理図書館蔵）以下現代に至るまでいくつもあるわけですが、松島条の「その

気色窅然（えうぜん）として美人の顔を粧ふ」の句をも踏まえて、松本先生は芭蕉が松島の景色を楊貴妃になぞらえていたであろうことを初めて明らかにされたのでした。先生の鋭い直観と緻密な考証から導き出された松島＝楊貴妃説には、ほとほと感服申し上げる次第であります。

本日は、つねづね松本先生からご学恩をいただいている後輩の一人として、その御礼の一端にでもなればと考えまして、紫式部の伝記について、若干考えていますことをお話させていただきます。よろしくお願い申し上げます。

㈠　紫式部の伝記の研究について

紫式部は今から千年も前の人です。ですからその生涯はベールにつつまれています。しかも紫式部に限らず、特に当時の女性の伝記については、不明なことが少なくありません。もっとも主に中世や江戸時代から現代にかけての研究によって、ようやく式部伝の輪郭が明らかになってきました。

式部の伝記が比較的分かって参りましたのは、彼女の日記や家集が残っているからであります。たとえば紫式部は『源氏物語』の作者だとされていますが、それは彼女自身がそうだと『紫式部日記』の中にはっきりと記しているので、わかるわけなのです。『日記』寛弘六年（一〇〇九）書簡条には、

うちの上（一条天皇）の、『源氏の物語』人（侍女）に読ませ給ひつつ聞こしめしけるに、「この人は日本紀をこそ読み給ふべけれ。まことに才あるべし」と、のたまはせけるを、ふと推しはかりに、（左衛門の内侍が）「（式部は）いみじうなむ才がある」と、殿上人などに言ひ散らして、「日本紀の御局」とぞつけたりける、いとをかしくぞ侍る。

とあります。これは左衛門の内侍という人が、紫式部に「日本紀の御局」というニックネームを付けたという話なのです。つまり一条天皇が『源氏物語』を侍女にお読ませになりながら、お聞きになっていたところ、――昔の人

は、自分で『源氏物語』を読まないんです、偉い人は。女房に読ませるのです。われわれは自分で読んでいるでしょう。だから庶民ですよ。貴族ではない。貴族は人に読ませるんです。だけど皆さんは半分貴族ですよね。だって私の読んでるのを聞いておられるのだから。そういうことですよね。――

それで、人に読ませて聞いていらっしゃった時に、「この人」、つまり「この作者は、日本紀、――これは『日本書紀』とか『日本書紀』以下の六国史などをいっていると言われています。日本の歴史書をお読みになっていることだ。だからほんとうに才があるのだろう」、ということは、『日本書紀』とか『続日本紀』とか『文徳実録』とか、そういうものは皆漢文で書いてありますから、そこで、「才」というのは、漢才を言っているんであって、「この人（紫式部）はほんとうに漢才があるのだろう」ということを言っています。女の人はあまり漢文とか漢字、そういうものには触れないというのが、当時の常識で、紫式部はそういう才能があるから、中宮彰子の女房になったわけなのです。

それはなぜかというと、女性でも中宮とか皇后とか、お妃になっている人は、漢文ができないと天皇のお相手ができません。だからお妃になる人は漢文をやらなくちゃいけないんだけど、ところがその女性に教える女の先生がめったにいないのです。だから定子中宮に対する清少納言とか、彰子中宮に対する紫式部とか、皆それは家庭教師的な、そういう意味合いで雇われたのだろうと思います。

それで一条天皇が上記のように仰ったので、左衛門の内侍がふと思ったままに、私、つまり紫式部のことを「日本紀の御局」という名前（あだ名）にしたのです。これは今ふうにいえば、漢文とか学問、そういったものの出来る、あまり風流っけのない、女性らしくない、そういう堅物だという意味ですから、女性としては不名誉なニックネームなのです。

ですからこれ一つだけで紫式部が『源氏物語』の作者だということは明瞭です。これで分かるわけです。そして江戸時代あたりから、この『源氏物語』を書いた紫式部という人は、どういう人なのかという研究がどんどん出て来たわけです。その一つの成果として、紫式部の年譜（『源氏物語事典』五五六―八頁、昭和三十九年十二月・春秋社刊所収）があります。

これは私の恩師の岡一男先生がお作りになった年表ですけれども、このように式部の生まれたときから、亡くなった四十二歳まで、いちおう彼女の生涯がたどれるように、だんだん研究の積み重ねで、分かって来たわけです。で、少しずつ細かいことなども次第に分かって来ています。

たとえば、この年表によると、彼女が十四歳のとき、寛和二年（九八六）という年ですけど、花山天皇の時代です。「為時式部大丞に任ず」とあって、今でいうと文部科学省あたりと似ていると思うのですが、そこの三等官になったわけですが、花山天皇がおやめになったので、為時は同年六月に官を辞すということになっています。為時は花山天皇の副侍読といって、家庭教師みたいな役で、副官になったことがあるんですけど、花山天皇がすぐおやめになっちゃったので、同時に彼は官職を失ったわけです。

そのあとは、ずっと官職がなくて、年表の九九六年まで、九八六年に官を辞して九九六年に越前守に任命されるまで、十年間官職についてないわけです、為時という人は。それでこれは何で官職につけなかったのかということなんですけど、こういうのもだんだん資料が見つかってきて、ようやくどういう理由でかということも分かってきているわけです。

たとえば、為時の「門閑にして謁客无し」と題する詩があります。これなどは為時がその十年間官職につかないで、家に閉じこもっていたときの漢詩らしいのです。門前は閑散としていて、来客がないことを詠んでいます。

また為時の兄の為頼という人について、陽明文庫蔵『後拾遺和歌抄』第二「夏」二三七番歌の作者「藤原為頼朝臣」に施された脚注に、

藤原為頼朝臣、太皇太后宮大進従四位下。中納言兼輔卿孫、刑部少輔従五位下雅正男、母一条摂政家女房。

とあって、母は一条摂政家女房だったとあります。為時もお母さんは為頼と同じです（『尊卑分脈』）。一条摂政とは、誰をさしているかというと、これは道長の父兼家の長兄である伊尹という人なのです。為時らの母は、ここの女房だったのです。伊尹の関係で、為時は伊尹の娘懐子の生んだ花山天皇の副侍読になれたわけです。だから兼家の方に仕えていたのではない。お母さんが伊尹の家の女房だったわけですから、したがって花山天皇の時には優遇されたけれども、政権が兼家の方に移ってからは、今まで伊尹に仕えていた為時は冷遇されたということなのです。十年間にわたって冷遇されたわけです。

こういうことも、だんだんそういう記録が発見されることによって、式部伝というのは、父のことが分かって来たりして、すこしずつ輪郭がはっきりしてきたわけです。

その他、式部伝ではいろんな問題があります。たとえば式部の住んでいたところはどこかとか、あるいは式部が死んで葬られたお墓はどこかとか、あるいは新しく式部の本名は香子（たかこ）だとか、そういう説が次から次へと最近出て来ています。

㈡　紫式部の居宅について

そこでまず一番分かりやすいところで、式部の家についてちょっと考えてみます。式部はどこに住んでいたかということなのです。その根拠となっている資料が、『河海抄』料簡に載る記事です。『河海抄』は『源氏物語』の古い注釈書の集大成といわれているもので、だいたい鎌倉時代の中ごろに成立したものです。非常にくわしい注釈書で、四辻（源）善成という人が作りました。それによると、

紫式部者鷹司殿従一位倫子一条左大臣雅信女、官女也。相継而陪侍上東門院。父越後守為時、母常陸介為信女也。其祖先者閑院

左大臣嗣冬、次内舎人良門、右中将利基、中納言兼輔、因幡守雅正、為時也

とあって、ずうっと紫式部の系譜が出ていますけれど、今のことは、『尊卑分脈』の流れのとおり説明されており、正確でございます。

次に、

後ニ左衛門権佐宣孝ニ嫁シテ大弐三位・弁局狭衣作者を生ず。

とあります。弁の局が『狭衣物語』の作者だというのは、でたらめなのですけれど、この弁の局を式部が生んだということですね。「弁の局を生ず」と。

そしてその次ですが、

旧跡（もと住んでいたところ）は正親町以南、京極西頬、今東北院向也。此院は上東門院御所跡也。

とあり、その次には式部の墓について、

又式部墓所ハ在雲林院。白毫院の南、小野篁墓ノ西也。

と、書いてあります。

これらの『河海抄』の伝承自体が正しいかどうかということは分からないです。なぜかというと、これは鎌倉時代の中ごろに書かれたもので、根拠も不明です。今も申し上げたように、たとえば最初のくだりに「官女なり」と書いてあります。「官女」というのは、今ふうに言えば、国家公務員です。だけど式部は国家公務員ではなかったというふうに断言できます。これはあとでまたお話ししますけれども。だからこういうふうに間違っている注もあるのです。

ここに書いてあるように、「正親町以南、京極の西頬、今の東北院の向かひ」が式部の屋敷であったかどうかということは、ここに書いてあることを、信ずるか、信じないかですよね。信じられないかも知れないですよ。間違

いもある、伝承ですから。だけどこの伝承を前提に考えると、どうなるかということなのです。以下考えてみます。

今横（東西）の通りが正親町小路、それから縦（南北）の通りが京極大路です。『河海抄』の注を見ますと、正親町以南というのですから、通りの南側です。そこに交差する京極通りの西頬、この頬（つら）というのが、どういう意味か分かりません。しかし「つら」という字はふつうは「面」という字を書くわけですから、座敷の南面とおなじで、素直によめば、京極通りの西側ということになります。

角田文衛先生は『紫式部とその時代』（一〇六頁、一九六六年五月・角川書店刊）で、「西頬」は邸宅の西辺が通りに面していることで、だから通りの東側ということになると説かれました。ここには現在廬山寺というお寺があります。それに対して他の先生方から反論も出されないままに、廬山寺境内には「紫式部邸宅址」の石碑が置かれて、ここが紫式部の家（の址）だと角田先生は仰って、確定したかのようになってしまったわけです。

ところが「西頬」はほんとうに通りの東側をいうのか、西側をいうのではないかという疑問が生ずるわけです。岡一男先生は早くからそれを指摘されておられます（『古典の再評価』三七七頁、一九六八年六月・有精堂出版刊）。岡先生は阿部猛氏の『律令国家解体過程の研究』に、「東ノツラ」とか、「西頬」とかをしらべると、みな東側とか西側とかいう意だとわかり、……（頬も）側とか面してとかの意である、とあるのによって、「正親町以南、京極西頬」は、正親町から南で、京極大路の西側に（式部邸が）あったことになる、と説かれています。

京極大路は現在の京都御所の東垣外側から寺町通りとの間にあったから、『河海抄』の記述を尊重すれば、紫式部邸はその西側、つまり通り東側の廬山寺ではなくて、西側の御所の東垣内側にあったことになります。梨木神社は京極大路のほぼ中央に位置します。

角田先生はそれでもご自説を変えず、亡くなる直前に再び大著の『紫式部伝』（一四四頁、二〇〇七年一月・法蔵館刊）を出されて、「京極の西頬」の「西」は「東」を書き間違ったのであると説いて、これを「京極の東頬」

とみずから書き換えてしまわれたのです。

先にふれた為時が十年ほど無官であったときの詩「門閑にして謁客无し」の末句にも、

別に洛中泰適の翁と作る。

とありますが、当時為時は洛中に住んでいたことがわかります（前掲『古典の再評価』三八四頁参照）。盧山寺は現在寺町通りに西面しているわけですが、その寺町通りは昔の中河にあたります。その中河の西側に京極大路があり、ここまでが洛中であります。中河から東側は洛外となります。したがって中河、つまり寺町通りの東側に位置する盧山寺は昔でいえば洛外にあるということになります。この洛中の為時邸に紫式部も住んでいたとすれば、洛外の盧山寺が式部邸跡でないことは明白でしょう。

だいたい盧山寺自体が式部とはまったく関係はないのです。当寺は寺伝によれば慈恵大師が天慶元年（九三八）に北山に創建したものとされるが、『山州名跡志』巻三所収の『盧山寺住持次第』は本願住心建立の出雲寺の仏閣と、開山本光の結んだ北小路の草庵とを、明導が元亨ごろ（一三二一～四）併せて、猪熊一条北に本寺を建立したとします。そこで一条通りより北にあったのですが、天正年中（一五七三～九二）豊臣秀吉の洛中の整備事業により現在地にうつされたわけです（『京都市の地名』参照）。だから盧山寺と紫式部とはまったく無関係なのです。

角田先生は「京極の西頬」の「西」は「東」の間違いだと仰られたのですが、そのすぐあとが「今の東北院の向かひ也」で、そこで「東」という字を使っているのですよ。だからもし「西」と書いてしまって、それが間違いならば、この「東北院」の「東」の字を書くときに、「西」は「東」の間違いだと気づいて、「東」に直したはずです。だけどなんにも「西」という字を直していないのですから、はじめから「西頬」なのですね。結論は明白です。

㈢　紫式部の墓について

次に紫式部の墓についてお話しいたします。彼女の墓については、前述のように『河海抄』に、

式部墓所ハ在雲林院。白毫院の南、小野篁墓ノ西也。

と書いてあります。現在地は下鴨神社の方から来ている北大路と、南北に通ずる堀川通りとが交差したところ、堀川の西、そこが紫式部の墓地だとされています。ここはノーベル賞を受けた田中先生が勤めておられる島津製作所の敷地の一角で、ここだけ京都市に寄贈され、公共の場所となっているところです。

ここには、紫式部墓と、その右側手前に小野相公（篁）墓との二つが並んであります。角田先生はこれが紫式部の墓である、掘れば式部の骨壺が出て来るだろうと言われているが（前掲『紫式部伝』二五一頁）、誰も掘った人はおりません。この式部墓の前に置かれた箱には、角田先生の筆による紫式部顕彰のことばを記したパンフレットが置かれています。

この墓が式部の墓とは違うだろうという一つの根拠は以下のとおりです。船岡山の西麓近くに引接寺（いんじょうじ）というのがあります。当寺は通称は千本えんま堂と言っています。引接寺の東面する大通りがずうっと北から南の方にのびていますが、千本通りというのです。この通りは昔の都の中心を貫いていた朱雀大路と重なります。千本通りのところにあるので、千本えんま堂というのです。どうして千本と称するかというと、船岡山が昔は火葬場の一つだったのです。それでいっぱい卒塔婆が立てられたので、そこを千本といい、その側を通っているから千本通りと言われることになったのです。卒塔婆が千本立っている通りとは、あまり気持ちのよい名称ではないですね。

ところで引接寺という名前は、仏様が亡くなった人を極楽へ連れてってくれるという意味で、引接なのです。引っ

張って連れてってくれる。極楽往生をさせてくれる寺なのです。昔は境内は四千坪あったということですが、今は本堂などごくわずかしか残っていません。

ここは「えんま堂」といわれるように、ご本尊が閻魔さんなのです。うそをつくと舌を引っこ抜かれてしまうという、大きな閻魔さんがいるのです。その寺の傍らに十重の供養塔があります。これが実は紫式部の供養塔なのです。閻魔さんと一緒になっているのですね。

ところが東山にももう一つ閻魔堂というのがあるのです。それは清水寺の坂を下って来たところにあり、それを六道珍皇寺と申します。門を入って左側のお堂に大きな閻魔さんが鎮座なさっています。しかも当寺は門前の石柱に「小野篁卿旧跡」と記されています。一説によると、篁はこの寺の庭にある古井戸を伝って毎晩あの世とこの世を行き来しているということです。

実はさきほどの千本えんま堂も、そのパンフレットに、

今より千年程のその昔、塔婆供養の法を伝授された小野篁卿が此所、舟岡山の山麓、蓮台野を訪ねて祠を建て自作のえんま法王像を安置されて塔婆供養を行なわれたのが最初であります。

とあって、本寺の閻魔さんにも小野篁が深くかかわっていたのです。前述のように紫式部にも小野篁がくっついておりました。

一一〇〇年ごろに大江匡房によって語られた『江談抄』第三所収の「野篁閻魔庁第二の冥官に為る事」に、

……高藤俄に以つて頓滅すと云々。篁即ち高藤の手を以つて引き発（おこ）す。仍ち蘇生す。高藤庭に下り篁を拝して云はく、「覚えず俄に閻魔庁に到る。此の弁第二の冥官に坐せらる。仍ち此れを拝するなり」と云々。

とあります。藤原高藤という人は、紫式部の旦那さんの宣孝の先祖であります。この高藤は急死したことがあるのですけれど、篁に手を引かれて起こされたと思った途端に、命が助かっていたという話なのです。そして庭に下り

て篁に感謝して言うには、私が死んで閻魔庁に行ったら、あなたは第二の冥官として座っておられたと告げたということが書いてあります。篁がこの閻魔庁の第二の冥官、つまり死者の国の役人になっていたということなのです。だから篁はいつの間にか閻魔さんに仕える第二番目の役人になっていたわけです。

そこでときどきよいことをした人が早死にしたりすると、篁は閻魔さんに申し上げて、その人を生き返らせてくれていたという、そういう伝承なのです。そえゆえなんで紫式部がいつも篁にくっついているかというと、式部のことを思う人が、式部が地獄へ堕ちないように彼女に篁をくっつけたということになります。裁判官の中心である閻魔さん、それから第二番目には小野篁がいて、亡者を地獄に落とすか天国にやるかとなったときに、篁がこの人はもう少し生かしてやって下さいというと、閻魔大王がいいだろうと言って生かしてくれるから、死んだと思った人が二三日たって生き返るっていうことがあるわけです。

そこで千本えんま堂にどうして紫式部の供養塔があるかというと、亡くなった式部が地獄に堕ちないように、それを篁に救ってもらいたいために、これを建てたということがわかります。

紫式部が地獄へ堕ちたという説があります。それは平安時代の一一七〇年（嘉応二）に語られたことになっている『今鏡』という歴史物語の最終段の「作り物語の行方」というところに出ています。

……昔の人（紫式部）の作り給へる『源氏の物語』に、さのみかたもなきことの、なよびかに艶なるを、藻塩草かき集め給へるによりて、後の世の煙とのみ聞こえ給ふこそ、縁にえならぬつまなれども、あぢきなく、弔ひ聞こえまほしく」など言へば、……

とあって、紫式部は『源氏物語』に、むやみに浮薄で、なまめかしいことを書き集めなさったので、あの世でただもう焦熱地獄の苦しみを受けておられるとうかがうておりますのは云々ということで、当時それを「紫式部堕獄説」と言ったのです。その「堕獄説」の最初が『今鏡』なのです。

「後の世の煙」というのは、あの世に行って、地獄で焼き尽くされることを言っているわけで、紫式部はなんで地獄に堕ちたかというと、『源氏物語』は好色物語だということで、ああいう好きごとを書いて、多くの読者を堕落させたから、地獄に堕ちたという説なのです。

ところが『今鏡』にはもう一つ次のような説があるのです。

……女の御身にて、さばかりのことをつくり給へるは、ただ人にはおはせぬやうもや侍らむ。妙音・観音など申すやむごとなき聖たちの、女になり給ひて、法（のり）を説きてこそ、人を導き給ふなれ」など言へば、……

と書いてあって、式部が女性の身で、あれほどすばらしい物語を作ったのは、人間とは思えない。あれは妙音菩薩や観音菩薩などと申す聖たちが、女性の姿になって、『源氏物語』を書いて、これには好色なことが書いてあるが、そういうことをやってはいけないということを、読者に知らせて、成仏できるように導いているのであって、だから一種のお経を説いているのと同じだということを言っているわけです。

たとえば光源氏は若いときから浮気者だと評判だったでしょう。だけど最後はどうだったかというと、紫の上のことだけを思って、一年間喪に籠るのです。それを書いた「幻」の巻で『源氏物語』の正編は終わっているのです。だから源氏が気がつくのは遅かったけれども、五十歳前後になってはじめて、自分のほんとうに愛する女性は紫の上しかいないということを確認して、その確認が終わったあと、西山に行って出家をする、それが予想されるところで『源氏物語』正編は終わっているわけです。

そこで『源氏物語』を読めば、源氏のように浮ついたことをしなくたって、はじめからちゃんと伴侶を愛していけばよいことに気づくわけで、そういうことを我々に教えてくれるのです。だからこの物語は、源氏のこういう好きごとを書いて、ほんとうはまじめに愛する人を愛しなさいということを説いているのです。それを妙音さんや観音さんが説いたのだという、こういう考え方です。

そこで紫式部が石山寺の観音（如意輪）さんとかかわってくるのです。石山寺に行くと、本堂の脇に「紫式部源氏の間」というのがあります。そこに紫式部が『源氏物語』を書いているような人形がおいてあります。石山寺にお参りした方は皆見ていらっしゃるでしょう。

どうして当寺に紫式部がかかわっているかというと、『河海抄』料簡の冒頭部に、その当時大斎院選子内親王という方がおられて、その方から紫式部の仕えている上東門院彰子へ、何か物語を貸して下さいと言って来たわけです。そしたら紫式部が古物語ではおもしろくないでしょうと言ったところ、門院がそれではそなたが作りなさい、それを斎院様にさしあげようと言われたので、紫式部は困ってしまって、石山寺にお籠りして、観音さんに物語ができますようにと祈っていたところ、

八月十五夜の月、湖水にうつりて、心の澄みわたるままに、物語の風情空に浮かびけるを、忘れぬさきにとて、仏前にありける『大般若』の料紙を本尊に申しうけて、まづ「須磨」「明石」の両巻を書き始めけり。

とあって、「湖水」は琵琶湖だけど、石山寺からはみえません。だから瀬田川でしょう。そこに月が映っているのをみて、突然物語の構想が浮かんだけど、用紙がなかったので、ご本尊の前に置いてあった『大般若経』を書き写すための料紙を借りて、「須磨」「明石」の物語を書いたというのです。その「須磨」の巻が『源氏物語』の第一巻だという説が石山寺にあるわけです。

これが紫式部に観音さんが乗り移って書いたのだという説になるわけですね。そのうちに、実は紫式部は観音さん自身だったという、「紫式部観音化身説」が『今鏡』に出ているのです。

そこで紫式部には二つの評価があるわけで、一つは式部は好色物語を書いたから地獄へ堕ちたという説と、一つは式部は観音さんの生まれ変わりだという説、あんなすばらしい物語は紫式部一人で書けるはずがない、という両説があるわけです。その中で、前者の「堕獄説」はかわいそうではありませんか。だから地獄に堕ちても、篁がい

れば救ってくれるわけですね。それで篁の墓のところに紫式部の墓もあるのです。篁ゆかりのえんま堂にも式部の供養塔があるではありませんか。これも篁が救ってくれるということで、供養塔が置かれているわけです。

それでこういう墓や供養塔がいつから出て来たかというと、『今鏡』以降、中世から造られたのです。そんなこいくら掘ったって式部の遺骨など何も出て来はしないですよ。だから誰も掘らないけれど、角田先生は掘ったらそこから式部の何かが出てくると仰っておられるけれども、いささか疑問です。

そうすると、いったい式部の本当の墓はどこにあるのかという問題になります。実は昔は亡くなると、原則として母方の墓地に入るのです。天皇や皇后はこの原則にとらわれずに特別に御陵を造りますけど、一般の人は母の実家の墓に入るのです。そういう話を、あるところでしましたら、今もそうあってほしいという方がおりました。旦那さんと同じ墓には入りたくないと……。平安時代に戻りたいという人もいましたよ、中には。

たとえば藤原氏の場合は、原則として木幡とか、それからのちに日野流は日野薬師のある法界寺に墓地を新たに切り開いて、頼通から土地を分けてもらったという記録があります。そこに日野家は移って行ったわけです。だんだん藤原氏が増えて。

宇治に行く途中に木幡というところがあります。摂関家の墓地など今三四十基ほど残っているのですが、不思議なことに道長の墓がどれだか分からないのです。だから墓なんか造ってもはかないですよ。そう思いますよ、私は。それで西山の明月院に行きますと、三条西家とか四条家とか、中世になって栄えた藤原氏子孫の墓などがいっぱいあります。子孫はそこに入っているのですが、肝心の道長の墓地は分からないのです。平安時代には藤原氏は原則木幡が墓地となっています。為時もおそらく木幡のどこかに納められたと思います。

それでは紫式部はどこに納められたか。ここで母方が問題になって来ます。式部の母は藤原為信の女（むすめ）です（『尊卑分脈』）。その為信の女の母は不明です（同『分脈』）。だけと岡一男先生や今井源衛先生は、為信長男の理明の母、従五位下宮道忠用の女（同書）と同じであったろうと推定されています（今井博士『紫式部（人物叢書）』四〇頁・昭和四十一年三月・吉川弘文館刊、岡博士前掲『古典の再評価』三七九頁参照）。つまり為信女の母は宮道（みやじ）氏だというわけです。

そこで長年宮道氏の系図を探していたわけですが、なかなかないけども、古本市などでそれらしきものを購入してみたところ、「宮道氏蜷川家正系図」を入手。その蜷川氏の先祖が宮道氏であることが判明いたしました。その他高崎正秀先生の紹介された「中村系図」（『源氏物語講座』第六巻・一九七一年十二月・有精堂出版刊）の中村氏なども先祖は宮道弥益ということになっているのです。高崎先生のご推定によれば、「弥益―良連―惟平―武兼―忠用―女（式部母）」という系譜が考えられるということです。ですから式部がどこに葬られたかというと、母方の墓ですから、宮道家の墓に入ったことは確実であります。

ところでその宮道氏はどこに住んでいるかといえば、山科に勧修寺という寺院があります。その寺のすぐ近くに宮道神社というのがあるのです。小さな神社で、私が訪れたときには、たまたま社殿の扉が開いていて、それをずっと守っている近所の人たちが集まって、お酒なんかを飲んでおられた様子でした。どうぞ中を見ていって下さいと言われて、中を見ましたけれど、何もありません、神社ですから。

実は勧修寺というのは、当寺の拝観券に書かれているところによれば、

勧修寺は昌泰三年（西暦九〇〇年）に醍醐天皇が創建され、千有余年の歴史があります。

庭園は「勧修寺氷池園」と呼ばれ、「氷室の池」を中心に造園されていて、且つ周囲の山を借景し、即ち庭の中に前方の山を取込んで庭の風景が造られ、広大な自然美を楽しむ「池泉庭園」です。古く平安時代には、毎年一月二日にこの池に張る氷を宮中に献上し、その氷の厚さに依ってその歳の五穀豊凶を占ったと言われ、京都でも指折の古池になっています。

書院の前庭にある灯篭は水戸光圀公の寄進で、「勧修寺型灯篭」と言い、「水戸黄門さま」らしいユーモラスなスタイルを以って有名なものです。（後略）

と書いているわけです。だから勧修寺は何も分かっていない。勧修寺というのは紫式部の旦那さん宣孝の菩提寺なのです。（本当はご住持はこのことをよくご存知なのだが、世俗を厭われて、分かっていないふりをしているよし、前述の宮道神社奉賛会の人たちが教えてくれました。）

どうして宣孝の菩提寺なのかというと、宣孝の先祖の高藤と宮道弥益の女の列子とが結婚しています。これは高藤がこのあたりに鷹狩りに出かけました。地下鉄の小野駅をはさんで西側が勧修寺、東側が小野小町で有名な隋心院。ここもユニークな寺で、深草少将の小町のもとへの百夜通いで著名。小町百歳の像などが安置されています。小町が百歳まで生きたのかなと不審に思いますが、しわくちゃ顔の小町の小像があります。

駅西側にある勧修寺はもとは宮道弥益の邸だったそうです。高藤が鷹狩りに来たときに、弥益の家に泊って、そのとき列子と結ばれたのです。その娘が胤子で、彼女はのちに宇多天皇のお后になって、醍醐天皇を生んでいるのです。なにやら光源氏が明石に行って、入道の娘と結婚、のちに生まれた姫君が今上帝のお后になる物語にそっくりですね。式部が自分の先祖の宮道氏の伝承を『源氏物語』に取り入れたのでしょう。

胤子の兄弟の定方からは、その子朝頼―為輔―宣孝という流れで、その宣孝が紫式部と結婚しているのです。胤子の生んだ醍醐天皇は御陵がめずらしくこの山科にあります。それは母方の土地に御陵を造ったのです。醍醐天皇のお子さんの朱雀天皇の御陵も父帝の御陵の近くにあります。ですからこの二代だけは、洛中周辺にある他の天皇陵とは異なって、山科に御陵があるのです。

このように天皇でも母方の土地の方に御陵を造ることもあるわけです。ましてや高藤の子孫の宣孝、これも墓地としては勧修寺内にあった墓に葬られたのだろうというふうに考えます。一方紫式部の墓は、宮道神社の近くにあったのでしょう。ですから二人の先祖は宮道氏であって、ごく近々の間柄であったわけです。

以上によって北大路と堀川通りの交差点近くにあった、紫式部の墓はいささか信憑性に欠けるのではないかと思われるのです。それは地獄に堕ちる式部を篁に救ってもらいたいという中世の『源氏』ファンたちの願望から造られたのだろうということになるのです。

㈣　紫式部の身分・本名

もう一つ、角田先生が書かれているお説で、最初にデヴュウーして学界に衝撃を与えたのですが、式部の身分、それから式部の名前・本名、こういう問題についても、角田先生は非常に詳しく考証されているわけです。むずかしい考証の過程もあるのですが、歴史学者でいらっしゃるから、発想が私どもとは違って、直観的に捉えてそれを証明して行くという方法なんですけれど、まず角田先生のお説には、紫式部は国家公務員だったという前提があるのです。官女だというのです。だからここから始まっているので、これが否定されれば、角田先生のお説は成り立たないのです。

式部が官女かどうかということは、『紫式部日記』を見ればすぐ分かることなのです。ですからこれに先行する細かい考証はひとまず置いておきます。

まず官女でないという証拠を示します。官女とは、いわゆる国家公務員ですが、女性の場合、一度内侍所に補せられれば、尚侍、典侍などには簡単にはなれませんが、掌侍、命婦、女蔵人、采女などの官職につくことになります。こういう官職はなんのために置かれているかというと、すべて天皇とのかかわりで置かれているのです。『紫式部日記』を見るかぎり、式部は天皇とはかかわっていません。ということは、式部は私的な女房であるということになります。

たとえば、本稿の最初に取り上げた、式部が「日本紀の御局」と言われた話、それは式部が直接天皇からほめられた話ではありません。そういうふうに天皇が仰っているという話を噂に聞いたということが書いてあって、そんなに一条天皇が紫式部のことを感動したなら、式部を呼んで、「そなたは日本紀をよく読んでいるね」と仰れば、それで済むことではないですか。ところが天皇が式部を呼ぶなんていうことはないわけですよ。なぜかというと、天皇とお目にかかるためには、五位を持ってなくてはなりません。

醍醐天皇の時代、あるところでサギが飛んでいたんですって。そしたら天皇がそのサギに「こちらに来い」と仰ったところ、サギが降りて来たわけです。すると天皇が「私の命令を聞いて愛（う）いやつじゃ。五位を授けよう」と言われたので、五位サギというんですって。そういう話になっているんです。だから『枕草子』など読んでいると、「命婦のおもと」とか出て来るので、女官かと思っていると、猫の名前だったりして、天皇の使うものは皆五位以上でないといけないのです。位は宮中に上がったときの席順を表わすものです。だから天皇の隣は一位の人とか、それから二位、三位……というように。五位までは天皇のお住まいの清涼殿殿上の間にのぼれるのです。六位以下、七、八、初位までは地下（じげ）といって、庭上に控えていなくてはなりません。太鼓をたたく地下の楽人などは築山の向こうで演奏し、殿上人や三位以上の公卿たちは室内で管絃の遊びをするのです。

掌侍や命婦は四位や五位、女蔵人などは六位とか五位をもらっています。角田先生は紫式部ははじめ五位の命婦に任命されて、のちには掌侍にのぼったと、それを記録から発見したと仰って発表されたのです。

しかし『紫式部日記』寛弘七年（一〇一〇）正月の若宮たちの御戴餅の条で、これは赤ちゃんの前途を祝福する儀式で、おつむに餅を軽く当てるものですが、そのとき式部はどのように述べているかというと、

主上の抱かせ奉らせ給ふなり。

とあって、「なり」は伝聞推定で、「帝が皇子をお抱き申し上げなさるそうだ」というので、自分で見ているのでは

ないのですよ。人から聞いているのです、こういう儀式を。こういう場合には命婦だとか掌侍などが必ず直接仕えているわけです。だけど式部はそれを間接的にしか描いていませんから、天皇がいらっしゃるところには出て行けないということがよく分かると思います。

同『日記』寛弘五年十月十六日条は、一条天皇が生まれた敦成親王に会うために土御門第を訪問されたときの記事なのですが、式部自身がここで何か行なったなどということは一つも書いてはいないのです。

……（玉璽の入る箱を持つ弁の内侍は）いとささやかにをかしげなる人の、つつましげに、少しつつみたるぞ、心苦しう見えける。扇よりはじめて、好みましたりと見ゆ。（中略）昔天降りけむをとめごの姿も、かくやありけむとまでおぼゆ。

「見えける」とか、「見ゆ」とか、「おぼゆ」とか、ただ見ている、想像しているだけなのです。見ているだけということは、式部が帝のかかわる行事に参加していないということなのです。これが命婦とか掌侍とかだったら、必ず参加せざるをえないのに、式部は自分が何かをやったということが、いっさいない。見ている、見ていると言ってるのですから、式部はその儀式の外側にいるということで、彼女が役人ではなかったという事実を物語っているわけです。

そうすると、紫式部ははじめ命婦に任じられ、それから掌侍になって……という、つまり官女だったという説が否定されますから、あくまでも私的女房だったとなると、角田先生のお説は一気にくずれちゃうわけです。

角田先生は、三蹟の一人、藤原行成の『権記』寛弘二年（一〇〇五）十二月二十八日条に、

……参御所令奏事由、下官就結政所行請印事、時子也

とあるのに着目。傍線部を「次いで自分は結政所に赴き、少納言に命じて先刻渡された内案に天皇玉璽を捺した。（内侍司から使いに来たのは、）時子である」と訳され、この内案は紫式部を命婦に任命したことを記したもので、式

部は翌二十九日に中宮彰子のもとに命婦として出仕したと、言われたのです。そのとき式部が命婦になったというのは、『紫式部日記』寛弘五年（一〇〇八）十一月十七日条に、内裏還啓の際の乗車順を記して、

御輿には、宮の宣旨乗る。糸毛の御車に、殿の上、少輔の乳母若宮抱き奉りて乗る。大納言・宰相の君、黄金造りに、つぎの車に小少将・宮の内侍、つぎに馬の中将と（私、式部が）乗りたるを、わろき人と乗りたりと思ひたりしこそ、あなことごとしと、いとどかかる有様、むつかしう思ひ侍りしか。殿司の侍従の君、弁の内侍、つぎに左衛門の内侍、殿の宣旨式部とまでは、次第しりて、つぎつぎは、例の心々にぞ乗りける。

とあります。これを見ると、ほとんど官女なのです。式部は四番目の車に左衛門の内侍と一緒に乗っていますが、彼女の前後はみな官女だから、式部も同じ官女だったというのです。角田先生によれば、「末席の『左衛門の内侍』が『内侍』（ここでは、掌侍を意味する）であるから、これら十名の官女は、明らかに典侍と掌侍であった訳である」（前掲『紫式部とその時代』一四頁）と言われるのです。

だけど、このお説は成り立たないのですね。先刻申し上げたように、『紫式部日記』を見れば、式部は官女ではないのです。天皇のかかわる行事に式部は何も参加しておりません。皆見てたり、外側にいるわけです。官女であったら自分は働かなくちゃならないではありませんか。なんにも働いていないでしょう。だから式部は官女ではなかったのです。

『後拾遺集』巻一「春上」一〇番歌「み吉野は春の景色に霞めども結ぼほれたる雪の下草」の作者紫式部に付けられた陽明文庫本脚注には、

従一位倫子家女房　越後守為時女　母常陸介藤原為信女　作源氏物語中紫巻仍号紫

とあります。「従一位倫子家女房」と書いてあって、官女になったなどということは、どこにも書いてありません。道長の奥さんのところで雇われた女房だということは書いてあります。この『後拾遺集』の注は冒頭でも引きまし

たが、為頼の母が一条摂政家の女房だと書いてありましたね。この注はすごく信憑性があるのです。これは間違いない内容が書いてあるものがほとんどです。式部官女説はこの注でも否定されます。

式部が官女だったら、名前はなんと言うかということで、『御堂関白記』寛弘四年正月二十九日条に見える、この日掌侍に補された藤原香子が、紫式部だというのが角田説なのです（前掲書三〇―二頁）。その式部官女説が成り立たない以上、式部香子説も否定されるわけです。

結局式部の本名は分からないのです。彼女は出仕したときは、藤式部という女房名で呼ばれたのです。「式部」は父為時が式部丞だったからです。後には『源氏物語』の作者であるということで、ヒロイン紫の上にちなんで紫式部と言われたのですね。

最後にひとこと。どんなに詳しく考証しても、間違ったことをいくら考証しても駄目だということなのですよね。しかし角田先生のご研究がなかったら、私もこれだけ紫式部にアプローチしなかったはずだから、勉強させていただいて、今では角田先生に感謝しております。以上です。

III

『源氏物語』周辺

一　貴船幻想——和泉式部をめぐる——

(一)「物思へば」の歌をめぐって

新緑が日にまぶしく映る四月初旬、貴船から鞍馬へかけて木の根道を歩いてみた。叡山電鉄の出町柳駅から三十分弱で終点鞍馬駅の一つ手前の貴船口駅に着く。ここから約二キロ貴船川にそって北上したところが貴船町である。この間を往復しているメロディーバス（京都バス）に乗って約七、八分で、本社の手前の終点に着く。途中にバス停はないが、手をあげれば、どこでもバスは止まってくれる。昼間は二十分程度の間隔で運行されている。

バスに乗って間もなく、梅宮橋の手前、進行方向右手に「蛍岩」がある。かつて和泉式部が夫の藤原保昌（『俊頼髄脳』）の心変りに悩んで貴船に詣でる途中、この蛍岩のあたりでホタルの飛び交うのを見て、「物思へば沢の蛍もわが身よりあくがれ出づる魂かとぞ見る」とよんだと地元では言われている。

いわゆる『和泉式部集』の正集・続集にはこの歌は入っていないが、宸翰本（一二五）および松井本（二〇八）『和泉式部集』には採録されている。また『後拾遺集』巻二十「雑六」〈神祇〉一一六二にも、

男に忘られて侍りけるころ、貴船に参りて、御手洗川に蛍の飛び侍りけるを見て、よめる。和泉式部

物思へば沢の蛍を《もイ》わが身よりあくがれにける《いづるイ》魂かとぞ見る

　　御返し。
　奥山にたぎりて落つる滝つ瀬に《のイ》玉散るばかり物な思ひそ
　　この歌は、貴船の明神の御返しなり。「男の声にて、和泉式部が耳に聞こえけるとなん」と言ひ伝へたる。
と入集している。左注は別として、詞書は松井本と同じで、宸翰本では、「飛び侍りける」が「飛び侍りし」、「御返し」が「御返事」となっている。

もっとも本歌が正集・続集に入らないことから、この一首を和泉式部の作とすることに一抹の不安がないでもない。『後拾遺集』入集の当歌について上野理博士は、「明神の作や左注もあって伝承された歌であったことは疑いない」が、「その真贋は検討を要する」と説かれている（『後拾遺集前後』四〇八・四一一頁、昭和五十一年四月・笠間書院刊）。『後拾遺集』（応徳三年〈一〇八六〉奏覧）についで本歌を伝えているのは『俊頼髄脳』（天永二年〈一一一一〉～永久二年〈一一一四〉成立）である。

　　和泉式部が保昌に忘られて、貴船に参りて、よめる歌。
　物思へば沢の蛍をわが身よりあくがれ出づる魂かとぞ見る（七〇）
　　明神の御返し。
　奥山にたぎりて落つる滝つ瀬に玉散るばかり物な思ひそ（七一）
　これは、「御社の内に声のありて、耳に聞こえける」とぞ、式部申しける。
と見える（鈴木徳男氏ら編『顕昭本俊頼髄脳〈第一稿〉』一九・二〇頁、平成八年三月・俊頼髄脳研究会刊による）。ここでは和泉式部が忘られた男は藤原保昌であり、また貴船明神の歌を聞いた事実を、式部自身が語ったという伝承を伝えている。

『俊頼髄脳』につづいては、『和歌童蒙抄』『袋草紙』『古本説話集』『無名抄』『十訓抄』『沙石集』以下、多数の文献にこの両歌をめぐる話が収められ、歌徳説話・神仏感応譚として根強い人気を維持しつづけた。また与謝野晶子氏も「和泉式部の歌」（改造社版『短歌講座』第八巻・昭和七年四月刊、および『晶子古典鑑賞』昭和四十二年四月・春秋社刊所収）で式部歌につき、つぎのように論じている。

…道貞に別れた頃、恋人の心がいま一度自分に復《かえ》ることを祈るために、山城の貴船の社へ参籠した時、その付近の沢に蛍の飛ぶのを見て詠んだものであることが明らかです。

歌の意は、心に悲しみがあって眺めると、沢に飛んでいる蛍も、自分の心から忍びかねて外《そと》に浮んで出た自分の命の姿のように感ぜられるというのです。

作者は蛍の光を「珠《たま》」と感じると同時に、「たま」という発音から、それを自分の「魂《たま》」と混融して感じているのです。また『述異記』にある、鮫人の涙が珠になる伝説なども、作者の心に潜在していたであろうと想像されます。

さすがに近代屈指の歌人だけあって、晶子氏の評釈は無駄がなく、的確で、簡明で、それでいて奥が深い。『述異記』の鮫人（人魚）の涙を何気なく持ち出して、和泉式部の可憐さを想像させるところなど、紫式部の筆法にそっくりだ。詞書の「男」を最初の夫である橘道貞ととっているが、これも鋭い。保昌は為尊・敬道両親王との恋愛を体験したあとでの、おそらくは妹夫妻の仲立ちで結ばれた。分別のついたあとでの夫である。（拙著『平安朝文学成立の研究 韻文編』二〇〇頁、一九九一年四月・国研出版刊参照）。和泉式部の最初の夫である道貞は長保元年（九九九）九月に和泉守に在任しているが（『小右記』同月二十二条）、赴任後式部の許を立ち去り、再び戻ることはなかったという。そのとき式部が道貞を恋慕しつづけたというご指摘もある（岡一男博士『源氏物語の基礎的研究』二八四頁・昭和二十九年一月・東京堂出版刊）。さらに道貞が寛弘元年（一〇〇四）三月に陸奥守として赴任した折、式部は帥宮敦道親王とアツアツの仲であったが、それでも式部は道貞に「もろともに立たましものを陸奥のころもの関をよそに聞くかな」の一首（正集八四七・宸翰本一二七）を贈っているのである。保昌と道貞とでは、和泉式部の思い入れが断然違うのである。

それで和泉式部が貴船明神に詣でて、「物思へば沢の蛍も…」と嘆息をもらすのは、道貞との復縁を願ってのこととする与謝野晶子氏の解釈の方が説得力を持とう。本歌と明神との贈答（一二五・一二六）を収める宸翰本には、つづいて「道貞、忘れてののち、陸奥国《みちのくに》の守にて下り侍りしに、遣はしたりし」と詞書きした「もろともに」の歌の詞書が「道貞、忘れて……」なので、俊頼は前者の男を道貞ならぬ保昌にしたのであろうか。とはいえ「もろともに」の歌のつぎは、「保昌に具して、丹後の国へまかりしに、しのびて物申す男の許へ」と詞書きする「われのみや思ひおこせんあぢきなく人は行方も知らぬものゆゑ」の一首（一二八）である。したがって『俊頼髄脳』の保昌説の論拠が今ひとつはっきりしない。確認できるのは、明神の返歌は和泉式部みずからが述べたという伝承のあったことだけである。

(二)「物思へば」の歌は貴船での作か

『後拾遺集』の撰者藤原通俊は康和元年（一〇九九）に五十三歳で亡くなっているから（『本朝世紀』）、永承二年（一〇四七）の生まれである。また『俊頼髄脳』の作者源俊頼は天喜三年（一〇五五）の生まれで、大治四年（一一二九）の没（二度本『金葉集』『尊卑分脈』等）。『和歌童蒙抄』の藤原範兼（一一〇七―六五）や『袋草紙』の藤原清輔（一一〇四―七七）らに較べると、通俊や俊頼は一、二世代前の先輩ということになる。

一方、和泉式部は万寿四年（一〇二七）十月の皇太后妍子七七日の法事に、夫の丹後守保昌が飾りの玉を献上するときに、これに「数ならぬ涙の露を添へてだに玉の飾りをまさんとぞ思ふ」という一首を添えたと伝えられるのが（『栄花物語』巻二十九「玉の飾り」）、存生の確認できる最後の資料である。岡一男博士はこの和泉式部が保昌の没する長元九年（一〇三六）に先立つ、同七年（一〇三四）ごろに五十九歳で亡くなったと推定されている（『源氏物語の基礎的研究』二九六頁〈前掲〉）。それで彼女の出生は円融朝貞元元年（九七六）ごろとなる。

そうすると「物思へば」の歌を最初に収録した『後拾遺集』撰者の通俊は、和泉式部没後の出生となり、この歌を式部から直接伝えられたわけではなく、撰集の際に集められた歌稿や、当時の伝承等によって採録したものと考えられる。したがって本歌と、その答歌とされる貴船明神の「奥山の」の一首の真贋は依然として不明であるとしか言いようがない。

ただし、消極的ではあるが、この伝承の信憑性をそう疑わなくてもよいのではないかという、一つの証左がなくもない。通俊は六条藤家に連なるが（通俊の妹が顕季室となって、長実・顕輔らを生んでいる）、その通俊の撰んだ『後拾遺集』を批判したのが、六条源家経信の『難後拾遺』（一〇八六年成立）である。『難後拾遺』は『後拾遺集』の「ひとへにをかしき風体」への反発から綴られたとされるが、経信自身の体験や、直接関係者から歌作の成立事情を聞いて、『後拾遺集』の詞書内容や歌本文への批判を記しているところもある。たとえば同書⑾の大江嘉言の「梅が香を」の歌（『後拾遺集』巻一「春上」五三）は嘉言から直接原作の歌句を聞いているし、㉕歌の赤染衛門の「鳴かぬ夜も」の歌（同集巻二「夏」一九三）については、経信自身が当歌のよまれた宇治前太政大臣家の三十講の歌合に出席していたことからの批評をしている。⒇の輔親の「さきの日に」の歌（同集巻十八「雑四」一〇六〇）の詠作事情も輔親から直接聞いた見解を記している。

そんな中で、巻二十「雑六」については、何の注記もなく、跋文の「この歌どもは書き落としてもあらむ。ひが心をもあらむ。まづ、ただ書き置きてまたまた見てぞ、『いかが』と思ふべき」云々の一文がつづいて載るばかりである。和泉式部と貴船明神との贈答は当巻冒頭部の三・四首目として入集しているのであるが、もちろん両首についての経信のコメントは何もない。

源経信は長和五年（一〇一六）の生まれであり、承徳元年（一〇九七）に八十二歳で亡くなっている（『中右記』同年閏一月六日条）。経信誕生の折、和泉式部は四十一歳ほど。式部の亡くなったとされる長元元年（一〇三四）には、経信は十八歳になっている。和泉式部の貴船明神参詣談などはすでに耳にしていたことであろう。その経信が『後拾遺集』巻二十の冒頭部の式部と明神の贈答歌をも、ただちには批判していないのだから、この両歌についての伝承もそう虚偽の話であったとも思われないのである。

㈢　水神・貴船明神

貴船のバス停から歩いて三、四分の所に貴船神社がある。北に向って右手が貴船川。川向うは鞍馬山麓である。神社は道路の左手、朱の鳥居につづくゆるやかな石段を百段近く登ると本殿である。当社の『要誌』に、祭神はタカオカミの神とある。イザナミの命が国生みの最後のとき、火の神カグツチを生んで、これに焼かれて死んだので、怒ったイザナギの命がカグツチを剣で三つに斬った。すると雷《いかづちの》神・大山祇《おおやまつみの》神・高龗《たかおかみ》となったという（『日本書紀』「神代上」第五段一書第七）。「龗」（れい・りょう）は龍または霊の意であるが（『大漢和辞典』）、宣長も指摘しているように、『紀』のタカオカミは『古事記』の闇淤加美《クラオカミ》の神に当り、「谷なる龍神《たつがみ》」であり（『古事記伝』五之巻）、水を司る。

『要誌』によると、本殿は「流造《ながれづくり》・桧皮葺、七坪一合三勺」。「流造」は明神造の屋根に反りを付し、その前流を長くしたもの。下鴨神社（賀茂御祖神社）の本殿がその典型だ。創建は不詳。白鳳六年（六五五）造替、天喜三年（一〇五五）現在地に奉遷。したがって和泉式部の時代の本殿は、当社からさらに八五〇メートル北上した、徒歩十二分の所にある、現在の奥の宮であったことになる。（なお、『百錬抄』永承元年〈一〇四六〉七月二十五日条に、水のために流損した貴布祢社を別地に改め立てるか否かが議論されている。）また「平安中期寛弘年間より、江戸期まで、賀茂別雷神社（上賀茂社）の摂社とされていた」由。往古式年の造替があったといい、文久三年（一八六三）まで三十六回余りを数える。大正十一年（一九二二）国費を以って大修理、昭和五十二年（一九七七）屋根を葺き替え、遷座祭を行なっている。本殿が樹木におおわれた貴船山腹にへばりつくように鎮座し、川をはさんで対岸も鞍馬山だから、水気・湿気に襲われて、社殿の痛みも少なくないように思われた。

『要誌』にいう。

　古くは貴船山は高雄山より鞍馬山に至るまで山なみをなし、鞍馬は闇深山《くらみやま》といい闇龗《くらおかみ》の略、高雄は高龗《たかおかみ》の略で、いずれも貴船明神の御座所ということで神号を地名に遺したものと伝える。

当地一帯が水にめぐまれていたことは一目瞭然である。そこで『日本後紀』弘仁九年（八一八）五月八日条に、貴布祢神を大社と為すとあり、ついで六月二十一日には従五位下が授けられている（同記）。また同年七月十四日条には、

　遣二使山城貴布祢神社・大和国室生山上龍穴等処一、祈雨也。

と見える。さらに同年十月五日条には、

　賽二ス山城国愛宕郡貴布祢神一。以二祈レ雨有レ験也。

とあって、たちまちのうちに祈雨の効果があったので貴布祢の神に感謝の祭り（賽）が行われている。以後旱魃（祈雨）・霖雨（止雨）等の際にはしきりに貴布祢神社に奉幣使が派遣されているが、『延喜式』巻三「神祇三・臨時祭」〈祈雨〉条に、「祈雨《あまごい》の神祭八十五座」の中で

　丹生川上社・貴布祢社各々加二黒毛馬一疋一。自余社加二庸布一段一。其霖雨不レ止祭料亦同。但馬用二白毛一。

とあって、丹生川上社《にうかわかみ》（丹生川上神社上社《かみしゃ》。奈良県吉野郡川上村大字迫小字宮の平）とともに貴布祢社には、奉幣使が派遣されるときには、絹・綿・布等以外に、祈雨の際には黒馬を、また止雨の場合は白馬を各々一疋ずつ奉納

したことがわかる。（ただし、『禁秘抄』下巻〈止雨〉によると、中古よりは祈雨に白毛、止雨には赤毛〈赤馬〉を奉納するようになったともいう。）

——今、社務所では黒と白の神馬の土鈴が売られている。手のひらに乗るくらいの、ごく小さな神馬である。二五〇〇円と書かれていたので注文したところ、一体でその値段の由。「黒と白」と注文してしまったので、引っ込みがつかずそのまま購入。現在はわが家の飾り棚の上にこの二頭が鎮座なさっている。おそらくわが家では〝水〟に悩まされることはないのであろう。そう確信したいものである。

貴船明神が早く従五位下を授与されたことは前述したが、長保五年（一〇〇三）には正三位。以後累進して、崇徳朝保延六年（一一四〇）七月十日には正一位を授けられるに至っている（『二十二社註式』）。今、和泉式部の存生したころの貴船社への奉幣使の派遣状況の一端を通覧してみると、

長徳三年（九九七）　6・23　奉幣使（日本紀略）
寛弘二年（一〇〇五）　8・5　奉馬・止雨使（御堂関白記）
同　五年（一〇〇八）　8・4　止雨・奉幣使（同右）
同　六年（一〇〇九）　8・18　止雨・奉幣使（同右）
同　七年（一〇一〇）　8・6　止雨・奉幣使（日本紀略）
長和元年（一〇一二）　7・4　祈雨・奉幣使（同右）
同　二年（一〇一三）　8・5　止雨・奉幣使（御堂関白記）
同　五年（一〇一六）　5・29　祈雨・奉幣使（小右記・日本紀略）
寛仁元年（一〇一七）　7・5　止雨・奉幣使（御堂関白記）
同　二年（一〇一八）　5・24　祈雨・奉幣使（小右記・日本紀略）、5・30　祈雨・奉幣使（同上）

万寿元年（一〇二四）4・27　祈雨・奉幣使（日本紀略）

となる。長徳三年の例は、『日本紀略』に「侍従所より丹・貴二社の奉幣使を遣はさる」とあるばかりで、派遣の理由がはっきりしないが、丹生社とともに貴船社がかかわっているので、この場合も止雨・祈雨の奉幣使の派遣であったろう。そうとすれば貴船神社は公的には降雨・止雨にもっぱらご利益のある社殿として朝廷の尊崇をうけていたことになる。

このような性格の貴船社がはたして夫の愛を取り戻そうと祈願する和泉式部に対して、「奥山の」の歌を夢の中で告げるというような事実がありえたのであろうか。実は貴船にはもう一ついささかすさまじい恋物語が伝えられている。謡曲の「鉄輪《かなわ》」である。

自分を裏切った夫を恨む女（先妻）が貴船の宮に参詣すると、当社の社人から「ご神託によれば、鉄輪（金属製の輪に三脚を付けたもの。五徳）に火をともして頭に戴き、顔に丹を塗り、赤衣を着て、怒る心を持てば願いがかなう」と言われて、それを実行する。すると女は鬼（生霊）となって、寝ている夫の枕辺に寄り添い、命を奪おうとするが、陰陽師安倍晴明のまじないによって夫も後妻も取り殺すことができず、「まづこのたびは帰るべし」と言い残して、とうとう「目に見えぬ鬼」となってしまったという物語である。この「鉄輪」が平成九年十一月五日に国立能楽堂で公演されたときのパンフレット（磯崎美知子氏のご提供による）の「鑑賞の手引き」（田村良平氏執筆）によると、後シテ〈生霊となった女〉の面は喜多流ではいちおうの定めでは、般若に似て角が生えかけた「生成《なまなり》」を用い、他流では多く宇治川に身を沈めて鬼になった嫉妬の女の顔を写した「橋姫」を用いるという。何やら『源氏物語』「宇治十帖」の大君や浮舟たちの荒涼たる姿も彷彿として来て恐ろしい。

結果が悲劇に終るという点では、和泉式部の場合と異るが、貴船の神の神託を受けるということでは、夢告を受けた式部のケースとよく似ている。貴船口駅のガード下左手すぐの右側橋詰めの所に、つまり貴船神社方向とは反対側で、貴船川と鞍馬川とが合流する地点の川下に当る所に、梶取社がある。祭神はウカノミタマの命。イザナギが火の神カグツチを斬ったときに、そのそそいだ血から生まれた神の一柱で、いわばタカオカミの神の弟分に当る。賀茂別雷命（上賀茂神社祭神）の母の玉依姫《たまよりひめ》が「雨風の国潤養土の徳を尊び、その源を求めて、黄船に乗り浪花より淀川、鴨川を遡り、その川上貴船川の上流のこの地に至」って、水神を奉斎して祠を建てたのが、貴船神社の始まりとされる（『貴船神社要誌』）。梶取社はそのタマヨリ姫の黄船の梶にまつわる社で、現在は万福の梶取として、商売繁盛の神として信仰があつい。今回は見る機会がなかったのだが、この梶取社の近くに、鉄輪を掛けた「掛け石」があるとのことである。それでどうも貴船神社が男女の仲立ちにかかわって来たという信仰は、中世以降に生じたかのようにも思われよう。

ついでに、京都の堺町通り松原の南約百メートル下った所（鍛冶屋町）の民家の裏手に「金（鉄）輪の井戸」がある。（この松原通りから北に約百メートル上った所には、有名な『源氏物語』の「夕顔の墓」もある。）京七名水の井戸の一つであるが、毎夜丑刻入りをした金輪の女が気疲れしてここで亡くなった。それでここに「金輪塚」を築いて葬ったとのこと。爾来この名水を「金輪の井戸」と称したらしい。現在ではこの井戸水は「縁切りに功あり」として遠近の人々が願いごとにやって来ては持ち帰る由である（鍛冶屋町敬神会編のパンフレット「鉄輪の伝説」昭和五十八年四月再版による）。謡曲の「鉄輪」の後日談として興味深い伝承というべきである。

㈣ 貴船への道

公的にはもっぱら降雨・止雨を祈る神として信仰されて来た貴船神社ではあるが、私的な祈願の場合にはどうだったのだろうか。現在は本社と奥の宮との中間にある結社（中宮、祭神磐長姫命）が縁結びの神とされ、貴船神社が「男女の仲を守る神」また「悪縁を良縁に転ずる神」としても広く信仰されているというのであるが。

和泉式部の時代から約百五、六十年後の嘉応元年（一一六九）に成った後白河天皇撰の『梁塵秘抄』巻二「四句神歌」〈神分〉には、当時貴船神社の信仰のさかんだったことを伝える今様歌が散見する。

⑴神の家の子公達は　八幡《やはた》の若宮　熊野の若王子《にやく》・子守御前《おまへ》　比叡には山王十禅師　賀茂には片岡・貴船の大明神（二四二）

⑵いづれか貴船へ参る道　賀茂川・箕里《みのさと》・御菩薩池《みどろいけ》　御菩薩坂　畑井田・篠《しの》坂や一二の橋　山川さらさら岩枕（二五一）

⑶貴船の内外座《ないげ》は　山尾よ川尾よ奥深《おくふか》・吸葛《すいかづら》　白石・白髭・白専女《しらたうめ》　黒尾の尾前《みさき》はあはれ内外座や（二五二）

⑷石神《いはがみ》三所は今貴船　参れば願ひぞ満てたまふ　帰りて住所をうち見れば　無数の宝ぞ豊かなる（二七二）

これらの四首のうち、⑴は上賀茂社の摂社としての貴船明神が、石清水八幡宮の若宮や熊野権現の若王子社および子守社、それに延暦寺の山王権現・十禅師とともに、若々しい御子神として民衆からおおいに信仰されていたことを示すものである。⑵は道行的な内容であるが、貴船参詣の道筋を伝えている。当社への信仰が篤かったからこそこういう今様歌も生まれたのであろう。あるいはご詠歌のように、これを唱えながら人々は貴船に向ったのかも知れない。

⑶は貴船神社の内外に祀られている末社を列挙して、「あはれ内外座《ないげ》」と賛嘆したもの。『貴船神社要誌』によれば、現在の「境内外末社」として挙げられているのは結社（中宮）・梶取社など十四社に及ぶが、その中で本歌によみ込まれた内外座と一致するのは、川尾社（祭神ミズハノメの命。本社境内、本殿北にあり。水神であるが、現在は病気平癒の信仰である）・吸葛社（祭神アヂスキタカヒコネの命。奥宮、御船南東方にあり）・白石社（祭神シタテルヒメの命。奥宮の外にあり。詩歌・婦人病信仰）・白鬚社（祭神サルダヒコの命。本社境内にあり。延命長寿の信仰）の四社にすぎない。他の山尾・奥深・白石・白専女・黒尾の五社は現存していないようだが、本歌によみ込まれた

時点で摂社は境内外に計九社もあったというのだから、貴船神社の信仰のさかんだったことがこれでもよくわかると思う。

⑷の「石神三神」は所在がはっきりしないが、左京区松ヶ崎林山《はやしやま》の岩上神社をいうか。他に上京区大黒町に岩神神社跡があるが、これはもと西陣にあったらしい（『京都市の地名』六三六頁）。前者は天然の岩石を神石とし、後者は高さ一・七メートルほどの赤味をおびた巨岩がご神体であって、授乳神として信仰を得ていたという（同書）。前者の岩上神社は下鴨神社の後背地に所在し、同じく林山南麓の新宮神社の西に鎮座。現在は式内社末刀《まと》神社をも併称して末刀岩上神社と称している。当社から西に向って西山（標高一三五メートル）麓の宝池通りを進むと深泥池に至り、その北方が幡枝町《はたえだ》、また西北が上賀茂神社である。⑶に「賀茂川・箕の里・御菩薩池《みどろいけ》　御菩薩坂」とあるように、貴船・鞍馬参詣の道すじ近くにこの岩上神社があった。なお岩上神社の手前にある新宮神社は「松ヶ崎村の産土神で、白鬚大神（猿田彦神）を祀」っている（前掲『京都市の地名』一一九頁）。⑶にもよみ込まれ、現在も本社境内に鎮座する白鬚社と同系統の神社である。それで⑷の「石神三神」というのは末刀・岩上・新宮神社をいうのかも知れず、少なくとも、林山西麓の岩上神社はその一つである可能性が強い。当社は「古代祭祀の磐座《いわくら》信仰の地であったと推定され」、「古くから漁猟・牛馬の神として信仰されていた」という（同書）。それが貴船参詣の隆盛とともに、街道途中のここに貴船明神が勧請されて、都人たちが遠方の本社に行く労を軽減したのであろう。この今貴船に「参れば願ひて満てたまふ　帰りて住所をうち見れば無数の宝ぞ豊かなる」というのであるから、ご利益も抜群、貴船さまさまと尊ばれたに違いないのである。末句の「無数の宝ぞ」の句に、宝ヶ池に接する今貴船社——岩上神社のイメージを伝えているように思われる。

㈤　貴船信仰と三社めぐり

『梁塵秘抄』の時代に最も隆盛をきわめて人気の高かったのは、やはり後白河院が三十四度も参詣したといわれる熊野神社であろう。「熊野へ参るには　紀路と伊勢路のどれ近しどれ遠し　広大慈悲の道なれば　紀路も伊勢路も遠からず」とうたわれた熊野参詣であるが、天皇の参詣で知られる最初は五十九代宇多法皇の延喜七年（九〇七）十月の御幸である（『扶桑略記』同月二日～二十八日条）。ついで六十五代花山院が正暦三・四年（九九二―三）の間熊野山に滞在（今井源衛博士「花山院研究・その二」『文学研究』第五十八輯・昭和三十四年七月刊）。その行幸・御幸がさかんになるのは七十一代後三条天皇が延久四年（一〇七二）に駿河国に命じて本宮の造営を行なわせてからで、天皇のあとをついだ七十二代白河上皇は九度、その孫の七十四代鳥羽上皇は二十一度熊野参詣を行なっている。また七十三代堀河天皇の寛治元年（一〇八七）にも本宮の造営が行なわれている（新宮市教育会『熊野紀行解説』昭和十三年十月刊参照）。

こうした熊野参詣の状況から推すと、貴船信仰の民間伝播もそう時代をさかのぼることができないような気もする。ところが『栄花物語』巻十二「玉の村菊」長和四年（一〇一五）十二月条に、道長の長男頼通が三条天皇二の宮の禔子内親王との縁談話があった直後に発病（『小右記』同月十二、十四日条参照）。心誉僧都らの五壇の御修法の効験もなく一週間がたって、さらに七日間修法を延期したところ、

　こたびいとけ恐ろしげなる声したる物の怪出で来たる。「これぞこの日ごろ悩まし奉りつる物の怪なめり」とて、鳴りかかりて加持しののしりて、駆り移したるけはひ、いとうたてあり。「いかに、いかに」とおぼすほどに、はや貴船の現れ給へるなりけり。「こはなどかかるべき。この殿あだなるわざせさせ給ふこともなかりけり」とよく尋ぬれば、この内わたりより聞こゆること（禔子降嫁の件）により、この上（頼通室隆姫）の

御乳母などの、祈り申させたるほどに、おのづから神の御心はかく（頼通を）煩はし聞こえ給ふなりけり。という事態になって、とうとう女二宮禔子の頼通への降嫁話は破談になったというのである。ここで注目されるのは、頼通が禔子の降嫁を受け入れそうになったので、本妻の隆姫の乳母などが貴船の神に祈願したところ、頼通が病に苦しんだ末、この縁談が破談になったということである。ここでは貴船明神は水神としてではなく、夫の二心を阻止する神として登場しているのである。「あだなるわざ」を戒める神なのだ。

和泉式部の「物思へば」の歌の載る『後拾遺集』巻二十「雑六」〈神祇〉には、もう一首貴船参詣の歌がある。

貴船に参りて、斎垣に書き付け侍りける　藤原時房
思ふことなる河上にあと垂れて貴船は人を渡すなりけり

願うことがかなうと言われている、ゴウゴウと鳴りひびく川のほとりに垂跡なさって、貴船の神は、（貴い船でそんな急流を）此岸から彼岸へ渡してくださり、希望をかなえてくださるのだなぁ。『八代集抄』に「諸人の祈願を成就せしめて、心身安穏に済度し給ふ神徳をよめるにや」と説くとおりであろう。極楽往生をも含めて、祈願成就の神としても信仰されていたことになる。作者の藤原時房は上野守従五位下成経の子、母は紀伊守源致時女。蔵人・皇后宮大進、従五位上に至っている。時房の玄祖父は参議安親(九二二―九六)。父成経は『春記』永承三年(一〇四八)正月条に「前上野守成経」としてその名が見える。なお長元四年（一〇三一）正月二十三日に紀伊守源某が在位しているが（『平安遺文』五一七）、あるいはこれは時房母の父である源致時かも知れない。したがって時房は後朱雀朝（一〇三七―四五）から後冷泉朝（一〇四五―六七）にかけて存生していたものと思われる。

時房の詠草と同じような傾向を示すものは、『千載集』巻二十「神祇歌」一二七〇の平実重（式部大輔・入道願西。久安六年〈一一五〇〉に至る）がよんだ、

蔵人にならぬことを嘆きて、年ごろ賀茂の社に詣で侍りけるを、二千三百度にも余りけるとき、貴船の社

に詣でて、柱に書き付け侍りける。

今までになど沈むらむ貴船川かばかりはやき神を頼むを

の一首であろう。その貴船明神のお蔭か、実重は近衛朝（一一四一—五五）で蔵人になったという（『尊卑分脈』『勅撰作者部類』）。

参詣の理由は分からないが、和泉式部と親交のあった赤染衛門は家集に、

鞍馬に詣でしに、貴船に御幣《みてぐら》奉らせしほどに、いと暗うなりしかば。

とも（供・友）とどむ方に（は）見えず暗部山貴船の宮にとまりしぬべし（『赤染衛門集』二三七）

とあって、鞍馬寺に参詣した折、当寺から貴船の宮に詠草を奉納している。鞍馬寺（松尾山金剛寿命院。本尊は毘沙門天）は貴船明神の夢告によってできたという伝承がある。延暦十五年（七九六）造東寺長官藤原伊勢人は夢告によって鞍馬寺を私寺として建立したというが（『扶桑略記』同年条）、その夢告をしたのは「王城鎮守の貴船明神」であって、「汝、此の地の天下に甲《すぐ》れたることを知れ。道場を建立せば、尤も便宜を得ん」と語ったという（同記、『今昔物語集』第十一・第三十五「藤原伊勢人始建鞍馬寺語」参照）。それで早くから鞍馬と貴船とを一体の神仏として信仰していたようである。そのうえ貴船の本社として賀茂も加わるから、この三者を一体として信仰する風習が以前からあったらしい。

大江公資の妻相模も『和泉式部集』にその名を残すが（四九一・五三一）、その相模にも、

賀茂に詣でて、上《かみ》・下《しも》に書きつけしこと皆忘れて、貴船ばかりにや。

みるめ刈ることの常よりしげからばうれしき船のたよりと思はむ（『相模集』五二七）

という経験があった。上賀茂・下鴨両社にも歌を奉納し、さらに貴船にもこの歌を納めているのである。一句「みるめ刈る」は『伊勢物語』七十段の「みるめ刈るかた（潟・方）やいづこぞ棹さしてわれに教へよ海人の釣舟」の

一首にも見える句で、男（女）と逢うことをいう。したがって相模は夫あるいは恋人との逢瀬のひんぱんであることを貴船明神に祈願したのである。

この男女間の縁結びに関連して、最も早く貴船神社へ祈願しているのは、『いほぬし』の作者である増基である。

　十月、賀茂に籠りて、暁がたに。

(1)端垣にふる（経る・降る）初雪を白妙の木綿四手懸くと思ひけるかな（『増基法師集』四二）

　二、三日侍りて、貴船の本の宮に侍りしに、むら消えたる雪の残りて侍りしかば、うちとけぬことや思ひ出けむ。

(2)白雪のふる（降る・経る）甲斐もなきわが身こそ消えつつ思へ人は問はぬを（四三）

　紅葉のえも言はず見え侍りしかば、見暮し侍りて、夜になりて出で侍るとて。

(3)紅葉ばの色のあかさに目をつけて鞍馬の山に夜たどるかな（四四）

(1)〜(3)は連作であろう。(2)の詞書に「うちとけぬことや思ひ出でけむ」とあり、また歌本文にも「人は問はぬを」とあり、その結果「経る甲斐もなきわが身こそ消えつつ思」うというのであるから、恋人が増基に対してうちとけなかったことを想起し、また増基の問いかけにも応じないのを嘆いていることは明白だ。ただそれでは何を貴船に祈願しているのかというと、どうもはっきりしない。

　神に申し侍りし。世に侍る甲斐侍らぬを、心にかなふなどおぼえ侍りしかば、流れむのちの名も知らでや侍りなましなど思ひ給へられ侍りしかば、身を投げてましとおぼえ侍りて。

(4)ひたぶるに頼む甲斐なき憂き身をば神もいかにか思ひなりなむ（六二）

　まかり出でしに、貴船に。

(5)憂きことの遂に絶えずは神にさへ恨みを残す身とやなりなむ（六三）

片岡の杉に結び付けし。

(6)片岡の斎垣の杉ししるしあらば夕暮れごとにかけてしのばむ（六四）

この三首も連作のようである。(4)詞書によると、つらい評判の立つのを耳にしないですませたく、生きている甲斐もないから、身投げをしてしまいたいくらいだとあり、そういう自分を神もどう思ってくれるだろうか。できればこういうつらい境遇に同情してほしいという意の歌なのだろう。(5)はつらいことは途絶えてほしい。それができなければ、貴船の神をも恨むことになろうの意。どうも増基は恋人との愛の復活を祈念するよりも、何らかの原因で恋人と疎遠にならざるを得なかった、そういうつらく、せつない境遇から自分を救ってほしいと念願しているようである。

ここでもう一つ注目すべきことは、(1)～(3)では、増基は賀茂社に二、三日籠り、それから貴船の本宮に詣でて、さらに夜に入って貴船から鞍馬にたどり歩いていることである。また(5)は貴船に奉納した歌であり、(6)は賀茂の片岡社での詠草である。増基は一条朝(九八六―一〇一一)にまで存生しており、賀茂保胤(―一〇〇二)や性空(九二八―一〇〇七)らとほぼ同時期に生涯を送っている（『二中歴』第十三「名人歴」〈道家〉）。

(六)　和泉式部の貴船参詣

和泉式部が播磨の書写山円教寺の性空に「暗きより暗き道にぞ入りぬべき遥かに照らせ山の端の月」と結縁を求めた話は有名だが（『和泉式部集』一五一・八四三）、彼女が直接関係した神社・仏閣の主要なものを家集から抜き出してみると、次のとおりである。

石山（『和泉式部集』一五四・二二二・二三一・八四六・八八六・同『続集』四五〇、宸翰本七八・一二四、松井本一三四・一九九・二〇〇・二五九）

稲荷（『集』二五四、『続集』三七三）
愛宕（『集』四八九）
石蔵（『集』五〇六・五二六）
法輪（『集』七六七）
関寺（『続集』三二）
賀茂（『続集』一六八、宸翰本一四九、松井本二七二）
法住寺（『続集』九七）
生田の森（『続集』二四一）
熊野（松井本二五八）
鞍馬（松井本二五五）

石山寺の名が頻出するが、これは『和泉式部日記』の石山詣（長保五年〈一〇〇二〉八月）の折の詠草が収められているからである。松井本に伝える熊野詣の一首は誤伝であろう。同じく松井本に伝わる鞍馬での歌は、『和泉式部集』七六七では「法輪に籠りたる」ときの歌とされている。

ただ和泉式部が賀茂社に参詣したことは確かで、『和泉式部集』一六八では「賀茂の道に」他人の名乗りをした女と出会ったときの作で、「われに君劣らじとせしいつはりを糺の神も名のみなりけり」とよんでいる。宸翰本一四九および松井本二七二の作は、「賀茂に参りしに、藁沓に足を食はれて、紙を巻いた」ときに、神主忠頼と取り交わした連歌の発句である（『金葉集』巻十「雑下」六五八参照）。

なお、『続集』の「人々、国にある所をよませしに、山城」と題した連作（五三九—五四三）の中に、みどろ池。

名を聞けば影だに見えじみどろ池にすむ（住む・澄む）水鳥のあるぞあやしき

の一首が見える。深泥池に住む水鳥がいるという言い方は、伝聞での知識というよりも、現実にここを見た体験に基づくと考えた方が都合がよい。

公的には降雨・止雨を祈る神として信仰されていた貴船神社であるが、一条朝前期には増基が失恋が原因らしい自分のつらい境遇の打破を願って賀茂・貴船・鞍馬とめぐって祈願している。和泉式部と親しかった赤染衛門や相模らも賀茂や鞍馬に参詣し、貴船にも詠草を奉納している。とりわけ相模の場合は夫あるいは恋人との愛のさかんなことを願っての奉納祈願である。早くから縁結びの神、悪縁を良縁に転ずる神としての民間信仰が貴船神社にあったと見てよいと思う。和泉式部が貴船の御手洗川のほとりで、「物思へば沢の蛍もわが身よりあくがれ出づる魂かとぞ思ふ」とよんだという伝承は、たしかなこととして信じられると思う。

(七)　貴船信仰の変遷と発展

こんなことを考えながら貴船の本社から結社を経て、八五〇メートル、徒歩十二分で奥の宮に着いた。奥の宮は本社と同じく流造《ながれづくり》であるが、柿皮葺である。三坪九勺のこぶりで古色蒼然とした社殿はいかにもこうごうしい。本殿下には龍穴があり、昔、本殿修理のとき、大工があやまってノミを落としたところ、急に嵐が起こって、ノミを空中へ吹き上げたという。社殿の西側に、玉依姫の黄船を小石でおおい隠したと伝えられる舟形石（御船《おふね》石）が鎮座。長さは南北六メートルほど、高さは一・八メートル余り。航海するとき、ここの小石を持っていくと、海上の安全が保たれると伝えられる。

ただ西側の山の斜面は、土砂の崩落を防ぐために、格子状にその頂上まで広くコンクリートが打込まれていたのは興ざめであった。しかし当奥の宮が和泉式部の時代には貴船の本社であったというから（前述参照）、そう思って社殿を見ると、いっそう神秘的な感じがするのであった。

ところで元来水を司る神であったはずの貴船神社がどうして縁結び、祈願成就の神となってしまったのだろうか。その答えは増基や赤染衛門や相模らの三社参詣あるいは奉納の事実がヒントをくれるだろう。悩み多き人々ははじめは賀茂神社へ参詣していたのである。そのうち摂社とされる貴船へも奥深く分け入ることになる。その参詣の苦労がかえってご利益をもたらすという噂を呼んだのであろう。それからさらに木の根道を踏み上り、鞍馬へまでも足をのばすことになる。ちょうど熊野三山めぐりのように、人々はご利益を求めて賀茂・貴船・鞍馬をめぐり歩いたのである。水神はいつの間にか賀茂社と同じような信仰の対象となったわけである。もちろんその前提に高雄山から貴船山・鞍馬山にかけてが貴船明神の御座所であったという古伝承の存在も作用していよう（前述参照）。増基や和泉式部らの貴船参詣は、そういう民間信仰のさきがけをなすものであったのだ。

不思議なことに、こうして本社から奥の宮まで歩いているうちに、心身ともに軽くなったような気がした。それもそのはず。『貴船神社要誌』に、

> 貴船の地名の由来は、境内にある御神木・桂の木の姿に象徴されるように、大地全体から生命生気である「気」が龍の如く立ち昇るところ、気の生まれる嶺、あるいは根本であるということから、気生嶺、気生根〈キフネ〉と呼ばれるようになったともいう。

とある。私はいつのまにか貴船の清流と樹木《き》から気《き》を得ていたのである。

和泉式部も晴れぬ思いで貴船までやって来たのであろう。現代の車社会と違って、より大きなご利益を授かるためには、『源氏物語』の玉鬘の初瀬詣ではないが、はじめから徒歩で苦労して参詣するのがよいのである。前述のように、和泉式部が賀茂社参詣の折、「藁沓に足を食はれ」たというのも、なれない徒歩の長旅が原因なのであろう。しかし苦労して歩いているうちにおのずと気を得るのである。明神が「奥山の」歌を告げて、「物思ひそ」と言っ

たというのであるが、貴船の気にふれて、和泉式部自身が自分を説得・納得することができたのである。

「きぶね」の「ね」は嶺・棟・胸の「ね」と同じで、高い所をいう。うっそうとした高木のてっぺんから気が生じて来るのである。とはいえ都会に戻ったとたん、ストレスの連続である。こりゃあもう一度〈気生根〉の地を尋ねなくてはなりませんね。

二 『和泉式部日記』歌の一特性

㈠ 『和泉式部日記』歌中の「君」

最近『和泉式部日記』を読んでいて、気がついたことが一つある。それは「君」という用語が『日記』所収の詠草にひんぱんに登場し、しかもその登場が『日記』の一定の個所に片寄って見られるという事実である。

(1) ひたぶるに待つとも言はばやすらはで行くべきものを君が家路に（一二）
(2) 大方にさみだるるとや思ふらむ君恋ひわたる今日のながめを（二三）
(3) 何せむに身をさへ捨てむと思ふらむあめの下には君のみやふる（二六）
(4) 宵ごとに帰しはすともいかでなほ暁起きを君にせさせじ（三一）
(5) 君をこそ末の松とは聞きわたれひとしなみには誰か越ゆべき（三八）

＊　＊　＊

(6) よそにても君ばかりこそ月見めと思ひて行きし今朝ぞくやしき（七三）
(7) 君をおきていづち行くらむわれだにも憂き世の中にしひてこそふれ（七五）
(8) うち捨てて旅行く人はさもあらばあれまたなきものと君し思はば（七六）

＊＊＊

(9) 君は来ずたまたま見ゆる童をばいけとも今は言はじと思ふか（八八）
(10) 見るや君さ夜うちふけて山の端にくまなくすめる秋の夜の月（九二）
(11) 今の間に君来まさなむ恋しとて名もあるものをわれ行かむやは（一一〇）
(12) 君はさは名の立つことを思ひけり人からかかる心とぞ見る（一一一）
(13) 恨むらむ心は絶ゆな限りなく頼む君をぞわれも疑ふ（一一三）
(14) 慰むる君もありとは思へどもなほ夕暮れは物ぞかなしき（一一八）
(15) 夕暮れは誰もさのみぞ思ほゆるまづ言ふ君ぞ人にまされる（一一九）
(16) われ一人思ふ思ひは甲斐もなし同じ心に君もあらなむ（一二一）
(17) 君は君われはわれともへだてねば心ごころにあらむものかは（一二二）
(18) 絶えしころ絶えぬと思ひし玉の緒の君によりまた惜しまるるかな（一二三）

＊＊＊

(19) いとまなみ君来まさずはわれ行かむふみつくるらむ道を知らばや（一二七）
(20) われさらば進みてゆかむ君はただ法のむしろにひろむばかりぞ（一三九）

『和泉式部日記』全一四五首中、実に二〇首、約一四パーセントの歌に「君」の語が詠み込まれているのである。目についたのも当然であろう。

(1)～(5)は帥宮と和泉式部がはじめて契りを交わしたのち、宮が式部の男性関係に疑惑を抱き、あるいはためらい、あるいは南院(冷泉院)に連れ出し、あるいは不信に陥るといったプロセスの中でよまれたもの。長保五年(一〇〇三)四月末から五月にかけての詠草である。(1)(2)(3)が宮、(4)(5)が式部の作。(1)は第二夜を迎えて宮が北の方と世間体をはばかって和泉の許へ赴かなかったところ、彼女から「思いもかけぬ今日の夕暮れ」と言って寄こした歌への返歌。「君」は和泉に恋する宮からのせつなく、甘い、敬称である。

(2)の「君恋ひわたる」、(3)の「君のみやふる」の両句とも、宮の和泉への親しみをこめた、丁寧で、やさしい物言いである。宮が人目をしのんで訪れた夜、あいにく和泉は門をたたく音に気づかなかった。宮は疑心を抱くが和泉を思い切ることはできない。(2)(3)は五月雨のころのつれづれに和泉と取り交わした中での作である。この段階では和泉の歌に「君」の語は出て来ない。

(4)(5)は、その後ようやくのことで訪れた宮に車で連れ出されて、南院に泊まってのちの和泉の作。（なお、和泉式部の住居は五月五日条に、賀茂川が増水して、「人々見る」とあり、また帥宮が「ただ今いかが。水見になむ行き侍る」と言っているから、賀茂川の堤のあたりにあったことがわかる。）宮の歌には「君」は出て来ないが、南院にはつぎの日も和泉を迎え、後朝の別れの際、

殺してもなほ飽かぬかな庭鳥の折ふし知らぬ今朝のひと声（三三）

というすごい一首をよんでいる。帥宮はのちの十月に、文使いの童が遅参したのを叱って、「この童殺してばやとまでなむ」思ったが、和泉から「君は来ずたまたま見ゆる童をばいけとも今は言はじと思ふか」と軽くいなされて、

ことわりや今は殺さじこの童忍びのつまの言ふことにより（八九）

とよんでいる。〝殺し文句〟ではないが、帥宮は感情がこうじてくると、「殺す」を連発するようだ。歌の中に「殺す」の語が出てくるのはめずらしく、「崇神紀」十年条の童女の「御間城入彦《みまきいりびこ》はや　己が命を　死せむと……」の異伝に

大き戸より　窺ひて　殺さむと　すらくを知らに　姫遊《ひめなそ》びすも（一八）

とあるのが挙げられるくらい。もっとも「殺す」は出てこないが、『伊勢物語』第十四段の「栗原の姉葉」の女は、

男が夜深く出ていったので、

夜も明けばきつにはめなでくたかけのまだきに鳴きてせなをやりつる

とよんだというのも激しい。「くたかけ」は鶏。「きつにはめなで」は、用水桶にぶちこんでやるとも、狐に食はせてやるとも諸説があるが、とにかくおそろしい。

『日記』に戻ると、「殺してもなほ飽かぬかな」と言われて和泉が喜ばないわけがない。「いかにとはわれこそ思へ朝な朝な鳴き聞かせつる鳥のつらさは」（三四）と返して、私も鶏がにくらしいと返したのであった。

(5)はこの南院でのデートの三、四日後のこと。宮が和泉の許へ訪れてみると、すでに先着の車がある。この車、実は和泉の使っているある女房の所を訪れた男のものなのであるが、宮は和泉のもとに男が来ているものと誤解し、不信に陥る。そんな折の和泉の歌である。宮からはしばらくたよりもなく、「君」の語も当然発せられない。しかしそんな夜離れも長くはつづかなかった。再び和泉の許を訪れた宮は、彼女が「人の言ふほどよりも子めきて、あはれに」思われて、おもわず「あが君や」と呼びかけてしまうのである。

ついでにこの「あが君や」という一句、七月晦日がたの条にも出て来る。和泉は多情だという噂が絶えず、宮の訪れは七月もほとんどなかった。晦日ごろになって、宮から「などか時どきは。人数に思さぬなめり」と言って来たところ、和泉は「寝ざめねば聞かぬなるらむ」と返す。すると宮は折返し「あが君や、『寝ざめ』とか。『もの思ふ時は』とぞ。おろかに」と言って、和泉をなじるものの、二日ほどたって和泉の許を訪れるのである。一か月前後もつづいた宮の夜離れに、和泉は意気消沈しきっているのだ。そうなると和泉の二心を疑っていた宮は、再び彼女がいとおしくなり、思い切ることなどできなくなる。そうして「あが君や」と呼びかけるのである。「あが君や」の句は十一月の宮邸入りの直前の条にも出てくるが、宮が和泉に距離を置き、そのため和泉が意気消沈し、無情を感じて身をすくめるとき、この句が宮から発せられる。宮の和泉への愛情が再び回生したときの発句である。

さてこの宮の訪れがあったあとは「いとおぼつかなきまで音もし給は」ぬという状態になった。八月に入って、和泉は「つれづれも慰めむ」ということで石山詣でをする。これが契機となって、宮との歌の贈答は復活するが、宮の訪れはない。九月二十余日の有明け方、宮は訪れるが、門が開かずに帰る。

⑹はそんな中で和泉が「まどろまであはれ幾夜になりぬらむ」（七一）等五首を含む手習文を宮に贈ったところ、すぐ宮からその五首に対応する五首の歌が返されて来た、その五首目の歌。和泉の「よそにても同じ心に有明の月を見るやと誰に問はまし」の一首に応ずる。「君」はやはり和泉への親しみをこめた敬称として使われている。

⑺⑻はこの直後、宮の愛人が地方に下ることになり、宮が彼女への餞別の歌の代作を和泉に依頼して来た折の作。「君をおきて」という和泉も、「君し思はば」という宮も、両者の愛の復活を祈念しての相聞であろう。

⑼⑽は十月十日に宮が訪れ始めると、「しばしばおはして」、「もし宣ふさまなるつれづれならば、かしこへおはしましなむや」と宮邸入りを和泉に勧める。それにつづく二人の交歓の中で詠じられた歌。⑼は先述のとおり、宮が遅参した童を「殺してばやとまで」思ったと言って来たときの和泉の作。⑽は秋の夜の月を和泉も眺めているだろうかと推量して贈って来た宮の歌。「君」の使用は愛の高揚にともなって生じた相手への親しみをこめた呼びかけである。

⑾～⒅の八首は十月半ばごろ、和泉が宮邸入りを決意してからの詠草である。⑾⑿は和泉と宮の贈答。またまた和泉の浮名に懸念する宮だが、噂は噂、和泉の愛情さえ確認できればよいと言って来たときの和泉の⑾歌。「君」と「われ」とを詠み込んでいる。宮の返歌⑿には「君」。つづいて宮の「疑はじなほ恨みじと思ふとも心に心かなはざりけり」（一一二）の歌に対する和泉の⒀歌にも「限りなく頼む君をぞわれも疑ふ」とあって、「君」と「われ」とが詠み込まれている。

在学中に仁戸田六三郎教授の授業をたまたま聴講したとき、「実存の不安」は「トワ・エ・モア・」(toi et moi)

の状態にあったとき解消すると伺ったことがある。一首の中に「君」と「われ」とが詠み込まれているのは、「君」に対する「われ」の恋愛感情が最も高揚・発揮されたからであって、「君」と呼び、「われ」と記すことによって、二人の世界を構築し、一体感を意識しているのである。

『伊勢物語』第二十三段（「筒井筒」の段）に、

さて、この隣の男の許よりかくなむ。
筒井筒の井筒にかけしまろがたけ過ぎにけらしな妹見ざるまに

とあり、同物語第六十九段（「狩の使ひ」の段に）、

明けはなれてしばしあるに、女の許より、ことばはなくて、
君や来しわれや行きけむ思ほへず夢かうつつか寝てかさめてか

とあるのも同じである。和泉は「われ」の伴侶としての「君」たる宮を強く意識する。一心同体の二人の世界の実現をひたすら欣求しつづける。

⒁～⒅は紅葉も散り果てた十月末、夕日の心細く見えた折の連作七首のうちの五首。⒁⒄⒅が和泉、⒂⒃が宮の作。両者の心はもう完全に一つになり切っている。宮の歌⒃にも和泉の詠⒄にも「君」と「われ」とが詠み込まれている。

⒆⒇は十一月に入ってからの和泉の作。⒆は宮が作文会で和泉の許へ行けなかったときに詠んだもの。和泉にとって宮はなくてはならない存在になっていたことは明白である。⒇は宮が経を習っていたとき、「法のむしろに居れば立たぬぞ」（仏法の席にいるので、逢いに行くことはできない）と言って来たときの返歌。このあたり、与謝野晶子が、

やは肌の熱き血潮にふれも見でさびしからずや道を説く君（『みだれ髪』）

とうたったのに似ていて面白い。この⒇歌も「われ」と「君」の世界である。

なお、この直前で、宮が和泉の心をためそうと、出家をほのめかす話をしたところ、和泉が悲観し、「しかばかり契りしものを…」（一三三）と抗議したので、宮はあわてて「あが君や、あらましごとさらに聞こえじ。人やりならぬ、ものわびし」と弁明する条がある。前途を真剣に悲観してしまった和泉へのいとおしさ、かわいらしさに、思わず「あが君や」と発してしまったのであろう。

⒇歌以降「君」と詠み込んだ歌が見えないのは、十二月十八日に至って遂に和泉の宮邸入りが実現し、「君」と「われ」との世界が安定して、両者の愛が実現したからであろう。「君」とか「われ」とか意識せずとも、帥宮と和泉式部とはこれからはいつも一心同体の存在になったのである。

以上見て来たように、『和泉式部日記』所載の和歌に「君」または「君」と「われ」とが詠み込まれるのは、帥宮と和泉式部との恋愛過程において、その感情が高揚し、発露される際であったことが判明する。とりわけ「君」と「われ」との併用は宮と和泉との恋愛感情が最高に発揮された場合に見られることが多い。両者の恋愛感情の推移・変転・高揚は、『日記』歌中の「君」の語に着目し、これを分析することによって、かなりその実態を解明できるように思われる。

(二) 『蜻蛉日記』歌中の「君」

ところで日本版『女の一生』とも称すべき『蜻蛉日記』は全二六一首。その中で「君」の語を詠み込んだ歌はわずかに九首、それに二首の長歌の中に六つの「君」が出てくるだけである。しかも『蜻蛉日記』の場合は、作者と夫兼家との贈答の中での用例はきわめて少ない。

(a) 君をのみ頼むたびなる心には行末遠く思ほゆるかな（二一一）

これは道綱母の父倫寧が陸奥守として赴任する際、婿の兼家に娘の道綱母への支援を念願した一首である。ここでの「君」は男女間で用いられる「あなた」の意ではなくて、むしろ自分の仕える主家筋の子息である兼家に対する敬意をこめた用例であろう。

(b) 思へただ　昔も今も……心細くは　ありしかど　君には霜の　忘るなと　言ひ置きつとか　聞きしかば……（五八）

倫寧が陸奥に滞在していた天徳元年（九五七）秋に道綱母が兼家に贈った長歌の一節。だいたいこの当時の長歌の贈答は、儀礼的、自己アピール的な要素が強く、この長歌も例外ではない。本歌の「君」は兼家に対する親しい、くだけた呼びかけというよりも、よそ行きの、儀礼的な、多少かしこまった意味合いをこめて用いられているのであろう。兼家の返しの長歌（五九）には「君」の語は見えない。

(c) 絶ゆと言へばいとぞ悲しき君により同じつかさにくる甲斐もなく（六六）

(d) 君とわれなほ白糸のいかにして憂きふしなくて絶えむとぞ思ふ（六九）

(e) しかも居ぬ君ぞ濡るらむ常にすむところにはまだ恋路だになし（七五）

(f) 常夏に恋しきことや慰むと君が垣ほにをると知らずや（七六）

(g) 君がこの町の南にとみに遅き春には今ぞ訪ね参れる（八一）

この五首は兼家と章明親王との贈答歌群（六五～八二）中に見えるもの。(c)(g)が兼家、(d)(e)(f)は親王の作である。(c)～(f)で「君」が頻用されているのは、はじめから恋する男女の贈答になぞらえて両者がよみ合っているからである。気の進まぬ官について出仕もとどこおりがちの大輔の兼家を慰安する卿の親王。少々くだけた、ゆとりのある、ユーモラスな歌の交歓がつづいている。また(g)は賀茂祭御禊の日、親王が町の小路の通いどころにいたのを兼家が訪ねて、同車で見物に出かけた折の詠。「君」は兼家から親王への、親しみをこめた軽い敬称として用いられているようだ。

(h) あふひとか聞けどもよそに橘の　君がつらさを今日こそは見れ

康保三年（九六七）四月の賀茂祭見物の折、大路の向い側にいた時姫に、道綱母が上句をよみかけ、時姫が下句を付けた連歌。「君」は時姫から道綱母へ儀礼的な敬称として用いられているが、一首全体として見れば、恋の歌としてのスタイルをとっている。

以上は『蜻蛉日記』上巻全一二六首中の「君」の用例を含む歌八首である。『和泉式部日記』の場合と違って、道綱母と兼家との間では長歌の一例を除いて、「君」と呼び合う歌が皆無であるのが印象的である。

中巻では冒頭の安和二年（九六九）元旦に兼家からはじめて、

(i) 年ごとにあまれば恋ふる君がため閏月をば置くにやあるらむ（一二七）

という「君」の語を詠み込んだ一首の贈られて来たことが記されている。道綱母が年頭の寿歌「三十日三十夜はわがもとに入れて持たれば思ふことなし」の一首を道綱（当時十五歳）に持たせてやったところ、この年五月に閏月があることをふまえての返歌である。年頭の贈答なので、儀礼的な寿歌という一面もあろうが、また兼家の愛情も感じられる一首でもある。

(j) かずかずに君かたよりて引くなれば柳の眉も今ぞ開らくる（一三〇）

同年三月十五日の内裏賭弓の際、道綱母家の女房たちが後手組の求めに応じて柳の枝に青色の紙を結んで贈ったが、その返礼の歌の一首。「君」は後手組の一メンバーから女房たちへの敬称。儀礼的な用例である。

(k) あはれ今は　かく言ふ甲斐も　なけれども……　君が昔の　愛宕山……　君も嘆きを　こりつみて……　君が夜床も　荒れざらめ……　夢にも君が、君を見で……（一三六）

安和の変で大宰権帥におとされた前左大臣源高明室の愛宮（藤原師輔五女・兼家異母妹）に道綱母の贈った長歌。全一一七句の中に「君」が五回よみ込まれている。そのうち最初と最後の「君」は高明を指し、中間の三つの「君」

は愛宮を指す。道綱母の愛宮に対する憐憫と同情の心情とが色濃くあらわれた長歌で、「君」は改まった、厳粛な気構えで、相手を敬い、また親しみの気持ちをこめて用いられているのであろう。

以上見て来たごとく『蜻蛉日記』所載歌のうち「君」を詠み込む詠草はわずかに十一首にとどまる。しかも(i)の兼家の一首を除いては、兼家と道綱母とが「君」と呼び合う歌を取り交わしたことは全くなかったことが判明する。二人の関係には親しさや甘さや敬愛の念等が欠如している。義務的・政略的・形式的な関係であったと言われても仕方がないであろう。

中間冒頭の(i)の一首で、兼家は道綱母を「君がため」と詠みかけたが、この安和二年（九六九）春のころが、兼家の道綱母への愛情も相当に高揚していた時期なのであろう。正月二日には時姫方と道綱母方の下衆たちが争う事件が生じたが、兼家は道綱母に「心寄せて、いとほしげなる気色」であったという。彼女はこれが契機となって兼家の東三条院近くの邸から少し離れたところに転居させられることになったが、兼家は故意に人目に立つようすをして、「日まぜ（一日置き）などにうち通」って来た。それで道綱母は「錦を着て」というわけではないが、もと住んでいた一条西洞院の自邸に帰りたいと思ったという（『蜻蛉日記』）。いずれにしてもこの一首を除いて、兼家が道綱母に「君」と詠みかけたことはなく、二人の関係は冷え切った不毛の愛に終始したのである。

(三)『伊勢物語』『源氏物語』の「君」の歌

ここで歌物語である『伊勢物語』と、作り物語である『源氏物語』に見える「君」の語を詠み込んだ歌について、簡単に検討しておこう。『伊勢物語』は定家本で百二十五段、所収歌は全二〇九首。この中で「君」の語をよみ込んでいる歌は三十三首（「いも」一首を含む）。このうち男女間の呼称として用いられた「君」の歌は十三首であって、意外と少ない。その代り「あなた」を意味する代名詞的用法の「人」をよみ込んだ歌が二十一首ある。

…女、

梓弓引けど引かねど昔より心は君に寄りにしものを（五四）

と言ひけれど、男帰りにけり。女いとかなしくて、しりに立ちて追ひゆけど、え追ひつかで、清水のある所に臥しにけり。そこなりける岩に、およびの血して書き付けける。

あひ思はで離れぬる人をとどめかねわが身は今ぞ消え果てぬめる（五五）

と書きて、そこにいたづらになりにけり。

『伊勢物語』第二十四段の巻末。三年ぶりに家に帰ってきた男に、女は戸を開けずに今夜別の男と新枕を交わすことになっていると告げる。男はそれを聞いて、二人の前途を祝って立ち去ろうとする。――そのあとにつづく話である。この両首の場合、「君」も「人」も女から男への親しみをこめた呼びかけであることは確かであろう。ただし「あづさ弓」の歌は男に直接言いかけた歌であり、「あひ思はで」の歌は倒れた所の岩に血で書き付けた歌であるという違いはある。

昔、男ありけり。恨むる人を恨みて、

鳥の子を十をづつ十は重ぬとも思はぬ人を思ふものかは

と言へりければ…。

第五十段の冒頭。恨み言を言って来た女に「思はぬ人を思ふものかは」と男が逆襲した歌である。この場合「人」は「（私を）愛してくれないあなた」の意ももちろんあるが、「思はぬ人を思ふものかは」というのは、一般の人々の傾向でもある。その範疇で「あなた」を考えているのである。

昔、「忘れぬなめり」と、問い言しける女のもとに、

谷狭ばみ峰まで延へる玉鬘絶えむと人にわが思はなくに

第三十六段。「人」を「君」に置き換えても意味はほとんど変らない。恋情を介在しながらも、「人」と相手を呼んだ場合は、「君」に較べると、冷静で、客観的で、少し相手から距離を置いた印象を持つようである。
『伊勢物語』は物語と称してはいるが、実際に詠まれた独詠・贈答等、歌を中心に各段は成立している。そのテーマは恋愛感情・友情・親子愛・君臣間の情等であり、そのために相手を敬愛して呼びわける「君」の語をよみ込んだ歌が少なくない。また「君」に代るに「人」の語をよみ込んだ歌は、「我れ」に対する「君」という限定された世界よりも、世間や人々にも敷衍する「君」の意味をこめて詠じられていることが多い。また「君」は「我れ」からの主観的で、親近感をこめた言い方であるが、「人」は少し距離を置いた、より客観的な呼称であると言えるようだ。

ちなみに『和泉式部日記』で敦道親王と和泉式部とが相互に呼び合う「人」をよみ込んだ歌は八首（五三・五四・六七・六九・七二・八一・八四・九八）ある。

関越えて今日ぞ問ふとや人は知る思ひ絶えせぬ心づかひを（五三、宮）
あふみぢは忘れぬめりと見しものを関うち越えて問ふ人やたれ（五四、式部）
道芝の露におきゐる人によりわが手枕の袖もかはかず（八一、式部）
月も見で寝にきと言ひし人の上におきしもせじを大鳥のごと（九七、宮）

いずれの「人」も宮から式部、式部から宮への呼称として用いられているが、五三歌では「あなたをはじめとする人々」の意ととれ、五四歌では「あなたなのかしら、だれなのかしら」の意となる。八一・九七両歌も「君」を「人」に置きかえることによって、対象を朧化し、「たぶんあなただと思うが、その人」の意となっていよう。

要するに「人」が二人称として用いられる場合には、三人称を包含する場合があり、また二人称を朧化する傾向も持つ。「君」と呼びかけるよりもインパクトは弱く、これが地の文ともなれば、物語化に直結することになる。

『伊勢物語』からも影響を受けた『源氏物語』には七九五首の歌が挿入されている。しかるに「君」の語を含んだ歌は三四首。そのうち恋する男女間の敬称としての「君」を用いた詠草は一八首である。これは全七五九首のうちの二・三パーセントにしか当らない。『和泉式部日記』に較べると『源氏物語』の「君」の歌はずいぶん少ない。その一、二例をあげておこう。

…女君、涙を一目浮けて見おこせ給へる、いと忍びがたし。

身はかくてさすらへぬとも君があたり去らぬ鏡の影は離れじ（一七二）

と聞こえ給へば…（「須磨」巻）

源氏が須磨に下る直前、紫の上によみかけた歌。紫の上の答歌は「別れても影だにとまるものならば鏡を見ても慰めてまし」。年下の最愛の妻紫の上を慰撫する源氏の詠草で、いとおしさに思わず「君があたり」という敬称を用いたものと見える。

…山は鏡をかけたるやうに、きらきらと夕日に輝きたるに、昨夜分け来し道のわりなさなど、あはれ多う添へて語り給ふ。

峰の雪みぎはの氷踏み分けて君にぞまどふ道はまどはず（七四三）

「木幡の里に馬はあれど」など、あやしき硯召し出でて、手習ひ給ふ。

降り乱れみぎはに氷る雪よりも中空にてぞわれは消ぬべき（七四四）

と書き消ちたり（「浮舟」）。

匂宮が浮舟と橘の小島の対岸の隠れ家で逢瀬を楽しんでいた折の贈答。匂宮は浮舟を「君」と呼んでいるが、やはりいとおしく、親しみの感情から発せられたものであろう。浮舟の返歌には「君」の語は見えないが、「われ」とよみ込んで、「君」を意識した表現となっている。

実は『源氏物語』の恋愛関係にある男女間で取り交わされた「君」の歌は、上記の紫の上の一首は例外で、藤壺・六条御息所・朝顔・葵の上・明石御方以下の、いわゆるヒロインたちには一首も存在しない。

唐衣君が心のつらければ袂はかくぞそほちつつのみ（「末摘花」七九、末摘花）

君し来ば手なれの駒に刈り飼はむ盛り過ぎたる下葉なりとも（「紅葉賀」九〇、源の典侍）

琴の音にひきとめらるる綱手縄たゆたふ心君知るらめや（「須磨」二〇六、五節）

わが身こそうらみられけれ唐衣君が袂になれずと思へば（「行幸」三九五、末摘花）

五節を除けば、末摘花と源典侍。わざわざ彼女らの口から源氏を「君」と呼ばせているのは、元来そんな親しい呼びかけをすることは僭越、身分不相応なこと。それをあえて行なわせて、滑稽、失笑、教養のなさを強調しようとしたに違いない。

「帚木」巻の、左馬頭と指食い女との贈答に、

手を折りてあひ見しことを数ふればこれ一つやは君がうきふし（一〇）

うきふしを心一つに数へ来てこや君が手を別るべき折（一一）

とあって、両者が互いに相手を「君」と呼び合っているのも、いかにも大仰なこと。これも滑稽味を出そうとしているのだ。

これと同様のケースが「玉鬘」巻の、大夫の監が玉鬘にプロポーズする際の一首にも見える。

下りて行く際に、歌詠ままほしかりければ、やや久しう思ひめぐらして、

君にもし心違はば松浦なる鏡の神をかけて誓はむ（三四〇）

「この和歌は、仕うまつりたりとなむ思ひ給ふる」と、うち笑みたるも、世づかずうひうひしや。

玉鬘との縁談にやって来た大夫の監、何か一首詠まなくてはということで、「やや久しう思ひめぐらして」よみ

出したのがこの一首なのである。本人は「仕うまつりたり」と言い放ったが、二句と三句以下がつづかない。二句の下に「どんな罰でも受けよう」ぐらいの意をこめているようだが、ことばが足りない（完訳日本の古典17『源氏物語』四・一五七頁脚注三〇、昭和六十年二月・小学館刊）。また「この和歌」云々は「うたといはずして、和歌といへる、ゐなか人の詞なり」と宣長に指弾されている（『玉の小櫛』七）。その監が玉鬘を「君」と呼んでいるのも、現在の状況からすればきわめて不適切で、常識をわきまえない、異常に丁重な、滑稽な呼びかけである。

結び

「君」の語は『和泉式部日記』の和歌では、帥宮および和泉式部の恋愛心情が高揚したときに詠み込まれていることが多い。その用例は『日記』の何か所かに偏在しており、これが二人の恋愛心情の起伏や葛藤や消長のプロセスを示す一証となっている。

これが作り物語の『源氏物語』になると、めったなことではこの「君」が詠草に取り込まれることがない。もしこの語が和歌に用いられるとすると、多くはとうていこの「君」の語を使うのがはばかられるような人物たちによってである。紫式部の用語法のユニークさが、こんなところにも表われている。「君」という語はめったなことでは和歌には詠み込むことはできないのだと、紫式部が説いているようにも思われる。「君」は愛情が爆発したときの発語であるという認識であろう。

そういえば『蜻蛉日記』の道綱母の歌では、兼家を「君」と呼ぶことがない。また兼家が道綱母に「君」と呼びかけた歌も一首しかない。不毛の愛の記録が『蜻蛉日記』なのである。

『伊勢物語』の歌にも「君」の語はかなり出て来る。愛の物語と言われるゆえんであろう。また業平を中心とする実在の人物の詠草をもとにした物語であるから、作り物語の『源氏物語』よりは「君」の歌が目立つのであろう。

『伊勢物語』では「君」に代るに「人」を詠み込んだ歌も多いが、「人」には三人称を背後に含蓄したところがあり、「君」よりは相手から少し距離を置いた、一段と客観的な視座からの呼称であるようだ。

いずれにしても『和泉式部日記』の詠草には「君」の語が頻出する。それがこの『日記』の構成・ストーリー展開に起伏・変化をもたらしているのである。

三 『堤中納言物語』小考

㈠ 「虫めづる姫君」の人物呼称

十編の短編と一つの断章からなる『堤中納言物語』は、「そのおのおのにその数と等しい作者が居り、成立年時も中古から中世にかけて分散しているとするのが定説」だそうである〈稲賀敬二氏『堤中納言物語』〈日本古典文学全集〉解説、昭和四十七年八月・小学館刊〉。たとえば「虫めづる姫君」は『源氏物語』式の美しい場面描写がなく、文章の歯切れもよく、猟奇的な素材からも推して、作者は男性であろうとされる〈山岸徳平博士『堤中納言物語評解』解題、昭和二十九年十一月・有精堂出版刊、市田瑛子氏「堤中納言物語概説」〈松尾聰博士『堤中納言物語全釈』昭和四十六年一月・笠間書院刊所収〉など〉。実は作中人物の呼称を調べてみても、この「虫めづる姫君」は他の各編とかなり異なる傾向を見せている。

各編の主なる作中人物とその呼称とを列挙してみよう。

〔花桜折る少将〕

○少納言の君・弁の君・中将の君・中将の君・中将の乳母・故源中納言のむすめ・大上

○源中将・兵衛佐・殿・大将

○光遠・光季・をのこども
〔このついで〕
○中納言の君・中将の君・宰相の君・少将の君・ある君達・をばなる人
○宰相の中将・殿・上
〔虫めづる姫君〕
○按察の大納言の御女・兵衛といふ人・小大輔といふ人・左近といふ人・大輔の君といふ（人）
○大殿・右馬助・中将
○けらを・ひきまろ・いなかたち・いなごまろ・あまびこ
〔ほどほどの懸想〕
○式部卿の宮の姫君・上・中将・侍従の君
○頭中将（君の御方）・宮（八条の宮・故宮）
○（御）小舎人童・（君の御方に若くて候ふ）男
〔逢坂越えぬ権中納言〕
○中宮・小宰相（の君）・少将の君・宮・宰相の君
○蔵人少将・中納言・左中弁・四位少将・上・蔵人少将
〔貝合せ〕
○姫君・東の御方（姫君）・大輔の君・承香殿の御方・侍従の君・藤壷の御方・上（との御方）・内大臣殿の上
○蔵人少将・若君
○随身

〔思はぬ方にとまりする少将〕
○大納言の姫君・侍従・弁（の君）・少納言の君・中の君・中の君の御乳母なりし人・左衛門尉といふが妻・按察の大納言の御許・北の方・大将殿の上・侍従（の君）
○故大納言・（右大将の御子の）少将（の君）・大将殿（の君）・左衛門（尉）・按察の大納言・（右大臣殿の権）少将（殿）
○清季
〔はなだの女御〕
○命婦の君・女院・大君・一品の宮・中の君・だいわうの宮・三の君・皇后宮・四の君・中宮・五の君・四条の宮・六の君・承香殿・七の君・弘徽殿・八の君・宣耀殿・麗景殿・九の君・十の君・淑景舎・五節の君・御匣殿・東の御方・いとこの君・その御おとうとの四の君・右大臣殿の中の君・西の御方・帥の宮の上・左大臣殿の姫君・尼君・斎院・北の方・斎宮・小命婦の君・よめの君・中務の宮の上
○すき者・父大臣
〔はいずみ〕
○（事もかなはぬ）人（女）・（親しき人の）むすめ
○（品いやしからぬ）人（男・殿）
○（小舎人）童・大原のいまこ
〔よしなしごと〕
○（人のかしづく）むすめ
○（ゆゑだつ）僧・（女の師にしける）僧・やまがつ品尽くの乞麿

右に見られるとおり、「虫めづる姫君」での女房名は「～といふ人」で統一されており、「はいずみ」と「よしなしごと」を除いた「花桜折る少将」以下の各編の「～の君」式の呼称とはきわだった相違を見せている。また「虫めづる姫君」では「ある上達部の御子」である右馬助（正六位相当）が男主人公となっている。これは好き者ということで『伊勢物語』の右馬頭（業平）や『源氏物語』「帚木」巻の左馬頭などからイメージされた人物造型でもあろう。しかしこれも「花桜折る少将」の源中将や「このついで」の宰相の中将、「ほどほどの懸想」の頭中将、「貝合せ」の「蔵人少将」、「思はぬ方にとまりする少将」の両少将、さらには「逢坂越えぬ権中納言」の中納言らの男君たちに較べると、官位の低さが目立ち、印象は異色である。ヒロインが虫めづる姫君というこれまた異様な女君であるから、その相手としては右馬助あたりが適当と考えられたのかも知れないが、これを少将（正五位相当）に置き換えても何ら不都合のないようにも思われる。

なお「花桜折る少将」の姫君は故源中納言のむすめであり、やはり右馬助が男主人公という設定がユニークなのである。「貝合せ」の姫君も若君（弟）一人しか頼りになれないという境遇。「ほどほどの懸想」の姫君も故式部卿の宮のむすめ。「故大納言も母上もうちつづき隠れ給」うた状況。「はいずみ」のヒロインも身寄りのない「こともかなはぬ人」であった。また「逢坂越えぬ権中納言」の姫宮も、侍女の宰相の君に「例は宮に教ふる」と言っているから、両親は早く亡くなっているのであろう。さらに「このついで」の三つの話に登場する女性たちもいずれも身寄りがなかったり、つらく心細い境遇にあったらしい。両親がきちんと揃っているのは、この虫めづる姫君と、「はなだの女御」の「人の上言ふ」女性たちぐらいであろう。もっとも後者の親は「いやしからぬ人なれど、いかに思ふにか、宮仕へに出だし立てて、殿ばら・宮ばら・女御たちの御許に、一人づつ参らせた」というから、いっぷう変っている。

こんなふうに「虫めづる姫君」の人物呼称やその設定は「花桜折る少将」以下の各編とは相当に異なる。それで少なくともこれが「逢坂越えぬ権中納言」の作者である小式部の手になるとはちょっと考えられないのである。

(二)「はいずみ」「よしなしごと」の人物呼称

人物呼称のユニークさという点では、主人公を三人称化して「人」とか「女」と称する「はいずみ」や、同じく「僧」「むすめ」と呼ぶ「よしなしごと」の二編も注目される。山岸徳平博士は「只感じだけで、学的な根拠は何もない」と断りつつ、「はいずみ」は「文章の張体である点や、記述の明断な点や、対話の緊密な点などからも推察して、恐らく男性の手になったものであろう」と説かれている（前掲書）。また「よしなしごと」の作者についても「的証はないから、推測の範囲を出ない」としながらも、「禅宗にも含みを持つ他宗の僧」などではないかと考えられた（同書）。これを人物呼称という観点から見れば、この二編は穂積陳重氏の説かれた「絶対的避称」や「関係的避称」で作中人物を記している「花桜折る少将」以下の諸編とは明らかに異質である（『実名敬避俗研究』一〇〇―〇三頁、大正十五年六月・刀江書院刊参照）。

なお、「はいずみ」に「女、いとあさましくいかに思ひりぬるにかと、あきれて行き着きぬ。降ろして、二人臥しぬ」とある。これは『落窪物語』巻一の、「（帯刀は阿漕を）強ひて率て行きて臥しぬ」とか「女（落窪）臥したるが、うたて覚ゆれば、起くれば、『苦しう覚え給はむ。何か起き給ふ。やがて』とて、臥し給ひぬ」といった直截な表現と酷似する。山岸博士が説かれた「文章の張体」「記述の明断」等の「はいずみ」の特色は、こんなところからも感じられるのではなかろうか。

「虫めづる姫君」「はいずみ」「よしなしごと」の三編を除いた他の七編は、人物呼称という点では、ほぼ共通の基盤を持っているようである。

(1)　主要な女房は「～の君」と記されている（会話文・地の文とも）。

(2)　「北の方」は「思はぬ方にとまりする少将」および「はなだの女御」に各一例。「上」（「このついで」「ほどほどの懸想」「貝合せ」「思はぬ方にとまりする少将」「はなだの女御」）が圧倒的に多い（他に「花桜折る少将」に「大上」）。

(3)「～の御方」の用例は「貝合せ」「思はぬ方にとまりする少将」「はなだの女御」等に見える（他に「ほどほどの懸想」に主人公の頭中将邸をさして「君の御方」の用例がある）。

(4)男性はごく低い身分の者を除いて、官職名（絶対的避称）で記す。

(5)「殿」は内大臣（「貝合」）・右大臣（「思はぬ方にとまりする少将」「はなだの女御」）・大将（「思はぬ方にとまりする少将」）等に添えられている（他に「花桜折る少将」で源中将の父邸を、「このついで」で宰相中将の父邸に用いる。なお、「思はぬ方にとまりする少将」で、手紙の署名として「権少将殿」「少将殿」の用例あり）。

以上のごとく各編に共通する人物呼称の傾向から推して、これら七編は一人の作者の手になる可能性が強い。とすれば天喜三年（一〇五五）五月三日庚申に催された「六条斎院（禖子内親王）物語合」に「逢坂越えぬ権中納言」が小式部の作とされ、本編中の「君が代の」の一首が出詠されているのであるから、「花桜折る少将」以下の七編は小式部の作と言いうるのではないか。

(三)「はなだの女御」「花桜折る少将」「貝合せ」

「逢坂越えぬ権中納言」に永承六年（一〇五一）五月五日の「殿上根合」の影響があることはすでに指摘がある（山岸博士前掲書）。また中納言が姫宮にめんめんと自分の想いを訴えるありさまを述べて、「奥のえびすも思ひ知りぬべし」と記すが、これが同年（一〇五一）から始まった前九年の役における安倍頼時らの反乱を反映した語句であることも岡一男博士の説かれたところである（『古典と作家』三四九頁、昭和十八年七月・文林堂双魚房刊）。

「はなだの女御」に「女御の宮」が登場するが、式部卿宮為平親王一女の婉子女王が花山天皇女御として寛和元年（九八五）に入内して以来、宮家姫君の入内は途絶。後朱雀朝長暦元年（一〇三七）に至って故式部卿宮敦康親王のむすめ嫄子女王が女御となっている（『一代要記』）。「女御の宮」はこの嫄子女王がモデルになっているのであろう。

「花桜折る少将」には源中将が盗み出そうとした姫君につき、「故源中納言のむすめになむ。まことをかしげにぞ侍るなる。かの御をぢの大将なむ。迎えて内裏に奉らむと申すなる」と見える。主人公の源中将の呼称からしても『源氏物語』の影響のあることは明白だが、この姫君も父の故右衛門督で中納言が「宮仕へに出だし立てむと漏し奏」していた空蟬をモデルにしていることは疑いない（「帚木」巻）。ただし故人の姫君を養女にして入内させるというのは、前出の故敦康親王のむすめ嫄子女王が関白左大臣藤原頼通の養女となって入内したのをふまえているのであろう（『一代要記』）。もっとも中納言の姫君が入内した例は、中納言源庶明のむすめ計子が村上天皇の更衣となったのが最後である（『歴代皇紀』）。この「花桜」の姫君は『源氏』の空蟬を直接のモデルにしているにしても、たぶん後朱雀朝長久三年（一〇四二）三月入内の女御延子が権大納言・東宮大夫藤原頼宗のむすめである事実に拠っているのだと思う（『一代要記』）。

「はなだの女御」では女院以下二十人の高貴な女性が草花にたとえられている。その記述は女院・一品の宮・だいわう（太后）の宮・皇后宮・四条の宮の女御・承香殿・弘徽殿・宣耀殿・麗景殿…の順になされており、四条の宮の女御と承香殿とが弘徽殿以下の后妃たちに先行している。なお「貝合せ」にも「承香殿の御方」の呼称が見えており、承香殿の目立つのが注目される。山岸博士は四条宮の女御のモデルは花山天皇女御で、関白藤原頼忠の四女の諟子であり、また承香殿のモデルは左大臣藤原顕光一女の一条天皇女御元子であろうとされている（前掲『堤中納言物語評解』解題）。ただ現実の承香殿女御元子は長徳四年（九九八）六月に太秦広隆寺参籠中に産気づいて水を産むという珍事があり（『栄花物語』「浦々の別れ」巻）、その折、以前承香殿の女童に悪口を言われた弘徽殿女御藤原義子方の女房たちから「いみじうおこがましげに」言われたという（同巻）。そういう承香殿元子であるとしたら、弘徽殿以下に先行するような序列で登場するのはおかしいのではないか。四条宮の女御のモデルはたぶん永承五年（一〇五〇）十二月に後冷泉天皇后となった関白藤原頼通のむすめの寛子ではないか（『一代要記』）。寛子は里内裏京極殿焼亡によって、天喜二年（一〇五四）十二月頼通の四条宮に遷幸の際渡御（『栄花物語』「根合せ」巻）、四条宮と称された（同「松の下枝」巻）。なお承香殿は後冷泉天皇の東宮時代に入内し、永承元年（一〇四六）七月に立后した章子内親王であろう。内親王は後一条天皇の第一皇女、母は中宮藤原威子。天喜二年（一〇五四）正月に里内裏高陽院が焼亡して冷泉院に遷幸した折、「皇后宮は承香殿などおぼしきにおはしま」したというから（『栄花物語』「根合せ」巻）、内裏にいるときは承香殿を用いていたのであろう。『栄花物語』「松の下枝」巻によると、「この殿（頼通）は四条の宮（寛子）参らせ給へりしかど、（後冷泉天皇は）中宮（章子）の御事をばところ置き参らせさせ給ひて、物をご覧ずるにも、何ごとにもまづあの御方（章子）のことをとおぼし掟てさせ給へり。女院（上東門院彰子）のおぼしめさんこともあり、人（寛子）よこさまに参らせ給ふ、故院（後一条天皇）の御事もあれば、さこそはあるべきことなれど……」とあって、章子内親王が後冷泉天皇から相当に好遇されたことが知られる。その章子内親王が承香殿にいたとすれば、「このついで」の承香殿の御方重視の理由も理解できると思われる。

なお人名呼称の相違から他の諸編とは別筆と考えられる「虫めづる姫君」に、主人公の右馬助が「ある上達部の御子」とされている。これもめずらしいケースで、『公卿補任』などによると、永延二年（九八八）に藤原朝経（大納言朝光男）が右馬助に、治安三年（一〇二三）に源資通（従三位済政一男）が左馬助に、延久元年（一〇六九）に源重資（故権中納言経成男）が右馬助に任ぜられている例が見られるくらいで、他には左大臣道長息の右馬頭顕信や民部卿源道方六男の左馬頭経信の名が目立つ程度である。このうち資通の父済政は公卿には列していないので、あるいは重資あたりが本編の右馬助のモデルになっているのかも知れない。

要するに、「はなだの女御」や「花桜折る少将」「貝合せ」などの諸編は、小式部の「逢坂越えぬ権中納言」とほぼ同時代の成立であることが確信されるのである。また別筆の「虫めづる姫君」もこれらの諸編とほど遠からぬ時期の成立であろうと推量される。

㈣『堤中納言物語』の求心性

「虫めづる姫君」「はいずみ」「よしなしごと」の作者が各々別人とするならば、『堤中納言物語』は少なくとも四人の作者の手に成ったことになる。その『堤中納言物語』が一つの短編小説として求心力を持つとしたら、それはどこにあるのだろうか。その一端は「花桜折る少将」から「はいずみ」に至る九編に見られる四十八首の和歌の用いられ方にありそうである。『堤中納言物語』における和歌はほとんどの場合、会話文や手紙文の一つとして用いられており、いわば聞き手（読み手）を予想しての日常会話的な性格を有しているということである。

　花の木どもの咲き乱れたる、いと多く散るを見て、
　　あかで散る花見る折はひたみちに　（4a）
とあれば、佐、
　　わが身にかつは弱りにしかな　（4b）
とのたまふ。中将の君、「さらばかひなくや」とて、
　　散る花を惜しみとめても君なくは誰にか見せむ宿の桜を　（5）
とのたまふ。

（4a）の「とあれば」は「のたまへば」の意である。もともと連歌がことばの掛け合いになるのは当然だが、「のたまふ」の連発にも象徴されるように、これらの歌は自然や机を前にして、個人的な述懐や詠嘆をよみ上げるといっ

た類の作ではない。ふつうなら単なる会話の取り交わしが、五七五七七の韻文でなされているというに過ぎない。

「さらば、いざよ」とて（児を）かき抱きて出でけるを、（女は）いと心苦しげに見送りて、前なる火取りを手まさぐりにして、

こ（子・籠）だにかくあくがれ出では薫物のひとり（一人・火取り）やいとど思ひこがれむ（6）

と忍びやかに言ふを、屏風のうしろに聞きて、いみじうあはれに覚えければ、児も返して、そのままになむ居られし。

この場合も女は男に聞こえる程度の忍びやかな声で一人取り残されるさびしさを訴え、男がそれを聞いてそのまま女の許に泊まったというのであるから、やはり一首は話しかけの手段となっているのである。「ことば」で言わず、「うた」で「言ふ」のは、「うた」の持つ神秘な力＝歌徳がまだ信仰されていたからであろう。

（少将は）初瀬へ参りたりつるほどのことなど（姫君に）語り給ふに、ありつる（姫君の）御手習ひのあるを見給ひて、

常磐なる軒のしのぶを知らずしてかれ行く秋のけしきとや思ふ（30）

と書き添へて見せ奉り給へば、いと恥しうて、御顔引き入れ給へるさま、いとらうたく児めきたり。

これは「言ふ」のでなくて、姫君の歌の傍に少将が自詠を書き加えたというケースである。しかしこれも話しかけの代用であることは、その直前まで「語り給ふ」ていたと述べられているので明白である。ここだけ無言になって書いた「うた」になっているのは、姫君の手習い歌が少将の愛に不安を抱いた内容であり、少将の歌（30）はその心浅いことをいましめる内容であるゆえ、少将も「ことば」では言いにくい。姫君にも恥ずかしい思いをさせることになるからである。現代のわれわれでも相手に言いにくいことは、手紙に書いたり、文書で伝えようという心理が働くのと同じであろう。まして平安貴族はダイレクトな物言いを好まないという特性がある。

こういう「ことば」の感覚で言われている「うた」であるから、晴れの場における詠草も、根合せ果てて、歌の折になりぬ。（中略）

左、

君が代の長きためしにあやめ草千尋に余る根をぞ引きつる（21）

右、

なべてのと誰か見るべきあやめ草安積の沼の根にこそありけれ（22）

とのたまへば、少将「さらに劣らじものを」とて、

いづれともいかが分くべきあやめ草同じ淀野に生ふる根なれば（23）

とのたまふほどに、上聞かせ給ひてゆかしう思しめさるれば、忍びやかにて渡らせ給へり。

とあるように、決してよまれるものではない。言われているのである。

こういう現象は、人物呼称の観点から別の作者の手に成ると推量される「虫めづる姫君」や「はいずみ」でも例外ではない。

「いかなる人、蝶めづる姫君につかまつらむ」とて、兵衛といふ人、

いかでわれ説かむ方なく居てしがなかは虫ながら見るわざはせじ（9）

と言へば、小大輔といふ人笑ひて、

うらやまし花や蝶やと言ふめれどかは虫くさき世をも見るかな（10）

など言ひて笑へば、「からしや、眉はしもかは虫だちためり」「さて、歯ぐきは皮のむけたるにやあらむ」とて、

左近といふ人、

冬来れば衣頼もし寒くともかは虫多く見ゆるあたりは（11）

衣など着ずともあらむかし」など言ひ合へるを……。

（11）のケースでは、下句から会話文につづけて、「かは虫多く見ゆるあたりは衣など[5]着ずともあらむかし[5]」と意味的にも、リズム的にもスムーズに連接している。和歌が完全に話しことばの一部として用いられているのである。「ことば」でも通ずるところを「うた」形式で言っているのは、（9）はいつまでもこんな毛虫だらけの環境であるとは思えないということを、（10）は毛虫くさいめを見たくないということを取り立てて周囲にアピールしたいからであろう。（11）は半分皮肉まじりにこんなに毛虫がいるこの御殿では冬でも着物は十分だと特に言いたいのである。「うた」にすることによって自己の意志を際立たせ、誇張し、相手にインパクトを与えて、いっそうの理解を期待しているのである。「はいずみ」の、

（女は）泣く泣く、「かやうに申せ」とて、

いづくにか送りはせしと人問はば心はゆかぬ涙川まで（46）

と言ふを聞きて、童も泣く泣く馬にうち乗りて、ほどもなく来着きぬ。

これも込み上げる悲しみの中で、夫に対する伝言として言われた歌である。日常会話において取り立てて強調したいこと、アピールしたいこと、ダイレクトには言いにくいこと等は、すべて「うた」にして相手に「言う」というスタイルが出来上っているのである。『堤中納言物語』の「よしなしごと」を除く他の九編をつらぬくものの一つは、こういう「ことば」に代る言う「うた」である。

㈤　『堤中納言物語』の音数律

言う「うた」は日常の会話の延長・発展として生まれて来るものである。とすれば逆に語りの形式になっている物語本文に、ある種のリズムがあっても当然であろう。そういうリズム的要素が語りにあるからこそ、自然に歌も

口の端に乗るのである。

月にはかられて夜深く起きにけるも、思ふらむところいとほしけれど、立ち帰らむも遠きほどなれば、やうやう行くに、小家などに例おとなふものも聞こえず。くまなき月にところどころの花の木どもも、一重にまがひぬべく霞みたり。いま少し過ぎて見つるところよりもおもしろく、過ぎがたき心地して、

そなたへと行きもやられず花桜匂ふ木蔭に旅立たれつつ（1）

とうち誦じて、はやくここに物言ひし人ありと思い出でて立ちやすらふに……。

「花桜折る少将」の冒頭部である。五音・七音の句がのべつくまなく出て来る。こういう音数律を内包した文章だから、五七五七七の三十一文字から成る和歌にも抵抗なく変化できるのである。なお（1）歌は相手を意識せずに「うち誦」された独白歌で、『堤中納言物語』の中ではめずらしい用例の一つである。

御遊び果てて、中納言、中宮の御方にさしのぞき給へれば、若き人々心地よげにうち笑ひつつ、「いみじき方人参らせ給へり。あれをこそ」など言へば、「何ごとせさせ給ふぞ」とのたまへば、「あさて根合せ侍り。潮いづかたにか寄らむと思しめす」と聞こゆれば、「あやめも知らぬ身なれども、引き取り給はむ方にこそは」とのたまへば、「あやめも知らせ、給はざなれば、右には不用にこそは。さらばこなたに」とて、小宰相の君押し取り聞こえさせつれば……。

小式部の「逢坂越えぬ権中納言」の一節、地の文だけでなく、会話文そのものに五音・七音の語句が頻出する。前述の「うた」が「ことば」的であるのに対して、「うたう」ような「ことば」がこれに当ると言ってもよい。こういう傾向は他の諸編にも多かれ少なかれ見られる。

「入らせ給へ。端あらはなり」と聞こえさすれば、「これを制せむと思ひて言ふ」と覚えて……。

（「虫めづる姫君」）

「たがともなくて[7]さし置かせて来給へよ[5]。さて、今日のありさまの[5]見せたまへよ。さらばまたまたも[5]」と言へば……。（「貝合せ」）

「御方こそ。この花は[5]いかがご覧ずる[5]」と言へば、「いざ、人々に[5]たとへ聞こえむ[7]」とて……。（「はなだの女御」）

「道すがら[5]をやみなくなむ[7]泣かせ給へる[7]」と、「あたら御さまを[5]」と言へば……。（「はいずみ」）

そういう分析を「よしなしごと」にも施してみると、意外にもその文章にも同様の音数律が働いているのである。

まづいるべき物どもよな。雲の上に響きのぼらむ[7]料に天の羽衣[7]、ひとついと[5]、れうに侍る。求めてたまへ[7]。それならではただの袙、衾、せめてはならはぬ野の破れ襖にても[7]。かかる文など[7]人に見せさせ[7]給ひそ。ふくつけ《(かカ)》たりけるものか[5]なと見る人もぞ侍る[5]。御かへりは裏によ。ゆめゆめ。

『堤中納言物語』は一見脈絡のない十編の短編小説の寄せ集めのような印象がある。その十編をつなぐ求心力の一端は、実は各編に存在するこういう七音・五音を中心とする音数律にあったのである。その伝統的なリズム形式はやがて今様歌などにも及ぶのであるが、この今様歌にも近い音数律を内包しているのが『堤中納言物語』の文章だと言ってもよい。

㈥『堤中納言物語』の成立と作者

十編の短編をつらぬくものとして、各編いずれにも共通する「複式構成」とも称すべき手法のあることとも指摘しておきたい。⑴「逢坂越えぬ権中納言」は①中納言参内、②根合せの二場面を経て、③逢坂越えぬという主題に至る。⑵「花桜折る少将」は①少将の花桜匂う木蔭のかいま見、②源中将らとの唱和の段を経て、③花桜折るという本題に至る。⑶「貝合せ」は①少将の琴の音に立ち止まる場面を前置きし、②つぎに主題たる貝合せの家の条に入る。⑷「はいずみ」も①旧妻との別れの段を経て、②新妻のはいずみで失敗する本題に入る。また⑸「虫めづる姫君」も①前段の姫君の異常な趣味を叙し、②後段は姫君と右馬助とのやりとりに紙数を費している。

さらに⑹「このついで」も①宰相中将の登場の場面を設け、②つぎに女房三人の物語のシーンとなるが、②の中将の君・中納言の君・少将の君の物語はいわゆるオムニバス形式と称しうるものである。この形式は小舎人と童女・若い男と女房・頭中将と姫君という、三様の恋愛談を重ねた⑺「ほどほどの懸想」でもとられている。そしてこれをいっそう細分化したのが⑻「はなだの女御」ということができよう。

なお、⑼「よしなしごと」は①最初にめずらしい消息文を紹介するという作者の断わりがあって、②つぎによしなしごとを書き連ねた書簡文がつづく。⑽「思はぬ方にとまりする少将」や「はなだの女御」も作者の感想を記して本題に入るという趣向をとっている。

こうした「複式構成」は『伊勢物語』や『大和物語』の説話類とはいささか趣を異にしている。ダイレクトに主題に入らないで、導入部や迂回の筋立てが意識されているのである。

他にも各編の多くは起筆・擱筆の方法において類似している。「花桜折る少将」と「貝合せ」の冒頭文は酷似し、また「貝合せ」「このついで」「ほどほどの懸想」は各々「……とや」「……とぞ」「……とかや」と打聞きの体で筆を置く。さらに「思はぬ方にとまりする少将」の「本にも『本のまま』と見ゆ」の結辞も原典に拠ったふうにしている。なお「花桜折る少将」「虫めづる姫君」「はなだの女御」の末尾はともにのちの話を想像させる語句で擱筆している。

各編に存在するこのような「複式構成」や起筆・擱筆の手法は、その日常会話的な和歌や七音・五音の語句の頻用という現象とともに、『堤中納言物語』を一つの統一体の小説とするのにおおいに役立っている。複数の作者の手に成るとされる十編の短編小説は、そう異質のもの同士であるとも思えない。多少の幅はあろうけれども、各々は時間的にも空間的にもごく近く狭い範囲で書き上げられたものと推量される。それは当然ながら後冷泉朝天喜三年（一〇五五）五月存生の、祐子内親王（一〇三八―一一〇五）家の女房である小式部（久下裕利氏『狭衣物語の人物と方法』二三九―二四〇頁、平成五年一月・新典社刊参照）の周辺に求められなくてはなるまい。

四　『狭衣物語』考——行事の描写から作者に及ぶ——

㈠　『狭衣物語』の独自性

『狭衣物語』は『源氏物語』の亜流であると言われて久しい。もっとも亜流は亜流なりに、独自の世界を持っていることも、諸家の指摘するところである。最近読んだ大塚ひかり氏の「大声で泣け！狭衣大将」の一編（新編日本古典文学全集29『狭衣物語①』月報56、一九九九年十月・小学館刊）は『狭衣物語』の独自性を明快に言い得ていて、痛快であった。たとえば狭衣大将と飛鳥井の女君との出会いは、『源氏』的な世界とはかなり隔たる卑俗なものであること。その女君にはゲンキンな乳母が付いていて、女君をだまして九州行きの船に乗せ、金持ちの受領の道成にあてがってしまうが、この道成の言動には品がないこと。女二の宮の妊娠発覚の条の品の無さ。女二の宮の生んだ若宮が生理のとまった母宮の子として公表されたこと等々。大塚氏は「このえげつないほどの分りやすさと短絡性こそ『狭衣』の特徴であり面白さなのだ。それは時にストーリーを大袈裟にもするし、時に悪役を作りもする」と説かれた。かつ「狭い貴族社会で波風立てまいと、笑うことも怒ることも忘れた主人公が愛する人とすれ違い、コミュニケーション能力を低下させていく傍らで」、犯されて傷ついた姫君に「大声で泣け！」と激怒するような脇役（＝悪役）もおり、「その（脇役の）叫びにこそ、『狭衣』の存在価値がある」とも述べられている。

大塚氏のご指摘はいずれも首肯できるところであろう。ただ『狭衣物語』全編が「えげつないほどの分りやすさと短絡性」におおわれており、また「同情の余地のない悪役」にみちみちているかといえば、必ずしもそうではない。『源氏物語』に較べて、新たにそういう傾向も垣間見られるということであって、おおかたは『源氏物語』ふうな雅やかな物語世界が展開している。『狭衣物語』が『源氏物語』の亜流といわれるゆえんである。

もっとも狭衣大将は光源氏というよりも薫大将的であるように『狭衣物語』の構築する物語世界は『源氏物語』のそれから着実に変化をとげている。たとえば『狭衣物語』には年中行事の描写が『源氏物語』に較べて極端に少ないという事実がある。

『源氏物語』では季節の推移にしたがって、白馬節会（「末摘花」「賢木」「少女」巻）・子日の遊び（「初音」巻）・県召除目（「賢木」巻）・仁王会（「明石」巻）・上巳の祓（「須磨」巻）・石清水臨時祭（「若菜下」巻）・灌仏会（「藤裏葉」巻）・賀茂祭（「葵」「花散里」「若菜下」「幻」「宿木」巻）・端午（「帚木」「蛍」「藤裏葉」巻）・七夕祭（「幻」「総角」「東屋」巻）・相撲節（「竹河」「椎本」巻）・十五夜（「須磨」「鈴虫」巻）・重陽の宴（「帚木」「幻」巻）・亥猪（「葵」巻）・五節（「少女」「幻」「総角」巻）・賀茂臨時祭（「帚木」巻）・御仏名（「幻」巻）・追儺（「紅葉賀」「幻」巻）等々の行事が登場し、しかもそのどれもがストーリーの展開に大きく作用している。また桐壺・冷泉両帝の時代には年中行事が盛んに行なわれているのに、朱雀天皇のときにはその描写がほとんど見られない。つまり年中行事の開催が天皇の治政のすぐれていることも間接的に伝えているのである。なお、行事の設定・描写が、『源氏物語』の場合、女性たちの男性品定めの役割を担っていることは、Ⅰの「㈢　行事の場面の役割」に説いた。あわせて参照されたい。

(二) 『狭衣物語』に描かれた年中行事

これに対して『狭衣物語』に描かれている年中行事は、これに準ずるその他の諸行事を含めても、きわめて少ない。

粥杖(御粥・一月十五日)、巻四・325p
斎院御禊(四月中午又は末日)、巻三・148p
賀茂祭(四月中酉日)、巻一・134p、巻三・145 153p、158p(還饗)、巻四・362 365p
端午(五月五日)、巻一・30 33p、37p(節会)
相撲(七月)、巻四・253p
相嘗祭(十一月上卯日)、巻三・188p
五節(十一月中丑日)、巻一・70p、巻四・224 362p
大嘗祭(中卯日)、巻二・268p

＊ ＊ ＊ ＊

直物、巻一・103p(九月一日ごろ)
行幸、巻一・134p、巻二・272p(朝観)、巻四・293p(朝観)、370p(堀河院行幸・皇子誕生)、373p、374p(賀茂行幸・九月晦日)、376p(平野行幸・十月十日)、404p(朝観・九月一日ごろ)
関白賀茂詣、巻四・218p
法華八講、巻三・170p(九月)
土忌、巻一・70p、129p(土公)
方違へ、巻一・70p

産養ひ、巻四・251p
五十日、巻二・255p、巻四・252p
袴着、巻三・125p、129p、巻四・379p
腰結ひ、巻三・128p
裳着、巻四・378p、392p
元服、巻四・253p、378p
御国譲、巻四・344p、350p
神事、巻二・200p、巻四・359p
物詣で、（高野・粉河詣）巻二・293p
遊び、巻一・4051p（夜の遊び）、188p
内裏参り、巻一・86p、巻二・273p、278p、巻三・34p、45 66 86p、巻四・320p

以上が『狭衣物語』における行事関係の記事（単なる語句も含む。頁数は新編日本古典文学全集本による）の主要なものである。一見していわゆる『年中行事絵巻』や『年中行事御障子』等に見える諸行事の描述がきわめて少ないことに気づくであろう。また産養いや裳着・元服等の通過儀礼や、その他の臨時の行事などもごく少々しか『狭衣物語』にはあらわれない。

もっとも内容的には相当にくわしく、生彩ある描写の行事もなくはない。

五月四日にもなりぬ。中将の君（狭衣）、内裏よりまかり出で給ふに、道すがら見給へば、菖蒲引き掛けぬ賤の男なく、行きちがひつつ、もて扱ふさまども、げに〈かく深かりける十市の里のこひぢなるらん〉と見ゆる、足もとどものいみじげなるも知らず、いと多く持ちたるを、〈いかに苦しかるらん〉と、目とどまりて、

うき沈みねのみなかるる菖蒲草かかるこひぢと人も知らぬに
と思さる。玉の台の軒端に掛けて見給ふは、をかしうのみこそあるを、御車のさきに、顔なども見えぬまで行きやらぬを……。(中略)
大きなるも小さきも、端ごとに葺き騒ぐを、御車より少しのぞきつつ見過ぐし給ふに、いひ知らず小さき草の庵どもに、ただ一筋づつなど置き渡すを、〈何の人真似すらん〉と、あはれに見給ふ。(中略)
またの日(五日)は、さるべき所々になほざりの御文書き給ふ。紙の色・下絵の心ばへ、人よりことなる御文のほどのしるしなめれ、あまた取り散らして、墨こまやかに押し磨りつつ書き給ふ。

最初は端午の四日の路上の光景である。足もとを沼の泥で汚して抜いて来たと思われる男どもが、かつげるだけの菖蒲をになって行き来している。狭衣の車の屋形にも前方が見えないほどに菖蒲がつけられている。つづいて路傍の大小の家々を見ると、どの家でも菖蒲を葺こうと大騒ぎである。中にはとてつもなく小さな草庵ふぜいの家々でも一本ずつ菖蒲をつまにさしているのがある。これにはさすがに「(そんな身分で)どうして人まねをするのだろう」と思われる。つづいて五日。狭衣はほんの挨拶ていどの文をしかるべき間柄の女性たちに贈る。たとえば、「恋ひ渡る袂はいつも乾かぬにけふは菖蒲のねをぞ添へたる」(宣耀殿宛)といった一首で、端午の風物にひき掛けた内容の歌を、菖蒲などとともに、これにふさわしい色紙などに記し、包んで贈ったというのである。
『源氏物語』には「帚木」巻の「雨夜の品定め」の終段に、
歌よむと思へる人の、(中略)さるべき節会など、五月の節に急ぎ参る朝、何のあやめも思ひしづめられぬに、えならぬ根を引きかけ、九日の宴に、まづ難き詩の心を思ひめぐらして、暇なき折に、菊の露をかこち寄せなどやうの、つきなき営みに合せ、(中略)目にとまらぬなどを、推し量りよみ出でたる、なかなか心おくれて見ゆ。
とあり、また「藤裏葉」巻末段の、冷泉院の六条院行幸の折、左右の近衛の官人たちが馬場殿に馬を引く作法が、

「五月の節にあやめわかれず通ひたり（端午の節句のときの競馬の作法と区別がつかない）」と記されている。前者は五月の節に迷惑な挨拶歌をよみかけられる難儀を言い、後者は五日の競馬の例で六条院行幸の盛儀を伝えようとしたものである。いずれにしても端午を迎える町家の実景を具体的に述べたものではない。五月の節にまつわる心情やイメージを伝達しようとしているのである。

五月の節の具体的描写としては、むしろ『枕草子』の方が精細である。たとえば、

節は五月にしくはなし。菖蒲・蓬などのかをり合ひたるも、いみじうをかし。九重の内をはじめて、言ひ知らぬたみしかはら（礫瓦。身分のいやしい者）の住みかまで、〈いかでわがもとにしげく葺かむ〉と葺き渡したる、なほいとめづらしく、いつかこと折は、さはしたりし。

空の景色の曇り渡りたるに、后の宮などには、縫殿より御薬玉とて、色々の糸を組みさげて参らせたれば、御帳立てたる母屋の柱に、左右に付けたり。（中略）

御節句参り、若き人々は、菖蒲のさし櫛さし、物忌（札）つけなどして、さまざま唐衣・汗衫・長き根・をかしき折り枝ども、むら濃の組して結びつけなどしたる、めづらしう言ふべきことならねど、いとをかし。（中略）つちありく童べなどの、ほどほどにつけては、〈いみじきわざしたり〉と、常に袂まもり、人に見くらべ、〈えも言はず興あり〉と思ひたるを、そばへたる（ふざけた）小舎人童などに引きはられて泣くもをかし。（中略）

人のむすめ、やんごとなき所々に御文聞こえ給ふ人も、けふは心ことにぞ、なまめかしうをかしき。

夕暮のほどに、ほととぎすの名乗りしたるも、すべてをかしういみじ。

という具合である。内裏以下民家に至るまで菖蒲や蓬などを葺き、それらのかおり合っている様子。縫殿寮から薬玉の献上されること。若女房・童女らが衣裳に菖蒲や季節の草木の枝をつけている姿。さらには当節にふさわしい贈歌のこと。折も折、ほととぎすの鳴き声の聞こえて来たことなど、実にヴィヴィッドに端午の節句の情景が述べ

られている。

これを前掲の『狭衣物語』の端午の描写と比べてみると、『枕草子』ではあくまでも中宮定子の後宮を中心とする内裏で行なわれている端午の節句の情景が描かれている。これは『源氏物語』のケースでも同じである。一方『狭衣物語』の場合は、主人公が牛車に乗りながら大路の光景を眺めるという、移動描写の手法で、町中の端午の情景を描写するという手法がとられているのである。

㈢ 『狭衣物語』の端午・斎院御禊の場面

『狭衣物語』の端午の場面は、四日の夕刻の条から始まって、五日の夕刻の条に至るまで、新編日本古典文学全集本で約八ページにも及ぶ。作者がこの長い端午の場面を設定した理由を考えてみると、「ほととぎす鳴くや五月のあやめ草あやめも知らぬ恋もするかな」(『古今集』巻十一「恋一」四六九)の一首以来の、端午の節句から連想される、〝恋〟の心情を強調するためであろう。この場面の直前で、主人公狭衣の源氏の宮への満たされぬ恋慕の情が綴られている。そんな狭衣が四日の夕暮れどきに、蓬が門の女と歌の贈答をすることになり、さらに翌五日には「さるべき所々に、なほざりの御文を書き給」い、その中でも東宮に寵愛されている左大将の女の宣耀殿と熱烈な恋歌の贈答が行なわれる。

端午の節句を描くことによって、狭衣の源氏の宮への満たされぬ想いが際立たせられているのである。そのあと帝の御前で演奏された狭衣の笛の音に魅せられ、天稚御子が天降るという場面につづくのだが、その間、源氏の宮との話は中断する。端午節の話は話題転換の契機ともなっているのである。

もう一例、斎院御禊の条を見てみよう(巻三・148ｐ)。ここでは、斎院(源氏の宮)が宮中の初斎院から紫野の本院(野宮)へ渡御するのと、賀茂祭とが重なった折の出来事とされている。野宮に近い大宮通りのあたりでは、「賤の垣根まで、心ことに思ひ設けて、用意加へたるは、げにこよなし。今年の祭は、今よりさまことに、世の中ゆすりて思ひ営む」とスタートし、渡御の行列に参加する随身・小舎人・雑色らの服装・馬や鞍の用意などが綴られる。ついで、

「中の品のほどだに、一条の大路、さし出づべきところなうや」と聞こゆるに、遠き所の民どもも、苗代水の行方も知らず、苗ひき植うる田子の裳裾ども、川上に晒し営むを役にして、物見んことを営みたり。まいて都の内の賤の男は、道、大路の行き交ひにも、明け暮れの身の営みの苦しげさにもうち添ひて、言ひ嘆き思ひ設くるなりけり。〈姿はいかならん〉と心もとなし。

とあって、一転見物衆の準備の様子が描かれるが、その見物人たちは、中の品や遠き所の民や田子、都の内の賤の男たちであるというところに『狭衣物語』のユニークさがある。

つづいて主人公狭衣の父親である堀川の大臣邸での斎院渡御の準備の有様が述べられる。さらに斎院一行が川原に赴く場面に移る。

御車は唐のが、例よりも小さく、めづらしう、うつくしきさまにこよなし。（中略）唐撫子の三重の織物に、小袿奉りて、釵子させ給へる元結ひに、御額髪のうち添ひて、なよなよと引かれ出でたるは、いとどもてはやされて、なまめかしう見えさせ給ふにも……。（中略）御車引き出でつれば、上も殿もご覧じて、やがて本院に留らせ給ひにければ、また御車寄せて奉りぬ。

かねて聞きし、一条の大路、つゆの隙なく、立ち重なれる車、桟敷の多さなど、つぎつぎならん人、頭さし出づべくもなきに、かしこう、身のならんやうも知らず、同じ上に重なり居たるさまども、いと苦しげなり。さるべき所どころ、桟敷の多さも、物見車の袖口ども、げにかねて聞きしに違はず、目も輝くことのみ多かり。ほのぼのいそぎ出でつらん家々の人も、〈いかなりつらん〉と見えて、よろづめでたき年の御禊なり。

河原におはしましたる御ありさまなど、例のことにもこと添ひて、長き世のためしにも、よろづをせさせ給へり。宮司参りて、御祓仕うまつる……。

斎院出発間際の情景もよく描かれているが、一条大路の見物人の多さ、車・桟敷の多さ、重なるようにしてすわっている人々の様子。さらには夜明け方から出て来た人々もどこにいるのやらもわからぬくらいの混雑ぶりなど、相当にいきいきと描いている。

『源氏物語』ではなんといっても「葵」巻の、新斎院（弘徽殿腹第三内親王）御禊の折に、六条御息所と葵の上とが車争いを行なう場面が有名である。

御禊の日、上達部など数定まりて仕うまつり給ふわざなれど、覚えことに、かたちある限り、下襲の色、うへの袴の紋、馬鞍までみな整へたり。とりわきたる宣旨にて、大将の君（源氏）も仕うまつり給ふ。かねてより物見車心づかひしけり。一条の大路、所なくむくつけきまで騒ぎたり。所どころの御桟敷、心々にしつくしたるしつらひ、人の袖口さへいみじき見物なり。

このあと、「（御息所の）ことさらにやつれたる気配しるく見ゆる車二つ」が葵方の車にさえぎられて物見ができないばかりか、「榻などもみな押し折られて、すずろなる車の筒にうちかけ」ざるを得なくなり、「悔しう、何に来つらむ」と悔やむ場面となる。総じて御禊見物の盛況さや車争いのあったことは伝えられているが、『狭衣』の市民や農民のこの儀式への関心の高まりや、折り重なるようにして見物する人々の姿などを具体的に述べているのには及ばない。

㈣ 行事場面の役割

もっとも『狭衣』が単に斎院御禊の実景をそのまま読者に伝えようとしているだけかというと、そう簡単に断言することもできない。『源氏』では御禊そのものは概略的に述べられているのだが、その御禊の折に車争いが生じ、それが原因で六条御息所がひどい精神的なショックを受ける、さらにこれがのちの生霊事件に連動していく、という構想からこの斎院御禊のシーンが設定されているのであろう。つまり『源氏』では御禊をストーリー展開の一つの契機・道具として用いているということができよう。

一方『狭衣』の場合、斎院（源氏の宮）の本院（野宮）渡御の予告から始まって祭当日の賀茂社渡御まで、新編日本古典文学全集本で一〇ページ弱の紙数を費やしている。御禊の儀式のありさまの描写は先述のとおりヴィヴィッドだが、実は最も強調されているのは、美々しい衣裳につつまれた源氏の宮の美しさであり、その美しい宮が本院へ入ってしまうという、狭衣にとっての悲しい現実である。

御禊に出発する際の斎院の姿は、「几帳のそばより少しのぞき給」うた狭衣の目を通して描かれている。祭当日は供奉する女房たち以下の、

けふは、四季の花の色々、霜枯れの雪の下草まで、数を尽して、年の暮までの色を作り、表着・裳・唐衣など、やがて、その色々にて、つがひつつ、高麗・唐土の錦どもを尽しけり。各々、白銀の置口・蒔絵・螺鈿をし、絵描きなど、すべてまねび尽すべき方もなかりけり。

御輿の駕輿丁、なり・姿まで、世のためしにも書き置かんとせさせ給ひけり。口も筆も及ばで、いと口惜し。

という絶賛をとおして、斎院のすばらしさを際立たせている。この御禊の場面がどうして設定されているかは、以上で明白であろう。

このあと、狭衣は源氏の宮をかいま見て、思慕の情をつのらせるが、話題はここから転換。狭衣が嵯峨院の女一の宮を入内させたり、若宮（女二の宮腹）の将来を案じたり、宮の中将の妹（のちの藤壺中宮）との縁談になるなど、源氏の宮との話が中断することになる。つまり斎院御禊・本院渡御の物語は話題転換の役目も果たしているの

である。

㈤　話題転換を導く行事の場面

すべての行事の記述が狭衣の恋情と結びつき、また話題転換の役目を果たしているわけではないが、その描述の熱心で、長編な場合には多かれ少なかれ、そのような設定理由があるようである。巻三・188ｐに見える相嘗祭の記事は三ページ足らずの分量だが、当日の神楽の描写など精細で、ユニークである。この記事の直前は入道の宮（女二の宮）に狭衣が迫るが、それが不首尾に終り、発心の志が強くなったことを述べる。この相嘗祭の神楽の条では、源氏の宮への思いは断ち切りがたく、出家の志もゆらぐ。それで竹生島詣なども しようと心の準備をする話に転換している。行事の場面をはさんで、入道の宮の話から源氏の宮の話に変化するのである。

巻二・293ｐから始まる粉河詣は年中行事ではないが、臨時の遠出で、その記述は七、八ページにも及ぶ。この場合も粉河詣直前の条では狭衣は斎院入りを目前に控えた源氏の宮に恋情を訴えるものの、宮から相手にされず、出家の志をつのらせる。それで「物むつかしさも慰めがてら、弘法大師の御姿つねに見奉りて、なほこの世をも逃れなん、弥勒の御世にだに少し思ふことなくて」と、高野および粉河詣を思い立つのである。

粉河寺は『枕草子』「寺は」の段にも、「石山、粉河、志賀」と出ているが、正式には施音寺といい、天台宗。本尊は等身の千手観音である。本寺には藤原公任が若いころ参詣しており（『公任集』）、また永承三年（一〇四八）十月の関白藤原頼通の高野山・粉河寺参詣は『狭衣物語』の成立年代ともかかわっている。

その粉河寺で狭衣は『法華経』や『千手経』の文句を読んだり、聞いたりしているうちに、「いといとも心澄みまさりて」、源氏の宮のことはすっかり忘れたかのようである。それから偶然飛鳥井の女君の兄である法師にめぐり会い、ここからこの女君の後日譚が始まることになる。粉河詣が源氏の宮の話から飛鳥井の女君の後日譚へと転換する契機となっているのである。

この飛鳥井の女君の後日譚は巻二巻末から巻三冒頭へと及んで行くのであるが、それが幕引きとなるのは、巻三・125ｐの狭衣と女君との間に生まれた姫君の袴着と、つづいて述べられる同巻・129ｐの狭衣と女二の宮との間に生まれた若宮の袴着である。この二つの袴着の直後に飛鳥井の女君の従姉妹で常盤の尼君の女である小宰相に狭衣が親しんだことが記されているが、そのあとは狭衣が斎院（源氏の宮）を訪れる話に転換する。これがまた飛鳥井の女君の一周忌の法要という行事によって女君の話となり、さらに翌春の斎院の野宮入りという行事を迎えるにあたって、斎院（源氏の宮）の話題となる。

こうして見て来ると、『狭衣物語』に描かれている、比較的描写の長く、くわしい行事の場面は、話題転換の目的で設定されていることが多いということがわかろう。

㈥　行事の場面の偏在

ところで『狭衣物語』の年中行事等は、巻四に比較的集中的に述べられているという事実がある（㈡の諸行事表を参照）。用語だけふれられているものも含めて、全体で五八。うち半数の二四件が巻四に登場。ちなみに巻一は一四、巻二は七、巻三は一三件である。

今、巻四の諸行事をページによって並べてみると、

218（関白賀茂詣）、224（五節）、251（産養い）、252（五十日）、253（元服）、253（相撲）、293（朝覲）、320（参内）、325（粥杖）、344（御国譲り）、350（同上）、359（神事）、362（賀茂祭）、362（五節）、365（賀茂祭）、370（堀川院行幸）、373（行幸）、374（賀茂行幸）、376（平野行幸）、378（元服）、378（裳着）、379（袴着）、392（裳着）、404（朝覲）

となる。もちろん単に行事用語を並記しているようなケースもあり、あくまでも参考の数値にすぎない。しかし巻

三までと比べると、巻四の行事の多さは突出している。

巻四冒頭部の関白殿（狭衣父の堀川の大臣）の御賀茂詣は、巻三巻末の狭衣が俗世を捨てようと決心する話のつづきで、賀茂明神の夢告でこれを知った父大臣が願ほどきに参詣したという筋立てである。このあと狭衣はいちおう出家を思いとどまるのだから、このケースは話題転換の部類に入れられよう。

251pの産養い、252pの五十日は、後一条帝女御の嵯峨院女一の宮が皇女（女一の宮）を出産したための行事である。344・350pの御国譲りで即位した狭衣帝は二の宮（藤壺女御腹）誕生で、大宮（狭衣母）への挨拶と二の宮との対面のために堀川院へ行幸。翌年の秋冬には、大原野・春日・賀茂・平野社などへの行幸を行なっている。

その二の宮の御袴着（379p）や飛鳥井の女君腹の一品の宮の御裳着（378・379p）、さらには女二の宮腹の一の宮の元服（378p）などは、狭衣帝の子どもたちの祝議で、帝および子孫の将来をことぶいているのである。そのとじめは嵯峨院（女二の宮の父）への朝覲の行幸（404p）である。

嵯峨院の御子とされる一の宮（実は狭衣と女二の宮との間の子）を院は後一条院の東宮につけようと考えていたところ、斎宮（嵯峨院女三の宮）に天照大神がのり移って、この一の宮の立坊は臣下になっている父狭衣のつぎであると託宣する。それで後一条帝は狭衣を自分の養子として、それから御国譲りをすることにした。（ただし狭衣の異母姉腹の現東宮が廃されたわけであるが、これについてはなんの説明もないのは物足らない）。まことに奇抜なアイデアであって、叙上の諸行事を含めて、これらの多くは、物語の完結、つまり狭衣の即位とその後の繁栄を告げるための道具立てなのである。

362・365pの賀茂祭はやはり話題転換の役目でセッティングされたらしい。この段直前が狭衣帝に娘の入内を志す上達部のことが綴られ、この賀茂祭の条では、巻三の例と同じく恋歌の贈答が、狭衣と源氏の宮との間で行なわれる。この行事にともなう恋歌のやりとりがじょうずに物語の中に取り入れられたのである。そのあとの場面は藤壺女御の二の宮出産および一の宮（嵯峨院女二の宮腹）を狭衣が寵愛するという記述に変転する。325pの粥杖の場面も三ページに及ぶが、これも直前が後一条院妹の一品の宮の出家を描くが、粥杖の行事をはさんで、この直後は狭衣と宰相の姫君（宮の中将妹）との結婚が狭衣の姉で東宮の母君である皇后宮から祝意をうける場面に変転している。

なお、224pの五節や253pの相撲はくわしい行事の内容などの説明はない。これらは物語の時間を示すために記されたものである。こういう時間の座標として行事を利用することに関しては、『源氏物語』に多くの先例がある。

要するに巻四、特にその終段に行事の描写が多いのは、狭衣が即位して、最高の地位についたためであり、また彼の子女の成長ぶりが強調されて、将来の繁栄が予祝されるという結果が大きく作用しているのである。これに場面転換や時間の座標としての行事の導入がはかられているわけである。

(七)　六条斎院宣旨を囲む環境

もっとも総体的に見れば、行事の描写は少なく、限られたものしか見えない。これは『狭衣』作者の六条斎院宣旨の経験とか彼女を取り囲む環境、さらには時代の特性等によるのかも知れない。たとえば宣旨の時代に行なわれなくなっていた行事もけっこうあったと考えられる。正月上卯日に行なわれていた「卯杖事」は『江家次第』によると、「近代は行なはれず」とある。また「男踏歌」（正月十四日）は天元二年（九七九）正月十四日に行なわれたのが最後で（本書Iの「(三)　行事の場面の役割」三七―八頁参照）、紫式部は古記録によってこの男踏歌を「末摘花」「初音」両巻に展述している。

宣旨が端午や賀茂祭の祭儀を詳述しているのは、あるいはそうした祭儀を実体験しており、そのときの経験をもとに『狭衣物語』にこれを活写したのかも知れない。たとえば前者で、まず菖蒲をうず高く背負いながら往来する男たちを描き、つぎに前方が見えないほど菖蒲を飾り立てた牛車、さらには大小の家々で軒場に菖蒲を葺こうと大騒ぎをしている光景が述べられている。これは作者自身が牛車に乗って移動しているときの体験がもとになっているのであろう。

後者の斎院御禊の条でも、行列に参加する随身・小舎人以下の服装、馬・鞍の用意などが綴られたあと、都鄙の人々が見物のためにおおぜい早くから行き来する光景を描き、たくさんの桟敷が設けられ、また物見車の袖口などの目も輝くほどのすばらしさが述べられる。それから供奉の女別当・宣旨らのほか、四十人の女房に女童八人らが、外から丸見えの車に載せられることになって当惑する騒動が描かれ、さらに彼女らのきらびやかな服装が記される。最後は牛車に載るのをためらっている斎院、その斎院が「唐撫子の三重の織物に、小袿奉りて、釵子ささせ給へる元結ひに、御額髪のうち添ひて、なよなよと引かれ出でたる」姿が写されている。こうした視点を移動させながらの描写法は端午のケースと同じであって、やはり作者の実体験がもとになっていよう。久下裕利氏が「禖子が八歳で斎院に卜定されると同時に宣旨女房とな」ったと説かれたのも(『狭衣物語の人物と方法』二三三頁、平成五年一月・新典社刊)首肯されよう。

もちろん文献や伝聞によって仕立てたものも若干はあっただろう。たとえば粉河詣のようなケースである。しかし相嘗祭や賀茂祭の条などの場合は、やはり実体験にもとづいていよう。それはこれらの行事の記述がずいぶんと具体的で、臨場感が感じられるからである。

ということは逆の見方も出来ることになる。つまり行事の描写の少ないことは、宣旨自身が『狭衣』に書かれた以外の諸行事にはあまり参加したり、関心を持ったことも少なく、それを目撃することも多くはなかったからではないかということなのである。

斎院の宣旨というのは、前述の御禊の段にも述べられていたとおり、「やむごとなき人(上臈の女房)は、女別当・宣旨など、人々同じ」車に載るとあったが、斎院付きの女房としてはナンバー2の地位にあったことは確かである。にもかかわらず、諸行事の描写は紫式部はむろんのこと、清少納言にも及ばない。紫女や清女は一条天皇の皇妃である中宮彰子や皇后定子の後宮にいたのであって、宮中の年中行事以下の諸行事を、つねづね目にし、伝聞し、実体験していたということは、まぎれもない事実である。この場合、清少納言は定子後宮のナンバー1であった（『枕草子』参照）。紫式部は、公式の行事では、宮の宣旨・少輔の乳母・大納言・宰相の君・小少将・宮の内侍らにつぐ地位にあった（『紫式部日記』寛弘五年十一月十七日条）。もっとも日常の中宮御所での勤務では中宮に近侍する大納言の君や小少将の君らと共に、中宮側近として認められた上﨟女房の一人であった（本書一七〇頁参照）。

宣旨は斎院での、一、二を争う地位の女房であったのだが、閉塞的な斎院御所に仕えていたことが、宮廷行事への未経験さにつながっているのである。逆に言えば、神事にかかわる御禊・賀茂祭・相嘗祭等や国民的行事の端午の節句の描写にはすぐれた才能を発揮したということである。

㈧　父系・源頼国の家柄

『狭衣物語』の作者の六条斎院宣旨は源頼国の女である（久下裕利氏『狭衣物語の人物と方法』二一七―八頁〈前掲〉）。母は播磨守藤原信理の女（同書）。同母兄弟に讃岐守頼弘（出家、法名入寂・住三井寺）・左衛門尉頼実（和歌六人党の一人）・播磨守実国らがいる。また異母兄弟のうち三河守頼綱（母尾張守藤原仲清女）・相模守師光（母同頼綱）らは『後拾遺集』『金葉集』等の歌人であり、さらに叔父の筑前守頼家も和歌六人党の一人で、『後拾遺集』以下に九首入集する（『勅撰作者部類』）。

宣旨の身辺は、出仕先の禖子内親王家のサロンと同じく、文芸的な家庭環境に囲まれていたかのようにも思われる。もっとも父の頼国は歌道とは無縁であったようで『尊卑分脈』の肩書には、「内蔵人・左兵衛尉・文章生・使・

左衛門大尉・皇太后宮大進・春宮大進、左馬権頭・内蔵頭・正四位下・上総介、美濃・三川・備前・摂津・但馬・伯耆・讃岐・紀伊等守」と書かれている。頼国の祖父は清和天皇名孫の経基王一男の満仲。「当代源家武門正嫡」であって、摂津国多田郡に住んで、多田院を造って、「多田（の満仲）」と号した。その嫡子頼光は『拾遺集』以下の勅撰歌人となったが、「武略に長」じ、「通神権化の人」であったという。その頼光の長子である頼国も武士であったということはいうまでもなかろう。

『二中暦』巻十三「一能歴」〈武者〉条に、

…維叙・満仲、満正《（政）》・頼光、頼信（頼光弟）・維持《（茂）》、…致経・頼義、義家

とあるが、この本文につづけて、「説いて云はく」として、各武者の説明がある。「維叙 貞叙父・多田新発満仲」、「満正《（政）》・頼光・頼親」（満政は三河源氏の祖。頼光・頼親は兄弟で満政の甥。頼親は大和源氏の祖）、「頼信・余五将軍維持《（茂）》」とあって、末尾の「致経」以下には、「致経 右衛門尉致頼子・頼国・伊豫入道頼義 頼信子・八幡太郎義家 頼義子」という説明が施されている。つまり、当該本文はもとは「致経・頼国・頼義・義家」とあったことを推量させるのである。

頼国は頼光を祖とする摂津（多田）源氏の嫡流であって、武者として高く評価されているのである。この頼国の嫡子と思われるのが三河守頼綱であり、多田を称し、以後この一統が「多田」と号することになる。頼国の玄孫多田の蔵人行綱は、後白河院を中心に藤原成親・平康頼・俊寛らが参会した鹿ヶ谷の平家打倒の謀議を清盛に告発した張本として有名である（『平家物語』巻二〈西光が斬られ〉）。他方、頼綱の二男仲政は馬場と号し、その子頼政・仲綱父子は治承四年（一一八〇）四月以仁王の令旨を得て挙兵。宇治で平家軍と戦ったが、平等院に退き、自害。けれどもこの以仁王の令旨が諸国の源氏の蜂起を促して、源頼朝や義仲も立ち上がり、ついに平家打倒を実現するのである（『平家物語』『吾妻鏡』等）。

七十七歳の老兵の頼政が平家打倒に立ち上がった理由はさだかではない。あるいは同族の行綱の悪評を断ち切っ

て、多田源氏の名誉を守ろうとしたのかもしれない。ともかくも頼国の家筋は武家の一門であったということである。

㈨　母系・藤原信理女の家柄

ところで、巻一・132ｐの飛鳥井の女君が乳母らに欺かれて邸を出る条に、

胡籙などいふもの負ひて、見も知らず恐ろしげなる姿したる者ども多くて、火は昼のやうに灯して、「明け果てぬれば、さきに、疾く疾く」と言ふけはひども、あやしう恐ろしきに、〈こはいかなることぞ〉と、ただかき暗らす心地すれば、衣をひき被きて臥しぬ。

とある。もちろん飛鳥井の女君の立場からの武士に対する感想なのだが、もし頼国女である宣旨が幼時から武家である父親の家の環境になれ親しんでいたら、こういう表現がすぐに出て来るであろうか。というのもほかにも、

荒るる夷もなびきぬべし。（巻一・93ｐ）

いかなる武士なりとも、少しあはれとも思ひ聞こえば、さりともしのびあへぬけしき、漏り出でぬやうあらじと憂く、あさましう思さるる折しも…（巻二・211ｐ）

言ひ知らぬ武士なりとも、心やはらぎ、あはれかけ聞こえぬは、あるまじげなれば…（巻一・96ｐ）

等々、武士を「荒るる」とか非情なものの典型として評しているからである。

もちろんこういう評言の類は先学のご指摘もあるように『浜松中納言物語』や『逢坂越えぬ権中納言』などにも散見する（岡一男博士『古典と作家』三四九頁、昭和十八年七月・文林堂双魚房刊参照）。そうして『源氏物語』では白居易の「李夫人」の「人ハ木石ニ非ズ、皆情有リ」の句によって、「岩木よりけになびきがたきは」（「夕霧」巻）とか「岩木ならねば思ほし知る」（「東屋」巻）と表現されていたのである。その「岩木」から「武士」にかわっ

ているところに、時代相の変化がよく表われている。だから宣旨もこの時代の人間であったことは確かだが、武門の父親の娘らしくなく、ふつうの良家の子女のような表現をくり返しているところが不可解なのである。

結論から先に言ってしまえば、それは宣旨が父の頼国邸ではなく、母親の邸で生育したからであろう、ということなのである。宣旨の母は久下裕利氏のご指摘のごとく、播磨守藤原信理女である（前掲『狭衣物語の人物と方法』二二五頁）。従来頼国が蔵人から地方官に転進し、道長家司として活躍したことは闡明されており、たしかに子女の就職や進路に果たした役割も多大なものがあったであろう。

とりわけ頼国は文章道の出身でもあり（拙著『平安朝文学成立の研究・韻文編』四〇二頁、一九九一年四月・国研出版刊）、後述するようにそれが儒者一家の信理との交流ともなり、その娘と結ばれる機縁にもなったらしい。頼国の文人的な一面が子の頼資や頼実や六条斎院宣旨らに好影響を与えたこともまた確かなことであろう。

しかしながら宣旨の母方からの影響も見逃すこともできない。ことに本妻・嫡妻以外の妻妾の場合、多くは父祖の家で生活しており、通ってくる夫との間にもうけた子女も、その手許で育てられることが一般的だからである。

藤原信理は貞嗣卿孫の山井三位永頼（九三二―一〇一〇）の子。母は勘解由長官藤原忠幹孫の伊与掾宣明女。異母兄能通は淡路・甲斐・備後守等を歴任。有職に通じ、儒者として著名。『後拾遺』歌人。その息、つまり宣旨母のいとこの実政も文章博士・大学頭。信理の母方の忠幹も儒者であり、この一族は学者肌の者が少なくなく、永頼・能通・実範、信理、その子の敦親、信理の弟保相、養子の永信（藤原尹文の子）らはすべて蔵人職についている。

信理は花山朝の六位蔵人であった（『小右記』永観二年〈九八四〉十月二十四日条。寛和二年〈九八六〉二月八日条）。長徳二年（九九六）九月十九日播磨守に任命された（『小右記』）。長保三年（一〇〇一）十月一日には藤原懐平が播磨守に在任しているので（『権記』）、同二年には信理は播磨守を退任していたであろう。任終末期、同国書写山円教寺の僧延昌らが同寺の寺務は開祖性空の門徒だけに執行させるよう請願があったのに対して、信理はこれを承知し、延昌に付託している（『書写山円教寺旧記』）。ただし「長保三年八月二十日」、「介藤原信理朝臣」となっている）。『尊卑分脈』によると、このほかに信濃守になって、正五位下に至っている。信理の没年は不明だが、異母兄の能通は寛仁元年（一〇一七）八月三十日に前甲斐守から右馬頭に任ぜられ（『小右記』）、翌二年（一〇一八）には備後守（同記十二月三日条）、万寿元年（一〇二四）には前備後守（同記十二月十三日条）、同四年（一〇二七）には但馬守に在任していた（同記正月十日・七月二十六日条等）。また能通の子実範は長元元年（一〇四〇）四月七日には左兵衛佐・淡路前司であった（『春記』）。

なお、治安三年（一〇二三）十月十七日に入道前大相国道長が高野山金剛峯寺に参詣した折、相従う人の中に宣旨の叔父の前備後守能通が加わっているのが注目される（『扶桑略記』）。このときは高野参拝ののち、河内の道明寺に参詣している。『狭衣』の高野・粉河詣執筆の際の参考にはなっていよう。さらには曽祖父信理のかかわった書写山の修験の風景などもイメージとして加わってもいよう。

信理女の兄弟として『尊卑分脈』には筑前守忠孝・皇后宮大進敦親・権大僧都頼寿らの名があがっている。このうち頼寿は天台宗で、『僧歴綜覧』によると、長元六年（一〇三三）四十六歳で権律師となり、長暦元年（一〇三七）五十歳で権少僧都、同二年六月「御持僧、重朝恩」によって権大僧都にのぼり、長久二年（一〇四一）十二月一日、五十四歳で亡くなっている。したがって誕生は永延二年（九八八）である。上東門院彰子や源頼義らと同年の生まれである。この頼寿が長和四年（一〇一五）に天台阿闍梨の宣旨をうけて以来の、朝廷や道長家での活動の詳細は佐藤亮雄氏編の『僧伝史料（一）』（二五四―六頁、一九八九年七月・新典社刊）にくわしい。この頼寿と宣旨の母とは異母兄弟の関係であったろう。

宣旨と同母の頼実は長和四年（一〇一五）の出生である（『故侍中左金吾家集』勘物・内閣文庫本『勅撰作者部類』）。宣旨が頼実より年上であれば長和初年（一〇一二―三）ごろに、また年下であれば寛仁初年（一〇一七―八）ごろに生まれたと推定できよう。仮に後者とすれば、頼国と信理女との結婚は長和二、三年（一〇一三―四）ごろであり、娘の宣旨は寛治六年（一〇九二）の没年時には、七十五、六歳ぐらいになっていたことになる。頼国は寛弘四年（一〇〇六）四月二十六日には、道長の命で、為憲・孝道・輔尹・為時・義忠・章信らの文人とともに詩を献じており、（『御堂関白記』）、翌秋敦成親王家蔵人に定められた際には、章信とともに文章生であった（同記）。蔵人職に代々就き、文章道を重んずる信理一族に頼国は好意をもって迎えられたであろう。宣旨が良家の子女のごとく、学芸や風流韻事に親しむ一方、武家的なものごとに対して否定的なのは、母親の信理女のもとで生育したからなのである。残念ながら信理女の母方の系譜は全くわからない。判明すれば宣旨の素養のよって来るところがいっそう明確になるはずである。

五　王朝時代の歯の話

(一)　歯は人生そのもの

滝沢馬琴は『燕石雑志』巻五（一八一一年刊）で、

歯は弱年より自愛すべし。予著述の労によつて、年四十にして歯二枚を脱しつ。先ずその脱くる所、俗に糸切り歯と唱ふるものよりはじむ。これ若かりし時好みて堅きを嚙《かみ》砕き、或は糸、或は索《ひも》、歯の鋭きに随《した》がひ、小刀を用ひずして嚙《かみ》きりたるその損《そこな》ひ、初老の今に至りてはじめてしれり。かかれば予が歯のあるにかひなきは、著述の労なりといへども、実は弱年の蔽《へい》（＝弊、不養生）なり。薬餌の効験は小患のときにあり。老後の養生は弱官（冠）にあり。終りに自記してもて児孫を誡む。

と述べている。馬琴は四十歳のとき犬歯二本が脱け落ちたが、その原因は若いときから、好んで糸や紐を切る際にこの犬歯を用いていたからだという。多作ゆえに用紙を紐や糸で綴じたり整理することが少なくなかったのであろう。それが「著述の労」というわけである。それで馬琴は老後まで歯を健全に保つためには、若いときからその養生につとめなくてはならぬと結論づけている。

この馬琴の嘆きは、千年前の紫式部や清少納言の活躍していた平安時代の人々にも共通するものであった。というのも当時はまともな歯の治療法は無いも同然であったからである。だから歯が悪くなると、ひたすらこの痛みをがまんして、最終的にはその歯が抜けて、歯肉が固まるのを待つしかなかったのである。しかも抜けた歯を補綴する技術もなかった。そこで歯が痛まないように、抜けないようにと、そういうような思いで平安朝の人々は過ごしていたわけである。

もっとも当時の文学作品などには、風病やわらわ病み等に較べると、歯の病のことはあまり出て来ない。それで平安時代には現代ほどには虫歯はなかったのかも知れない。その理由としては、今ほどには甘味料が発達していなかったことが一つ。それから「人生五十年」と称されたように、平均寿命が短く、歯が駄目になる前に他界するということも少なくなかったからであろうと考えられる。

明の時珍の『本草綱目』巻五十二（一五七八成る）に、

　両旁《かたはら》は牙と曰ふ、中に当るは歯と曰ふ。腎は骨を主とし、歯は骨の余りなり。女子は七月歯生じ、七歳歯齓《ししん》（みそっ歯・乳歯）、三七腎気平にして真牙（永久歯）生じ、七々腎気衰へ、歯槁《か》れ髪素（白髪）となる。男子は八月歯生じ、八歳歯齠《してう》、三八腎気平にして真牙生じ、五八腎気衰へ、歯槁れ髪堕《お》つ。

とあって、女性は生後七か月で歯が生え始め、七歳で乳歯（上下各十本、計二十本）が脱け始めて、二十一歳で永久歯（上下各十六本、計三十二本）が出揃う。四十九歳になると、歯が衰え、白髪となるとする。また男性は生後八か月で歯が生え始め、八歳で乳歯が脱け始めて、二十四歳で永久歯が生え揃う。四十歳で歯は衰え、頭髪が脱け落ちるという。現代では生後六か月ごろから乳歯が発生し、七、八歳から十一、二歳のころまでに永久歯と抜け変るとされている。『本草綱目』の乳歯にかかわる記述は現代人のそれとほぼ一致するが、永久歯については若干ずれがある。最も懸隔のあるのが、歯が駄目になる時期である。現代では八十歳で二十本の自分の歯を持つ人々も少なくないが、『綱目』では女性は四十九歳、男性は四十歳で歯は槁《か》れるとある。歯が駄目になれば食物も満足にかめなくなる。とすれば余命の方もおぼつかない。「人生五十年」というのは、結局歯の寿命から来ているのである。「齢」の字も「歯」へんである。現代人の平均寿命がのびたのは、歯科学の進歩もおおいに貢献しているのである。

もっともどんなことにも例外はある。『水鏡』によると、十八代反正天皇（『宋書』に見える倭の五王の一人珍が反正天皇とすれば、四三八年に宋に使者を遣わしている）は、

帝御かたちめでたくおはしましき。御たけ九尺二寸五分、御歯の長さ一寸二分、上下調《ととの》ほりて玉を貫きたるやうにおはしき。生まれ給ひしとき、やがて御歯ひとつ骨のごとくにて生ひ給へりき。さて瑞歯《みずは》の皇子とぞ申し侍りし。

とあって、身長九尺二寸五分（『令』の小尺は二九・六㎝。したがって二m七四㎝）、歯の長さは一寸二分（三・六㎝）もあったという。それも上下がきちんと揃っていて、玉を貫いたような歯である。しかも生れるとすぐに一本の歯が骨のように生えて来たというのであるから驚きである。そこでこの時代は、反正天皇という諡号に反して、「雨風も時に順《したが》ひ、世安らかに、民豊か」であったという（『水鏡』）。実は反正天皇の「反」は反復の「反」で、正しいことを繰り返した天皇という意味である。この伝承は為政者の特異な風貌を伝えているのはむろんだが、結局のところ歯の健康が人々の幸福に直結するということを物語っているのである。

なお、『吾妻鏡』治承五年（一一八一）閏二月二十五日条によると、前年（一一八〇）五月の橋合戦の際、平家方の先人として渡河し、以仁王・頼政軍にさんざんに弓を射た足利又太郎忠綱（俵藤太秀郷十代の後胤、足利太郎俊綱の子）について

これ末代無双の勇士なり。三事人に越ゆるなり。いはゆる一にはその力百人に対するなり。二にはその声十里に響くなり。三にはその歯一寸なりと云々。

と記述している。忠綱は反正天皇の一寸二分にほぼ匹敵する一寸の長さの歯であったというのである。

(二) 王朝時代の歯の健康法

こういうごくわずかな例外は別として、王朝時代の人々はやはり歯の健康を願わずにはいられなかった。藤原道長の祖父に当る九条師輔（九〇八―六〇）は遺言とも称すべき『九条右丞相御遺誡』の中で、

まづ起きて属星《ぞくしやう》（陰陽道でその人の生年に当る星）の名字を称すこと七遍（注略）。つぎに鏡を取りて面《おもて》を見、暦を見て日の吉凶を知る。
つぎに楊枝を取りて西に向ひ手を洗へ。（以下略）

と説いて、起床後の早い段階で楊枝を用いて歯の清掃をせよと説いている。夏目漱石の号の由来となった『晋書』孫楚伝の「当《まさ》に石に枕して流れに漱《くちすす》がんと欲すと言ふべくして、誤りて石に漱ぎ流れに枕せんと言ふ」という話によれば、はるか上代には楊枝を用いることなく、水で口をすすぐにすぎなかったのであろう。『礼記』内則には、「鶏初めて鳴くや、咸盥漱《みなくわんそう》せよ」とあり、これを承けた慶滋保胤の「池亭記」（八七二年成立）にも、「盥漱して初めて西堂に参り、弥陀を念じ、法華を読む」と見える。そのとき楊枝を使ったかどうかはさだかでないが、案外楊枝を用いる人が少なかったので、師輔はその必要性を『遺誡』の中で説いたのかも知れない。鎌倉期ともなれば、「食後《じきご》ノ菓子マデ、至極セメクヒテ、楊枝ヲツカフニ、鐘ノ声キコエケレバ」とあるなど（無住『沙石集』第三・一二八三年成立）、食後に楊枝は付き物のような存在になっている。

楊枝はもと仏家の具。インドで楊柳や竹などの小枝の先端をかんで、のちの総《ふさ》楊枝のように、こまかくほぐして総《ふさ》状にしたものから起こったとされる（『大日本国語辞典』）。その楊枝の功用につき、『増壹阿含経』二八「聴法品」は、「一者除レ風、二者除二涎唾一、三者生蔵（なまのはらわた）得レ消、四者口中不レ臭、五者眼得二清浄一」と説いて、五つのそれがあるとする。

㈢「歯固め」の行事

叙上の盥漱の風習や楊枝の使用等は日々の生活の中で実行されて来た歯の健康法だが、一方年中行事の一つとして歯の健康を願う催しごとも古くから行なわれていた。『土佐日記』の著者紀貫之は土佐から帰京する途中の大湊（高知県南国市前浜か）で承平五年（九三五）の元日を迎えたが、

白散をある者、夜の間《ま》とて、舟屋形にさしはさめりければ、風に吹きならされて、海に入れて、え飲まずなりぬ。芋茎《いもじ》・荒布《あらめ》も、歯固めもなし。かうやうの物なき国（＝船）なり。求めしもおかず。ただ押鮎の口をのみ吸ふ。

とあって、元日につきものの「歯固め」の行事のできなかったことを慨嘆している。『花鳥余情』「初音」によると、

歯固めは元三の日の事なり。歯は齢《よはひ》なり。すなはち「よはひ」とも読めり。歯固めは齢を固むる心なり。高杯六本に折敷を据ゆ。一の台に餅《もちひ》・大根・橘を盛るなり。この餅は近江のひきりの餅を専《もは》ら用ふべし。これによりてやがてその国の鏡山の歌を詠《なが》むるなり。俊頼歌、

われをのみ世にも餅《もちひ》のかがみぐさ咲き栄へたる影ぞ浮かべる

とある。前半の歯固めの説と後半の鏡餅との説には混同があろう（後述参照）。『河海抄』「初音」の引く『掌中歴』には、

一本　煮塩　鮨鮎　押鮎火干　皆上置鮎串差　　一本　鯉　鳥　鹿　猪　皆随盛物　串差置上　但貫之
一本　瓜漬　茄漬　蕪　大根　　一本　屠蘇　白散　窪杯　空盞
一本　酒盞窪杯四口　　一本　鏡　相具　鮎　大根　橘

と見える。別に『河海抄』には、

元三御薬　歯固具之事
内膳自右青璅門供御歯固具盛青瓷
大根一坏　瓜串刺二坏 或説三坏然而惣七坏由有所見
押鮎 切盛置頭　煮鮎一坏 同切置頭二串
猪完 以雉代之　鹿完一坏 以田鳥代之
以上七坏之内精進物供於第一御台魚類供二御台 或説無鹿完有腹赤

とも記しているが、これは『江家次第』の説である。「以上七坏」とあるが、猪完《いのしし》（宍）と鹿完《かのしし》（宍）とは同一の杯に載せたので、実際は六杯ということになる。彼此対照するに、歯固めは正月三か日に、歯が抜け落ちないように食い固める儀式である。すなわち齢を固め、長寿を祈願して、これを促進・強固ならしめると考えられていた食物を食べるという行事である。元来は高杯六台に折敷を据え、一台には煮塩と鮎料理、一台には肉類、一台には大根や漬物、一台には薬酒類、一台には歪など、一台には鏡と鮎・大根・橘を置いた。六台（本）用意するのは、六旬で還暦となることを念頭に置いていているからである。鹿や猪の肉などは固いものだから、その固さにあやかって歯の丈夫を願うことになる。現代のおせち料理にごまめや黒豆のあるのも、この影響であろう。野菜類はビタミンの補給。押鮎や鮨鮎は酢の物、薬酒とともに健康に寄与。橘（みかん）は常緑樹で、長寿の象徴である。

なお、『枕草子』「木は」の段（能因本）に、

譲り葉の……師走のつごもりにしも、時めきて、亡き人の物にも敷くにやと、あはれなるに、また齢《よはひ》延ぶる歯固めの具にして使ひたんめるは、いかなるにか。

とあって、譲り葉（とうだいぐさ科）が歯固めの具の一つとされている。この譲り葉を折敷に敷き、その上に煮塩・鮨鮎以下の品々を置いたのである。清少納言は譲り葉が歯固めに使われる理由を、「いかなるにか」と疑問に思っ

ているが、「譲（り）葉は、その葉の新旧入れかわりが著しく目立つためにいう」とされる（『牧野新日本植物図鑑』三四二頁、昭和三十六年六月・北隆館刊）。それでこの譲り葉のあざやかな代替りにあやかって、乳歯から丈夫な永久歯にスムーズに生え代わるように願って、この譲り葉を用いるのであろう。

四「歯固め」と「鏡餅」(1)

ところで先に引いた『花鳥余情』で、「一の台に餅・大根・橘を盛るなり」とあり、また『河海抄』が歯固めの記事につづけて、禎子内親王の二歳のときの長和三年（一〇一四）正月二日の餅鏡御覧のことを、

皇女禎子三条院女三宮母中宮妍子御堂関白女陽明門院是也　長和三年正月二日于時二才餅鏡御覧是其例也
栄花物語云うへわか宮にもちゐかゝみみせたてまつらせ給

と記している。それで一見鏡餅も歯固めの儀式に際してもともと据え置かれていたようにも思われる。もっとも『掌中歴』には鏡はあっても餅はなく、また『源氏物語』「初音」の巻には、女房たちが、

ここかしこに群れ居つつ、歯固めの祝ひして、餅鏡をさへ取り寄せて、千年の蔭にしるき年の内の祝ひ言どもして、そぼれ合へるに…

とあるから、餅鏡は歯固めの儀式とは別のものであったことが判明するのである。この「千年の蔭にしるき（千年の栄えも明らかな）年の内の祝ひ言どもして」につき、『河海抄』は、

万代をまつ（松・待つ）にぞ君を祝ひつる千歳の蔭に住まむと思へば

の一首をあげる。本歌は『古今集』巻七「賀歌」三五六の素性法師の作で、「良峯の経也（世）が四十の賀に、女《むすめ》に代りてよみ侍りける」という詞書が付けられている。経世の千年も万年もの長寿を祈願しつつ、彼の四十の賀を祝った歌である。

なお、餅は出てこないが、『蜻蛉日記』安和二年（九六九）元旦条に、

はらからとおぼしき人、まだ臥しながらもの聞こゆ。「天地《あめつち》を袋に縫ひて」と誦ずるに、いとをかしくなりて、「さらに身には、『三十日三十夜はわが許に』と言はむ」と言へば、前なる人々笑ひて、……

と見える。この「天地を」の歌につき、伴信友は

『女房私記』といふ書に（注略）、「禁中様女中御祝ひの次第、正月御祝のもちひ祝ふ時の歌」とて三首ある末に、『天地を袋に縫ひて幸ひを入れてもたれば思ふことなし』とありて、右の歌ども三遍よむべし。

と説き（『比古婆衣』）、本歌以外の二首は

今日よりはわれをもちひのます鏡うれしきことをうつしてぞ見る（源俊頼、『永久四年百首』）

命とて官位《つかさくらゐ》をます鏡年の始めに見るぞうれしき

の二首であると指摘。「歌の意は、年の始めに袋を縫ひて、一年の幸ひを入るるよしの寿言するが、そのかみの風俗なりしなるべし」と述べて、さらに『狭衣物語』巻三の今姫君の扇に「天地を袋に縫ひて」と書いてあるのを狭衣大将が見て、「母代が、ならはし聞こえたる祝ひ言なめり」と思ったとあることなどをも付言している。

それで『蜻蛉日記』に「天地を袋に縫ひて」と口ずさんだとあるのも、鏡餅を祝っての歌であることがわかる。要するに鏡餅を供え、年の始めの祝言をするのは、一年の幸福を祈り、官途の開けることや、夫婦円満・家内安全などを祈願するためなのである。古来鏡は神聖視され、正月の餅もこれに似せて神に供えたもので、鏡餅と称されたのであるという（『日本風俗史事典』六三九頁「もち」の項、昭和五十四年二月・弘文堂刊）。

(五) 「歯固め」と「鏡餅」(2)

『掌中歴』で歯固めの台の一つに鏡が置かれていたのに、『花鳥余情』ではそれが鏡餅になっている。しかもこれ

が近江の火鑽《ひきり》の餅（火を杵と棒とをすりこんで発火させた、その火鑽の火を祝って作った餅）をもっぱら用いなくてはならないとされている。それで近江の鏡山の歌をうたうというのだが、これは逆で、神聖な鏡の名をつけた鏡山の歌をうたうとしたので、この山の所在地である近江の神聖な火鑽の餅を供えるということになったのであろう。『散木奇歌集』巻一「春部」六によると、『花鳥余情』が近江の火鑽の餅を供えて、俊頼の「われをのみ」の歌をうたうとされる、この一首には「歯固めの鏡の折敷の敷物に書き付け侍る」という詞書が添えられている。その「鏡」は実際の鏡とも、鏡餅の意ともとれよう。いずれにしても『花鳥余情』の作者一条兼良（一四〇二—八一）は歯固めに餅がつきものであることを疑っていない。

元来歯固めと無関係であった鏡餅が、その歯固めと結びつけられたのは、もちろん鏡餅の固さが尊重されたからに他ならない。固い鏡餅にあやかって、ぬけ落ちない強固な歯になるように祈願したわけである。おそらく鏡餅が歯固めの具の一つとして定着して来るのは源俊頼（一〇五五—一一二九）の時代以降のことであろう。

なお、『紫式部日記』寛弘六年正月条に、

正月一日、言忌みもしあへず。坎日《かんにち》なりければ、若宮（敦成親王、のちの後一条天皇）の御戴餅《いただきもちひ》のこと、とまりぬ。三日にぞまうのぼらせ給ふ。

とあり、また同『日記』同七年正月条に、

今年正月三日まで、宮たち（敦成・敦良〈のちの後朱雀天皇〉両親王）の御戴餅に日々にまうのぼらせ給ふ。御供に、みな上﨟も参る。左衛門督（藤原頼通）抱い奉り給ひて、殿（同道長）、餅は取りつぎて、主上《うへ》（一条天皇）に奉らせ給ふ。二間《ふたま》の東の戸に向ひて、主上の抱かせ奉らせ給ふなり。下《お》りのぼらせ給ふ儀式、見物なり。大宮（中宮彰子）はのぼらせ給はず

とある。この元三の戴餅の儀式は、成人式前の幼児の頭に餅を軽くあて、祝言して、その前途のしあわせを祈願す

る儀式である。これも鏡餅の儀式の一環と見ることができよう。

㈥「お歯黒」の風習

歯に関する風習では、お歯黒・かねつけもあるが、それがいかなる理由で行なわれたのかは、はっきりしない。お歯黒は主要原料の五倍子（ふし・付子）の収斂作用によって、歯を堅固にひきしめ、歯の痛みを減少させる薬効があるという有益説があった（原三正氏『「お歯黒」の研究』二二四頁、昭和五十六年三月・人間の科学社刊）。一方、お歯黒は歯面を磨る頻度が多く、歯面の磨耗をきたしやすい。また歯肉に過度の刺激を与えて膿漏を併発しやすく、歯牙の脱落を早めるという有害論もあった（同書）。お歯黒の風習のない西洋文化の移入という追い風もあったが、現在は有害論が定着し、お歯黒の風習はなくなっている。

『源氏物語』「末摘花」の巻末に、

　二条院におはしたければ、紫の君、いともうつくしき片生ひにて、紅《くれなゐ》はかうなつかしきもありけりと見ゆるに、無文の桜の細長なよらかに着なして、何心もなくてものしたまふさまいみじうらうたし。古代の祖母君《おばぎみ》の御なごりにて、歯ぐろめもまだしかりけるを、ひきつくろはせたまへれば、眉のけざやかになりたるもうつくしうきよらなり。心から、などかかう憂き世を見あつかふらむ、かく心苦しきものをも見てゐたらでと思しつつ、例の、もろともに雛遊《ひひなあそ》びしたまふ。

と見える。古風な祖母のしつけの名残りで、紫の上はお歯黒もまだ行なっていなかったので、源氏が手入れをさせたところ、眉も抜いて画いたのでくっきりとして、かわいらしかったというのである。このときの紫の上は数えで十一歳である。「古代の祖母君の御なごりにて、歯ぐろめもまだしかりける」というのであるから、今様は幼い女子でもお歯黒を行っているのであり、また古くはそれ相応の年齢の女性が行なう風習であったことがわかるのである。

『平家物語』巻九「忠度最後」に岡部六弥太忠純が逃げる武将（忠度）に引き返されよと声をかけると、

「これは味方ぞ」とて、ふり仰ぎ給ふ内甲を見入れたれば、鉄漿黒《かねぐろ》なり。「あつぱれ味方（源氏方）に鉄漿付けたる者はなきものを。如何さまにも、これは平家の公達にてこそおはすらめ」とて、押並べてむずと組む。

とあって、ついに忠度は六弥太に首を取られる。平家の公達たちがお歯黒であったということは、当時の京都の貴紳にまでこの風習が流行していたことを物語るものである。

『堤中納言物語』の「虫めづる姫君」は、

「人はすべて、つくろふところあるはわろし」とて、眉さらに抜き給はず。歯黒め、「さらにうるさし、汚し」とて、付け給はず、いと白らかに笑みつつ、この虫どもを、朝夕に愛し給ふ。

とあって、眉も抜かず、歯黒めもしていない変り者の姫君とされている。この「虫愛づる姫君」の年齢は不詳だが、右馬佐が興味半分にこの姫君に会いたいと画策しているので、彼女が結婚適齢期にあったことは疑いない。

そのかねつけが、もとは童女にはなかったというのであるから（前掲『源氏物語』「末摘花」）、この歯黒めの風習は袴着（男女とも三、四歳から十歳までの間に行なう）・裳着（ふつうは十二歳から十四歳までの間に行なう）といった、いわゆる通過儀礼と関連する儀式であったことは確かであろう（前掲原三正氏『「お歯黒」の研究』九八頁参照）。成人した女性は主人の前では裳を着用するのを常とするが、お歯黒も成人の女性のあかしとして、はじめは行なわれたはずである。それが『源氏物語』の成立した一条朝（九八六―一〇一一）前後になると童女にまで及び、さらに院政期（一〇八六）以降になると男子にまで及んだというのであるから、これはもう一種のおしゃれ・身だしなみとして行なわれているのである。これは現代でも女性のおしゃれであったファッションやロング・ヘアーやピアス等が、若い男子にまで及んでいるのと、現象的にはよく似ている。紫式部も大晦日の夜、「追儺はいと疾く果てぬれば、歯黒め付けなど、はかなきつくろひどもすとて、うちとけてゐた」こともあった（『紫式部日記』寛弘五年十二月二十九日条）。

お歯黒の一般的なつけ方については、原三正氏が、

まずうがいを十分にし歯牙を清掃し、かね下を歯牙に塗る。次に水酸化鉄（かねぐろ）を主成分とする鉄漿水（お歯黒壺の水面に浮いたギラギラした銹）を鉄漿沸（わかし）で温めてから羽楊枝に浸し、その端にふし末（ヌルデの若芽・若葉などに生じたこぶ状のものの粉末）を少量つけて歯面に塗りつける。これを何回も繰り返す。鉄漿を作るには壺・瓶に酒または酢を混ぜた水を入れ、針・古釘・古鉄を沈めて醗酵させ、銹を浮かせるのである。

と述べられている（前掲『「お歯黒」の研究』一一四頁）。相当に根気よく塗りつけなくてはならないから、その間はしゃべることもままならない。清少納言は『枕草子』に「聞きにくきもの」を列挙したが、それには、

聞きにくきもの、声にくげなる人の、ものいひ、わらひなど、うちとけたるけはひ。ねぶりて陀羅尼読みたる。歯黒めつけてものいふ声。ことなることなき人は、もの食ひつつもいふぞかし。篳篥《ひちりき》習ふほど。

とあって、「歯黒めつけてものいふ声」もあげられている。

(七) 源頼朝の歯病

往古は現在よりも甘味料は糖度も低く、また種類も少なかった。そこで食べ物の面から推せば、歯そのものは現代人のそれよりも丈夫であったかもしれない。けれども歯磨きの方法一つ取り上げてみても、歯の清掃・健康維持についての知識は乏しかったから、当然歯を痛めることも少なくなかった。

先年（平成十年＝一九九八）、没後八百年ということで、鎌倉の鶴岡八幡宮では大英博物館蔵の源頼朝像などを

展示する「源頼朝公展」が開催された（六月十日～二十日）。その頼朝（一一四七—九九）が建久五年（一一九四）四十八歳のときに、歯痛に悩まされていた事実を『吾妻鏡』が伝えている。

廿二日　庚戌　将軍家いささか御不例。御歯の労《いたはり》と云々。これによって雑色上洛し、良薬を尋ねらると云々。

（『吾妻鏡』第十四　建久五年八月）

廿六日　癸丑　歯の御労の事、療法を京都の医師に尋ねられんがために、わざと飛脚を立てらるる所なりと云々。

廿二日　己酉　歯の御労再発すと云々。

廿八日　乙卯　太神宮ならびに熱田神に神馬・御剣等これを奉献せらる。広元朝臣奉行として、おのおの使者を立つと云々。

（同右　建久五年九月）

十七日　戊《(申)》戌　歯の御療治の事、頼基《(丹波)》朝臣これを注し申す。その上良薬を献ず。藤《(安達)》九郎盛長これを伝へ進ず。かの朝臣は、参河国羽渭《(隅イ)》庄を関東の御恩として領知せしむるところなり。

十八日　乙亥　上総《(足利)》介義兼、御使として日向《ひなた》薬師堂に参ると云々。歯の御労御祈のためなりと云々。

（同右　建久五年十月）

これによれば頼朝は建久五年八月二十二日に歯が痛み出し、鎌倉では入手できないために、京都まで良薬を求めに雑色を遣わしている。当時鎌倉・京都間はふつうの旅をすればだいたい二週間前後かかった。また早馬を使った場合は四、五日で着く。このときは将軍家の一大事ということでだいたい出発から十日前後で戻って来ているであろう。その間の頼朝の痛みに耐えかねている表情も想像できるのだが、この良薬でいったんは歯痛はおさまったらしい。ところが発病してまる一か月目の八月二十二日に再発。こんどは京都の医師に治療法を尋ねるために特別の飛脚を立て、また伊勢神宮や熱田神宮にも神馬・御剣等を奉納して、歯痛除去の祈願までしている。京都から治療法や良薬を伝えたのは丹波頼基であった。九月十七日にはその頼基に感謝して参河国羽渭庄が与えられている。しかし完治することはむずかしかったのであろうか、翌十八日には頼朝の歯病平癒祈願のために、伊勢原の日向薬師まで足利義兼が使者として参詣している。日向薬師は正式には日向山霊山寺と号する古義真言宗の寺院。霊亀二年（七一六）元正天皇により勅願寺とされた。本尊は薬師菩薩（重要文化財）。脇士の日光・月光両菩薩像は国宝である。乙侍従・相模が目を病んで当薬師に参籠したことでも知られる（『相模集』五二五）。頼朝は翌建久六年（一一九五）二月十四日には東大寺供養臨席のために鎌倉を出発している（『吾妻鏡』）。それでその後は歯の状態も小康を保っていたのであろう。

頼朝はどうやら歯の不調をおさえることができたらしいが、天下の鎌倉に歯科の名医も良薬も存在しなかったことは明白である。丹波頼基を賞してからも、結局は神仏の力を借りなくてはならなかった。ましてや庶民においてをやである。

㈧　王朝時代の歯科治療

もっとも『医疾令』によると、典薬寮には医生二十人がいて、これは按摩生《あんまのしやう》・咒禁生《しゆこむのしやう》・薬園生《やくをんのしやう》らとともに、世襲の薬部や三代以上にわたり医業を承けついでいる家の子弟をまず採用。つぎに庶人（八位以上の者の子）の十三歳以上十六歳以下の聡明な者から選択することになっていた。その医生について、『令』には、

> 医生既に諸《もろもろ》の経読まば、乃ち業を分ちて教習せしめよ。廿にのつとりて、十二人を以て体療《たいれう》学びしめよ。三人に創腫《そうしゆ》学びしめよ。三人に少小《せうせう》学びしめよ。二人に耳、目、口、歯学びしめよ。各其の業専《もは》らにせよ。

と専攻別に員数が定められている。体療は創腫・耳目口歯を除く成人の諸病を扱う。創腫はきずとはれものを扱う。小少は未成年者の諸病を扱う。以上の三科で計十八人。残り二人の医生が耳、目、口、歯にかかわる疾病を担当す

ることになっていた。なお修業年限は体療が七年以内、少小および創腫は各五年、耳、目、口、歯は四年、そのほか針生は七年と定められていた。

たった二人の耳目口歯専門の医生がおおぜいの役人や庶民の歯病を診察・治療することは不可能である。これはあくまでも天皇やその関係者のために置かれているのである。その天皇でさえ最後は僧侶の祈禱に頼らざるを得なかったという話がある。『古事談』第三「僧行」に、

又清和天皇帝有二御歯不予事一。差二勅使藤原繁相一請二相応和尚一。依レ勅参内候二於御加持一。勅云。此歯之痛。片時難レ堪。早以レ呪落。朕願足矣。和尚念二勅旨一致二精誠一呪。天皇平予。通宵安寝。五更之暁。和尚誦二般若理趣分一。天皇眠覚之後。勅云。夢着二衲袈裟一之高僧八人倶來。褰二帳之内簾一。随二和尚声一。相共加持。覚即所レ患之歯不レ覚落了。不レ知二其在所一。是和尚効験之徴也云々。和尚奏云。此暁誦二理趣般若一。此経ニ有二八大菩薩一。是則八十倶胝《クチ》菩薩之上首也。若彼菩薩奉レ護二聖躰一歟云々。天皇感嘆弥添。後朝和尚退二出宿房一。見二経筥上一忽有二一歯一。和尚招二一侍中一以レ歯令レ見。侍中捧レ歯候二於御前一。奏二聞事之由一。皇帝称嘆曰。非二凡夫一可レ謂二聖人一。賞以二僧綱之職位一。兼賜二度者一有レ数。和尚固謙退不レ当二其賞一云々。

とあって、歯痛をこらえきれなかった清和天皇（八五八―七六在位）が、相応和尚の祈禱によってその歯を脱け落とすことができたというのである。

結局王朝時代の人々は歯が痛み出したら神仏に頼るしか方法がなかった。これは歯痛だけではなく、わらわ病みや風病など、他の疾患の場合も同じである。それとともに民間療法とも称すべき応急手当てを行なったことであろう。たとえば歯の痛みをとめる方法として、いずれも江戸時代の伝承ではあるが、つぎのようなものがあった。

韮の実を火に焚いて、右煙を以て痛むところへ管を以て通じいぶしければ即効なり、亦瓦を焼いて半盥やうの物を入れ、韮の実を置いて湯を掛け候へば煙立つを、其の煙にて耳をむせば、耳の中より白きもの出れば虫

歯の虫なり。

（根岸守信『耳袋』後編）

齲を患ふるもの、節分の日門に挿したる鰯の頭を霜《クロヤキ》とし、その痛む歯へ銜《クヽマ》すれば即ち愈ゆ、

（滝沢馬琴『燕石雑誌』五）

『耳袋』のニラの煙で耳をむすと虫歯の虫が出て来るというのも信じがたいが、それでも歯痛にたえ切れなかった人々は、その療法にとびついたかも知れない。馬琴のあげているのは悪鬼を退散させるという「やいかがし」のイワシの頭を利用する方法だ。「やいかがし」の風習は『土佐日記』承平五年元日条にも出て来て、古くからの風習であったが、その呪力でもって歯の痛みを退散できるというのである。

もちろんこれらは気休め程度の効果しかなかったであろう。そこで人々は歯の痛みにひたすらたえつづけ、とどのつまりはその虫歯が早く脱け落ちるように神仏に祈願せざるを得なかったのである。だから祈禱にせよ、民間療法にせよ、虫歯を抜くのが上手であれば、それだけで人々の尊敬を一身に集めるということにもなる。前述の清和天皇の虫歯を呪文で抜き落とした相応和尚などはその代表である。

中には中国人の治療医もいた。『沙石集』巻八・二十三話によると、

南都ニ歯取《とる》唐人《とうじん》アリキ。或ル在家人ノ慳貪《けんどん》ニシテ、利簡《りかん》ヲサキトシ、事ニフレテ、商心《アキナイこころ》ノミアリテ、徳モアリケルガ、虫ノ食《くひ》タル歯ヲトラセントテ、唐人ガ許ヘ行《ゆき》ヌ。歯取《とる》ニハ、銭《ぜに》二文ニ定メタルヲ、「一文ニテトリテタベ」ト云《いふ》。小分《せうぶん》ノ事ナレバ、只モ取《とる》ベケレドモ、心ザマノ悪《ニク》サニ、「フツト一文ニハトラジ」ト云《いふ》。「サラバ三文ニテ、歯二ツトリテタベ」トテ、虫モクワ《（ハ）》ヌ、よによき虫ヲトリソヘテ、二《ふたつ》トラセテケリ。心ニハ得《とく》利《り》ト思《おもひ》ケメドモ、瑕《キズ》ナキ歯ヲ失《うしなひ》ヌル、大《おはき》ナル損ナリ。此《これ》ハ大《おはき》ニ愚《おろか》ナル事、ヲコガマシキシワザナリ。但シ世間ノ人ノ利益《りえき》ノ心深キハ、殊ニ触《フレ》テ利分ヲ思《おもふ》程ニ、因果ノ道理モ不《ら》レ知、当来ノ苦果ヲモ不レ弁《へ》、只眼前ノ利ニ耽《フケリ》テ、菩提ノ宝ヲ失ヒ、仏法ノ利ヲエザル事ノミコソ多ケレ。上代ハ人心スナヲ《（ホ）》ニ欲ナクシテ、善根《ぜんごん》ヲ営ミシモ、皆

実《まこ》トシキ心ニ住シキ。

とある。奈良に「歯取る唐人」がいたが、ケチで目先の利益しか考えない男が、虫歯が一本しかないのに、その抜歯料の銭二文を惜しんで、「三文にて、歯二つ取りてたべ」と申し入れて、「虫も食はぬ、よによきに歯を取り添えて、二つ取らせて」しまったというのである。『沙石集』の作者無住は、その男の欲深さをきわめて愚かなことの一例としてあげているのであるが、この唐人の歯科医が男の心根を憎んで「ふつと（絶対に）一文には取らじ」と言い放ったところに、名医としてのプライドが感じられる。

天正年中（一五七三―九一）のころは「金一両の代に、米は四石、永楽は一貫、但し鐚《びた》（粗悪な銭）四貫に当」ったという（『慶長見聞集』六）。一貫は千文（匁目）にあたるから米四石の値は四千文である。また一石は十斗、一斗は十升、一升は十合であるから四石は四千合となる。つまり天正年間に一文はわずかに米一合が買える値段にすぎなかった。『沙石集』の時代にはもう少し一文の価値は高かったであろう。それにしても抜歯の料金が一本につき二文というのはそんなに高いものではない。医者の技術料が十分に評価されないのは今に始まったことではなかったのである。そんなに安い料金をさらに値切ろうとした男の慳貪さがきわ立っている。

(九) 入れ歯の出現

こうして虫歯を抜き、また年老いて歯がなくなって来ても、入れ歯の技術がなかったから、歯はもとには戻らない。金安英治教授のお話によると、ローマでは紀元前四世紀ごろに、歯の抜けたところに象牙や他人の歯を針金で隣接する歯に結んだり、金属板で細工した橋義歯（ブリッジ）のようなものが使用されていた由。また一八〇〇年ごろには『タイムズ』（イギリス）や『ニューヨーク市職業人名録』等に歯科の宣伝広報のことばとして義歯の用語が掲載されていたという。日本では江戸幕府の医官職名の口科の医官は歯痛治療のみを行ない、市中で自由に歯科医療の業を行なう者には口中医・入れ歯師・歯抜き師がいて、この入れ歯師は木彫りの義歯を彫刻し、歯の部分には雲母・貝殻などを使用、釘で義歯床に保持していたそうで、延宝年間（一六七三―八〇）の木床義歯が発掘されているとのことである（「いれ歯の話」『College ぷらざ一九九〇』湘南短大・平成二年四月刊）。

なお、伴蒿蹊の「閑田耕筆」四（一七九九年刊）に「義歯は俗にいふ入れ歯なり。四条に名工あり。予が友人是れに此の物を托せるとき、工人いふ、『馴れ給はぬ間は心あしきものなり。それを堪へて久しく経ればまことの歯に変らぬやうになれり。たとへば義子のごとし。血肉の者にあらねば、愛も薄く心にかなはぬこともあるべけれど、忍びて養育すれば実子のごとくなるものなり』と言ひし」云々とある。義歯を義子（養子）にたとえたところが面白い。義歯の呼び名の由来もこれでよくわかろう。

王朝時代の人々はそういう入れ歯師のお世話になることもできなかった。そうすると、「にげなきもの……歯もなき女の梅食ひて、すがりたる」（『枕草子』）ということにもなる。すっぱがるのは歯があってこそ似つかわしく、歯がなくなっては「すっぱい、すっぱい」と言っても、いっこうにほんとうらしく聞こえないというのである。なお、『源氏物語』「総角」巻に、宇治の大君が薫に親しまないのを、何かたたり神がついているからではないかと、「歯うちすきて、愛敬なげに言ひなす女」がいたと記す。歯がなくなっては、愛敬はなくなるし、性根も悪くなってしまうと、紫式部は言いたそうだ。

㈩「みづはぐむ」「みづはさす」

頭髪の方は最近発毛剤が発売になって話題になったが、歯の方はなくなったものは生えて来ない。それで入れ歯がニガ手の人のためにアゴの骨に穴をあけて、人工の歯を埋めるインプラント治療という技術が近ごろ開発されている。

ともあれ、歯のなくなった人はやはりもとのような健康な歯をほしいと願うのは当然のことである。そういう願望を代弁しているのが、「みづはぐむ」とか「みづはさす」という王朝時代独特の用語である。

つくしのしら川といふ所にすみ侍りけるに、大弐藤原興範朝臣まかりわたるついでに、水たべんとてうちよりてこひ侍りければ、水をもていでてよみ侍りける。　ひがきの嫗

年ふればわが黒髪も白川のみづはぐむまで老いにけるかな　（『後撰和歌集』巻十七「雑三」一一九）

「昔見たまへし女房の尼にてはべる東山《ひむがしやま》の辺《へん》に移したてまつらん。惟光が父の朝臣の乳母《めのと》にはべりし者のみづはぐみて住みはべるなり。あたりは人しげきやうにはべれど、いとかごかにはべり」と聞こえて、明けはなるるほどの紛れに、御車寄す。　（『源氏物語』夕顔）

冷泉院、東宮と申しけるとき、女の石井に水汲みたるかた、絵に画きたるを、「よめ」と仰せ言侍りければ、

源重之

年を経てすめる清水に影見ればみづはぐむまで老いぞしにける（『後拾遺和歌集』巻十九「雑五」一一一六）

（道因は）九十ばかりに成りては、耳などもおぼろなりけるにや、会の時にはことさらに講師の座に分け寄りて、脇許《わきもと》につぶと〔そひ〕居《ゐ》て、みづわ《（は）》させる姿に耳を傾けつつ他事なく聞ける氣色など、〔なほ〕ざりの事とは見えざりけり。　（『無名抄』）

これらの例に見られる「みづは（瑞歯）ぐむ」と「みづはさす」の両語は、年をとって歯が脱け落ちてから、再びみずみずしい若い歯が生えてくるというのが原義であろう。それほどにひどく年をとるという意味にもなる。要するにこれは入れ歯の技術もなかった当時の人々の、年老いてすっかり脱け落ちてしまった歯が、再び生えて来てほしいという切実な願望を表しているのである。と同時に「人生五十年」と言われた王朝時代にも、これほどまでも長生きした老人も、なかにはいたという現実をも伝えているのである。

㈩ 紫清両女の歯の描写

ところで王朝の女流作家たちはこうした歯の実体やその病をどう捉えているのかというと、たとえば紫式部は、二歳の薫がタケノコにかじりついている姿を、

御歯の生ひ出づるに食ひ当てむとて、筍《たかうな》をつと握り持ちて、雫もよよと食ひ濡らしたまへば、「いとねぢけたる色ごのみかな」とて、

うきふしも忘れずながらくれ竹のこは棄てがたきものにぞありける

と、率《ゐ》て放ちてのたまひかくれど、うち笑ひて、何とも思ひたらずいとそそかしう這ひ下り騒ぎたまふ。

(『源氏物語』横笛)

と描写している。手当たりしだいに口にもっていく幼児独特のしぐさを実にみごとに綴ったものである。これを見た源氏が思わず、「いとねぢけた色ごのみかな」(色ごのみにしては筍なんかかじってずいぶん変ってるね)という。どうせかじるのなら女の子にすればよいのにと思ったかどうかは知らぬが、幼い薫に色ごのみの面影のあるのを見てとっているのは、さすがに光源氏だけのことはある。ちょうど乳歯の生えつつある時期には、幼児はむずかゆくも感じられる歯に無意識に物を当てる。それもよだれをだらだら垂らしながらというので、観察が行きとどいている。

少し年齢があがって、藤壺が出家の直前に六歳の東宮(冷泉院)に会う場面も印象的である。

「久しうおはせぬは恋しきものを」とて、涙の落つれば、恥づかしと思して、さすがに背きたまへる、御髪《みぐし》はゆらゆらときよらにて、まみのなつかしげににほひたまへるさま、おとなびたまふままに、ただかの御顔を脱ぎすべたまへり。御歯のすこし朽ちて、口の内黒みて、笑みたまへるかをりうつくしきは、女にて見たてま

つらまほしうきよらなり。（『源氏物語』賢木）

東宮が口を開けて笑うと、「御歯のすこし朽ちて、口の内黒みて」見える。みそっ歯の口内をこれまたみごとに描写している。しかもそのみそっ歯の笑顔の美しさ・かわいらしさを「女にて見たてまつらまほしうきよらなり」と記しているのがユニークである。男君を女君にして見たいというのは、当時の男君に対する最高のほめことばとされるが、それほどに「きよらなり」（きれいだ）というのである。つまり健康な歯の東宮ではなく、黒いみそっ歯の東宮をほめ称えているわけなのである。

『源氏物語』におけるこうした描写の傾向は、何もみそっ歯だけのことではない。夕顔を亡くしたあと重病に陥り、その回復後の源氏は、「いといたく面やせ給へれど、なかなかいみじくなまめかし」かったし（夕顔）、出産直前の葵の上は「白き御衣に、色合ひいと華やかにて、御髪のいと長うこちたきをひき給ひてうち添へたるも、かうてこそらうたげになまめきたる方添ひてをかしかりけれと見」えたのであった（葵）。死を目前にした柏木は「やせさらぼひたるしも、いよいよ白うあてはかなるさましで」いたという（柏木）。他にも同様の描写はいくらでもある。『紫式部日記』寛弘五年九月十七日条に、出産後の中宮彰子を「少しうち悩み、面やせて、大殿籠れる御有様、常よりもあえかに、若くうつくしげなり」とあるのも、同じような傾向を示している。要するに紫式部には病人や衰弱した人の美しさ・かれんさを強調する傾きがあるということである。もちろん健康的な平常時の美を称えられているケースも多いのであるが、非健康的な病的な美の描写も少なくないのである。

しかもこれは紫式部に限ったことではない。前述の『堤中納言物語』の「虫愛づる姫君」の描写も叙上の非健康的な美を取り上げているのである。また清少納言も、

十八九ばかりの人の、髪いとうるはしくて、たけばかり、裾ふさやかなるが、いとよく肥《こ》えて、いみじう色白う、顔愛敬づきて、よしと見ゆるが、歯をいみじく病みまどひて、額髪《ひたひがみ》もしとどに泣き濡らし、髪の乱れか

（『枕草子』「病は」の段）

かるも知らず、面《おもて》赤くて、おさへゐたるこそ、をかしけれ。

と綴っている。十八、九ぐらいの髪の長くふさふさして、まことにふっくらとしたからだつきの、たいへん色白で、チャーミングな顔立ちの美女が、「歯をいみじく病みまどひて、額髪もしとどに泣き濡らし、髪の乱れかかるも知らず」、顔をまっ赤にして、歯をおさえている姿、それが「をかしけれ」というのである。「春はあけぼの」と同じ美感でもって、歯の痛さに苦悩する美女を描写しているのである。

人々が健康な歯の保存に種々苦心し、また虫歯の痛みと戦っていたのが王朝時代の歯を取りまく環境であった。ところが紫式部や清少納言らはそういう実情を忌みきらうこともなく、かえって美的に描述しているところに、この時代の文学の特色を見ることができる。もう五十年もすると永承末年（一〇五二）の末法第一年を迎える時期であった。世紀末的な退廃的な傾向が、平安王朝最盛期の文学作品にすでにその片鱗を見せていたのである。

所収論文発表要目

凡　例

(1) 各論文は、発表当時の形を基本として、これに新考を書き加え、また関係論文を併合・再編成し、誤植・ケアレスミス等の訂正を行なった。

(2) 発表要目は、掲載書誌名・原題名の順に記したが、本書中の表題と原題名とが同じ場合には、掲載書誌名だけをあげた。

(3) ついで適宜、補足説明事項・成稿年月日等を注記した。

I　『源氏物語』をめぐる

一　業平と光源氏
『並木の里』第六十八号（二〇〇八年八月刊）「源氏物語をめぐる――業平と光源氏――」

二　管絃のこと
『並木の里』第六十六号（二〇〇七年九月刊）「源氏物語をめぐる――管絃のこと――」

三　行事の場面の役割
『並木の里』第六十九号（二〇〇八年一二月）「源氏物語をめぐる――行事の場面の役割――」

四　漸層法的手法――場面構築の方法(1)――
『並木の里』第七十号（二〇〇九年八月刊）「源氏物語をめぐる――場面構築の方法(1)――」

五　緊張とユーモアと――場面構築の方法(2)――
『並木の里』第七十一号（二〇〇九年一二月刊）「源氏物語をめぐる――場面構築の方法(2)――」

六　親に先立たれた子
『創造と思考』創刊号（湘南短期大学国語国文学会・一九九一年二月刊）「『源氏物語』の一側面――親に先立たれた子――」

七　雷・火災――『源氏物語』の仕掛け――
『湘南文学』（学校法人神奈川歯科大学・湘南短期大学、二〇〇二年一月刊）「『源氏物語』の仕掛け――雷・火災――」

八　「若紫」巻舞台の背景
『並木の里』第五十五号（二〇〇一年一二月刊）

九　小野の山里考――秋の大原にて――
『並木の里』第五十一号（一九九九年一二月刊）「秋の大原にて――小野の山里考――」〈同年一〇月一日成稿〉

十　老のいろいろ
『並木の里』第六十一号（二〇〇四年一二月刊）

十一　旅の話――付、浮舟の教養について――
『並木の里』第六十四号（二〇〇六年一〇月刊）「旅をめぐる話」

十二　作り物語と歴史物語――『源氏物語』からの派生――
『歴史物語講座』第一巻総論編（一九九八年三月・風間書房刊）「作り物語と歴史物語」

Ⅱ　紫式部をめぐる

一　紫式部の身分
『並木の里』第六十七号（二〇〇七年一二月）「源氏物語をめぐる――紫式部のこと――」

二　紫式部の墓のことなど――京都恋しく――
『並木の里』第四十七号（一九九七年一二月刊）「京都恋しく――紫式部の墓のことなど――」〈同年一〇月一日成稿〉

三　紫式部再考――伝承をめぐる――
『法光寺蛍照叢書』Ⅰ『源氏物語』の世界（瑠璃光山薬王院法光寺〈伊勢崎市境下武士〉・二〇一三年一一月刊）
なお、本稿は二〇一一年一〇月一四日開催の「第38回法光寺日本文学・教養講座」において同題で口頭発表したテープ原稿に、若干の加筆・補訂を施したものである。

Ⅲ　『源氏物語』周辺

一　貴船幻想――和泉式部をめぐる――

『並木の里』第五十二号（二〇〇〇年六月刊）〔同年四月一〇日成稿〕・「㈢水神・貴船明神」の鉄輪の条に補注を組み込む補訂を行なった。

二　『和泉式部日記』歌の一特性

『並木の里』第四十五号（一九九六年一二月刊）

三　『堤中納言物語』小考

『論集源氏物語とその前後４』（王朝物語研究会編、一九九三年五月・新典社刊）

四　『狭衣物語』考――行事の描写から作者に及ぶ――

『狭衣物語の新研究――頼通の時代を考える』（久下裕利編著、平成十五年七月・新典社刊）

五　王朝時代の歯の話

『並木の里』第五十号（一九九九年六月刊）

なお、本稿は一九九八年一一月一二日開催の「湘南短期大学公開講座『健康と文化』」において同題で講演したテープ原稿に、加筆・補訂を施したものである。

索引

一、この索引は本書所出の人名・書名・事項等を中心に編んだ。
一、配列はすべて五十音順としたが、物語類の巻名と登場人物名とに限って、これを標目の直後に順次掲示し、ついで関連事項を列記した。
一、人名は慣用にしたがって訓読み・音読みを併用した。なお、江戸以前のものに関しては名を標目とし、姓はその下の（ ）内に注記した。
一、書名には『 』、編名・巻名等には「 」を付けた。

〔あ〕

〔ち〕

〔つ〕

〔て〕

〔と〕

〔な〕

〔に〕

〔む〕

あとがき

本書は『平安朝文学成立の研究　散文編』（七九年九月）・同韻文編（八二年四月）・『紫清照林――古典才人考――』（九五年一一月）にひきつづく、著者の第四論文集である。多くは平成十八年（二〇〇六年）三月の定年退職後に発表した論文だが、在職中に執筆した原稿も加えてある。最近、私の関心は『源氏物語』と紫式部に傾いているので、そうした関係の論文をまとめてみたのである。

私としては、退職（二〇〇六年）とか古稀（二〇〇九年）とかをみずから記念するつもりで準備して来たのであるが、多忙な日常に埋没して、むしろ喜寿記念とも称しうる時期の発市となってしまった。時間の過ぎるのは早い。取りわけ昨夏には初校刷りを出していただいたのに、あれやこれやという間に、またもや一年が経過してしまった。もっともそのお蔭で間違って採録した原稿の差し替えが出来たりしたのであるが、校正の遅れや刷り上り原稿の差し替えなどで、国研出版にもご迷惑をおかけすることになった。おわび申し上げたい。

こうもたもたするのも、考えてみれば、以前はなかったこと。これも実は〝老い〟のなせるわざなのであろう。この十数年の間に先輩・同輩・後輩の多くが黄泉の人となり、かろうじてこの世にとどまる私どもも、腰痛・視覚障害・心肺不全等の病痾に苦労している向きも少なくない。朱子の作とされる「少年老い易く学成り難し」は『滑稽詩文』（『続群書類』巻九八一所収）の無名氏（禅林僧侶）の作句で、少年も男色の対象となった僧侶のことだと言われる（『成語大辞苑』五八四頁、一九九五年九月・主婦と生活社刊）。とはいえこの句から、歳月の過ぎるのは早く、若々しかった自分もたちまちのうちに老いを迎え、それに反して学問の成果は上げられなかったという反省の思いに至るのも自然であろう。

同時にこの句は若者に対しては、歳月は早く、年老いやすいのだから、心して学問せよという励ましの言葉として受け取られて来たはずである。私もその言葉に励まされて、残された齢を無駄にせず、さらなる研究の継続をして行く覚悟である。

本書の諸論文は、『源氏物語』以下の作品の文学的味わいを取りわけ追求している。後進の方々に何らかの参考となれば幸いである。文献学や考証学や註釈研究も必要である。しかしそれらは作品理解の文学的評価の前提作業である。中学・高校のときの古典の授業が面白くないと感じている人は少なくない。それは作品の面白さや楽しさは教えられずに、文法事項ばかりを暗記させられたからである。作品の文学的味わいを理解せずに、文学研究者を標榜するのは受け入れがたいことである。

ご指導をいただける先生方が少なくなって来た。その中でも小久保崇明・松本寧至両先生からは、現在もつねづね拙論へのご高批やご教導をいただいているのは幸いである。また「並木の里」の会の諸氏にも、つねづねご好意とご指導とをいただいている。心から感謝申し上げる。

なお、わがままな私の執筆・校正ぶりにも根気よくお付き合い下さり、本書の刊行にご尽力いただいた国研出版の瑞原章・郁子ご夫妻にも深謝申し上げる。さらに家刀自として後方支援に徹してくれている妻典子にも感謝の意を表したい。

二〇一四年一〇月吉日

増淵　勝一

著者紹介

増淵勝一（ますぶち　かついち）

1939 年　東京都墨田区に生まれる

現　在　古典研究誌「並木の里」主宰
茨城県県南生涯学習センター講師
横須賀市生涯学習センター講師
よみうりカルチャー（横浜・川崎）講師
湘南リビング新聞社文学講座講師

著　書　『いほぬし本文及索引』（'71. 4, 白帝社）
『北条九代記　原本現代語訳』３冊（'79. 9, 教育社）
『平安朝文学成立の研究　散文編』（'82. 4, 笠間書院）
『日本文学原典抄』共編（'90. 3, 国研出版）
『平安朝文学成立の研究　韻文編』（'91. 4, 国研出版）
『頻出源氏物語』（'92. 6, 開拓社）
『紫式部日記傍註』（'92. 10, 国研出版）
『紫清照林——古典才人考——』（'95. 11, 国研出版）
『日本文学原典抄　第二版』共編（'97. 4, 国研出版）
『柳沢吉保側室の日記　松蔭日記』（'99. 2, 国研出版）
『いほぬし精講』（'02. 3, 国研出版）
『平成簡注 源氏物語　①桐壺』（'11. 4, 国研出版）
『平成簡注 源氏物語　②帚木』（'13. 7, 国研出版）
『平成簡注 源氏物語　③空蟬』（'14. 7, 国研出版）

現住所　〒252-0813　神奈川県藤沢市亀井野３丁目 22 の１

源氏物語をめぐる　■ 国研叢書　10

定価（本体 6,000 円＋税）

2014 年 11 月 10 日　初版発行

著　者　増淵勝一
発行者　瑞原郁子
発行元　国研出版　〒301-0044　龍ケ崎市小柴 2-1-3, 6-204
TEL・FAX　0297(65)1899
振替口座　00110-3-118259
発売元　株式会社 星雲社　〒112-0012　東京都文京区大塚 3-21-10
TEL　03(3947)1021
印刷所
製本所　壮光舎印刷株式会社

ISBN978-4-434-19655-3　C3395　Printed in Japan